GIANCARLO DE CATALDO

SCHMUTZIGE HÄNDE

GIANCARLO DE CATALDO

SCHMUTZIGE HÄNDE

POLITTHRILLER

Aus dem Italienischen von
Karin Fleischanderl

FOLIO VERLAG

Die Originalausgabe dieses Buches ist erstmals 2007 unter dem Titel „Nelle mani giuste“
bei Giulio Einaudi editore, Turin, erschienen.

Lektorat: Ines Gebetsroither

Umschlagfoto: Agentur

Graphische Gestaltung: Dall'O & Freunde
Druckvorbereitung: Graphic Line, Bozen
Printed in Austria

ISBN 978-3-85256-554-5

www.folioverlag.com

Hinweis für den Leser

Dieser Roman hält sich an historische Fakten, interpretiert sie jedoch, indem er Reales metaphorisch überhöht.

Die Rekonstruktion der Fakten basiert vor allem auf der Lektüre von Gerichtsakten, auf Gesprächen mit Personen, die an den Massakern der 1990er-Jahre aktiv beteiligt waren, sowie auf den Erkenntnissen und scharfsinnigen Beobachtungen von Journalisten wie Francesco La Licata, die sich mit den Verflechtungen zwischen Mafia und Politik beschäftigt haben. Wichtige Erkenntnisse verdanke ich auch Maurizio Torrealta und seinem ausführlichen Buch *La trattativa*. Die Kenntnis des „Jargons" und des *modus operandi* der Mafiosi verdanke ich vor allem der Abschrift von Abhörprotokollen.

Abgesehen von den bewusst genannten realen Personen sind die Protagonisten dieses Romans jedoch frei erfunden; Firmennamen, öffentliche Strukturen, Medien und Politiker werden nur genannt, um Figuren, Bilder und das Wesen der kollektiven Träume zu benennen, die sie wesentlich mitgeprägt haben. Nur die metaphorische Überhöhung gestattet es, die Personen, die dem Autor als Vorbild gedient haben, in literarische Archetypen zu verwandeln.

Herzlich bedanken möchte ich mich bei den zahlreichen Freunden, die wertvolle Hinweise und aufrichtige Kritik beigesteuert haben.

Was die Autobombe im römischen Olympiastadion betrifft, entwirft der Roman eine These, die dem Ergebnis des Florentiner Prozesses widerspricht, demzufolge das Attentat entgegen dem

Willen der Täter gescheitert ist; der Roman hingegen unterstellt andere Gründe. Im Übrigen halte ich es mit Tolstoi, der meinte, die Geschichte wäre eine schöne Sache, wenn sie nur wahr wäre.

Dieses hier aber ist schließlich nur ein Roman.

G. D. C.

Prolog

Auf dem Land in der Nähe von Caserta, Sommer 1982

Der Mann, den sie umlegen sollten, hieß Settecorone. Seine Selbstsicherheit grenzte an Leichtsinn, denn er versteckte sich in einem Bauernhaus mitten im Territorium der Casalesi, im Gebiet der Verräter, beschützt von einem Netz von Informanten, die eigentlich für die Sicherheit des Verstecks hätten garantieren sollen. Pech für ihn, dass einer von ihnen, ein kleiner Gauner aus Acerra, schon seit geraumer Zeit auf der Gehaltsliste der Catena stand. Vecchio hatte Stalin Rossetti mit der Aufgabe betraut.

– Warum denn? Dafür sind wir nicht zuständig!

– Natürlich nicht. Sie sollen auch nur Deckung geben. Wenn Ihnen etwas Merkwürdiges auffällt, hauen Sie augenblicklich ab.

Nun lehnte Stalin, versteckt in einem dichten Pinienwäldchen, an seinem Land Rover und rauchte, kaum hundert Meter von der Via Domitiana entfernt, in Blickweite des Bauernhauses ... es war ein Nachmittag wie aus einem Spaghettiwestern, in dieser Landschaft wie aus einem Spaghettiwestern, in der es nur so wimmelte von Kleinkriminellen, Huren und armen Teufeln, die kein menschliches Handeln und auch kein göttliches Wunder jemals von ihrer banalen Spaghettiwestern-Existenz hätte erlösen können. Ciro 'o Russo, das Camorramitglied, das die Exekution durchführen sollte, war vor ein paar Minuten hineingegangen: ein nach Luft ringender Fettsack, der den ewigen Zwiebelgestank mit literweise Kölnischwasser der Marke „Je teurer, desto besser" zu übertönen versuchte. Stalin rauchte und dachte nach. Die Camorra war dafür zuständig, aber auch der Staat. Die Drecksarbeit mussten allerdings immer sie erledigen. Sie von der Catena.

Settecorone war einer der verlässlichsten Killer von Don Raffaele Cutolo. Seinen Namen verdankte er den Kronen, die er sich auf die rechte Schulter hatte tätowieren lassen, zur Erinnerung an die Feinde, die er umgelegt hatte: sieben Kronen, sieben Skalps. Aber nicht irgendwelche unbedeutende Skalps, die zählte er nicht mehr. Qualitätsskalps sozusagen, von Kapos aufwärts, sogar ein Bürgermeister war darunter, der seine Vorstellung von „Recht und Gesetz" nicht hatte aufgeben wollen. Settecorone war ein Knallharter, einer, der nicht klein beigab, der seinem Boss, der ihm Bildung, Rang, Ansehen – mit anderen Worten Hoffnung – gegeben hatte, treu bis zum Tode war. Vor etwas mehr als einem Jahr, als die Roten Brigaden den Stadtrat Ciro Cirillo entführt hatten und an höchster Stelle beschlossen worden war, für Cirillo zu tun, was man Aldo Moro aus Hochmut verweigert hatte, nämlich mit den Entführern zu verhandeln, hatte sich Cutolo als wertvoller Verbündeter erwiesen. Dank seiner Vermittlung hatten Staat und Terroristen eine zufriedenstellende Übereinkunft getroffen, und die Geisel war nach drei Monaten freigelassen worden. Die Kampfgenossen hatten ein wenig Kleingeld erhalten, das sie aufs Neue in den Kampf für die Befreiung des von den Kapitalisten unterdrückten Volkes investierten. Cutolo hatte alle möglichen Garantien erhalten: freie Hand im Kampf gegen die rivalisierenden Clans und das Versprechen, beim Wiederaufbau des vom Erdbeben 1980 zerstörten Südens kräftig mitmischen zu dürfen. Und noch etwas war Cutolo versprochen worden: Man würde versuchen, seine Haftstrafe zu verkürzen. Keiner konnte sich erklären, in welchem Anfall von Wahnsinn der Boss der Neuen Camorra das O. K. für die Operation gegeben hatte. Denn nur ein Verrückter konnte glauben, dass der Staat tatsächlich einen Häftling freilassen würde, der eine Haftstrafe von mehrmals lebenslang absaß. Gewisse Grenzen wagte nicht einmal Vecchio zu überschreiten. Schon gar nicht die Grenze der *convenienza*, der Kosten-Nutzen-Rechnung. Man hatte bereits mehr als genug für Cutolo getan, und Cutolo, der als kluger und umsichtiger Boss galt, hätte das eigentlich kapieren müssen. Aber kaum war die Euphorie über den günstigen Verhandlungsausgang vorüber, war Cutolo nicht nur nicht seinem Ruf als Mann von Welt gerecht geworden, sondern hatte noch dazu Ansprüche gestellt. Es genügte ihm nicht, dass man ihn für unzurechnungsfähig erklärt hatte. Es genügte ihm nicht, dass man ihn aus dem Hochsicherheitstrakt ins normale Gefängnis verlegt hatte. Cutolo wollte frei sein. Cutolo verlangte die Freiheit. Die Kassiber, die aus seiner Zelle geschmuggelt wurden, waren genauso drohend wie eindeutig. Cutolo drohte, es würde Enthüllungen geben, Cutolo drohte, es würde Massaker geben. Das alles war inakzeptabel. Diskret, aber unmissverständlich und entschieden hatte man den alten Clans erlaubt, drohend das Haupt zu erheben. Die militärische Vorherrschaft Cutolos und seiner Anhänger wurde von einer mit Volldampf betriebenen und intelligenten Gegenoffensive infrage gestellt. Seine Männer wurden der Reihe nach dezimiert. Jetzt war Settecorone dran.

Mit der Kippe zündete sich Stalin eine neue Zigarette an. Wie lange brauchte dieser Ciro ’o Russo bloß? War er schon hineingegangen? Dem Informanten zufolge war der Verräter allein, er mochte zwar ein guter Schütze sein, aber mit dem Überraschungsfaktor auf ihrer Seite hatte er eigentlich keine Chance.

Er hörte das Echo eines Schusses. Erledigt, sagte sich Stalin und wollte schon in seinen Land Rover steigen. Dann hörte er einen zweiten Schuss. Dann einen dritten. Und einen Schrei. Stalin entsicherte die Kaliber 22 und lief im Zickzack zum Gebäude. Noch ein Schrei. Die Tür stand halb offen. Stalin ging hinein. Was er sah, gefiel ihm gar nicht. Das Bauernhaus war äußerst luxuriös eingerichtet. Zwei Diwane, ein kleiner Fernseher, Teppiche, ein kitschiges Aquarell mit einem Hafen und dem Vesuv im Hintergrund. Stalin bot sich ein eindeutiger Anblick: Der Verräter war tot. Ein Loch mitten in der Stirn. Aber der Informant war ungenau gewesen. Da waren noch eine Frau und ein Junge. Die Frau lag im Sterben. Sie war noch jung, ein wenig verlebt, sie jammerte leise, und ein resigniertes Zittern durchlief ihren Körper. Der Junge, halb ohnmächtig, rieb seinen Kopf. Er war ungefähr dreizehn, vierzehn Jahre alt. Groß, dünn, dunkel. Ciro 'o Russo fluchte, er versuchte sich die Klinge eines kleinen Messers aus dem linken Oberschenkel zu ziehen. Auf seiner kakibraunen Hose breitete sich ein großer Blutfleck aus.

– Dieses Arschloch. Bring ihn um, Rosse', bring ihn um und hauen wir ab!

Stalin versuchte sich ein Bild zu machen. 'O Russo war eingedrungen und hatte Settecorone kaltgemacht. Er hatte nicht mit der Anwesenheit der Frau und des Jungen gerechnet. Instinktiv hatte er auf die Frau geschossen. Der Junge hatte sich auf ihn gestürzt und ihn am Schenkel verletzt. 'O Russo hatte sich von ihm befreit und ihn an die Wand gestoßen. Der Junge hatte Mut bewiesen.

– Bring ihn um, verdammt noch mal, mir ist die Pistole runtergefallen, bring das Arschloch um!

Der Junge war endlich aufgestanden. Er schwankte, konnte kaum klar sehen. Ciro 'o Russo schrie und fluchte. Stalin hob den Revolver des Camorrista auf. Die Frau jammerte nicht mehr. Aus weit aufgerissenen Augen betrachtete sie die Decke. Grünen Augen.

Stalin ging zu dem Jungen und zeigte auf die Frau.

– Deine Mutter?

Der Junge schüttelte den Kopf.

– Worauf wartest du denn noch? Schieß, du Trottel, und hauen wir ab.

Stalin legte dem Jungen den Zeigefinger an die Gurgel und zwang ihn, ihn anzusehen. Er hatte himmelblaue Augen. Verzweifelte Augen. Stalin Rossetti verabscheute Märtyrer und Helden. Aber einen Kämpfer erkannte er auf den ersten Blick. Dieser Junge war ein geborener Kämpfer. Dieser Junge verdiente es zu leben.

Stalin reichte ihm den Revolver von Ciro 'o Russo.

Brüllend stürzte sich der Camorrista auf sie.

Der Junge schoss. Ciro 'o Russo drehte sich um die eigene Achse, fiel jedoch nicht hin. Der Junge schoss noch einmal, immer wieder. Als das Magazin leergeschossen war, nahm ihm Stalin vorsichtig die glühende Waffe aus der Hand.

– Wie heißt du?

– Pino. Pino Marino.

– Komm mit, Pino Marino.

Der Junge senkte den Kopf. Und begann zu weinen.

Zehn Jahre später

Herbst 1992

Dafür ist die Cosa Nostra zuständig

Ein paar Tage nach der Ermordung des Steuereintreibers Salvo war Zu' Cosimo in einen Bungalow in der Nähe des Strands gezogen. Und zwar deshalb, weil der Ort sicher und Jod, wie er behauptete, in einem gewissen Alter ein Segen war. Offiziell war Herbst, aber Sizilien schien nichts davon zu wissen, die Sonne versengte wie immer Felder, Städte, Menschen und Tiere. Zu' Cosimo ging niemals an den Strand. Ein ausgeklügeltes Staffelsystem erlaubte ihm, rasch den Ort zu wechseln und im Falle unerwünschter Begegnungen unterzutauchen. Hin und wieder brachte ihm ein absolut vertrauenswürdiges Familienmitglied einen Teller Cannoli, seiner Leibspeise.

– Iss, iss, mein Sohn. Sie sind mit Frischkäse gemacht, mit *cavagna* ... so was findet man nicht auf dem Festland!

Tja. Das Festland. Genau von dort kam Angelino Lo Mastro an diesem Nachmittag. Zu' Cosimo höchstpersönlich hatte die zögernden Mitglieder der Provinzkommission von der Notwendigkeit überzeugt, ihn kommen zu lassen, um den Bezirkschef von Resuttana umzulegen. Eigentlich bestand absolut keine Notwendigkeit, den vielversprechenden Jungen wegen so einer Bagatelle zu belästigen, den Jungen, der nicht vorbestraft war und der das Wort der Cosa Nostra in gewissen Kreisen verbreitete, die sich selbst als „ehrenwert“ bezeichneten (ein Eigenschaftswort, bei dem Zu' Cosimo immer gelben Schleim spuckte). Als ein paar Mitglieder der Kommission gemeint hatten, dass es sich dabei um eine Verschwendung von Energie und Talent handelte, hatte Zu' Cosimo sie mit einem Schulterzucken verabschiedet.

– Zu' Totò sagt, ein wenig Bewegung kann nicht schaden!

Was im Klartext hieß: Riina höchstpersönlich bestand darauf, dass der Junge kam. Und Riinas Befehle wurden nicht diskutiert. Die Aufnahme Angelinos in den Führungsstab war einstimmig beschlossen worden.

Auch Angelino begriff sofort, dass es sich um eine Art Bewährungsprobe handelte. Und er empfand heftiges Unbehagen, als er sich einen Haufen Ausflüchte einfallen lassen musste, um lange vereinbarte Termine abzusagen. Ein Unbehagen, dessen abgestandener Geruch ihn auf der ganzen Reise, während der Vorbereitungen, bei der Tat und auch danach noch begleitete. Ein Unbehagen, das ihm jetzt die Anwesenheit des Alten beinahe unerträglich machte.

Fürs Erste hatte ihn Zu' Cosimo ins nahe Einkaufszentrum La Vampa geschickt, um eine Flasche Mineralwasser ohne Kohlensäure zu kaufen.

Erst nachdem der Alte seine Flasche ausgetrunken hatte, beruhigte er sich.

Und jetzt wartete Angelino geduldig darauf, dass das Ritual der Cannoli-Verkostung zu Ende ging. Er wartete auf eine Erklärung. Zu' Cosimo hatte es nie eilig.

Angelino Lo Mastro schluckte den letzten Bissen runter und räusperte sich. Zu' Cosimo hatte es nie eilig, hasste jedoch umständliche Reden. Und auf einem Ohr war er schwerhörig.

Nach den Morden an den Richtern hatten die üblichen Klatschmäuler für ein bisschen Aufregung gesorgt. Als erste Notmaßnahme hatte man ein paar Leichen exhumiert und sie auf würdige und endgültige Weise in Salzsäure bestattet. Dafür hatte man ein paar Lehrlinge aus Belmonte Mezzagno eingesetzt. Sie hatten ordentliche Arbeit geleistet. Die Bullen machten auf dem von den Klatschmäulern angegebenen Gut einen Lokalaugenschein und fanden rein gar nichts. Die Frischlinge hatten eine Belohnung bekommen.

Zu' Cosimo nickte.

Die Beseitigung des Familienoberhaupts der Resuttana hatte sich schwieriger herausgestellt als vorgesehen. Der beauftragte Killer, Nino Fedele, war der Aufgabe nicht gewachsen gewesen. Und so hatte Angelino höchstpersönlich eingreifen müssen.

– Red weiter!

Das Familienoberhaupt hatte keinerlei Verdacht geschöpft, als er und Nino Fedele zu ihm gegangen waren. Angelino überbrachte die Nachricht der Kommission, dass sie sich an einem sicheren Ort unterhalten müssten. Sobald sie im Auto saßen, hatte Nino Fedele eine Schnur aus der Tasche geholt und sie ihm von hinten um den Hals gelegt. In diesem Augenblick war eine Veränderung mit ihm vorgegangen. Die Adern an seinem Hals schwollen an, die Augen waren blutunterlaufen, Schweiß lief ihm über das Gesicht. Einen Augenblick zuvor war er noch normal gewesen, jetzt hatte er sich in eine Art Teufel verwandelt. Er begann das Opfer zu beschimpfen. Er spuckte und beleidigte Mutter und Vater des armen Teufels. Seine Brüder, alle seine Verwandten. Viel Gerede, keine Taten. Das Familienoberhaupt trat um sich und versuchte die Schnur zu fassen zu bekommen. Mit einem Fußtritt zerschmetterte er das rechte Wagenfenster. Je mehr sich Nino Fedele aufplusterte, desto lockerer wurde der Griff.

– Und weiter?

– Da hab ich ihn genau ins Genick geschossen.

Mit hängenden Augenlidern und unablässig zuckenden Lippen machte ihm Zu' Cosimo ein Zeichen fortzufahren. In dem Augenblick, als sein Ex-Familienoberhaupt leblos in sich zusammengesunken war, hatte auch Nino Fedele sich beruhigt. Sie hatten den Leichnam in den Kofferraum eines anderen, sicheren Autos gelegt, und den Wagen, den sie für das Gemetzel verwendet hatten, mit Benzin überschüttet und verbrannt. Dann waren sie in die Bar Albergheria gefahren und hatten alles Vittorio Carugno übergeben, der bereits informiert war und Salzsäure besorgt hatte.

Zu' Cosimo seufzte.

– Und Nino Fedele?

– Er hat sich die Golduhr genommen, das Portemonnaie, den Gürtel, das Goldkettchen mit dem Bild der Madonna und das Armband und ist seiner Wege gegangen ...

Zu' Cosimo lächelte.

– Du hättest auch ihn erschießen sollen. Wir haben den räudigen Hund extra für diese Aufgabe ausgesucht. Aber er hat keine Eier und kein Hirn. Du hättest ihn erschießen sollen!

Angelino wurde blass. Zu' Cosimo schien plötzlich eingenickt zu sein. Aber Angelino kannte ihn zu gut. Er hatte ihn in die Familie eingeführt. Er hatte sein Schicksal bestimmt, das sich so sehr von der gewöhnlichen Karriere des Ehrenmannes unterschied. Er war sein Gönner und sein Fluch. Zu' Cosimo dachte nach. Er musste entscheiden, ob er die Bewährungsprobe bestanden hatte. Ob ihn die Jahre im Norden zu einem Weichling gemacht hatten oder ob er noch immer würdig war, eine Rolle in der Cosa Nostra zu spielen. Ob man ihm bedingungslos vertrauen konnte. Deshalb hatte man ihn für diesen dummen, zweitklassigen Mord angeheuert. Und er hatte es vermasselt!

Aber Zu' Cosimo dachte, dass es sich im Grunde um eine lässliche Sünde handelte, weil die *convenienza* aufgegangen war. Man hatte das Ziel erreicht. Der Junge hatte Geistesgegenwart und Kaltschnäuzigkeit bewiesen. Die Kritik hatte ihn verletzt und eingeschüchtert. Der Erfolg war ihm nicht zu Kopf gestiegen. Der Junge respektierte die Regeln. Auch wenn er im tausend Kilometer entfernten Norden lebte, sich wie eine Schwuchtel kleidete und parfümierte und vielleicht sogar den

Dialekt seiner Heimat vergessen hatte ... gehorchte er nach wie vor.

Das hatte er beweisen müssen, und er hatte es bewiesen.

Zu' Cosimo schlug die Augen auf. Er hatte eine Entscheidung getroffen.

– Ist in Ordnung. Ist erledigt. Und Nino Fedele stellen wir ein wenig ruhig. Aber du ... hast du mir noch was zu sagen?

Angelino Lo Mastro zögerte, bevor er „nein" hauchte. Zu' Cosimo schien ihn mit seinen leeren, wässrigen Augen zu durchdringen, die manchmal eiskalt und manchmal ein Feuer speiender Vulkan zu sein schienen. Angelino Lo Mastro senkte den Blick.

– Mach mir einen Kaffee, befahl der Alte knapp.

Angelino hatte ihm nicht direkt in die Augen geblickt. Zweifel stiegen in ihm auf. Wenn sogar einer wie Angelino ihm nicht direkt in die Augen blickte ... Zu' Cosimo bereitete eine Botschaft an alle vor, die ihm nicht direkt in die Augen blickten. Gegen das verräterische Familienoberhaupt hatte man vorgehen müssen, weil der Verräter das Gerücht verbreitet hatte, Provenzano, Zu' Binnu, stünde mit der Cosa Nostra auf Kriegsfuß. Fürs Erste hatten sie einmal zugewartet. Man ließ ihn reden, als wäre seine Stimme bloß ein ferner Ruf, den der Schirokko heranwehte. War es jemals vorgekommen, dass Gottvater mit allen Heiligen auf Kriegsfuß stand? Aber wie sich herausstellte, verdiente der Verräter keine Nachsicht. Der Verräter äußerte Zweifel hinsichtlich ihrer Entscheidungen. Der Verräter hatte es gewagt, öffentlich zu erklären, dass man sich auf einem Holzweg befände, dass sogar das Überleben der Organisation auf dem Spiel stünde, dass Zu' Totò und Zu' Cosimo verrückt geworden seien. Die Situation entglitt ihnen. Und da wurde deutlich, was für ein Spiel der Verräter spielte: Er wollte Zu' Binnu auf seine Seite ziehen. Es gab keinen Konflikt, es durfte gar keinen geben. Der Verräter hatte versucht, Zwietracht zu säen. Und wenn sich jemand auf seine Seite geschlagen hätte? Wenn die vom Wind herangewehte Stimme zum Chor geworden wäre? Deshalb hatte man eingreifen müssen. Der Augenblick duldete kein Zögern. Das war die offizielle Version. Doch die Wahrheit sah anders aus. Viele zweifelten und waren sich unsicher. Hätte Zu' Cosimo eine Liste aufgestellt, wären mindestens ein Viertel der besten Köpfe der Cosa Nostra draufgestanden. Eines Tages würde er diese Liste auch tatsächlich erstellen. Hätte er dann Angelino Lo Mastro an die oberste Stelle setzen müssen? Angelino, der für ihn wie ein eigenes Kind war? Böse Gerüchte waren im Umlauf. Lügengeschichten. Und der Zweifel, der Zweifel ... Zweifel geht mit Tatenlosigkeit einher. Und Tatenlosigkeit mit Tod. Ein bewegungsloser Körper ist tot. Deshalb musste man die Sache beschleunigen. Augenblicklich zuschlagen, solange die Wunden noch nicht verheilt waren und noch schmerzten.

Zuschlagen, bis sich einer anpisste und sagte: aufhören. So erreichte man gar nichts.

Hört auf und einigen wir uns. Wie in den alten Zeiten.

Angelino kam aus der Küche zurück, mit zwei Tassen Kaffee, kurz und schwarz, wie es sich gehörte.

Zu' Cosimo schaute ihm direkt in die Augen.

– Du kannst ruhig sein. Ihr könnt alle ruhig sein. Die *convenienza* geht auf.

Diesmal hielt Angelino seinem Blick stand. Der Junge hatte sich nicht korrumpieren lassen. Man musste Nachsicht walten lassen, ihm und all den anderen gegenüber, die bereits vom Wurm angefressen waren. Sie hatten ein Exempel statuiert, das musste reichen. Jetzt ging es darum, den Dingen ihren Lauf zu lassen. Mit der Zeit würde die Kosten-Nutzen-Rechnung, die *convenienza*, aufgehen.

– Fahr nach Mailand zurück. Sprich mit Giulio Gioioso und sag ihm, sein Freund soll seinen Verpflichtungen nachkommen.

Wegen ihm haben wir Zeit und Geld verloren – denn Zeit ist Geld –, deshalb soll uns der Freund ein kleines Geschenk machen ...

– Wie klein?

– 1,5 Prozent. Eine angemessene Kosten-Nutzen-Rechnung ... Und weil wir gerade von Kosten-Nutzen sprechen: Wieviel hast du für das Mineralwasser bezahlt?

– Zweihundert Lire.

– Das nenn ich angemessen.

Zu' Cosimos Gesicht verfinsterte sich, er schüttelte den Kopf, schnaubte. Er erzählte, dass jeden Tag einer vom Supermarkt zu ihm käme. Er brächte ihm sechs Flaschen Mineralwasser und verlangte dafür fünfzehnhundert Lire. Das Arschloch machte also jeden Tag einen Gewinn von dreihundert Lire.

– Für die Dienstleistung, stellte Angelino fest, dem langsam etwas dämmerte.

– Aber das war nicht vereinbart. Der macht seine eigene *convenienza*. Und dort, wo jemand eine eigene Kosten-Nutzen-Rechnung anstellt, zweigt er was ab!

Die Mineralwasser-Lieferung stand unmittelbar bevor, deshalb bat Zu' Cosimo Angelino, er möge ihm noch ein paar Minuten Gesellschaft leisten. Er möge da sein, wenn der Laufbursche aus dem Supermarkt kam. Dann würde ihm Zu' Cosimo eine Kugel durchs Maul jagen, damit er kapierte, worin Bildung und Geschäftsmoral bestanden, und dann würde Angelino wohl so freundlich sein, sich um die Leiche zu kümmern.

Genau in diesem Augenblick begriff Angelino, dass Zu' Cosimo völlig verrückt war. Alt und verrückt. Er dachte an das auserkorene Opfer: Saro Basile, sechzig Jahre alt, sieben Kinder, drei Zähne, steifes Bein. Der Supermarkt im Einkaufzentrum La Vampa hatte ihn aus Mitleid eingestellt. Zu' Cosimo war der Sinn für die Realität abhandengekommen ... Der Cosa Nostra stand eine Versammlung von Verrückten vor. Alten Verrückten. Sie verfolgten strikt den einmal eingeschlagenen Weg, während sich die Welt in eine ganz andere Richtung drehte. Angelino Lo Mastro hatte absolut keine moralischen Einwände gegen Gewalt. Der kluge Einsatz von Gewalt war einer der Grundpfeiler der Organisation. Die Gewalt diente dazu, die Dinge zu regeln, sie war der einfachste und unmittelbarste Weg, um von den zahlreichen Propheten des Chaos verstanden zu werden. Aber was hatte Gewalt mit dem Schicksal dieses armen, hinkenden Teufels zu tun? Das war nur dumm! Nein, nein! Die Cosa Nostra musste sich ändern! Die Cosa Nostra musste mit der Zeit gehen! Und die Zeit forderte einen tief greifenden Wandel. Neuerungen. Fortschritt. Wenn doch er eines Tages gemeinsam mit einem anderen jungen Mann wie er selbst ...

– Es wird spät, flüsterte Zu' Cosimo. Bitte schau mal, ob er schon kommt, Angelino.

Am liebsten hätte Angelino Lo Mastro den Alten zerquetscht wie eine Laus. Aber dazu war er nicht imstande. Angelino Lo Mastro hatte Angst vor ihm.

Der arme Teufel, der Familienvater, das Schaf, ging inzwischen dem sinnlosesten Tod entgegen, den man sich nur vorstellen konnte, während Zu' Cosimo lächelte und sich darauf freute, ihn kaltzumachen ...

Da hatte Angelino Lo Mastro eine Idee.

– Aber seid ihr euch sicher, dass die *convenienza* stimmt? Das hier ist immerhin ein sicherer Unterschlupf, ihr werdet ihn verlassen müssen ...

Das Lächeln auf Zu' Cosimos Lippen erlosch. Sein Blick irrte im Zimmer umher, er vermied es tunlichst, Angelino anzusehen.

An der Tür klopfte es. Angelino rührte sich nicht. Zu' Cosimo seufzte.

– Mach auf. Gib ihm zwölfhundert Lire und sag ihm, dass sie ab morgen einen anderen schicken sollen.

Vecchios Waisen

1.

Verkehrslärm vom Lungotevere. Abenddämmerung über den Platanen, durch die die letzten Ausläufer des Westwinds strichen. Scialoja saß an Vecchios ehemaligem Schreibtisch und erteilte Camporesi Befehle, dem jungen Leutnant, den er zu seinem Assistenten gemacht hatte.

März. Mord an Salvo Lima. Das jahrzehntelange Gleichgewicht zwischen Politik und Mafia war endgültig gekippt. Falcone im Mai. Zwei Monate später Borsellino. Dazwischen war Scalfaro zum Präsidenten der Republik gewählt worden. Und schließlich im September der Mord an Salvo, dem Steuereintreiber. Dem Letzten auf der Liste. Zumindest im Augenblick. Die politische Elite der Ersten Republik versucht den von *Mani pulite* entfachten Sturm zu überleben. Craxi kämpft wie ein Löwe, aber sein Schicksal ist besiegelt. Die Postkommunisten schlüpfen indessen in den Sonntagsstaat, sie können es kaum erwarten, an die Macht zu kommen. Mit dem Fall der Berliner Mauer ist auch ihr Auftrag, in der Mitte zu bleiben, hinfällig geworden. Die uralten Übereinkünfte sind vom Sprengstoff abgelöst worden. Alle gegen alle. Absolute Handlungsfreiheit für alle. Großes Chaos unter dem Himmel, eine ausgezeichnete Gelegenheit für fähige und vorurteilslose Männer. Kein System hält lange einen Überschuss an Dynamik aus. Und früher oder später ergibt sich wieder ein Gleichgewicht. Aber welches? Im Augenblick: weit verbreitete Besorgnis in Wirtschafts- und Finanzkreisen, keinerlei Garantie für die zukünftige Ordnung. Es besteht durchaus die Möglichkeit, dass sich falsche Seilschaften, gefährliche Geheimdienste durchsetzen. Die Freimaurer in Aufruhr. Die Katholiken wissen nicht, ob sie sich auf die Seite der Rechten oder der Linken schlagen sollen. Selbst der Papst staunt über das enorme Vakuum, das der Niedergang des Kommunismus hinterlassen hat. Die Mafia eine treibende Kraft. Nach dem Anschlag auf Borsellino hatte die ROS, die Spezialeinheit der Carabinieri, Verhandlungen mit der Cosa Nostra aufgenommen. Mithilfe von Vito Ciancimino, dem Ex-Bürgermeister von Palermo, dem Mann, der mit dem Clan der Corleonesen von Riina verbunden war. Im Augenblick war er mehrmals verurteilt und unter Hausarrest. Ciancimino war nach allen Richtungen offen. Nicht alle Teile der Cosa Nostra befürworteten die Strategie der Massaker. Die Spezialeinheit setzte auf die bedingungslose Kapitulation der Untergetauchten. Riina wollte etwas, aber niemand wusste, was. Diese Tatsachen waren einem Kreis gut Informierter wohlbekannt. Mit Ausnahme der Richter, für die wie immer die Schweigepflicht galt. Worum ging es? Einigen um die Macht, anderen einfach ums Überleben. Die Mafia: eine Kraft im Spiel. Ihre Waffe: Massaker.

Er glaubte, deutlich und überzeugend gewesen zu sein. Camporesi schaute belämmert drein.

– Habe ich mich klar genug ausgedrückt, Leutnant?

– Um die Wahrheit zu sagen ...

– Muss ich noch deutlicher werden? Gut. Wir müssen mit der Mafia verhandeln. Haben Sie endlich kapiert?

– Mit der Mafia verhandeln? Das geht doch nicht! Das ist unmoralisch!

Scialoja wusste nicht, ob er ihn anbrüllen oder ob er über diesen zimperlichen Tonfall lachen sollte. Um Himmels willen, Junge! Willst du mir wirklich weismachen, dass du nicht weißt, welche Rolle die Camorra und die ehrenwerte Gesellschaft beim „Zug der Tausend“ – der Einigung Italiens – gespielt haben? Wie sie mit Crispis Präfekten zusammengearbeitet haben? Wie sie die Landung der Engländer und Amerikaner ’43 begünstigt haben? Bei der Plünderung Palermos mit dabei waren? Warum überlässt du diesen Blödsinn nicht den revisionistischen Historikern?

– Das ist keine Frage der Moral. Ich habe Ihnen einen Befehl erteilt. Führen Sie ihn aus!

Im Übrigen war Empörung wohl das Mindeste, was man von einem erwarten konnte, auf dessen Schreibtisch das historische Foto der Richter Falcone und Borsellino stand. Überraschend an der Sache war vielmehr: Gab es noch Italiener, die sich einer Idee von Staat verpflichtet fühlten, und zwar einer, die der Staat als Erster als kontraproduktiv verurteilt hätte? War Camporesi ein naiver Idealist oder ein geschickter Lügner?

Die einzige Möglichkeit bestand darin, abzuwarten, wie sich die Angelegenheit entwickelte. In gewissen Fällen bringt nur der Tod Gerechtigkeit. Hieß es nicht von Falcone, er hätte ein Attentat fingiert, um zu Ruhm und Ehren zu kommen? Hatte man ihn und Borsellino nicht abschätzig als Professionisten der Antimafia bezeichnet?

Falcone, Falcone ... Borsellino ... Borsellino ... die Helden ... die Vorbilder ... die Ikonen des Italien, so wie es sein sollte. Wie es nie sein würde ...

Scialoja hatte Falcone im Januar kennengelernt. Das Abendessen war extra organisiert worden, um sie einander vorzustellen. In einem neapolitanischen Restaurant. Folklore, *casatiello*, in Meerwasser gekochter Knurrhahn. Diskrete Anwesenheit der Leibwächter. Nach der offiziellen Sperrstunde griff ein bekannter Sänger zur Gitarre. Die Kollegen zeigten sich von ihrer besten Seite. Die ewige italienische Mischung aus Exhibitionismus und Tragödie. Vor fünfzehn Jahren, als er noch ein junger idealistischer Polizist gewesen war, hatte er sich wegen einer heiklen Information an Falcone gewandt. Nach zwei Wochen hatte er die Antwort erhalten. Bei der Erinnerung an die Episode lachten sie. Damals hatte er die Antimafia-Prüfung bestanden. Aber als er Falcone im Augenblick des Abschieds fragte, ob er heute die Prüfung noch einmal bestehen würde, hatte der andere mit seinem leichten, zuckenden Lächeln durch ihn hindurchgeblickt. Und keine Antwort gegeben. Sie hatten sich alles gesagt in diesem kostbaren Moment. Er hatte diesen Mann nur flüchtig kennengelernt und gespürt, dass er einem Angst einjagte. Er wusste, dass die Mafia alles unternehmen würde, um ihn zu beseitigen. Deshalb waren für ihn die Dinge lange Zeit klar gewesen. Zumindest in großen Zügen. Was auch immer am Kochen war, Leute wie Falcone und Borsellino waren zu gefährlich.

– Schauen Sie, dass Sie zu etwas Schlaf kommen. Morgen geben ich Ihnen ein paar Namen, die Sie bearbeiten können.

2.

Danach fuhr Scialoja zu einer anonymen Industriebaracke auf dem Land in der Nähe von Pavona. Er parkte den blauen Lancia Thema mitten auf einem finsteren Platz, stieg mit ausgebreiteten Armen aus und sprach mit lauter Stimme, damit man ihn erkannte:

– Rocco, ich bin's.

Irgendwo in gefährlicher Nähe antworteten ein dumpfes Knurren und ein ersticktes Hundebellen.

– Rocco, ich bin's, der Doktor, wiederholte er etwas verärgert.

– Brav, Rolf. 'Tschuldigung, Herr Doktor, im Dunkeln hat er Sie nicht erkannt.

– Schon gut, schon gut ...

Laternen an den vier Ecken des Parkplatzes durchbrachen die Dunkelheit. Mit umgehängtem Gewehr kam ihm der Wächter entgegen, an der Leine hielt er einen Hund, einen riesigen Rottweiler mit einem Nietenhalsband.

– Anrufen hätten Sie wohl können, was?

– Hab ich vergessen, Rocco. Mach einen Spaziergang!

– Und der Hund?

– Nimm ihn mit.

– Wie lange brauchen Sie?

– Komm in einer Stunde wieder.

– Wie Sie wünschen. Übrigens ... Doktor Scialoja ...

– Was ist, Rocco?

– Es ist das erste Mal, dass Sie ohne Vecchio kommen.

– Und?

– Nix, nix ...

– Er fehlt dir, nicht wahr?

– Jetzt steh ich Ihnen zu Diensten.

Scialoja sah zu, wie er in der Dunkelheit verschwand. Wahrscheinlich verzog er sich in irgendeinen Winkel. Von wo aus er den Lancia Thema, die Baracke, die Gegend im Auge behalten konnte. Bewaffnet und bereit, auf jeden zu schießen, der es wagte, ihm zu nahe zu kommen. Solange ihm nicht Scialoja höchstpersönlich die Anordnung gab, den Unbekannten durchzulassen.

Auch Rocco Lepore war eine Erfindung Vecchios. Ein kalabresischer Bandit, der im Winter '44, als er in einem ukrainischen SS-Bataillon gekämpft hatte, Schande auf sich geladen hatte. Vecchio hatte ihn vor der Rache seiner Freunde, der Partisanen, gerettet. Seitdem war Rocco auf Gedeih und Verderb Vecchio ausgeliefert. Und seitdem es Vecchio nicht mehr gab, gehörte er Scialoja.

Rocco Lepore. Der Wächter des Archivs.

Scialoja ging in die Baracke und machte alle Lichter an.

Die Lastwagen standen in Zweierreihen da. Autos im Besitz einer Transportfirma, die nichts zu transportieren hatte. Einem ausgeklügelten Plan folgend fuhren eifrige Chauffeure mit ihnen kreuz und quer durch Italien und füllten Begleitscheine für nicht existierende Waren aus. Gelangweilte Angestellte hefteten sie in Ordnern und Registern ab, die von Laufburschen in regelmäßigen Abständen entsorgt wurden.

Vecchio, wieder einmal Vecchio.

Scialoja ging um die Autos herum zum hinteren Ende der Baracke. Vor einer ölverschmierten Wand rosteten zwei alte AC-70 vor sich hin, Lkws aus dem Bestand des Heeres, die seit Jahren nicht mehr im Einsatz waren.

„Darf ich Ihnen Ciccio eins und Ciccio zwei vorstellen?" Dabei hatte Vecchio hinterhältig gegrinst, aber das Lachen aus seinem infolge eines Schlaganfalls schmalen, zusammengekniffenen Mund klang fast wie ein Röcheln.

Scialoja ging zur Rückseite von Ciccio eins, hob die Plane, kletterte behände auf die Ladefläche, und als er drinnen war, drückte er auf einen Knopf.

Er befand sich in Vecchios Archiv.

In den durchlaufend nummerierten Zinktruhen schlummerten die Dokumente.

Der Nummernschlüssel befand sich in Vecchios Adressbuch.

Das Adressbuch gehörte ihm.

Jahrelang hatten sich die wichtigen Leute in Italien gefragt, wo zum Teufel Vecchio sein Archiv versteckte.

Jahrelang hatten die Herren Niemand, die sich für die Herren der Welt hielten und auf Vecchios Befehl sprangen wie Kastanien in der Pfanne, beträchtliches Kapital in die Suche nach dem Archiv investiert.

1975 hatte man in einem Souterrain in der Via Appia ganz

zufällig Koffer voller Dokumente gefunden, die sensationelle Enthüllungen versprachen.

Doch als die Zuständigen einen Blick darauf warfen, offenbarten sich die Dokumente als Altpapier. Vecchio hatte einen beträchtlichen Sinn für Humor.

Die echten Dokumente waren unterwegs. In den Laderäumen der Lkws der Firma, die einem vertrauenswürdigen Strohmann gehörte, wurden sie von einem Ort zum anderen kutschiert. Ein mobiles Archiv. Für den Rest sorgte Vecchio mit seinem beachtlichen Gedächtnis.

Vecchio hatte vierzig Jahre gebraucht, um das Material zu sammeln. Den Kern bildeten, wie Vecchio ihm erklärte hatte, Dossiers und Datensammlungen der OVRA, der Geheimpolizei Mussolinis.

„Eine äußerst effiziente Truppe", hatte er mit schiefem Grinsen hinzugefügt.

In seiner Sprache bedeutete das, dass er in gewisser Weise dazugehört hatte.

Aber: Was war Vecchio nicht alles gewesen?

Ein Partisan mit dem Decknamen „Erzengel", der bei der Befreiung Italiens mitgewirkt hatte.

In jungen Jahren ein Beamter im Innenministerium.

Ein Lieblingsschüler von James Jesus Angleton in der Spionageabwehr, die sich in Langley – als die CIA noch OSS hieß – mit der kommunistischen Unterwanderung in den westlichen Demokratien beschäftigte.

In reiferen Jahren ein Beamter im Innenministerium.

Ein Sammler von historischen mechanischen Spielautomaten.

Vecchios und Scialojas Wege hatten sich in der Zeit gekreuzt, als Scialoja einer Bande von römischen Kriminellen auf den Fersen war. Vecchio protegierte sie beziehungsweise erwies ihnen Gefälligkeiten, wofür er Gegenleistungen erhielt.

Beim ersten Gespräch von Angesicht zu Angesicht hatte sich Vecchio als „treuer Diener des Staates“ vorgestellt. Und hatte hinzugefügt: „... was nicht ausschließt, dass ich im Grunde ein Mann bin, den es gar nicht gibt, der ein Büro leitet, das es nicht gibt.“

Scialoja hatte ihn zu verhaften versucht.

Vecchio hatte es ihm heimgezahlt.

Scialoja war ein menschliches Wrack geworden.

Vecchio hatte ihn wieder aufgerichtet. Und ihn als seinen Erben eingesetzt.

Jetzt suchte Scialoja in diesen Unterlagen einen Namen.

Vecchio hatte vierzig Jahre lang gebraucht, um diese riesige Menge an Informationen zusammenzutragen.

Und zwei Monate, um die wichtigsten auszuwählen.

Jetzt bestand das Archiv aus Ciccio eins und Ciccio zwei.

„Das ist alles? Nicht mehr? Wie viele Kisten sind das? Vierzig? Fünfzig?“

„Sechsundfünfzig. Versuchen Sie, die symbolische Bedeutung der Zahl zu erraten ...“

„56? Der Untergang der kommunistischen Illusion? Sie wollen mir doch nicht sagen, dass Sie ein doppeltes Spiel spielen?“

„Ein doppeltes, dreifaches, vierfaches und vielleicht sogar noch mehr. Jedenfalls nicht mehr und nicht weniger als unbedingt nötig.“

„Und wo ist der Rest? Wo ist der gelandet? In anderen Lkws? In anderen Lagern?“

„Den Rest gibt es nicht mehr!“

Scialoja konsultierte das Adressbuch. Er suchte die Kiste mit der Nummer 13. Die nummerierten Mappen waren perfekt geordnet. Neben den Aufschriften befanden sich hin und wieder Notizen in Vecchios Handschrift.

Der Name, den er suchte, stand in dem dritten Ordner. Angelino Lo Mastro. Scialoja prägte sich die wichtigen Details ein. Er musste so bald wie möglich mit ihm einen Kontakt herstellen. Er legte den Ordner zurück. Schneller als erwartet war er fündig geworden.

– Brauchen Sie noch was, Herr Doktor?

Roccos Stimme. Der Hustenanfall eines starken Rauchers. Eines Tages, bald schon, würde er ihn ersetzen müssen. Er hatte Maßnahmen getroffen, das Material digital zu sichern. Aber nicht einmal während langer einsamer Nachmittage war es ihm gelungen, die Karteikarten zu speichern. Sie sich endgültig anzueignen.

Aber er konnte sich nicht entscheiden.

Dieses Archiv der Abscheulichkeiten löste bei ihm eine fast mystische Angst aus.

– Ich bin fertig, Rocco.

Auf dem Rückweg fand er sich plötzlich vor Patrizias Wohnung wieder. Das Licht war an. Sollte er hinaufgehen? Sie wiedersehen? Vor zwei Tagen hatten sie gemeinsam über die alten Zeiten gelacht. Ein ehemaliges Liebespaar, dem die Leidenschaft abhandengekommen war. Erfahren und abgeklärt und nicht länger bereit, sich von der Flut der Gefühle überrollen zu lassen. Aber das war nur eine bittere Maskerade gewesen. Er begehrte sie noch immer. In der Stille des bürgerlichen Wohnviertels Parioli glaubte er, unterdrücktes Lachen zu hören. War jemand bei ihr? Patrizia hatte ihm zu verstehen gegeben, dass sie ein Verhältnis mit Secco, dem König der Geldwäscher, hatte. Sie verschwendete sich also noch immer an unbedeutende Männer. Und vielleicht glaubte sie, er sei wie alle anderen auch. Patrizia war seine große Niederlage. In den Nächten, die er mit willfährigen Nutten verbrachte, dachte er nur an sie, fühlte schmerzhaft ihre Abwesenheit. Dennoch hatte er sie zurückgewiesen. Er hatte beschlossen, die Leidenschaft auf immer und ewig in einen Winkel der Erinnerung zu verbannen.

Sonst würde die Mauer, die er zwischen sich und den anderen errichtet hatte, zerbröckeln. Die Mauer, die ihm Respekt, Bewunderung, Erfolg garantierte.

Unzufrieden fuhr er weiter. Er war nicht bereit. Noch nicht.

Erfolg & Einsamkeit, ein untrennbares Paar. So wie Begehren & Ruin.

3.

Patrizia zog die rosaroten Vorhänge zu und drehte sich um.

Mit Sakko und Krawatte und mit einem freundlichen, zweideutigen Lächeln auf dem Gesicht goss Stalin Rossetti *Pouilly fumé* in zwei Gläser. Der Hummer stand zwischen zwei Gedecken auf dem langen Tisch in der Küche der Marke Merloni.

– Stell sie bitte wieder hin, flüsterte sie.

Er stellte die Gläser auf den Tisch, nickte, nestelte an den Armaturen der Bang&Olufsen-Anlage herum. Die Klänge von *Wonderful Tonight* ertönten. Ihr Lied! Eric Clapton entlockte seiner Gitarre klagende Töne, ein Labsal für das Herz. Patrizia wollte nicht, dass Stalin Rossetti sah, wie sie von Rührung ergriffen wurde. Auf der Straße saß einer in einem blauen Auto. Offenbar blickte er zu ihrer Wohnung herauf. Verschwinde, wollte sie schon schreien, verdirb mir nicht den magischen Augenblick. Es ist nicht deiner. Nur meiner, meiner. Und er wird nicht lange dauern.

Während er ihr den Champagner reichte, fragte Stalin Rossetti, ob Scialoja sie aufgesucht hätte.

– Nein.

– Muss ich mir Sorgen machen? Es sind schon zwei Tage vergangen!

– Es wird nicht funktionieren.

– Wie meinst du das?

– Ich war zu ...

– Zu hart? Zu abweisend?

– Zu frivol. Er war abweisend.

– Du wirst ihn wiedergewinnen.

– Er hat ... sich verändert. Er ist anders geworden.

– Das musst du mir erklären.

– Er ist kalt. Kälter. Ich erkenne seinen Geruch nicht wieder. Früher musste ich ihn nur ansehen und wusste, dass er erregt war, früher ...

– Du hast ihn ja erst einmal getroffen. Wir lassen nicht locker. Du bist ja bestens ausgestattet ...

– Vielleicht bin ich auch nicht mehr die, die ich einmal war.

– Vergiss nicht, du bist immer noch Patrizia.

– Es wird nicht funktionieren.

Stalin nahm ihr das Glas aus der Hand und küsste sie auf den Hals.

– Ich verlasse mich auf dich. Enttäusch mich nicht.

Mit angespanntem Lächeln senkte sie den Kopf. Stalin entging nicht, dass ein kurzes Beben durch ihren Körper gelaufen war. Ein genussvolles, aber auch ängstliches Beben.

– Du weißt ja, wie wichtig das alles für uns ist.

Am liebsten hätte sie ihm geantwortet: Nein, das weiß ich nicht. Aber ich weiß, dass du lügst, wenn du sagst, „wichtig für uns“. Du bist freundlich, aber insgeheim betrügst du mich.

– Ich werde es noch mal versuchen, flüsterte sie.

– Komm her.

Im Grunde war es ihr egal. Sie fand nichts dabei, zu betrügen und betrogen zu werden. Auszunutzen und ausgenutzt zu werden. Allein die Gegenwart zählte. Die Gegenwart in ihrem großen Penthouse in Parioli, mit Musik, französischem Wein und all dem Rest. Der Traum, dem sie auf geheimnisvolle und unklare Weise treu geblieben war. Ihr Leben war nichts anderes als ein langer, trüber Fluss voller Wirbel und Untiefen. Keiner hatte jemals die kleine Cinzia begehrt, die sich hinter der Maske jener, die alle kaufen konnten, verbarrikadierte. Weder Scialoja mit seiner Zweideutigkeit und seiner leidenschaftlichen Besitzgier. Noch Dandi, der kleine Straßenräuber, der ihr das Paradies versprochen hatte. Wie sehr er sie doch geliebt hatte! Auf seine Weise natürlich. Aber sie war nicht die Richtige gewesen. Keiner hatte sie jemals wirklich besessen, keiner. Nur dieser Mann, der gekonnt den Hummer zerlegte und sie indessen zwang, ihm die Geschichte zum x-ten Mal zu erzählen (die Details, alle Details ... ich habe ihm gesagt, ich sei mit Secco zusammen, und wenn er der Sache nachgeht? Das wird er nicht! Ich kenne ihn! Und wenn er es doch tut? Dann sage ich, dass ich ihn eifersüchtig machen wollte. Wie bist du nur darauf gekommen! Einfach so, da gibt es keinen wirklichen Grund ... Ach, meine Kleine, und er hat zu mir gesagt, dass mir Schwarz steht, immerhin hat er mir zu Schwarz geraten ... So haben wir zumindest eines gemeinsam ...)

Nur dieser Mann.

Nach dem Sex hielt er sie lange umschlungen. Patrizia lächelte. Einmal, ganz am Anfang, hatte sie ihm gesagt, dass für sie die Umarmung danach das Allerschönste sei. Er hatte sie ernst genommen. Er hatte daraus eine Sache der Ehre gemacht. Auch aus diesem Grund war sie ihm dankbar: dass auch er hin und wieder ein Mann wie jeder andere war.

Stalin begann leise zu schnarchen. Sie löste sich aus seiner Umarmung und glitt aus dem Bett. Lief ins Kabinett. Ihren Zufluchtsort. Machte das Licht an. Die Plüschtiere, die sie sammelte, saßen da und sahen sie aus ihren klaren Glasaugen an. Augen wie die seinen, dachte sie. Patrizia hatte das Gefühl, als ob die Plüschtiere den Blick abwendeten. Missbilligten sie etwas? Und war das überhaupt wichtig?

Manchmal kam sie sich vor wie eine Puppe, die in den Händen eines launenhaften Jungen gelandet war. Vor allem dann, wenn er weit weg war. Tage oder Wochen der Einsamkeit. Das war Freiheit! Aber diese Freiheit ging nicht mit Euphorie einher. Keiner Leidenschaft. Sie wusste nicht, was sie mit der Freiheit anfangen sollte. Sie schloss sich zu Hause ein. Wartete. Dann kam er zurück, mit einem Lächeln anstatt einer Erklärung. Und alles begann von vorne. Ihr Eingesperrtsein, ihre Befriedigung. Stalin sprach oft von der Zukunft. Wenn sich alles zum Guten wenden würde. Und er zurückbekommen würde, was er aufgrund des Verrats und des Betrugs verloren hatte. Sie hörte ihm verständnisvoll zu. Sie wusste, dass genau in dem Augenblick, in dem Stalin bekam, was er sich wünschte, alles zu Ende gehen würde. Patrizia glaubte nicht an die Zukunft. Die Zukunft konnte nur schrecklicher sein als die Gegenwart.

– Schaut mich an, flüsterte sie provokant in Richtung der Stofftiere, ich bin hier. Ich bin die Gegenwart!

Sie ging zur Leopardenmutter hin, die mit gerunzelter Stirn ihren Wurf betrachtete, und schob sie vorsichtig zur Seite. Die Leopardenmutter bewachte auch noch etwas anderes. Sie bewachte das Foto, auf dem sie und Stalin in Taveuni zu sehen waren. Im Hintergrund befand sich das Schild des *Pacific Resort*. Das Foto hatte hundert Neuseelanddollar gekostet. Stalin hasste es, fotografiert zu werden. Wenn er geahnt hätte, dass ihn der fette, lächelnde Eingeborene in Wirklichkeit heimlich fotografierte, hätte er eine schöne Szene gemacht. Oder vielleicht hätte er ihn auch nur mit seinen kalten, eisblauen Augen angeblickt und ihn freundlich aufgefordert ... hätte ihm freundlich befohlen, das Negativ zu zerstören. Dann wäre sie bestraft worden. Wie sie es verdiente.

Auf die Rückseite hatte sie geschrieben: „Für Kommissar Scialoja, aus einem anderen Leben. Patrizia."

Mehrmals war sie drauf und dran gewesen, es abzuschicken. Aber dann hatte sie es doch nicht getan. Es war ihr Bindeglied zu einem Mann, der ihr einen Namen gegeben hatte. Ihrem Mann. Der zurückgekommen war.

Und war es denn so wichtig, dass das alles einen Preis hatte?

War das Leben denn nicht ein ständiges Geben und Nehmen?

Und war ihr im Gegenzug nicht schon mehr Glück beschieden, als sie jemals zu hoffen gewagt hatte? Sie war es ihm schuldig. Und sie würde es tun. Sie würde es für ihn tun. Sie würde Scialoja wieder nahekommen. Es würde ihr gelingen.

Sie legte das Foto wieder hin, nahm eines der Leopardenbabys, wobei sie seiner Mutter tröstliche Worte zuraunte, und ging damit ins Bett.

Stalin spürte, wie sie neben ihm ins Bett schlüpfte, tat aber, als würde er schlafen. In gewissen Augenblicken ging ihm Patrizias unterwürfige Zärtlichkeit ordentlich auf die Nerven.

4.

Scialoja tauchte um ungefähr zehn Uhr abends auf. Mit einer Flasche in einer roten Schachtel und gleichfarbigen Rosen.

Patrizia hatte ihn gerade in dem Augenblick angerufen, als seine Auseinandersetzung mit Camporesi ihren Höhepunkt erreicht hatte. Grund des Streits: die Begleitumstände der bevorstehenden Begegnung mit Angelino Lo Mastro. Camporesi hatte einen Plan vorgelegt, der genauso ausgeklügelt wie lächerlich war.

– Camporesi, wir sollen ihn nicht verhaften, sondern uns nur mit ihm unterhalten.

– Ich bin ein Experte bei Sicherheitsprofilen ... das ist mein Job, Herr Doktor.

– Vergessen Sie's. Ich werde mich persönlich um die Sache kümmern. Und es Sie im richtigen Augenblick wissen lassen.

– Mit Verlaub, aber da muss ich widersprechen.

– Halten Sie den Mund.

Als er ihre Nummer auf dem Display sah, wollte er zuerst gar nicht antworten. Aber er hatte ihrer warmen Stimme noch nie widerstehen können, ihrer leicht melancholischen Stimme, die flüsterte, komm, du fehlst mir, ich sehne mich nach dir ...

Stalin Rossetti, der in seinem Geländewagen saß, beobachtete, wie Scialoja sich den Krawattenknoten richtete, wie er zögerte und dann langsam durch das Tor trat. Nicht einmal eine Stunde war seit dem Anruf vergangen. Verknallt wie ein Jüngling, der Herr Doktor, der ihm das Leben gestohlen hatte. Seufzend ließ er den Motor an. Patrizia, mein Leben, meine Zukunft, von dir hängt alles ab. Und du wirst mich nicht enttäuschen, ich weiß, ich fühle es. Ich kann mich nicht täuschen. Ich darf mich nicht täuschen.

Wie schade, dass er nicht mit Vecchio darüber sprechen konnte. Er hätte ihm gerne erklärt, was er sich unter einer *Gefühlsinvestition* vorstellte. Vecchio hätte etwas Abfälliges geflüstert. Vecchio verabscheute Männer genauso wie Frauen. Vecchio verabscheute alles, was nach Faktor Mensch roch.

„Es ist zwei-fels-frei bewiesen", sagte er zornig, „dass der menschliche Faktor früher oder später all jene zugrunde richtet, die den fatalen Fehler begehen, ihm auf dem Leim zu gehen."

Vecchio war unfähig zu verstehen.

Vecchio kannte die Frauen nicht.

Vecchio weigerte sich, die Frauen zu kennen.

Die Frauen glaubten an eine begrenzte Anzahl von Träumen. Stalin Rossetti hatte herausgefunden, worin einige von ihnen bestanden. Oft hatte er sich seines Wissens bedient. Bei Patrizia hatte es funktioniert.

Kennen Sie ein Mädchen, das noch nie von einer Hochzeit auf den Fidschi-Inseln geträumt hat?

Egal, ob sie eine Königin oder eine Hure ist. Sie haben alle denselben Traum.

Er hatte ihr den Wunsch erfüllt.

Sie war zufrieden.

Sie würde ihm Scialoja ans Messer liefern.

Er würde zurückbekommen, was ihm gemeinerweise genommen worden war. Seinen Platz im Leben.

Er würde Scialoja beweisen, dass Reserveoffiziere keine Kriege gewinnen. Marodierende Söldner gewinnen den Krieg. Dreckige Kanaillen gewinnen den Krieg!

Kontakte & Kontrakte

1.

Antifaschisten, Antikommunisten, Architekten und Aufseher, Betrüger, Bettler, Bojare und Bojarinnen, Börsenhändler, Demi-Vierges mit Diamanten am Hals, Damen vom Escort-Service, Direktoren ohne Macht, ehrfurchtsvolle Männchen und entzauberte Damen, eitle Hohlköpfe, Epheben, Erpresser, Eunuchen, Ex-Kommunisten, Extremisten und Exporthändler. Faschisten und Fagottspieler, frisch Gekündigte und fruchtbare Universitätsangestellte, geistliche Oberhäupter, Gedemütigte, genervte Sozialisten, Geschäftemacher, Geografen und Geriater, Großmütter, Handwerker, Hehler, hinkende Zarathustra-Anhänger, Höhlenmenschen, Hostessen, Hugenotten, Huren und Hurenböcke. Ignoranten und Intellektuelle, Intriganten, Informanten, junge Frauen, Killer, Klatschmäuler, Kommunisten und Künstler, Körperöffnungen mit Intimschmuck, Krüppel, langhaarige Harlekins und leidende Diven, Landeier, Laufburschen und Libertins, Mafiabosse, Mediävisten, Minotauren und Modeschöpfer, Mörder, Narzisten, Neapolitaner, Nutella, Nutten mit dicken Titten, Obdachlose, Padanier, Paten und Prälaten, Pädophile, Philister, Prämierte und Primaten, Produzenten und Provokateure, Postfaschisten, Postkommunisten, Puffmütter, Querulanten, Rächer, Radikale und Rebellen, Reporter, Romanciers und Romantiker, Staatsanwälte, Schwindler, Sänger, Steliten, Turiner, Untergebene und Unterweltler, Ultrarechte und Utopisten, Verleger und verträumte Bullen,

Wehleidige, Winner und Winzer, wundersam Gerettete, Zensoren, zerstreute Christdemokraten.

Und natürlich Freimaurer.

Ein Palazzo aus dem 17. Jahrhundert, der Regisseur Trebbi zur freien Verfügung stand.

Rom. Das Gotha des Großen Nichts.

Mit dem unbeteiligten und höflichen Lächeln, das inzwischen zu seiner Dienstuniform geworden war, nahm Scialoja die Huldigungen der Dienstboten, die meinten, mächtig zu sein, und der Mächtigen mit Dienstbotencharakter entgegen.

Patrizia, sehr elegant in ihrem schlichten schwarzen Kleid, das ihren langen weißen Hals und das schmale Gesicht betonte, beobachtete ihn, wie er sich in der Menge der Bittsteller mit der Nonchalance eines erprobten Komödianten bewegte. Patrizia beobachtete ihn, wie er spöttisch und aalglatt auf Anliegen, die mit bebender Stimme vorgebracht wurden, und zu laut erzählte Witze reagierte, auf das hoffnungsvolle Blinzeln der unvermeidlichen Luxusnutten, wobei er der einen eine flüchtige Berührung gewährte und der anderen nicht die geringste Aufmerksamkeit schenkte ... als sie ihn verlassen hatte, war er ein ängstlicher Bulle gewesen, und jetzt fand sie einen mit allen Wassern gewaschenen Löwenbändiger wieder. Scialoja hatte sich verändert. Die Welt hatte sich ihm unterworfen. Und er regierte leidenschaftslos, mit leiser Stimme, zerstreut ließ er sich zu einem herablassenden Urteil hinreißen, zu einer endgültigen Verurteilung. Dennoch ... dennoch hielt er hin und wieder inne, als würden ihn Zweifel plagen. Dann blickte er sich um und suchte den anerkennenden Blick Patrizias. Er war von ihr abhängig. Das alte Band war noch nicht gerissen. In seiner Welt war er zwar König, aber er war seiner Königin treu ergeben. Stalin, dachte sie, würde sagen, ich habe ihn in der Hand. Doch merkwürdigerweise ließ sie das kalt.

– Kommt. Ich stelle euch den Hausherrn vor ... den sogenannten Hausherrn ...

Mit unbeholfener Galanterie bot Camporesi Patrizia den Arm, um mit ihr seinem Chef zu folgen, der auf einen groß gewachsenen, eleganten, lächelnden Herrn zusteuerte. Im letzten Augenblick schob sich eine Menschenmauer zwischen Scialoja und sein Ziel. Patrizia bemerkte eine schnelle Abfolge merkwürdiger Bewegungen: Gesichter, die sich zu Grimassen verzogen ... eine schnelle Berührung des Hemdkragens unter dem Nadelstreifanzug oder der Krawattennadel ... sich überkreuzende Finger.

– Ich glaube, das ist ein Freimaurergruß, flüsterte Camporesi.

– Ach, wirklich? Ich wusste gar nicht, dass er Freimaurer ist.

– So was gibt keiner zu.

– Und Sie?

– Nein. Nein ... ich glaube, dafür bin ich nicht bedeutend genug.

Dabei wurde er rot. Patrizia unterdrückte ein Lachen. Ihr gegenüber war er immer so höflich, dass es fast pedantisch wirkte. Adel verpflichtet, hatte Scialoja gesagt. Camporesi stammte von einer alten toskanischen Familie ab.

Scialoja versuchte indessen, sich der herzlichen Umarmungen seiner Mitbrüder zu erwehren.

Vecchio hatte ihn bei der mächtigen Loge Sirena einschreiben lassen. Einer Geheimloge natürlich.

„Seien Sie mir dankbar. Ich habe Ihnen die Kapuzen und die Degen erspart und Sie stattdessen ins Zentrum der Macht geführt“, sagte er, als alles vorbei war.

„Und was soll diese Loge Sirena sein? Eine Neuauflage der P2?“

Scialoja hatte gesehen, wie in Vecchios kleinen, tief liegenden Augen ein freudiger Funke aufblitzte. Seit er wusste, dass seine Tage gezählt waren, war er zum ersten Mal guter Laune. Es sollte auch das letzte Mal sein.

„Haben Sie sich jemals gefragt, warum man diese verfluchte Loge als P2 bezeichnet hat? Nein? Dann werde ich es Ihnen erklären, junger Mann. Weil es offenbar irgendwo eine Loge mit dem Namen Propaganda 1 gegeben hat ..."

„Und irgendwo vielleicht auch eine Propaganda 3 oder 4 oder 5 ..."

„Das würde ich nicht ausschließen ..." Sie hatten nicht mehr darüber gesprochen. Weil sie keine Zeit mehr dazu hatten – Vecchio war wenige Tage darauf gestorben – oder vielleicht, weil er sich über seinen gleichgültigen Ton geärgert hatte.

Die Nachricht von der neuen Verbindung hatte sich wie ein Lauffeuer verbreitet. Scialoja war plötzlich von Mitbrüdern umzingelt, die ihn überschwänglich begrüßten und beinahe zu ersticken drohten. In seinem früheren Leben, als er noch ein kleiner, idealistischer Polizist gewesen war, hätte er sich nie vorstellen können, dass es in den höheren Sphären so viele von ihnen gab. Eines Abends, in einem Salon, in dem es vor Kapuzenmännern nur so wimmelte, hatte er spöttisch gelächelt, als sich ein Mitbruder mit rituellem Handschlag vorstellte. Dieser, ein Offizier der Carabinieri in Galauniform, hatte peinlich berührt den Rückzug angetreten und unverständliche Entschuldigungen gemurmelt. Beim nächsten Treffen hatte Scialoja ihn als Erster mit dem Freimaurergruß begrüßt. Der Offizier hatte erleichtert geseufzt und sofort darauf einen verständnisvollen Gesichtsausdruck aufgesetzt: Ach, versteh schon, du dachtest, dass wir vielleicht beobachtet wurden und dass es jemandem auffallen könnte, dass wir beide, du und ich ...

Scialoja warf Patrizia einen flehenden Blick zu. Sie löste sich von Camporesi und bahnte sich einen Weg zum Hausherrn.

– Ich glaube, er braucht Hilfe, flüsterte sie und zeigte auf Scialoja.

Trebbi nickte. Er ließ das betagte Ehepaar stehen, für das er bis zu diesem Augenblick höchstes Interesse geheuchelt hatte, kümmerte sich nicht um die Proteste der Mitbrüder, sondern ging zu dem Grüppchen hin, hakte sich bei Scialoja ein und zog ihn in einen sicheren Hafen.

2.

Auch Regisseur Trebbi, dachte Scialoja, als er über die interne Treppe in die Mansarde geführt wurde, ist ein Geschöpf Vecchios.

Trebbi. Ein großer, überschwänglicher Mann mit freundlichem Gehabe, der mitunter auch charmant sein konnte. Regisseur Trebbi hatte einen einzigen Film gedreht, vor siebzehn Jahren. Pompöser Titel, gewagte Szenen. Mit der Absicht, dem italienischen Film neue Impulse zu liefern. Ein befreundeter Kritiker hatte Lobeshymnen auf ihn gesungen, Trebbi war von einem zweitrangigen Festival zum nächsten weitergereicht worden. Bald vergessen. Regisseur Trebbi war vom vielversprechenden *enfant gâté* zur Nervensäge geworden. Regisseur Trebbi hatte ganze Regale mit Drehbüchern gefüllt, die nie verfilmt wurden.

Regisseur Trebbi hatte jedoch nicht klein beigegeben. Er war mit einer nicht mehr ganz taufrischen Adeligen ins Bett gegangen. Ihrer verwelkenden Schönheit hatte er es zu verdanken, dass er einen Mietvertrag für ein elegantes Penthouse mit Blick auf die Piazza Navona bekam, das er regelmäßig für die Produktion von halblegalen Pornofilmen zur Verfügung stellte. Regisseur Trebbi organisierte Treffen der Pornostars mit Persönlichkeiten aus dem Gotha des Großen Nichts. Als Vecchio von den Geschäften erfuhr, beschloss er, sich seiner anzunehmen. Der Mann war sympathisch und freundlich, ein Meister des Small Talks. Der

Mann kannte alle im Gotha des Großen Nichts. Der Mann konnte noch nützlich werden.

Gelobt sei Vecchio. Gelobt sei seine grenzenlose Weitsicht.

Vecchio hatte das Penthouse überprüfen lassen. Trebbi kassierte Miete und hatte ein regelmäßiges Einkommen. Eintragung im Register der Reptilienfonds: Datensammlung. Trebbis Aufgabe: einen Salon zu führen. Diskussionen anzuregen. Begegnungen herbeizuführen. Und natürlich zu beobachten und zu berichten, zu berichten und zu beobachten. Nach einer mehrjährigen Generalprobe hatte Vecchio ein Gerücht verbreitet. Der Ruhm des Regisseurs Trebbi hatte sich gefestigt. Der Salon hatte sich in eine lustige Verrechnungsstelle verwandelt. Von nun an gingen dort Leute ein und aus, die jemandem eine Information zukommen zu lassen, die jemandem etwas zu verkaufen hatten. Leute gingen dort ein und aus, die von jemandem etwas wissen oder von jemandem etwas kaufen wollten. Bei Trebbi herrschte eine freizügige und niederträchtige Atmosphäre wie in einem alten Souk. In Trebbis Reich, wo – wie jeder wusste – jeder jeden übers Ohr hauen wollte, herrschte absolute, einwandfreie Loyalität. Im Gegenzug zu dem Gefallen, den er ihm erwiesen hatte, hatte Vecchio eine einzige Bedingung gestellt: Regisseur Trebbi sollte niemals wieder einen Film drehen.

„Du hast kein Talent. Das ist alles.“

Regisseur Trebbi hatte sich an die Abmachung gehalten. Am Grab Vecchios hatte Regisseur Trebbi aufrichtige Tränen vergossen, und vom Friedhof war er direkt zu Scialoja gelaufen.

Regisseur Trebbi öffnete die Tür zur Mansarde und zog sich mit einer kleinen Verbeugung zurück.

Angelino Lo Mastro kam Scialoja entgegen.

3.

Als Scialoja an Trebbis Seite an ihr vorbeiging, hatte er ihr dankbar zugelächelt. Aber in seinem Blick hatte eine von Unruhe getrübte Erregung gelegen. Wohin ging ihr Partner so eilig, Arm in Arm mit dem Hausherrn? Die angenehme Abendgesellschaft war nur Fassade. Scialoja war im Dienst. Sie durfte ihn nicht aus den Augen verlieren. Aber Camporesi wich ihr nicht von der Seite. Scialoja hatte sie ihm anvertraut, und der kleine Leutnant tat sein Bestes, um den Auftrag auszuführen.

Die Luft war gesättigt von schweren und eleganten Parfums. Livrierte Kellner schlängelten sich zwischen Tischen hindurch, auf denen Teller mit Gnocchetti, Rughetta, Krabben, Champagnergläser und Appetithäppchen standen. Ein Hohepriester des freien Denkens beklagte das Ende des goldbestäubten Risottos, das früher einmal *chez* Marchesi serviert wurde, der von den Freunden nur „Gualtiero" genannt wurde. Ein TV-Moderator erinnerte sich lachend an die schweren Vorwürfe, die ihm einmal ein Fernsehdirektor auf dem Sunset Boulevard gemacht hatte.

Patrizia kramte in ihrem winzig kleinen Täschchen. Sie steckte sich eine Zigarette zwischen die Lippen. Vor ihr züngelte eine Flamme. Camporesi hielt das Feuerzeug, sichtbar errötend, er wagte es kaum, sie anzusehen. War sie ihm unsympathisch? Oder war er drauf und dran, ihr den Hof zu machen? Sie fragte sich, ob der junge Mann über ihre Vergangenheit Bescheid wusste. Manche Männer ertragen es nicht, einer Ex-Hure gegenüberzustehen. Andere wiederum fühlen sich verpflichtet, aufs Ganze zu gehen. Kalt ließ es keinen.

– Würden Sie mir was zu trinken holen, Leutnant?

Er schnellte davon, als ob er einen wichtigen Marschbefehl erhalten hätte.

Im Grunde machte ihr all das Spaß. Die neugierigen Blicke

machten ihr Spaß. Die hungrigen Blicke gewisser Herren, die zu sagen schienen: Wir wissen alles über dich, machten ihr Spaß. War ein ehemaliger Kunde unter ihnen? Umso besser. Sie hätte ihn nicht erkannt. Und sie konnten sie nicht mehr haben. Sie war nicht mehr eine x-beliebige Patrizia. Es gefiel ihr, es gefiel ihr. Sie sollten ruhig glauben, dass sie ein Anhängsel des mächtigen Polizisten war, ein Ausstellungsstück. Auch sie war im Dienst.

– Dom Pérignon!

Zum Dank schenkte sie Camporesi ihr ganz spezielles Lächeln. Er errötete wieder. Er macht mir den Hof, dachte sie instinktiv. Und auch das gefiel ihr. Sie trank das Glas in einem Zug aus. Der Champagner war ausgezeichnet. Früher einmal hatte sie wichtige Kunden gehabt, die ihr besonders kostbare Jahrgänge schenkten. Dandi hatte sie kistenweise gekauft. Einmal hatte er den Jacuzzi mit Champagner gefüllt. Das hatte ihm einen Riesenspaß gemacht, dem Ärmsten. Scialoja und Trebbi waren durch eine Tür ganz hinten im Salon gegangen. Patrizia reichte Camporesi ihr Glas und befahl ihm, auf sie zu warten.

4.

Nachdem Scialoja und Angelino Lo Mastro sich mit dem Freimaurergruß begrüßt hatten, nahmen sie auf zwei bequemen Sesseln Platz. Sie schenkten sich zwei Fingerbreit Bourbon aus der Flasche ein, die neben einem Tablett der berühmten Konditorei Mondi auf dem Tisch stand, den der Hausherr in weiser Voraussicht hatte aufstellen lassen.

Steif saßen sie einander gegenüber und musterten sich. Beide warteten darauf, dass der andere den ersten Schritt machte.

Aus dem Stockwerk darunter hörte man plötzlich das Echo eines schrillen Lachens, einer zugeschlagenen Tür.

Schließlich sagte Angelino seufzend, der Tod Vecchios sei ein schwerer Verlust.

– Durchaus, flüsterte Scialoja. Dann schaute er ihm in die Augen und fügte hinzu: Allerdings bin ich jetzt an seiner Stelle ...

Angelino entspannte sich. Das Gesicht war gerettet. Der Bulle war *sperto*, ein Eingeweihter. Man brauchte nicht länger um den heißen Brei herumzureden. Und da der Bulle klein beigegeben hatte, war nun er am Wort.

– Sie haben nach mir verlangt. Ich bin gekommen, Doktor Scialoja. Ich höre.

– Ich habe den Auftrag bekommen, gemeinsam mit Ihnen diesen ... diesen Krieg zu beenden.

– Wir verteidigen nur unser Leben, Doktor.

– Aber um welchen Preis? Den der totalen Zerstörung? Erscheint Ihnen das ... vernünftig?

– Vernunft ist fehl am Platz, wenn es um Leben und Tod geht.

– Dann sagen wir es so: Geht die *convenienza* auf?

Angelino nickte, die Sprache gefiel ihm. Blut schreit nach Blut, wandte er ein, Blut gräbt Furchen, die sich nicht leicht füllen lassen. Im Grunde waren Staat und Mafia zwei Institutionen, stimmte er Scialoja widerwillig zu, die seit ewigen Zeiten miteinander auskamen. Es hatte immer eine Übereinkunft gegeben. Eine Übereinkunft, die kriegerische Aktionen nicht ausschloss, aber immer mit dem Ziel, ein Gleichgewicht zu wahren, das den Krieg in erträglichen Grenzen hielt. In Grenzen, die man gewissermaßen abgesprochen hatte. Die Institution, deren Vertreter er war, befand sich allerdings in der Situation, einen Vertrag anzufechten, der ihr allzu viele Lasten auferlegte. Weil sich der Vertragspartner nicht an die Regeln hielt, weil sich Dritte am Spiel beteiligten, weil es die Geschichte so wollte ... aber das war im Grunde egal. Aus all diesen Gründen konnte er nicht umhin, Scialoja zumindest auf abstrakter Ebene zuzustimmen.

Wichtig ist, dass die Bedingungen der Übereinkunft neu festgelegt werden.

Ein neuer Vertrag. Und das Morden würde ein Ende nehmen. Dann ging die Kosten-Nutzen-Rechnung für beide Seiten auf.

Scialoja lächelte. Wie hätte wohl Camporesi reagiert, wenn er gehört hätte, dass die Mafia eine noch dazu dem Staat gleichwertige Institution war? Hätte er den Mafioso an Ort und Stelle erschossen? Hätte er ihn zu einem Duell aufgefordert? Hätte er ihn theatralisch festgenommen? Angelino Lo Mastro entsprach völlig dem Bild, das Vecchio von ihm gezeichnet hatte. Ein Mann auf der Höhe der Zeit, hatte Vecchio auf seine Karteikarte geschrieben, und das Wort *endlich* daneben zweimal unterstrichen.

Er war vernünftig, der junge Mafioso. Vernünftig und geradlinig. Wir sind immer wieder gezwungen festzustellen, dass die, die wir als „Mörder“ oder „Terroristen“ bezeichnen, nicht dem Reich des Wahnsinns, sondern dem der Demokratie und des rationalen Denkens entspringen. Und die *convenienza* ist der einzige Weg für alle, sowohl für die „Unsrigen“ als auch für die „Ihren“.

Angelino Lo Mastro sah ihn an, eine Zigarette im Mundwinkel. Scialoja ließ sich ein wenig Zeit, bevor er antwortete. Dann versuchte er ihm die Situation aus der Sicht seiner „Institution“ zu erklären.

An den Tagen vor dem Treffen hatte Scialoja mit Gott und der Welt gesprochen. Er hatte jedoch allen nur eine einzige Frage gestellt: Was kann ich anbieten? Mit anderen Worten, wo liegen die Grenzen meiner Macht? Die offizielle Antwort lautete, dass man mit der Mafia nicht verhandelte. Dass der Staat keine Garantien geben durfte. Offiziell waren alle auf der Seite Camporesis. Einmal abgesehen von einer winzigen Minderheit von Hardlinern im Gefolge von Senator Argenti, war eine derart konsequente Haltung jedoch bloß Fassade.

Im Grunde war es ein Machtproblem. Im Moment, vertraute er dem Mafioso in bekümmertem Tonfall an, gab es in Italien ein Machtvakuum. In einigen Monaten gehen wir wahrscheinlich vom Verhältniswahlrecht zum Mehrheitswahlrecht über. Die alteingesessenen Parteien, die von den Richtern in Mailand in die Enge getrieben werden, verschwinden wahrscheinlich. Es wird neue Allianzen geben. In diesem Fall wird es unweigerlich Neuwahlen geben. Nur der, der diese Wahl gewinnt, kann eine stabile und sichere Führung gewährleisten.

Während Angelino Lo Mastro dem Bullen zuhörte, dachte er, dass die Institutionen, die sie jeweils vertraten, mehr als eine Gemeinsamkeit aufwiesen. Beide stellten sich nach außen hin als solide, monolithische Blöcke dar. Dabei waren sie in ihrem Inneren uneins und zerrissen. Beide gaben vor, eine einheitliche Richtung zu verfolgen, was jedoch längst nicht mehr der Fall war.

– Schöne Worte, Doktor. Aber was soll ich denen da unten erzählen?

Scialoja wollte gerade antworten, als die Tür zur Mansarde aufging. Die beiden Männer sprangen auf. Scialoja sah, wie Angelinos Hand in die Tasche des Armani-Sakkos glitt, und er selbst stürzte zur Tür. Verdammt, niemand durfte sie unterbrechen. Er hatte sich ganz klar ausgedrückt. Wohin war Trebbi verschwunden? Fehlte gerade noch, dass der Mafioso glaubte, in der Falle zu sitzen.

Aber an der Tür stand Patrizia. Mit zerstreutem Blick spähte sie in das halbdunkle Zimmer, sie wagte es nicht einzutreten.

– Was machst du hier?

– Ich habe dich gesucht. Du bist verschwunden.

– Warte unten auf mich. Ich komme in ein paar Minuten.

Er schloss die Tür, kalter Schweiß lief ihm über den Rücken. Angelino hatte wieder Platz genommen. Er beobachtete ihn lächelnd. Scialoja ging auf ihn zu und zwang sich zu lächeln.

– Entschuldigen Sie bitte. Eine Freundin.

– Eine gute Freundin?

– Ja, eine sehr gute.

– Darf ich Ihnen zu Ihrer Wahl gratulieren?

– Das bin ich gewöhnt.

Angelino nahm die Information zur Kenntnis. Ein zufälliger Eindringling. Die Reaktion des Bullen war zu spontan und zu aufrichtig gewesen, um daran zu zweifeln. Das Klasseweib, das er auf der Schwelle gesehen hatte, heizte dem Doktor Scialoja ordentlich ein!

Wofür er als Mann vollstes Verständnis hatte. Dennoch durfte man die Sicherheit nicht außer Acht lassen. Es war unbedacht von Doktor Scialoja, seine Triebe und die *convenienza* nicht streng zu trennen.

– Sie haben auf meine Frage nicht geantwortet, Herr Doktor.

– Ihr habt ein riesengroßes Durcheinander angerichtet. Alle diese Aktionen wegen den Häftlingen und den Sondergefängnissen ... von den Prozessen ganz zu schweigen ... würden heute nicht mehr ankommen. Die Leute sind viel zu wütend auf euch. Wir brauchen Ruhe.

– Sollen wir vielleicht darauf warten, dass sie uns der Reihe nach umlegen? Die Ruhe, von der Sie sprechen, bedeutet für uns das Ende.

– Ich spreche von einem Waffenstillstand, Lo Mastro! Wir müssen beide zu Atem kommen. Lasst eine Zeitlang ... sagen wir ein Jahr lang ... vielleicht auch weniger ... die Zügel schleifen ... wartet auf die Wahlen ... dann können wir allmählich wieder von vorne beginnen ...

– Und was bietet ihr uns als Gegenleistung an?

– Zum Beispiel ein paar diskrete Informationen, die euch vor allzu eifrigen Ermittlern schützen, zum Beispiel: An diesem Ort ist es nicht mehr sicher ... in der Zone X oder Y braut sich was zusammen ... um den Waffenstillstand zu garantieren, könnten wir ...

– Ein Waffenstillstand!, unterbrach ihn Angelino. Aber wer garantiert uns, dass die, die die Wahlen gewinnen, nicht schlimmer sind als die von heute ... oder die von gestern? Wer garantiert uns das, hä?

Genau darin, musste Scialoja zugeben, bestand das Problem. Alle Meinungsforscher und alle Umfragen rechneten mit dem Sieg der Linken. Und die Linken hatten sich den Kampf gegen die Mafia auf die Fahnen geschrieben. Aber die Linken waren nicht alle gleich. Nicht alle Linken waren derselben Meinung. Die Linken waren zum Beispiel für den Schutz der verfassungsmäßigen Rechte. Die Linken müssen erst unter Beweis stellen, dass sie ein großes Land in Frieden regieren können ... deshalb gab es nur eine mögliche Antwort.

– Niemand. Niemand kann es euch garantieren. Ihr müsst nur Vertrauen haben. Vertrauen und Hoffnung.

– Aber wem sollen wir vertrauen?

– Mir.

Das war der wunde und auch der einzige wichtige Punkt der Unterhaltung. Angelino stand auf und schüttelte den Kopf.

– Ich muss Bericht erstatten.

– Ich auch. Und aus diesem Grund, flüsterte Scialoja, als würde es sich für ihn um eine Offenbarung handeln, sind wir uns ähnlich!

– Wir werden uns nie ähnlich sein!, lachte der Sizilianer und offenbarte etwas Wildes, Primitives, das sich seiner eisernen Selbstkontrolle entzog.

Das hatte im zweiten Teil von Vecchios Bericht gestanden. Lo Mastro gehörte zwar zur neuen Garde, blieb aber ... *immer ein Mafioso*. Und war stolz darauf, einer zu sein.

Bevor sich Scialoja verabschiedete, schenkte er Lo Mastro ein sicheres Handy.

– Das ist eine spezielle Leitung. Abhörsicher. Und sie hinterlässt keine Spuren in der Abrechnung. Wenn Sie eine Neuigkeit haben, rufen Sie mich an.

Angelino ließ das Gerät mit einer schroffen Geste in die Tasche gleiten und eilte davon. Es abzulehnen wäre unhöflich gewesen, immerhin handelte es sich um das Angebot eines Mannes, der einen vernünftigen Vorschlag gemacht hatte und zu dem es in Zukunft weiteren Kontakt geben würde. Außerdem hatte er ihm das Geschenk auf sehr höfliche und respektvolle Weise überreicht, ein Affront wäre also fehl am Platz gewesen. Andererseits war es nach wie vor das Geschenk eines Bullen und somit möglicherweise ein Trojanisches Pferd. Es wäre klug gewesen, sich seiner zu entledigen. Die *convenienza* überzeugte ihn letztendlich, es doch zu behalten. Erstens: Der Bulle wirkte aufrichtig. Nicht weil er besser oder anders war als alle anderen Bullen. Sondern weil er verzweifelt war. Die Cosa Nostra winselte, aber der Staat raufte sich geradezu die Haare. Und warum sonst pissten sie sich derart an? Zweitens: Von nun an war er, Angelino, der einzige Verhandlungspartner. Der bevorzugte Gesprächspartner. Und somit ging auch im Hinblick auf die Innenpolitik der Organisation die *convenienza* auf.

Sobald er den nagenden Zweifel beseitigt hatte, ging Angelino ins Kino. Zum vierten oder fünften Mal sah er sich *Good Fellas* an. Wie immer löste der Film bei ihm heftige Gefühle aus. Wie kein anderer hatte Scorsese es verstanden, die wilde, unbändige Kraft einzufangen, aufgrund deren sie nicht nur berühmt waren und gefeiert wurden, sondern aufgrund deren sie einzigartig, und wie Angelino hoffte, auch ewig waren. Selbst das schreckliche Finale, mit seiner unerträglichen Apologie des Klatschmauls, das seine Freunde verriet, enthielt trotz seines widerwärtigen Moralismus ein Körnchen Wahrheit. Das Finale besagte, dass ohne eine Linie, ohne eine Richtung, eine Fahrtrichtung, ein Ziel … die ganze Energie, die ganze überschüssige Kraft unweigerlich in unfruchtbare Planlosigkeit münden würde. Um die Dinge zu ändern, brauchte man Hirn. Die alten Methoden mussten erneuert werden. Der Kommandostab war das wahre Problem. Ja, genau so. Angesichts dieses Films wagte sich Angelino Lo Mastro einzugestehen, worin das Ziel seines Lebens bestand: der neue Führer der Cosa Nostra zu werden. Der Mann, der eine tote, erschöpfte, in den Seilen hängende Organisation in eine strahlende Zukunft der Herrschaft und der *convenienza* führen würde.

5.

Patrizia, im schwarzen Satinneglígé, schminkte sich ab. Scialoja küsste sie auf den Hals. Der zarte Geruch ihrer Haut, vermischt mit zartem Pudergeruch, erregte ihn.

– War der Abend so langweilig?

– Ganz im Gegenteil, dein Leutnant ist ein hervorragender Unterhalter.

– Camporesi?

– Ja, genau. Ich habe noch nicht herausgefunden, ob er Angst vor mir hat oder ob er mir den Hof macht!

– Soll ich mir Sorgen machen?

– Warum nicht?

– Ich werde Vorkehrungen treffen.

– Lass die Finger von dem lieben Jungen. Und auch von mir. Ich möchte jetzt duschen.

Seitdem sie wieder miteinander verkehrten, hatte Patrizia zum ersten Mal eingewilligt, über Nacht zu bleiben. Sie war wahrhaftig zurückgekehrt.

Scialoja war glücklich. Ihre strahlende Gegenwart gab ihm die Sicherheit, das Erbe Vecchios anzutreten. Für alles würde es früher oder später eine Lösung geben. Solange sie da war.

Patrizia kam aus der Dusche. Nackt. Mit noch nassen Haaren. Die Brustwarzen der kleinen Brüste waren steif. Patrizia warf ihm einen finsteren Blick zu. Scialoja begann sich ihr langsam zu nähern, fast wie bei einem Tanz. Patrizia lachte und stürzte sich in seine Arme.

Leidenschaft, gewiss, dachte Scialoja danach, als sie sich auf dem großen, runden, von Spiegeln umgebenen Bett befriedigt liebkosten. Aber reife Leidenschaft. Die Leidenschaft eines Liebespaars, das sich genau das richtige Maß an Zeit nimmt. Und das noch nicht den Genuss jener herben Liebe verloren hat, als die Küsse, die sie austauschten, geraubte waren und die Gefühle für beide eine Maske. Jetzt gab es keine Masken mehr. Sie veränderten sich gleichzeitig.

– Tut mir leid wegen vorher. Wenn ich gewusst hätte, dass du ein vertrauliches Gespräch führst, hätte ich dich nicht gestört.

– Nichts passiert.

– Wer war das?

– Irgendwer.

– Ein Freimaurer?

– Camporesi hätte seinen Mund halten sollen!

– Das hätte ich selbst auch erraten. Dandi war auch ein „Bruder". Offenbar muss man Freimaurer sein, um Karriere zu machen.

– Der Typ ist jedenfalls ein Sizilianer.

– Ein Mafioso?

– Glaubst du auch, dass alle Sizilianer unbedingt Mafiosi sind?

– Wie viele elegant gekleidete ... und unter uns gesagt ... gut aussehende Sizilianer ... ziehen sich mit dem mächtigen Doktor

Scialoja zu einem vertraulichen Gespräch zurück und springen auf, wenn zufällig eine Frau hereinkommt ...

– Patrizia ... können wir über was anderes reden? Ich habe plötzlich einen Riesenhunger.

Sie stützte sich auf die Ellbogen. Ihre Stimme klang herausfordernd.

– Du hast doch darauf bestanden, dass ich „deine Welt" kennenlerne. Du hast gesagt, ich solle die Augen aufsperren. Und genau das habe ich gemacht!

– Hör mir gut zu, Patrizia. Es gibt Dinge, über die kann ich nicht einmal mit dir sprechen!

– Weil sie deine Lieblingshure mit ihrem kleinen Köpfchen nicht verstehen würde?

– Zu deinem eigenen Schutz, Liebling.

Sie zog sich zurück. Beleidigt, fassunglos. Eiskalt und wütend zog sie sich an.

– Du hattest versprochen, dass du bleibst, flüsterte er.

– Ich habe schon genug Unannehmlichkeiten wegen heute Nacht.

– Ich begleite dich.

– Lieber nicht.

– Dann lass dir wenigstens ein Taxi rufen.

Enttäuschter Tonfall. Ausdruck eines geprügelten Hundes. Beflissen beugte er sich zum Telefon ... er respektierte ihren Willen. Sie verließ ihn, obwohl es eine ganz spezielle Nacht hätte werden sollen. Die erste, die sie gemeinsam verbrachten. Scialoja hatte sich wirklich verändert! Die Kehrseite der sozialen Sicherheit war diese stumpfe Aggressivität, die aus Nachgiebigkeit und Bereitschaft zum Verzicht bestand. Aber irgendetwas an dieser Unterwerfung war ärgerlich. Warum hatte er sie nicht angebrüllt? Warum hatte er ihr keine Grenzen auferlegt, das ist mein Bereich, das ist deiner, er hätte jedes Recht gehabt, es zu tun, denn ... Er hatte nicht gelogen, als er sagte, dass er sie beschützen wolle. Das war seine Art und Weise zu sagen: Du bist ein wesentlicher Teil meines Lebens. Ich möchte dich nicht in Gefahr bringen. Ich möchte dich nicht verlieren.

– Hallo, ich möchte ein Taxi in die Via ...

Patrizia legte auf, unterbrach das Gespräch. Er blickte sie beunruhigt an.

– Vergessen wir's. Ich hab mir's anders überlegt. Ist was im Kühlschrank?

Auf seinem Gesicht machte sich ein zufriedenes, fast ungläubiges Lächeln breit. Er sprang auf und streckte die Fäuste zu einem kindischen Victoryzeichen aus.

– Sushi. Vor dem Fest habe ich Hamasei ausgeplündert ...

– Sushi! Du hast wirklich an alles gedacht!

Vor einiger Zeit hatte er sich über ihre neu entdeckte Liebe zur japanischen Küche lustig gemacht. Sie hatte ihn zum Teufel geschickt. Was ist falsch daran, wenn man sich gesund ernährt? Jetzt machte sie sich über seine Fürsorge lustig. Aber Scialoja kümmerte sich aufgeregt und zufrieden um das Abendessen. Gewisse Nuancen entgingen ihm schlicht und einfach. Wie gut war sie doch beim Vortäuschen geworden! Sie dachte, dass Stalin stolz auf sie wäre. Der Gedanke verursachte ihr unerwartetes Unbehagen. Sie zwang sich, ihn zu verjagen. Die Dinge entwickelten sich gut. Später, als sie von einem TV-Kanal zum anderen zappten, fragte sie sich, ob Scialojas Zärtlichkeit nicht eine Art ansteckende Krankheit sei. Wie sonst sollte sie sich die liebevollen Gefühle erklären, die der Mann in ihr auslöste, der ihr zärtliche Worte zuflüsterte, während er ihre Beine mit den seinen umschlang, mit der freien Hand ihre Hüfte streichelte und mit der anderen die Fernbedienung hielt? ... Ein altes Paar, das bis in die Nacht hinein gemeinsam fernsah? Ein Paar wie viele? War das der Grund ihrer zärtlichen Gefühle?

– Schau, schau! Ein ordentliches Politspektakel!

Scialoja, der plötzlich fasziniert auf den Bildschirm starrte, ließ von ihr ab.

– Wer sind die Typen?

– Der in der Mitte heißt Maurizio Costanzo.

– Vielen Dank, Herr Doktor!

– Der links ist ein Kommunist. Er heißt Mario Argenti, und wenn es nach ihm ginge, würde man mich morgen früh feuern.

– Ganz ein Netter.

– Genau. Der andere, der so eiskalt lächelt, ist Doktor Emanuele Carú. Früher einmal hat er für uns gearbeitet.

– Ein Polizist.

– Nicht wirklich. Vecchio hat ihn für gewisse Informationen bezahlt.

– Vecchio ... wenn man dir so zuhört, könnte man glauben, er sei eine Art Gott auf Erden gewesen.

– Ach, er war mehr als ein Gott ...

– Erzähl mir von ihm.

– Das würde ich gern tun, wenn ich könnte. Tatsache ist, dass ich ihn nicht wirklich kennengelernt habe, obwohl wir uns ziemlich regelmäßig getroffen haben ...

– Die beiden im Fernsehen scheinen ziemlich angespannt zu sein ...

– Ich würde sagen: Als Nächstes steht Sumoringen auf dem Programm ...

Maya und die anderen

1.

Maya. Ach Maya, wie süß, wie frisch und ungezwungen. Wie erregend!

Als Giulio Gioioso ihr auf der Schwelle des Palazzo Donatoni begegnete, täuschte er höfliches Staunen vor.

– Was machst du hier?

– Ich wollte Ilio überraschen. Und du?

– Da hatten wir wohl dieselbe Idee. Offenbar eine schlechte.

– Ist Ilio nicht da?

– Doch. Aber die Japaner sind auch da. Eine dieser unsäglichen Versammlungen ...

– Wie langweilig.

– Genau. Und dein lieber Gemahl hat gewiss ganz schlechte Laune. Ich an deiner Stelle würde nach Hause gehen. Außer ...

– Außer ...

– Ich habe von einem neuen Lokal auf dem Corso Buenos Aires gehört. Eine Konditorei, glaube ich.

– Eine sizilianische?

– *Ça va sans dire*, meine Liebe!

Ihr scharfes Profil, das sich beim Nachdenken zu einer Grimasse verzog. Eine schnelle Entscheidung, in spitzbübischem Ton vorgebracht. Aber ja doch, gehen wir, ist ja noch schön warm ...

Giulio hakte sich bei ihr ein und gemeinsam gingen sie in Richtung Galerie. Ein schöner Herbstnachmittag. Auch in Mailand gibt es schöne Herbstnachmittage, nicht wahr? Elegante Menschen auf den Straßen. Schöne Empfindungen allerseits. Und was für eine gute Idee, auf die unberechenbare Maya zu warten. Eine Idee, die ihm sein nicht zu leugnender Beschützerinstinkt eingegeben hatte. Das hätte gerade noch gefehlt, dass sich die junge Ehefrau Zutritt zum Büro verschaffte, bei alldem, was gerade los war. Ganz zu schweigen von dem, was noch kommen würde. Nein, Maya musste aus allem rausgehalten werden. Zu ihrem eigenen Schutz. Als wäre sie seine etwas leichtsinnige Tochter, sagte sich Giulio Gioioso, auch wenn der Altersunterschied gar nicht so ... auch nicht viel größer war als der zwischen ihr und Ilio Donatoni, diesem Trottel. Ewig schade, dass die süße, bewundernswerte, zärtliche und sinnliche Maya beschlossen hatte, den Trottel zu heiraten. Ja, wirklich schade.

– Schau. Da ist sie.

Maya ließ sich zwischen den Tischen durchführen, die mit Zitronenkörbchen und Nachbildungen traditioneller sizilianischer Karren geschmückt waren. Ein Slalom zwischen Pärchen, Faschisten mit gespielt abgebrühtem Gesichtsausdruck und feisten Bürgern, die sich vorbeugten, um gelifteten Sekretärinnen mit laszivem Gesichtsausdruck etwas ins Ohr zu flüstern. Hintergrundmusik, *Jam* von Michael Jackson – ein trostloses Gemisch aus Kitsch und Avantgarde. Wäre der *carroccio*, der mittelalterliche Triumphwagen, anstelle des bescheidenen sizilianischen Karrens auf dem Tisch gestanden, hätten die braven Lega-Anhänger wohl mehrfache Orgasmen erlebt. Himmel, wie schrecklich! Weit weg das hektische Treiben des Mailänder Lebens. Weit weg die schrillen Töne, die immer eine Oktave zu hoch waren. Als ob die ganze Welt notwendigerweise über die Geschäfte auf dem Laufenden gehalten werden müsste, die die Existenz des jeweiligen Cavalier Brambilla so kompliziert, beneidenswert und gleichzeitig einzigartig machten. Die Welt lag Mailand, der

Finanz- und Wirtschaftsmetropole, zu Füßen ... Maya fand die Mailänder komisch. Sie waren genauso hektisch unterwegs wie die Amerikaner. Aber bei den Amerikanern hatte man immer das Gefühl, dass sie gerade eine neue Grenze eroberten. Die Mailänder hingegen schienen vor irgendetwas davonzulaufen. Und noch komischer war, dass sie den *carroccio* als eine Art Symbol zukünftiger Mailänder Lebensart betrachteten. Ein diffuses Gefühl, dessen Ziel die Rückkehr zum idyllischen Landleben war. Gewissermaßen ein auf die Provinz ausgeweitetes Mestizentum. Auf die gesunde Provinz natürlich, weit oberhalb der Gotenstellung ... komisch. Dabei stammte sie doch aus den Tiefen der herben und sinnlichen Romagna. Sie, die in ihrem Innersten über all das lachte.

– Exzellenz. Verzeihen Sie! Ich habe Sie nicht gleich erkannt! Was darf ich Ihnen und der schönen Dame bringen?

Der Kellner vom Typ blonder Normanne (Sizilien war lange von den Normannen beherrscht worden, fühlte sich Giulio Gioioso verpflichtet ihr zu erklären, als ob er sich in Begleitung eines doofen Gymnasiasten befunden hätte) machte eine derart tiefe Verbeugung, dass er fast den Tisch berührte, es fehlte nicht viel, und er hätte ihnen die Hand geküsst. Sie einigten sich auf eine traditionelle Cassata. Der Kellner zog sich katzbuckelnd zurück. Giulio Gioioso berührte sie wie zufällig am Bein, als er zerstreut den perfekten Sitz seines Zweireihers aus Cool Wool kontrollierte. *Caraceni, of course.*

– Ach Maya, wäre ich doch damals nicht so spät zu der Party gekommen!

Das war ihr kleines, unschuldiges Spiel. Giulio, der zuerst noch eine lästige Geliebte loswerden muss, erscheint mit ungewöhnlicher Verspätung beim Empfang von Fuffi Baldazzi-Striga und bemerkt das göttliche Wesen erst einen Augenblick später als der kühne Wolf Ilio Donatoni. *Quel dommage, chérie!* Aber beide wussten, dass es diese verpasste Gelegenheit nie gegeben hatte. Es war ihr kleines Spiel. Giulio Gioioso war damals nicht einmal in Mailand gewesen. Um die Wahrheit zu sagen, wusste niemand, wo er gewesen war, und er war der Erste, der sich hütete, die Karten auf den Tisch zu legen. Giulio Gioioso war ganz plötzlich aus dem Nichts aufgetaucht. In einem Augenblick, als sich das Unternehmen in der Krise befand, als Ilio von unerledigten Aufträgen und verärgerten Kreditgebern in Bedrängnis gebracht wurde. Konsulent für die Public Relations der Gruppe, hatte ihm Ilio erklärt. Die Cassata wurde serviert. Der Kellner weigerte sich entschieden, die goldene Kreditkarte anzunehmen, mit der Giulio etwas vulgär und selbstgefällig herumfuchtelte (es ist uns eine Ehre, ein Kunde wie Sie ist eine Empfehlung für unser Lokal und so weiter: In den Salons würde man über das Tête-à-Tête zwischen ihr und Giulio reden) und verschwand. Giulio und Maya lächelten einander zu. Giulio Gioioso seufzte theatralisch. Maya führte ein Stück Zuckerglasur an die prächtigen Lippen. Giulio Gioioso schloss die Augen. Als ob er ihr Parfum einatmete. *A tiny flirt in a sweet afternoon in Milano* ... so frivol ... aber auch so cool ... Maya wusste, dass es keine zufällige Begegnung gewesen war. Alle hielten sie für dumm, oberflächlich und naiv. Aber sie vergaßen, dass sie die Tochter des Gründers war. Maya hatte die glühenden Blicke wohl bemerkt, die die Regeln ihres unschuldigen Spiels verletzten. Flirten war nichts Schlechtes. Immerhin besaß dieser Mann nicht annähernd die Macht Ilios. Er konnte sich nicht einmal vorstellen, was es sie gekostet hatte, sich aus dem Herzen des Gründers davonzustehlen, ihn in eine Ecke zu stellen, sich die Firma unter den Nagel zu reißen, die sein Lieblingskind war, sein einziger Daseinsgrund. Das Paket zu nehmen, wie die Krokodilsfrauen der Krokodile sagten, die im Verwaltungsrat saßen und alles Ilio in die Hand zu drücken. Aus

Liebe, nur aus Liebe, warum sonst? Aber Giulio sollte ruhig meinen, sie sei leicht zu erobern. Sie sei ein Dummerchen, mit dem man ins Bett gehen könnte. War das wichtig? Die Liebe ist etwas anderes. Die Liebe war woanders. Die Liebe galt Ilio ...

Als sie sich voneinander verabschiedeten, küsste er ihr die Hand, und sie zog sie rasch zurück, streng, um den richtigen Abstand zu wahren.

Später, in seinem Apartment mit Blick auf den Pirellone, bestellte Giulio Gioioso zwei Dutzend scharlachrote Rosen zur Erinnerung an den bezaubernden Nachmittag. Angelino Lo Mastro, der vor dem Spiegel den Sitz des neuen Sakkos aus der Oliver-Kollektion überprüfte, brach in lautes Lachen aus.

– Hast du sie gefickt?

– Musst du immer so vulgär sein?

– Verstehe, du hast sie nicht gefickt.

Giulio Gioioso hätte ihn am liebsten zum Teufel gejagt. Hin und wieder war die eigene Herkunft eine unerträgliche Last. Auch die Vergangenheit war eine unerträgliche Last. Nicht alles, was er tun musste, tat er mit Begeisterung. Hin und wieder wurde die Selbstsicherheit, die er so gern zur Schau stellte, von einem gefährlichen Anflug von Depression getrübt. Angelino Lo Mastro ging zu ihm hin und umarmte ihn, hüllte ihn in ein Parfum mit Tabaknote ein.

– Vergiss es, Giulio, du weißt, mir macht es Spaß, dich zu verarschen.

– Vergessen wir's.

– Was hat Donatoni gesagt?

– Dass er nichts unternimmt.

– Scheiße.

– Geben wir ihm ein wenig Zeit, und er wird es begreifen.

– Wir haben keine Zeit, Giulio.

– Eine Woche reicht.

– Ist recht. Aber jetzt entschuldige mich, ich habe eine unaufschiebbare Verpflichtung.

– Kleiner Fick?, äffte ihn Gioioso nach.

– Aber nein. Ich fahre nach Hause, mein Freund.

– Alles Gute!

2.

Ich lasse alles auffliegen!

Ilio Donatoni war ein großer, kräftiger, eleganter, gut aussehender und viriler Mann, er sah aus wie ein amerikanischer Schauspieler. Ilio Donatoni hatte sich aus dem Nichts hochgearbeitet, auf dem Nichts ein Imperium errichtet. Er hatte in eine etwas angejahrte und vom Erfolg verwöhnte Dynastie eingeheiratet und sie mit seinem Freibeuterblut verjüngt. Ilio Donatoni war nie um eine Antwort verlegen und verlor nie die Ruhe. Jetzt sah Ingenieur Viggianò mit Schrecken, wie er die Bronzebüste des Gründers auf den Schreibtisch schleuderte. Bei dem Krach kam eine erschrockene Sekretärin angelaufen. Ilio Donatoni schickte sie mit angespanntem Lächeln weg. Dann hob er die Büste vorsichtig auf und schleuderte sie auf die Vitrine, in der sich die Trophäen seiner brillanten Sportlerkarriere befanden. Glas splitterte. Medaillen, Pokale und Diplome vibrierten melancholisch. Der berühmte Golfschläger, auf dessen Griff sich das Bildnis Ilios befand, landete zu Füßen des Ingenieurs. Aus den Gängen schwappte das Kommen und Gehen des Personals und des aufgeregten Wachpersonals in das riesige Büro über, der verhaltene Schluckauf der treuen Mitarbeiter, die merkten, dass Unheil im Verzug war. Ihre Angst roch säuerlich. Sie drang durch die angelehnten Türen. Sie durchdrang die schweren Brokatvorhänge, die Chaiselongue, die für Nachdenkpausen bestimmt war, den Riesenbildschirm, auf dem immer Canale 5 lief, die Terminals, die mit den wichtigsten Börsen der Welt verbunden waren und auf denen die aktuellen Kurse aufschienen.

– Ich lasse alles auffliegen!

Ingenieur Viggianò hob den Golfschläger auf und streichelte den Griff.

– Wir haben keine andere Wahl, flüsterte er.

– Wer sagt das?

– Giulio Gioioso. Er war ganz deutlich.

– Giulio Gioioso ist ein Niemand!

– Er hält uns im Würgegriff. Und nicht nur er.

– Wer sonst?

– Die Bilanzen.

– Die Bilanzen können wir frisieren.

– Wir haben die Finanz am Hals.

– Die Finanz kann man schmieren.

– Wir haben ein Abkommen getroffen. Es wird nicht so einfach sein, es zu lösen. Immerhin haben wir es gewollt.

– Wir werden Baustellen im Osten eröffnen. Dort gibt es großartige Möglichkeiten ...

– Ohne die Sizilianer gibt es keine Aufträge im Süden, Herr Ingenieur. Und ohne Aufträge im Süden gibt es auch keine Baustellen.

– Ich werde das Familiensilber verscherbeln.

– Das reicht nicht. Wenn wir den Pakt aufkündigen, stehen wir vor dem Aus, vor dem betrügerischen Konkurs. Wir landen im Knast, Ilio!

Knast! Viggianò hatte das Wort ausgesprochen. Seit wie vielen Jahren wieder? Seitdem sie gemeinsam mit einem Koffer voller Ehrgeiz und Skrupellosigkeit auf den Erfolgszug aufgesprungen waren ... Die Sizilianer forderten 1,5 Prozent zusätzlich zu den Provisionen. Die Sizilianer erpressten ihn. Ohne die Sizilianer gab es keine Zukunft. Die Sizilianer waren gerade im richtigen Augenblick auf den Plan getreten, um die Krise zu lösen. Entweder die Sizilianer oder in den Knast. Jetzt wie damals. Die Sizilianer hielten ihn an den Eiern. Die Sizilianer. Knast. Freiheit. Und dann vielleicht der Tod.

– Da ist nichts zu machen.

– Allein in der letzten Woche hatten wir zwei Bomben auf der Baustelle von Partinico. Fünfzehn Nachtwächter haben gekündigt. Die Bauleiter lassen sich krankschreiben und die Lkws fahren voller Material davon und kommen nicht wieder ...

– Ist mir egal!

– Denk darüber nach, Ilio! Die sind zu allem fähig.

– Da gibt es nichts mehr zu sagen. Es reicht. Lass mich bitte allein.

Freiheit! Die Freiheit, die er ein ganzes Leben lang gesucht hatte. Die Freiheit, die er erlangt hatte, weil er die Morgengabe, die Gottvater ihm so großzügig überlassen hatte, ausgenutzt hatte. Die Schönheit. *Il savoir faire.* Die Entscheidung. Die Leidenschaft. Der Spaß am Abenteuer. Die Freiheit, wenn einem auf hoher See der Wind um die Ohren pfiff, oder in den Dünen bei einem Motorradrennen. Er hob die Büste des Gründers auf und stellte sie wieder auf den Schreibtisch. Der Aufprall hatte dem strengen bronzenen Profil nichts anhaben können. Einschmelzen sollte ich dich lassen, um dieses bäurische Grinsen auszulöschen! Der Gründer mahnte, sich nicht zu übernehmen. Der Gründer hatte sein Reich mithilfe von Sparsamkeit und Hingabe errichtet. Der Gründer hatte tausend Ideen, von denen er neunhundertneunundneunzig verwarf. Die genialsten, die kühnsten. Der Gründer verwirklichte immer nur die elementarste, einfachste Idee, die einzige, die man mit fünfundzwanzig Worten erklären konnte. Mit fünfundzwanzig goldenen Worten. Er hatte immer Ideen gehabt, aber immer eine nach der anderen. Immer die richtige.

Oder die falsche? War das wichtig? Was war ein Leben, bei dem man sich nicht übernahm? Ein Leben als Angestellter? Ein Schmalspurleben?

Plötzlich hatte er Sehnsucht nach Maya. Nach ihren prallen Lippen. Nach ihrer Leidenschaft, die sie ihm nie verweigert hatte. Die sich nie verweigert hatte. Er lief nach Hause. Seine Tochter übte Klavier. Maya malte eine Landschaft. Ein Bild der Ruhe. Der Selbstvergessenheit. Maya, ihre kokette Ironie.

– Bevor es alle Spatzen von den Dächern dieses Dorfes pfeifen, das du hartnäckig als Metropole bezeichnest, mein lieber Gatte, sage ich dir, dass ich diesen Nachmittag mit deinem Freund Giulio Gioioso verbracht habe, ohne mit ihm ins Bett zu gehen!

– Giulio Goioso! Ilio ballte die Fäuste. Maya blickte ihn erstaunt an.

– Du glaubst doch nicht im Ernst ...

Er ging zu ihr hin. Nahm sie fest in die Arme. Sie musterte ihn angespannt. Maya war ein intelligentes Mädchen. Und wenn er ihr alles erzählt hätte? Wenn er ihr erzählt hätte, wer dieser Giulio Gioioso, dieses Arschloch und dieser Schwerenöter, in Wirklichkeit war?

– Sag mir alles, Ilio.

– Ich liebe dich.

Spitzenpolitik

1.

Backstage nach der TV-Konfrontation reichten sich Carú und Senator Argenti nach anfänglichem Zögern die Hände.

Du warst gut, sagte Carú und hielt die Hand seines Rivalen einen Augenblick länger als notwendig in der seinen.

Überrascht über dieses unerwartete Kompliment senkte Argenti instinktiv den Blick. Carú ließ ihn mit einem gütigen Lächeln gehen, machte auf den Absätzen kehrt und flüchtete sich in die Garderobe, die Costanzo für ihn hatte einrichten lassen.

Die Garderobe roch nach Kosmetika und ganz zart nach Raumspray. Carú zündete sich eine Hoyo de Monterrey Epicure No. 1 an. Irgendwann hatte ihn mal jemand darauf aufmerksam gemacht, dass die Vorliebe für kubanische Zigarren bei einem glühenden Antikommunisten etwas unlogisch war. Carú hatte ihn freundlich zum Teufel geschickt. Seit wann musste ein Mann logisch sein?

Im Spiegel sah er das Bild eines gesetzten, Respekt gebietenden, gemessenen, eleganten Vierzigjährigen, der hinter einer bläulichen Rauchwolke verschwand. Die Saalassistenten hatten ihm zum Ausgang der Diskussion gratuliert. Costanzo hatte ihn umarmt. All das bedeutete rein gar nichts. Die Saalassistenten gratulierten immer den wichtigen Gästen. Costanzo war ein alter Freund, und Argenti hatte ihn nur deshalb nicht umarmt, weil der Senator ein kühler, wenig herzlicher Typ war.

In Wirklichkeit war es jedoch eine Niederlage gewesen. Die Botschaft, die die Zuseher empfangen hatten, hieß: Argenti ist die Zukunft, Carú die Vergangenheit.

– Es ist ganz eindeutig, Doktor Carú: Sie sind wie einer dieser Japaner, die dreißig Jahre nach dem Krieg die Insel noch immer vor einem Feind verteidigen, den es gar nicht mehr gibt. Aber Sie sind ein intelligenter Mann, Doktor Carú. Und ich vertraue darauf, dass Sie dank Ihrer Intelligenz auch eines Tages draufkommen werden, dass der Krieg zu Ende ist.

Und mit diesem vom Saalpublikum heftig beklatschten Ausspruch hatte ihn Argenti endgültig fertiggemacht.

Als ihm dämmerte, dass es vielleicht eine große Dummheit gewesen war, die Partei zu verlassen, überlegte er, was ein Mannschaftswechsel eventuell bringen würde. Er könnte sich ein Sabbatical nehmen, am Ton seiner Leitartikel feilen und dann im großen Stil das Projekt der Wiederannäherung in Angriff nehmen.

„Ich habe einen Irrtum begangen, Genossen, ich hätte nicht gehen sollen, aber nun bin ich wieder da."

Die Genossen waren dumm genug, die Sache mit der Reue zu glauben. Aber auch nachtragend genug, ihn einen hohen Preis zahlen zu lassen.

Es blieb ihm also nichts anderes übrig als weiter zu kämpfen.

Einmal davon abgesehen, dass Carú ein militanter Journalist war.

Carú war ein Meinungsmacher.

Carú wuchs im Angesicht des Feindes.

Seine Kommentare waren fulminante Lektionen in Sachen Sarkasmus. Seine Fernsehauftritte waren verheerende Raubzüge im Feindesland.

Carú packte die Beute und ließ nicht mehr locker, bis sie tot war.

Carú teilte nach rechts und nach links aus. Carú teilte nach allen Richtungen aus. Carú erweckte den Eindruck, bösartig, aber unparteiisch zu sein. Einem oberflächlichen Beobachter mochte seine Linie als angepasst, vielleicht sogar verkrampft erscheinen. In Wirklichkeit verbarg sich jedoch hinter allen Zielen nur ein Ziel. Und hinter allen Feinden stand nur einer.

Die Roten.

Nicht er hatte einen Fehler begangen, als er weggegangen war.

Die Roten hatten einen fatalen Fehler begangen, als sie ihn von der Partei ausschlossen.

Carú war der große Ankläger der Roten.

Carú hatte sich geschworen, die Roten zu vernichten.

Carú war berühmt für seinen gnadenlosen Kampf gegen die kulturelle Diktatur des Marxismus.

Carú glaubte, nicht die Allianzen, nicht die Projekte, nicht die Zahl der Kräfte im Spiel würden den Ausgang des Konflikts beeinflussen, sondern die Kontrolle über die Instinkte.

Italien war ein rechtes Land und würde es immer bleiben.

Eine moderne, skrupellose Rechte, eine Rechte, um einen seiner Lieblingsausdrücke zu verwenden, „die der Geschichte nicht hinterherhinkt, sondern ihr vorausgeht".

Er hatte geglaubt, diese Rechte bei den Sozialisten zu finden.

Aber die Sozialisten lösten sich unter dem Druck der Mailänder Staatsanwaltschaft gerade auf.

Und die Roten waren drauf und dran, ihre Krallen in die leckere Torte zu schlagen.

Carú stand plötzlich allein da. In diesem Punkt hatte Argenti, sein alter, methodischer, etwas kleinmütiger, aber subtil gefährlicher Ex-Freund Argenti vollkommen recht.

Er war der kleine gelbe Krieger auf der großen Insel, die von niemandem belagert wurde.

Das Bild hatte etwas zugleich Poetisches und Nobles. Aber Carú verachtete Poesie und das Noble gleichermaßen.

Lieber sich auf Fakten konzentrieren, um zu verstehen, worin er sich geirrt hatte, worin sie alle sich geirrt hatten. Und wo er von vorne beginnen sollte.

Die Kontrolle über die Instinkte und Triebe. Genau darum ging es.

Während die Roten überall auf der Welt verabscheut und verflucht wurden, bereiteten sie sich in Italien darauf vor, die Herrschaft zu übernehmen.

Aber die Italiener waren nicht alle plötzlich Rote geworden.

Man hatte bloß tragische Fehler begangen. Das war alles. Und jetzt musste man den Schaden begrenzen.

Carú hatte sich nobel dafür eingesetzt, „eine neue kulturelle Orientierung zu etablieren, mit dem Ziel, in der öffentlichen Meinung ein positives Gefühl zu erzeugen. Ein Gefühl, das dazu angetan war, den antiautoritären Radikalismus von sich zu weisen, der unser Land in den letzten Jahren völlig aufgeweicht hat. Ein Signal, um gegen die Laxheit aufzurütteln. Aber ein antiklerikales Signal, das offen für soziale Fermente ist. Ein Signal im Zeichen des Angriffs, nicht der Verteidigung“.

Der Erfolg war bescheiden gewesen. Er hatte sich entschieden gegen die Kritik der Parteigänger des MSI, der eifrigen Hüter der „Tradition“, zur Wehr setzen müssen. Eifrigen und versteinerten Hütern, die ihre Stimmen verschenkten. Denn bis jetzt hatte sich noch niemand bereit erklärt, ein Bündnis mit den Erben des Duce einzugehen. Und niemand würde es je tun, solange sie nicht den Mut fanden, sich zu ändern. Das wahre Problem der Rechten bestand darin, dass sie noch immer glaubten, sie könnten mit der alten Dreifaltigkeit Gott-Heimat-Familie punkten. Dagegen gab es zwar überhaupt nichts einzuwenden, aber die Italiener entwickelten sich in eine andere Richtung. Die Italiener gaben den

Klerikalismus allmählich auf, egal, was der Papst dachte. Die Italiener waren in eine andere Richtung unterwegs. Man musste sie abfangen, bevor es zu spät war. Dem Wesen des Italieners entsprechen. Dem Italiener, der, wie wir wissen, ein altes Arschloch ist ... der von der Angst lebt, sich von der unmöglichen Hoffnung auf ein Wunder nährt, eine gluckenhafte Mutter und einen autoritären und strengen Vater braucht ... dem man den Kopf waschen und den man gleichzeitig bedauern muss, dem es nichts ausmacht, übers Ohr gehauen zu werden, der es jedoch verabscheut, als Trottel dazustehen, und der es vor allem nicht aushält, wenn man das auch noch herumerzählt.

Die Italiener in ihr echtes Haus zurückführen!

Dafür würde große Geduld vonnöten sein. Man würde viel Energie und Intelligenz brauchen. Vor allem fehlte eine durchschlagende Idee. Die Idee.

Carú hatte keine Ahnung, dass die Idee im Mailänder Smog gerade feste Form annahm. Dass aus der Idee bald ein Projekt hervorgehen würde. Und dass er einer der Protagonisten sein würde.

2.

Ein Apartment im dritten Stockwerk eines anonymen gutbürgerlichen Wohnhauses im Viale Ippocrate. Eine beeindruckende Anzahl von Büchern, vor allem historischen Sachbüchern, aber auch eine Sammlung von Gedichten, Romanen und Theaterstücken. Poster von Bildern mit eindeutig politischem Inhalt, von der *Guernica* bis zum *Begräbnis des Anarchisten Pinelli*. Gedämpfte Jazzmusik. Eine junge, strahlende Freundin, Beatrice, frisch gewaschenes Haar, weißes T-Shirt und zartes, fruchtiges Parfum. Die Wohnung von Senator Argenti, dachte Scialoja mit einem Anflug von Bewunderung, vermittelte das Gefühl einer gesunden und kräftigen „demokratischen“ Heiterkeit. Scialoja war angenehm überrascht gewesen, dass Argenti sofort zu einem Treffen bereit gewesen war.

– Ich dachte, ich sei Ihnen unsympathisch, Senator.

– Nicht Sie, wir kennen uns ja kaum. Ihre Funktion beunruhigt mich, Doktor Scialoja.

Aufgrund des raschen Händedrucks konnte Scialoja ausschließen, dass Argenti ein Mitbruder war. Was alles noch viel komplizierter machte. Scialoja wusste, dass dem Senator nicht gefallen würde, was er ihm sagen wollte. Er konnte nur hoffen, dass Argenti flexibel genug war, ihm bei der „politischen“ Beurteilung der Angelegenheit Recht zu geben. Dass er sich klar darüber war, dass sie, von den offensichtlichen Meinungsverschiedenheiten einmal abgesehen, der Wunsch einte, weitere Blutbäder zu vermeiden.

– Zuerst möchte ich Ihnen einmal zum Ausgang des TV-Duells gratulieren.

Argenti schnaubte verärgert. Ja, er hatte den Sieg davongetragen. Aber es war ein einfacher, geschenkter Sieg gewesen. Als ob alle Gegner plötzlich verschwunden wären.

– Offensichtlich ist Carú, fuhr Scialoja fort, in eine Depression verfallen ... vielleicht kehrt er demnächst wieder ins alte Nest zurück.

Guter Gott! Das fehlte gerade noch. Die in der Partei waren in der Lage, ihn mit offenen Armen zu empfangen. Die von der Partei hatten eine Schwäche für Leute mit perverser Intelligenz. Vor allem für Feinde. Das kam davon, weil sie unbedingt akzeptiert werden wollten. Weil sie unbedingt, um jeden Preis, so sein wollten wie alle anderen. In seinen Augen handelte es sich um menschliche Schwäche.

Kaffeeduft zog durch die Wohnung, und Beatrice tauchte in

der Tür auf. Scialoja beeilte sich, ihr das kleine Tablett abzunehmen. Sie bedankte sich mit einem höflichen Lächeln.

– Bleiben Sie zum Abendessen, Doktor Scialoja?

– Eigentlich hatten wir was vor, Beatrice.

– Ach ja, das habe ich vergessen. Tut mir leid, dann eben ein anderes Mal!

Argenti dankte ihr mit einer stummen Geste. Sie fuhr ihm mit den Händen durchs Haar, mit einer Art ironischer Zärtlichkeit. Ihr Mario würde es wohl nie lernen, sich wie ein Mann von Welt zu benehmen!

Dann entschwand sie leichtfüßig und Scialoja spürte zusätzlich zu seiner Bewunderung einen Anflug von Neid. Wer weiß, ob es mit Patrizia jemals eine derart tiefe Übereinstimmung geben würde ... Aber indessen blickte Argenti ihn ungeduldig an. Scialoja nippte am Kaffee und versuchte ihm zu erklären, wie die Dinge lagen.

Später – der Polizist war seit etwa zwanzig Minuten gegangen – platzte Beatrice in sein Arbeitszimmer. Mario starrte, hinter seinem von Akten übersäten Schreibtisch hockend, ins Leere. Die Zeichen standen auf Sturm.

– Du hältst den Typen nicht aus, stimmt's?

– Wenn Du wüsstest, worüber er mit mir gesprochen hat.

– Willst du es mir erzählen?

– Lieber nicht.

– Wie du willst. Aber vergiss nicht, dass wir etwas vorhaben!

– Was? ... Ach ja, danke, Beatrice!

– Gehen wir ins Kino?

– Ich arbeite.

– Sieht aber nicht so aus.

– Ich schwöre dir, ich arbeite.

– Aber es ist Sonntag!

– Na und?

– Im Rivoli spielen sie *Ein Herz im Winter.*

– Was für ein Genre?

– Eine Tragikomödie, glaube ich. Ein französischer Film.

– Warum gehst du nicht mit einer Freundin?

– Weil ich mit dir gehen will.

– Ein anderes Mal.

Sie zog sich zurück und schloss die Tür übertrieben vorsichtig. Eine Geste voll unterdrückter Aggression. Beatrice war beleidigt. Und er musste ihr sogar Recht geben. Tja, er hatte sich wie ein Bauer benommen. Und jetzt musste er es wiedergutmachen. Ach, was für ein schöner Sonntag! Das Treffen mit Scialoja hatte ihn aus der Fassung gebracht, das war nicht zu leugnen. Während des ganzen Gesprächs hatte er dem Polizisten gegenüber eine unbeugsame, zuweilen sogar verächtliche Haltung eingenommen. Wie ein Kommunist alter Schule eben. Ein paar Sätze hatten genügt, und er hatte verstanden, worauf die zwielichtige Figur hinauswollte. Ihr Kommunisten seid entschlossen, euch Italien anzueignen. Nun ja, macht ruhig. Aber ihr sollt wissen, dass ihr so oder so mit bestimmten Problemen zu tun haben werdet, mit denen sich unser geliebtes und unglückliches Land herumplagt. Und das wird nicht angenehm sein, Senator. Denn lauthals zu schreien, um den Rechtsstaat und die Berechtigung der Opposition zu verteidigen, ist etwas ganz anderes, als sich die Hände bei der Ausübung der Macht schmutzig zu machen. Sie sollten also rechtzeitig Vorkehrungen treffen, sich nicht überraschen lassen ... bereit sein. Aber wozu bereit?

Der Senator dachte an seine Anfänge. An den Augenblick der Entscheidung. Er war spontan der Partei beigetreten, oder vielleicht auch aus Provokation. Um ein akademisches Milieu herauszufordern, das bereits die Revolution heraufdräuen spürte und in dem die Schlauesten und Hartnäckigsten, vulgo die Arschlöcher, ihre glänzenden Managerkarrieren im Schatten eines entfesselten und harmlosen Salonextremismus aufbauten. Die Partei war für ihn Berlinguer gewesen. Berlinguer war sein Leuchtturm gewesen. Sein Fixstern.

Berlinguer hatte Weitblick gehabt.

Berlinguer hatte gewusst, dass Italien ein Land der Rechten war.

Berlinguer hatte gewusst, dass sie nicht im Alleingang gewinnen konnten, sofern sie nicht enden wollten wie Chile.

Berlinguer hatte gewusst, dass der real existierende Sozialismus Ungeheuer hervorgebracht hatte.

Berlinguer hatte versucht, seine schwindsüchtige Partei in die Zukunft zu führen.

Berlinguer war tot. Die Mauer war gefallen. Die Karten waren neu gemischt worden. Der alte Bann über die Linken hatte keinen Sinn mehr. Unvorstellbar, dass die Partei nicht darunter litt. Argenti stellte sich nicht gegen Veränderungen. Veränderung ist die Seele der Politik. Argenti glaubte an die Politik, trotz der Politiker, entschlüpfte es ihm manchmal, lächelnd, im Kreis von Freunden. Trotz der Politiker meiner Partei, fügte er hinzu, jedoch nie in der Öffentlichkeit. Argenti glaubte an die Politik. Das politische Tagesgeschäft hatte ihn gelehrt, den Enthusiasmus abzulegen und sich der beständigen Disziplin des Möglichen zu verschreiben. Argenti misstraute Gruppen, Grüppchen und Bewegungen. Wenn sich jemand das Recht herausnahm, im Namen der Zivilgesellschaft zu sprechen, gingen ihm mörderische Gedanken durch den Kopf. Er kannte die italienische Gesellschaft nur allzu gut. Brutal, wäre das passende Wort gewesen, nicht zivil. Veränderung also. Die Partei hatte beim Namen begonnen. Dem Begriff kommunistisch haftete mittlerweile etwas Unheimliches an. Einmal hatte Argenti einen polnischen Intellektuellen kennengelernt. Die Mauer war gerade gefallen. Der Pole berichtete ausführlich über die Schrecken des Kommunismus, die er am eigenen Leib erfahren hatte.

„Ihr habt davon gewusst, Genosse Argenti. Und ihr habt keinen Finger gerührt.“

„Bei uns war es anders“, verteidigte er sich mit einem gewissen Unbehagen. „Bei uns war die Partei eine gute Sache.“

„Etwas Schlechtes in Warschau kann in Rom nichts Gutes sein, Genosse.“

Ach, wenn sie sich doch früher freigespielt hätte, wenn sie entschiedener verurteilt hätte ... Aber dafür war es nun zu spät. Jetzt gab es andere Probleme. Die Veränderung der Partei färbte auf gefährliche Weise auf die Menschen ab. Das Übel der Zentralorganisation hatte jedoch auch einen unbestreitbaren Vorteil: Man konnte anonym handeln, man konnte sich als Teil eines größeren Plans fühlen. Man konnte sich, ja warum es verleugnen, einer Art Kirche ohne klerikale Eigenschaften zugehörig fühlen. Gut, diese tröstliche Interessengemeinschaft war das berühmteste Opfer der Veränderung, oder zumindest das Opfer, das er am lautesten beklagte. Die sture Hingabe der alten Genossen konnte man belächeln. Aber die Entwicklung, die sich vor Argentis Augen abspielte, übertraf bei Weitem seine pessimistischsten Erwartungen. Eine wahrhaftige Comédie humaine im Zeichen des Opportunismus und der Feigheit, des Kompromisses, des entfesselten Karrieredenkens. Die Genossen witterten das Aroma der Macht und arbeiteten mit den Ellbogen. Und Leute wie Scialoja hatten begriffen, dass sie bereit waren. Also zu allem bereit? Bereit, Geschäfte mit der Cosa Nostra zu machen?

Der Senator war müde.

Es war Sonntag.

Und er hasste Sonntage.

Er war ungerecht zu Beatrice gewesen, aber er liebte Beatrice, ihr langes Haar, in dem sich die untergehende Sonne spiegelte. Er küsste sie auf den Hals.

„Tut mir leid."

Beatrice hob die Augen nicht vom Buch. Argenti blätterte mit gespielt zerstreuter Miene in einer Ausgabe der *Repubblica*.

– Was hältst du von *Basic Instinct?*

– Den kannst du dir mit deinen Freunden ansehen, wenn du unbedingt willst.

– Schon gut, ich kapituliere. Also *Ein Herz im Winter*.

Bea quittierte den Triumph mit einem Lächeln und küsste ihn endlich.

Die Tochter des Gründers

1.

Vor der Ambulanz, unter den besorgten Blicken der Ärzte, die sie vor einer Stunde in den Rettungswagen geladen hatten, rauchte Maya nach achtzehn Monaten Abstinenz ihre erste Zigarette.

Maya rauchte und wartete. Sie wartete auf Ilio. Obwohl der gegen die Pappel geprallte Saab nur mehr ein Blechhaufen war, funktionierte das Bordtelefon noch. Typisch Ilio. Der atemberaubend schnelle Umstieg auf die jeweils neueste Technologie. Immer das Auto der allerneuesten und technisch ausgereiftesten Generation. Er wollte immer das Beste, und zwar für alle in seiner Umgebung. Ilio umgab sich mit Symbolen des gesellschaftlichen Erfolgs. Insgeheim gab man Maya, von der eigentlich der Reichtum stammte, zu verstehen, dass man ihn für einen fanatischen Provinzler hielt. Für einen, den der Erfolg korrumpiert hatte. Maya wusste, dass dem nicht so war. Hinter der Arroganz verbarg sich Unsicherheit. Und hinter der Unsicherheit die tiefe, schlitzohrige Zärtlichkeit, aufgrund deren sie sich auf den ersten Blick in ihn verliebt hatte.

Aber wo sie auch anrief, sie konnte ihn nicht finden.

Unter dem sorgenvollen Blick des Sanitäters, eines Studenten, der sie beschwor, sich wieder hinzulegen, und etwas von Knochenbrüchen daherfaselte, war es ihr endlich gelungen, mit Giulio Gioioso zu sprechen.

– Ich bin von der Straße abgekommen. Das Auto hat einen Totalschaden.

– Ich komme sofort.

– Nein. Such lieber Ilio. Um Himmels willen, Giulio, wo ist mein Mann?

– Ich tue alles, was in meiner Macht steht.

Und so wartete sie. Dem Carabinieri-Maresciallo, einem großen, ungeschlachten und fürsorglichen Mann, erzählte sie, sie könne sich nicht erinnern, wie es zu dem „Schadensfall" gekommen war.

– Ich habe jemanden hupen gehört und bin an die rechte Straßenseite gefahren, um Platz zu machen ... aber vielleicht war die Fahrbahn zu eng, oder, wer weiß, vielleicht war es ein Betrunkener ... auf jeden Fall war ich plötzlich auf der Böschung, oder auch nicht, keine Ahnung ... mit einem Wort, auf einmal kam mir diese Pappel entgegen ... mit einem Wort, es ging so schnell ...

– Haben Sie sich die Kfz-Nummer gemerkt? Was für eine Marke war es?

– Tut mir leid. Ich kann nur sagen, dass es ein großes Auto war. Groß und dunkel ...

Für den Maresciallo, die Ärztin, die Krankenpfleger und die Sanitäter war es ganz klar, wie es zum Unfall gekommen war. Und auch, wer daran Schuld hatte: einer dieser Jugendlichen, die sogar ihre eigene Mutter niederfahren würden, um rasch in eine Diskothek zu gelangen und sich dort zuzuknallen.

Maya hatte mit sanftem Lächeln genickt. Maya hatte sie getröstet: Sie wartete auf ihren Gatten, es konnte sich nur noch um Sekunden handeln.

Schließlich hatten sie sie in Ruhe gelassen. Endlich allein. Allein mit ihrer Wut und ihrer Enttäuschung.

Verdammt, es hätte ein angenehmer Ausflug werden sollen. Eine angenehme Abwechslung an einem faden Sonntag: Die Kleine war im Feriencamp und sie war endlich das unerträgliche

Genfer Kindermädchen los ... Raffaella nannte sie Annamaria Baffetti, Samuels Frau, wie im Märchen von Beatrix Potter ... ebenfalls ein großartiger Einfall Ilios ... aber warum meldete er sich nicht?

Seit einiger Zeit war Ilio merkwürdig. Kurz angebunden, fast bärbeißig. Imstande, stundenlang zu schweigen. Irgendetwas schien ihn zu quälen. Als ob er jede Lebensfreude verloren hätte. War ihre Ehe am Ende, wie ihr ihre „Freundinnen" prophezeiten? Hatten sich über alles Müdigkeit und Überdruss gebreitet? Einen traurigen, erschöpften Ilio konnte sie sich gar nicht vorstellen. Sie erinnerte sich an eine langweilige Teestunde bei der Vingelli-Orsolatti, während der man versucht hatte, ihr ein Geständnis abzuringen. Alles schien sich darum zu drehen, ob man „es" ihm gewährte oder nicht. Laut der Gräfin, die infolge exzessiver Saunabesuche und Hungerkuren, mit deren Hilfe sie das Rad der Zeit um zwanzig Jahre zurückdrehen wollte, aussah wie eine Dörrzwetschke, war es ein Leichtes, „es" ihm zu „gestatten". Das Problem gab es vielmehr dann, wenn er „es" nicht mehr verlangte. Ein offenbar weitverbreitetes Problem. Als Maya an der Reihe war, als die Freundin sie brutal bezüglich der Frage verhört hatte, „es" ihm zu gestatten oder nicht, hatte sie ganz offen gestanden, dass sie und Ilio Zuneigung füreinander empfanden, dass sie oft und lustvoll miteinander schliefen, dass sie einander seit Jahren begehrten. Die Vingelli-Orsolatti hatte ein Räucherstäbchen angezündet und ihr mit gezwungenem Lächeln vorgeworfen, sich „bedeckt" zu halten. Mit anderen Worten: zu lügen, weil sie zu wenig Vertrauen in sie, ihre Freundin, hatte.

„Aber wenn du Lust hast, mir die Wahrheit zu sagen, Schätzchen, bin ich immer für dich da!"

Mit einem Wort, es wäre unglaubwürdig, dass eine Beziehung funktionierte. Doch sie funktionierte. Sogar jetzt, wo Ilio so oft schwieg und sich vor ihren Augen veränderte, verstanden sie sich im Bett noch immer prächtig. Übrigens nicht nur im Bett. Mit einem wohligen Schauer erinnerte sich Maya daran, wie sie davongelaufen waren wie ein jung verliebtes Paar, an die Gelüste, die ihn manchmal im Büro überkamen, an das Domina-Spiel, an das Damen-WC in einem japanischen Restaurant während eines langweiligen Gipfeltreffens mit saudischen Würdenträgern ... Und somit war es ausgeschlossen, dass er eine Geliebte hatte. Ilio war treu. Wenn er ihr doch bloß mehr vertrauen würde! Wenn er sich doch endlich bewusst geworden wäre, dass sie die Tochter des Gründers war, und zwar nicht nur, weil sie der Gründer in die besten Schulen geschickt hatte, ihr eine anspruchsvolle Bildung hatte angedeihen lassen, ihr Möglichkeiten geboten hatte, von denen ein Mädchen nur träumen konnte ... wenn er bloß begriffen hätte, wie ähnlich sie einander im Grunde waren: der Gründer, sie, sein Fleisch und Blut, und Ilio selbst ...

Maya schnappte sich einen Portier und ließ sich noch eine Zigarette geben. Diese war dunkel, ohne Filter, vulgär wie der Mann mit den plumpen Fingern, der sie aus einem zerknüllten, fettigen Päckchen mit undefinierbaren Flecken gefischt hatte.

– Danke.

– Wenn Sie jemanden brauchen, Signora, der Sie nach Hause begleitet, ich habe in zwanzig Minuten Dienstschluss ...

Merkwürdig, dass man sie dennoch begehrenswert fand. Trotz des zerfetzen Kaschmirpullovers, der beim Unfall zerrissen worden war. Der orthopädischen Halskrause, die ihr Brechreiz verursachte. Der zerlaufenen Schminke. Dem Kratzer unter dem linken Auge. Nein, es war nicht merkwürdig. Es war typisch. Frau ist gleich Tier. Nur zu einem gut. Maya dämpfte die Zigarette mit dem Absatz ihrer Stiefelette aus. Und lächelte. Genau das begriffen Weiber wie die Vingelli-Orsolatti nicht. Dass man eine Beziehung auf Augenhöhe haben und sich ohne Vorbehalte lieben konnte ...

Aber warum ließ Ilio so lange auf sich warten? Wo zum Teufel steckte er? Wie gut hätte sie doch daran getan, zu Hause zu bleiben. Anstatt Ilios Karosse zu nehmen, um ein Grundstück in der Gegend von San Zenone zu besichtigen, das zum Verkauf stand. Oder vielleicht hätte sie früher zurückkehren sollen. Umgehend vielleicht. Warnzeichen hatte es genug gegeben. Ihre Unruhe und ihre Beklemmung angesichts des trüben Lichtes der Straßenlaternen im aufsteigenden Nebel. Das Saxofonsolo im Radio. Die heruntergelassenen Rollläden und die Aluminiumrollos vor den Fenstern der menschenleeren Dörfer an diesem Sonntagabend. Die Pappelreihen wie auf einem Friedhof. Bevor der Verrückte, betrunken oder nicht, sie von der Straße gedrängt hatte, hatte sich Maya wieder einmal dabei überrascht, wie sie die Motorhacken und die Traktoren bemitleidete, die auf den Plätzen vor den Industriehangars in Reih und Glied standen. Die emsigen Bewohner der Poebene. Die Bewohner der Poebene, die sich hinter ihren Toren in einer unabänderlichen Traurigkeit verschanzten.

– Maya, Gott sei Dank! Wie geht es dir, Liebes?

Giulio Gioioso bot ihr seinen Arm und seinen Duft.

Giulio Gioioso legte ihr seinen Kamelhaarmantel um die Schultern.

Giulio Gioioso führte sie fürsorglich zu seinem blitzblanken Lamborghini, mit dem er zweifellos alle Geschwindigkeitslimits überschritten hatte, um im Augenblick der Not bei ihr zu sein.

Maya zeigte sich zerbrechlich. Ihr war kalt. Giulio Gioioso strich ihr über das Haar. Als sie weinte, war sie endlich wieder bei sich.

– Es ist alles in Ordnung, es ist vorbei, alles ist vorbei.

Ilio war nicht bei ihr. Ilio war nicht da. Ilio.

2.

Sie schliefen eng umschlungen, als sich Maya plötzlich über das Licht beklagte.

– Mach es aus, Ilio, ich bitte dich, ich habe gerade so gut geschlafen.

– Aber es ist aus, Liebling, das Licht ist aus!

Maya öffnete die Augen. Das Schlafzimmer war dunkel. Dennoch pochte am unteren Rand des linken Auges ein roter, unerträglich greller Halbmond.

– Würdest du bitte das Licht anmachen, Ilio?

– Was fällt dir ein, Maya? Zuerst weckst du mich auf, weil du ein Licht siehst, das es gar nicht gibt, dann ...

– Bitte!

Ilio drückte auf einen Schalter. Maya bedeckte die Augen mit der Hand, im Bann einer alten, irrationalen Angst. Mittlerweile war ein schwarzer Kreis an die Stelle des roten Halbmondes getreten. Sie schloss das rechte Auge. Mit dem offenen linken nahm sie ein ungewisses Beben wahr, die verschwommenen Umrisse des Regals, der Konsole mit den Schminksachen ... der Rest war schwarz, tintenfischschwarz, ein absolutes, verheerendes, obszönes Schwarz ...

Eine Stunde später diagnostizierte Professor Nivasi eine Netzhautablösung. Zweifellos eine Folge des Unfalls. Auf der Bahre liegend wurde sie in den Operationssaal gebracht, Hand in Hand mit Ilio, der ihr tröstliche Worte zuflüsterte, aber ganz offensichtlich war er durcheinander, noch mehr durcheinander als sie ... Man weiß ja, wie die Männer sind ... Leidenschaftlich, aber angesichts des Schmerzes würden sie am liebsten davonlaufen ... große, verlegene Tiere ... plötzlich in den Kessel des wahren Lebens geworfen ... Während man ihr irgendetwas in den rechten Arm injizierte, musste ihr Ilio schwören, dass sie keine Vollnarkose bekam. Sie wollte bei Bewusstsein bleiben. Nie und nimmer wollte sie sich der Dunstwolke des Vergessens anvertrauen. Sie hörte, dass Nivasi etwas murmelte. Ilio drückte ihr noch fester die Hand. Zu spät. Es war bereits alles entschieden. Sie versuchte zu schreien, aber die Lähmung hatte bereits Besitz von ihr ergriffen. Die Lähmung krallte sich in ihre Muskel. Die Lähmung vergiftete ihren Willen. Sie würde nie wieder aufwachen. Nie ...

Aber sie wachte auf. Ein Hammer trieb Nägel in ihr krankes Auge. Ein ständiger, ziehender, nicht nachlassender Schmerz. Stimmengewirr. Zitternde Schatten hinter den Binden auf ihren beiden Augen. Sie versuchte die Aufmerksamkeit der anderen auf sich zu lenken, spürte aber ihren Gaumen nicht. Vielleicht hatte man sie angelogen? Vielleicht war es etwas anderes, etwas Ernsteres? Sie konzentrierte sich auf die Stimmen, dem Schmerz zum Trotz, der jeden Funken ihrer Energie aufzusaugen drohte. Sie erkannte Ilios tiefe, kultivierte Sprechweise. Er unterhielt sich mit jemandem. Vielleicht mit Giulio Gioioso. Die Worte verstand sie kaum. Die Töne hingegen ... In Ilios Stimme lag Wut und ein Hauch von Angst. Und Giulio ... Giulio schien sich gegen irgendeinen Vorwurf zu verteidigen. Maya strengte sich an, um besser zu verstehen. Ein paar Worte sickerten zu ihr durch. „Sie verlieren schön langsam die Geduld“ ... „ich will dich nicht mehr sehen“... Dunkel. Anspielungen. Das Gefühl von etwas Bedrohlichem, das kurz bevorstand, überkam sie. Sie wimmerte. Die Stimmen schwiegen. Geräusche von Schritten. Die kühle Hand Ilios auf der Stirn. Sein feuchter Kuss auf dem Hals. Maya glitt wieder in den Schlaf, gewiegt von seinen zärtlichen, tröstlichen Worten. Es wird alles gut, mein Liebling, alles gut.

3.

Vier.

Ilio Donatoni schwamm um die *Nostromo* herum: ein erschöpfter Walfisch, ein trauriger Delfin.

Die *Nostromo*, seine *Nostromo*, die in einem winzigen Seitenarm des Meeres vor Anker lag, in Sichtweite der Küste. Die *Nostromo*. Geschaffen, um mächtig und leicht über grenzenlose Meere zu segeln.

Ilio Donatoni hatte beschlossen, dreißig Mal um das Schiff herumzuschwimmen. Sein Schiff mit gestrichenen Segeln. Sein von dumpfen Notmotoren in den Hafen geschlepptes Schiff: Giulio Gioioso litt an Seekrankheit. Giulio Gioioso war der Ehrengast. Giulio Gioioso hatte versucht, Maya umzubringen. Giulio Gioioso hatte Maya leiden lassen.

Fünf.

Am Heck plauderte Giulio Gioioso über das Tyrrhenische Meer. Die alten Tyrsener. Unübertroffen beim Errichten von Türmen. Hervorragende Seeleute. Eifersüchtige Hüter des Geheimnisses der Bronzeerzeugung.

Am Heck erholte sich Maya von dem chirurgischen Eingriff und schlürfte eisgekühlten Champagner. Am Heck lauschte die Kleine, seine Tochter, hingerissen den spontanen Ausführungen des Redners.

Sechs.

Was für eine Idee, dieser Badeausflug außerhalb der Saison, hatte Maya gesagt.

Zieh dir wenigstes den Neoprenanzug an, hatte Gioioso geraten.

Wirklich, was für eine Idee!

Im letzten Monat: Zwei Baustellen in Petralia Soprana waren geschlossen worden. Vier Bagger verschwunden. Drei Schaufellader am unteren Ende einer Böschung gelandet. Ganze Belegschaften streikten. Die Ausschreibung für den Bau eines Gerichtsgebäudes irgendwo, Sizilien, Italien, verloren wegen einer Bagatelle von ein paar Millionen. Massenhafte Kündigungen von Bauführern. Viggianò hatte ein Paket mit einem verwesten Schafskopf erhalten.

Und Mayas Unfall. Eigentlich hätte er im Auto sitzen sollen. Giulio Gioioso hatte geweint. Giulio Gioioso hatte geschworen, dass die Schuldigen zur Verantwortung gezogen werden würden. Giulio Gioioso hatte versprochen, dass er Maya beschützen würde wie ... wie eine Tochter. Wie die Tochter, die er nie gehabt hatte. Giulio Gioioso war in Maya verliebt. Ihm den Schädel zerquetschen. Wie einer widerlichen Schlange.

Sieben.

Giulio Gioioso finanzierte ein Forschungsprojekt über die alten Tyrsener. Giulio Gioioso investierte in Kultur. Giulio Gioioso hatte seine Leidenschaft für die alten Tyrsener entdeckt, als er herausgefunden hatte, dass sie nicht ausgestorben waren, sondern sich in alle Himmelsrichtungen zerstreut hatten. Sie hatten die finale Schlacht verweigert und die Diaspora vorgezogen. Unter falschen Namen hatten sie Jahrtausende weitergelebt. Es gab sie noch immer, sie trugen unauffällige Nachnamen, gehörten vergessenen Ethnien an, ihre Wurzeln waren im Dunkel der Vergangenheit verloren gegangen. Das war ein Zeichen, sagte Giulio Gioioso. Ein Zeichen, dass das Ewige nie unterging.

Acht.

Im vergangenen Monat: überstürzte Flucht von Freunden und Verbündeten. Am Telefon nur Tonbanddienste. Sekretäre und Minister, die sich nicht in ihren Zimmern befanden, die gerade bei einer Versammlung, auf Geschäftsreise, im Bett, irgendwo waren, auf jeden Fall unerreichbar für Donatoni, diese Nervensäge. Einladungen und Abendessen wurden im letzten

Augenblick abgesagt. Skandalreporter, die sich plötzlich mönchisches Schweigen auferlegten. Die befreundete Presse in Luft aufgelöst. Ergebnis: Endlose Zahlungen *à fond perdu*. Giulio Gioioso war der Einzige, der ihm geblieben war. Giulio Gioioso, der Maya begehrte.

Neun.

Giulio Gioioso hatte nie die Straße kennengelernt, hatte nie in die Fäuste gespuckt, einen Tropfen Schweiß vergossen. Giulio Gioioso war groß, blond, mit guten Manieren und gewähltem Ausdruck auf die Welt gekommen, beflissen und charmant. Ihre Wege hätten sich nie gekreuzt, wenn er es nicht gewollt hätte. Er hatte den Schmerzensschrei ausgestoßen. Giulio Gioioso hatte ihn vernommen und ihn wieder zum Gipfel geführt. Aber dieser Gipfel offenbarte sich jetzt als Abgrund.

Zehn.

Giulio Gioioso erhob nie die Stimme. Giulio Gioioso drohte nicht. Giulio Gioioso schaute seinem Gegenüber in die Augen und schüttelte den Kopf.

Elf.

Er dachte an Kampf. Er träumte von Widerstand. Der Gründer hätte wahrscheinlich Truppen aufgestellt. Der Gründer hätte Anarchisten bezahlt und die Zentrale in die Luft sprengen lassen. Der Gründer hätte den Krieg erklärt und bis zuletzt gekämpft. Der Gründer stand auf, wenn er von den Partisanen sprach. Der Gründer hätte sich nie auf einen wie Giulio Gioioso verlassen. Aber er war nicht der Gründer. Er war ein Epigone. Ein unwürdiger Epigone.

Zwölf.

Sein Herz drohte zu explodieren. Ein Wal, der um Luft rang, ein Delfin, der grau geworden war. Dreißig Runden würde er niemals schaffen. Eine Möglichkeit gab es noch. Verschwinden. Auf immer und ewig. Er würde Maya und die Kleine ins Ausland schicken. Alle Aktivitäten abbrechen. Dann ein Pistolenschuss. Eine Möglichkeit gab es noch. Freiheit und Tod verbinden. Eine Möglichkeit gab es noch. Sein Herz drohte zu explodieren. Später, vielleicht, später ...

Ilio Donatoni kletterte keuchend die Leiter am Bug hinauf. Ein beflissener Matrose bot sich an, ihm beim Abstreifen des Neoprenanzugs zu helfen. Ilio schickte ihn mit einer entschiedenen Geste weg. Giulio Gioioso blickte ihn ängstlich an, einen Pfeifenstiel zwischen den wohlgeformten Lippen.

– Und? Hast du eine Entscheidung getroffen?

– Ist gut. Akzeptiert.

Giulio Gioioso seufzte vor Erleichterung.

4.

Maya liebte Forte. Maya liebte das tiefblaue Meer in der Nachsaison, die schäumenden Wellen, in denen sich das blendende Weiß der Apuanischen Alpen spiegelte, die Helligkeit, die von einem aggressiven Dunstschleier verdeckt wurde, der sogar die Biegung des Horizonts zu verschlucken drohte.

Maya liebte Forte. Sie lag auf einem Strandbett zwischen zwei Kabanen, im Gleichklang mit dem unregelmäßigen Atem der Wellen, es gelang ihr sogar, das unerträgliche Gejeier der Bendonati-Richter zu ignorieren, die sich darüber beklagte, wie schwierig es heutzutage sei, verlässliches Personal zu finden. Bea Montalentis Tratsch über die allerneuesten Neuigkeiten. Den Bericht über eine Gewerkschaftsverhandlung, während der Ingenieur Perrot den Chefs der roten Dreifaltigkeit klipp und klar die Meinung gesagt hatte. Den Hass, mit dem Ramino Rampoldi, ein aufstrebender junger Sozialist, seinen Genossen Mario Chiesa verfluchte, weil er sich mit den Händen in der Tasche oder besser gesagt im Banknotenbündel erwischen hatte lassen und somit den ehrenwerten Namen der makellosen Partei in den Dreck gezogen hatte.

– Craxi hat dem Gauner allerdings die Meinung gesagt! Und raus aus der Partei, augenblicklich, ohne lange rumzufackeln.

– Craxi ist erledigt, stimmt's, Ramino?

– Du wirst schon sehen ... ihr werdet alle sehen!

Manchmal, wenn sie sicher war, dass niemand sie beobachtete, hob Maya die Binde von dem konvaleszenten Auge und bemühte sich, die Boje eines Tauchers oder das Segel eines Windsurfers scharf zu sehen. Das Auge war noch immer schwach. Die Netzhaut beschädigt: Sport ade! Sofern sie nicht gewisse avancierte, allerdings nicht wirklich erprobte Techniken an sich ausprobieren wollte ... Maya vertraute der Wissenschaft, aber vor allem vertraute sie ihrem zähen Willen. Sie war die Tochter des Gründers, verdammt noch mal. Der Unfall hatte ihr eine Pause gewährt. Die Ablösung der Netzhaut als Metapher für die Ablösung vom Alltag. Zeit, Bilanz zu ziehen. Goldene Kindheit, privilegierte Jungmädchenzeit, glanzvolle Jugend, Ehe, Kinderkriegen, Erziehung. Das Beste, bereitgestellt vom Gründer. Vielleicht hätte man die Sache auch aus einem anderen Blickwinkel betrachten können: zweiunddreißig verlorene Jahre. Tatsächlich. So sehr sie sich auch bemühte, in ihrer Erinnerung nach verpassten Möglichkeiten zu kramen ... so sehr sie sich auch bemühte, es wollte ihr keine Eigenschaft einfallen, aufgrund deren sie einzigartig, unverwechselbar, unersetzlich gewesen wäre. Maya, die Maya, die ... Maya, die Durchsichtige, hätte sie sagen müssen. Sehnsucht, vielleicht auch Bedauern ergriff von ihr Besitz, Sehnsucht nach einem Neuanfang. Sie würde arbeiten. Sie hatte schon mit Ilio darüber gesprochen. Er hatte vage zugestimmt: Ja, etwas Freiwilligendienst würde ihr nicht schaden. Andererseits, alle ihre Freundinnen ... Nun ja: In Ilios Welt war Frauenarbeit Freiwilligendienst. Zeitvertreib. Zerstreuung. Bei Maya ging es jedoch darum ... es ging darum, ihr Leben wieder in den Griff zu bekommen.

– Ich spreche von Arbeit. Richtiger Arbeit. Mit fixen Zeiten, Regeln, Pflichten ... und Bezahlung.

– Du brauchst keine Bezahlung.

– Ich will nicht nur als Frau Donatoni in Erscheinung treten.

– Was soll das heißen?

– Das soll heißen: Gib mir eine Aufgabe in der Firma ... irgendeine. Für den Anfang.

– Die Firma gehört dir, Maya.

– Die Firma gehört uns, Ilio. Du bist der Chef.

– Wir werden auch dafür eine Lösung finden, Liebling.

Es passierte nach dem spontanen Ausflug auf der *Nostromo* und Ilios Schwimmperformance. Ilio hatte erst im allerletzten Augenblick beschlossen, sich an dem Ausflug in die Versilia zu beteiligen. Da ihm die Clique genauso wie ihr oder mehr noch als ihr auf die Nerven ging, schwamm er stundenlang weit ins Meer hinaus. Ohne sich um Kälte und Wind zu kümmern. Er war wieder ihr alter Ilio. Zuvorkommend, entschlossen, liebevoll und leidenschaftlich im Bett. Maya hatte ein unbestimmtes, nicht zu erklärendes Gefühl, dass das alles mit dem Unfall zu tun hatte. Sie hatte ihn sogar darauf angesprochen. Aber Ilio hatte alles abgestritten. Es hatte nie einen Augenblick der Krise gegeben. Er war nie schweigsam und distanziert gewesen. Das bildete sie sich nur ein!

Ilio kam aus dem Wasser. Bea Montalenti lief ihm entgegen und reichte ihm ein Handtuch. Ilio lehnte das Angebot indigniert ab und ging übertrieben langsam zu den Duschen. Ilio durfte sich nicht anmerken lassen, dass ihm die Kälte etwas ausmachte! Giulio Gioioso tauchte auf, mit T-Shirt, knielanger Hose und mit Pfeife. Klatschnass, wie er war, begann Ilio mit ihm zu diskutieren.

Maya widerstand der Versuchung, sich zu ihnen zu gesellen. Ilio schwor bei allen Heiligen, dass sich das Gespräch an ihrem Krankenbett, als sie aus der Narkose aufgewacht war, nie ereignet hatte. Weder er noch Giulio Gioioso waren dort gewesen. Es war nur die Krankenschwester da gewesen, und sie hatte erzählt, dass Maya wirres Zeug gefaselt und im Halbschlaf unzusammenhängende Sätze von sich gegeben hatte. Sie hatte sogar geschrien. Deshalb hatte man ihr noch ein leichtes Beruhigungsmittel verabreichen müssen, und erst am Morgen darauf war sie voll zu Bewusstsein gekommen. Ilio leugnete derart überzeugend, dass Maya ihm letzten Endes glaubte. Log Ilio?

Letztendlich war das alles unwichtig. Sie würde die Arbeit bekommen. Ich werde ein Pseudonym verwenden, Ilio. Jetzt komm schon, Maya, es kennen dich doch alle! Wie würden sich die Arbeiter ihr gegenüber verhalten? Und die Direktoren, würden sie ihr richtige Arbeit geben oder ... ? Plötzlich verspürte sie einen stechenden Schmerz im Auge. Besorgt hob sie die Binde. Gott sei Dank keine Blitze. Die Blitze, ein lächerliches Feuerwerk, waren die Vorboten der Ablösung.

Der Dunst hatte sich in der Sonne aufgelöst.

Cicci Zandonel schmierte die knochigen, von Muttermalen übersäten Schultern Bea Montalentis mit Feuchtigkeitscreme ein. Für einen Augenblick lang hatten die beiden „Freundinnen" ihr liebstes Gesellschaftsspiel unterbrochen: Die Süditaliener zu verhöhnen.

– Weißt du eigentlich, Cicci, dass Gioioso auch Sizilianer ist?

– Na und? Er ist anders!

Die Catena

1.

Scialoja hatte einen eleganten Mafioso kennengelernt und gleich darauf einen kommunistischen Politiker. Eine Reise zwischen zwei Machtbereichen also. Zwischen dem alten, ins Wanken geratenen der Sizilianer und dem der neuen Herren. Wenn zwei und zwei vier sind, hatte Stalin Rossetti gedacht, bedeutete Business Sicherheit. Logisch. Der Staat, von der Attacke der Cosa Nostra erschüttert, ging in die Knie. Und suchte Schutz bei Doktor Nicola Scialoja. Haha! Das war doch zum Lachen. Der elegante Mafioso konnte nur Angelino Lo Mastro gewesen sein. Stalin hatte ihn vor Jahren kennengelernt, als er noch Handlanger von Zu' Cosimo gewesen war. Offensichtlich hatte Angelino Karriere gemacht. Früher hätte er nur den Namen Vecchio fallen lassen müssen, um eine Einigung zu erzielen. Vecchio hatte höchsten Respekt bei allen genossen, die jenseits der Meeresenge etwas zählten. Früher eben. Jetzt hatte er im Namen der alten Freundschaft bitten und betteln müssen, nur damit Angelino sich zu einem armseligen Gespräch herabließ. Natürlich. Er war nicht mehr der Dauphin des Vecchio. Er war niemand mehr. Und um die Mafiosi dazu zu bringen, ihm Glauben zu schenken, musste er etwas im Gegenzug anbieten. Aber das Kaninchen würde er erst im richtigen Moment aus dem Hut ziehen. Zuerst musste er dem Burschen, der aus einem Prospekt *made in Italy* entsprungen zu sein schien, ein wenig in die Wange kneifen. Einfach so, um ihn daran zu erinnern, mit wem er es zu tun hatte.

– Ich weiß, dass du Scialoja getroffen hast.

– Ich gratuliere dir zum Nachrichtendienst, lächelte Angelino, ohne die Fassung zu verlieren. Dann fügte er hinzu: War dieser James Bond vielleicht die Frau, die hereingekommen ist und uns zusammen gesehen hat?

– Ich gratuliere dir zu deiner Beobachtungsgabe, erwiderte Stalin im selben Tonfall.

– Sie haben uns um einen Waffenstillstand gebeten, sagte Angelino ernst.

– Und ihr?

– Wir reden noch darüber.

– Das halte ich für richtig. Aber erinnert euch. Bulle bleibt Bulle.

– Und du? Wer bist du, Doktor Rossetti?

– Ich habe für Vecchio gearbeitet, vergiss das nicht!

– Früher vielleicht. Aber jetzt ... jetzt ist der andere da. Und er sitzt fest im Sattel. Und du gehst, wie mir scheint, zu Fuß!

Pfui Teufel, wieder so ein Bild aus dem Bereich der Landwirtschaft und der Bauern, wie es in der Sprache der alten ehrenwerten Gesellschaft so beliebt war! Angelino mochte ein smarter Typ sein, aber er war und blieb ein Bauer.

Angelino stand auf und legte die Hand auf die Krawattennadel, zum Zeichen des Abschieds. Was ihn anbelangte, war das Gespräch beendet.

Stalin Rossetti lächelte. Gut. Die Gruft war geöffnet worden. Die Kröte ausgespuckt. Schluss mit den langen Vorreden. Stalin entspannte sich auf seinem Stuhl. Er wartete, bis der andere an der Tür war, dann räusperte er sich. Er sprach, und zwar mit spöttischem Unterton.

– Interessiert ihr euch noch immer für Manuele Vitorchiano?

Diesmal war Angelino nicht imstande, seine Gefühle im Zaum zu halten. Zittern, Röte, ein plötzliches Zusammenzucken. Die üblichen Anzeichen menschlicher Schwäche. Er musste noch hartes Brot fressen, der Kleine.

– Was weißt du von dieser Geschichte?

– Nachrichtendienst, nicht wahr? Also? Interessiert ihr euch noch immer für ihn?

– Um unsere Angelegenheiten kümmern wir uns selbst.

– Bei euch zu Hause vielleicht. Aber hier auf dem Festland habt ihr, glaube ich, ein kleines ... wie soll ich sagen ... logistisches Problem ... Also? Noch eine Cola?

Später, nachdem sie die Vertragsbedingungen neu ausgehandelt hatten und er einen noch immer skeptischen, aber bereits entschieden weniger arroganten Angelino hinausbegleitet hatte, rief Stalin Guercio zu sich und sagte zu ihm, er solle ihm augenblicklich Pino Marino schicken. Aber Guercio, der ein Pflaster auf der linken Wange hatte und sich den schmerzenden Arm rieb, sagte ihm, er hätte seit ... seit ungefähr einer Woche, ja einer Woche, nichts von ihm gehört.

Stalin betrachtete seinen übel zugerichteten Mitarbeiter mit einer gewissen Abscheu. Er wusste, dass Guercio sein Einkommen mit etwas Detailverkauf auffettete, und im Grunde hatte er nicht mal was dagegen. Als überzeugten Befürworter der unternehmerischen Freiheit brachte ihn Eigeninitiative nicht aus dem Häuschen. Yanez zum Beispiel platzierte Wanzen und verkaufte dem Bestbieter Telefonabrechnungen. Andererseits hätte er nie erlaubt, dass die freie Marktwirtschaft mit den Amtspflichten kollidierte. Bis jetzt hatte er die Sache hingenommen, aber jetzt war keine Zeit mehr für Kompromisse. Das Spiel begann ernst zu werden. Von nun an durfte man keine Fehler mehr machen. Fehlte gerade noch, dass ein ehrgeiziger Bulle seine Nase in die Geschäfte der Handlanger steckte!

– Ab heute ist Schluss mit dem Stoff, Guercio.

– Aber Boss ...

– Kein Wenn und Aber. Das gilt für dich und auch für Yanez und seine kleinen Geschäfte. Von nun an müssen wir wieder schlagkräftig sein.

– Dann stimmt es also, Boss? Wir bauen die Catena wieder auf!

– Es gibt keine Catena mehr, Guercio. Und jetzt geh und bring mir Pino.

Stalin sah zu, wie er verwirrt und enttäuscht davonging. Er goss sich einen halben Fingerbreit Whisky ein und seufzte. Nein, die Catena gab es nicht mehr. Und es würde auch nie wieder eine Catena geben. Die Zeiten ändern sich, Guercio, du alte, arme, sentimentale Kanaille. Diese aufregende und unwiederbringliche Zeit ist endgültig vorbei. Man muss sich an die neuen Verhältnisse anpassen, nicht mehr und nicht weniger.

„Viele aufrechte Menschen haben sich umsonst bemüht, die Welt zu verbessern, und haben dabei eine grundlegende Wahrheit übersehen: Die Welt erträgt es nicht, verbessert zu werden. Deshalb nehme ich mir vor, die Welt dabei zu unterstützen, schlechter zu werden. Außerdem bin ich ein Spieler und ich weiß, dass man nicht immer ins Volle greifen kann. Sagen wir also, dass ich alles tue, was in meiner Macht steht, damit die Dinge bleiben, wie sie sind."

So hatte er sich vor vielen Jahren Vecchio vorgestellt. Und nachdem Vecchio seine kurze Notiz gelesen hatte, war er in Lachen ausgebrochen.

„Sie wollen mir wohl einen Bären aufbinden, Rossetti."

Touché. Er war kein Spieler und hasste es zu verlieren. Die Welt war ihm herzlich egal, sie sollte machen, was sie wollte. Ihm war nur wichtig, dass er, Stalin Rossetti, an der Spitze der Pyramide war.

Er war der Boss der Catena geworden. Vecchio hatte ihn für seine Neigung zur Falschheit belohnt.

Die Catena! Die Crème der operativen Agenten! Nach dem Ende des Zweiten Weltkrieges wurden alle Aktionen zur Verhinderung des kommunistischen Vormarsches im Westen *offiziell* einem Netz von geheimen, von der NATO koordinierten Organisationen anvertraut. Der italienische Zweig nannte sich Gladio. In Wahrheit handelte es sich um einen Zusammenschluss von „Kadern“, die im Falle eines Sieges, sogar eines Wahlsieges der Kommunisten, wichtige Entscheidungen hätten treffen sollen. Gladio war eine halboffizielle, mehr oder weniger saubere Truppe. Es gab Schulungen in eigenen Zentren, die Kommandanten wechselten einander ab, hin und wieder nahm sich ein Schöngeist vor, auszumisten und die extremistischen Elemente zu feuern.

Gladio war nur ein kleines, harmloses Reserveheer.

Aber wir sprechen hier von der Catena, mein Freund! Wir reden hier vom dreckigen Dutzend.

Autonome Verwaltung nahezu unbegrenzter Geldmittel. Freie Hand bei fast allen Operationen. Einziger Bezugspunkt: Vecchio. Einzige Aufgabe: Die Verbreitung der roten Pest stoppen.

Es war aufregend gewesen. Solange es gedauert hatte.

Allmählich hatte sich seine Beziehung zu Vecchio gefestigt. Vecchio hatte ihn allmählich bei Missionen eingesetzt, die nichts mit dem Gründungszweck der Catena zu tun hatten. Äußerst heikle Missionen. Missionen, die Vecchio früher einmal selbst durchgeführt haben soll.

Ihm gegenüber hatte Vecchio sich wie vor keinem anderen zu vertraulichen Äußerungen hinreißen lassen. Ihm hatte Vecchio sogar gestanden, dass er irgendwann einmal so etwas Ähnliches wie ein Herz besessen hatte. Stalin war überzeugt, der einzige Mitwisser eines solchen Geheimnisses zu sein. Der Einzige, der in dem, was von diesem Herzen übrig geblieben war, lesen konnte.

Es war aufregend gewesen. Solange es gedauert hatte. Aber es hatte nur kurz gedauert. Es war nur der Hauch einer Illusion gewesen.

Eines Tages hatte Vecchio ihn zu sich gerufen und ihm gesagt: Der Krieg ist vorbei. Vecchio hatte gesagt: Die Dinge ändern sich.

Vecchio hatte alle Dokumente der Catena zerstört.

Vecchio hatte gesagt: Mach Urlaub. Einen langen Urlaub.

Stalin Rossetti hatte höflich gelächelt.

Stalin Rossetti hatte den Kopf gesenkt.

Stalin Rossetti hatte sich ins Zeug geworfen.

Stalin Rossetti hatte die ihn kompromittierenden Papiere geschreddert und die Papiere, die andere belasteten, sichergestellt und an einem sicheren Ort aufbewahrt. Stalin Rossetti hatte Wertpapiere verkauft, Aktivitäten konkretisiert. Fonds freigestellt.

Stalin Rossetti hatte die alten Kameraden in dem Bierlokal in der Via Merulana versammelt. Bis in die Nacht hinein hatte er mit ihnen getrunken und gesungen. Sie hatten derer gedacht, die nicht mehr unter ihnen waren. Er hatte mit ihnen auf den Sieg der Freiheit angestoßen.

Und als alle so besoffen waren, dass sie nicht mehr aufrecht stehen konnten, hatte Stalin Rossetti gesagt: Der Krieg ist vorbei. Die Zeiten ändern sich.

Die Kameraden hatten geschrien: Man hat uns betrogen!

Die Kameraden hatten geschrien: Wir haben im dreckigsten aller Kriege gekämpft und jetzt wirft man uns zum Alteisen!

Die Kameraden hatten geschrien: Vecchio hat uns an die Roten verkauft!

Die Kameraden hatten den Entschluss gefasst, Vecchio umzubringen.

Stalin Rossetti hatte mit wehem Blick Süßholz geraspelt und die menschliche Undankbarkeit angeprangert.

Stalin Rossetti hatte gesagt: Sagen wir, es handelt sich um einen vorübergehenden strategischen Rückzug.

Stalin Rossetti hatte geschworen: Wir kehren zurück! Leute wie uns wird man noch brauchen. Deshalb war kein Platz für kühne Aktionen. Deshalb musste man Kraft sparen. Die Kraft des Ideals!

Stalin Rossetti hatte angekündigt, dass er sich auf eine lange Reise begeben würde.

Die Kameraden hatten gebrüllt, das sei eine Ungerechtigkeit. Dass Italien einen Helden wie ihn gar nicht verdient hätte. Stalin Rossetti hatte die Ovationen mit zu Boden gesenktem Blick und noblem Seufzen hingenommen. Und hatte an alle ein wenig Kleingeld verteilt.

Die Kameraden hatten sich auf die anonymen Sparbücher gestürzt. Am Tag darauf war Stalin in den Salento zurückgekehrt. Aus seinem alten Leben hatte er nur Yanez, Guercio und natürlich Pino Marino mitgenommen.

Er hatte genug auf der Kante, um sich selbstständig zu machen, Apulien war die ideale Spielwiese für jemanden, der noch jede Menge vorhatte.

Innerhalb einiger Wochen hatte er eine kleine Reederei aufgebaut. Drei Schiffe, ein bescheidenes Büro in der Altstadt von Bari, so wenig Personal wie möglich. Nach außen hin handelte es sich um eine Import-Export-Firma, die mit diversen Waren handelte.

Stalin Rossetti machte Geschäfte mit der Sacra Corona Unita, der apulischen Mafia.

Stalin Rossetti machte Geschäfte mit den Serben.

Stalin Rossetti machte Geschäfte mit den Albanern.

Stalin Rossetti kaufte von den Serben Waffen und Munition und verkaufte sie an die Apulier von der Sacra Corona im Austausch gegen türkisches Heroin, das Manuele Vitorchiano, ein von der Mafia zum Tode verurteilter Sizilianer, in Mittelitalien verhökerte. Bei jeder Hure, die ihm der Chef von Valona Woche pro Woche schickte, schnitt Stalin Rossetti zu zehn Prozent mit. Die Frauen und die Ware waren mit einwandfreien Papieren ausgestattet. Stalin Rossetti besorgte astreine Aufenthaltsgenehmigungen. Die, die angeblich kontrollierten, machten keine Probleme: Die Hälfte von ihnen waren Brüder in derselben Loge wie Stalin Rossetti, die anderen gaben sich mit einem gelegentlichen Geschenk zufrieden.

In kürzester Zeit hatte sich der Geschäftsumfang verfünffacht. Stalin hatte einen Hubschrauber und ein Gehöft außerhalb von Ostuni gekauft.

Stalin Rossetti war ein reicher Mann.

Stalin Rossetti litt unter Depressionen.

Ihm fehlte der Geruch des Schießpulvers. Unmögliche Missionen fehlten ihm. Die Bühne fehlte ihm. Das Gefühl, ganz dicht am Mann dran zu sein, fehlte ihm.

Stalin Rossetti wollte den Posten zurückhaben, um den man ihn betrogen hatte. Er war der Erbe Vecchios. So durfte er nicht enden. Er durfte nicht im Salento inmitten albanischer Schafhirten und aidskranker Huren enden.

Der Salento war nicht der Beginn einer neuen Ära. Der Salento bedeutete Abstieg, Degradierung, Exil. Der Salento war *finis terrae*.

So beschloss er zurückzukehren.

2.

Stoff zu beschaffen sei kein Problem, hatte Guercio gesagt. Aber im Gegenzug wollte er zumindest einen Blowjob.

Valeria hatte versucht, ihm das gesunde Auge auszukratzen.

Guercio hatte sie mit einem eisernen Griff am Handgelenk gepackt und zu Boden geworfen, ohne sich um ihr Geschrei und die wüsten Beschimpfungen zu kümmern.

– Verpiss dich, du Scheißkerl!

Sie hatte so getan, als würde sie klein beigeben. Guercio hatte sich aufgerichtet und wollte schon gehen. Sie hatte gelächelt und war zum Tor gerannt. Guercio hatte sie am Arm gepackt und sie gezwungen stehen zu bleiben. Sie schaffte es, ihm einen Tritt in den Unterleib zu verpassen. Guercio hatte nicht einmal mit der Wimper gezuckt. Dann hatte er ihr den Arm hinter den Rücken gebogen.

– Und jetzt entschuldige dich, du Hure!

Sie hatte aufgeschrien vor Schmerz. Ein paar Passanten waren stehen geblieben, neugierig und erschrocken. Guercios Grinsen hatte sie überzeugt, schnell weiterzugehen, mit gesenktem Kopf. Der Griff wurde immer fester. Aber Valeria schwieg. Sie hatte auch zu jammern aufgehört. Sie wollte dieses Vieh nicht um Entschuldigung bitten. Sie wollte niemanden um Entschuldigung bitten. Wenn sie jemanden um Entschuldigung gebeten hätte, dann sich selbst. Das würde sie niemals tun, niemals. Und wenn sie eine Waffe gehabt hätte, hätte sie diesem Bastard den Schädel weggepustet. Und dann hätte sie ihn kaltgemacht, auf immer und ewig. Der Schmerz wurde immer stärker. Guercio würde ihr wohl den Arm brechen, sie spürte, wie sich Schmerz mit Schmerz vermischte, ihr Schweiß roch säuerlich, der Gestank des Affen, des Entzugs, und sie hasste sich dafür, sie hasste die ganze Welt, und dann ... Dann hatte der Griff nachgelassen und sie war plötzlich frei, sie lag mit verrenktem Arm auf dem Gehsteig, war aber frei. Guercio keuchte, an den Türpfosten des *Centro Studi* gelehnt, vor ihm stand ein Junge. Er hatte die Hände zu Fäusten geballt und forderte Guercio heraus. Guercio hatte eine Hand in die Seite gestemmt und die andere zum Zeichen der Kapitulation erhoben, ein unterwürfiges Lächeln auf dem Gesicht.

– Schon gut, schon gut, habe verstanden. Sag aber ja nichts dem Boss, ja? Du weißt ja, wie ich bin, mir ist die Hand ausgerutscht ...

Guercio verschwand im Tor. Der Junge ging zu ihr, half ihr aufzustehen. Ein großer, dunkler, kräftiger Typ. Sehr dunkel. Vielleicht einer aus dem Süden. Aber seine Augen waren so blau, fast durchsichtig. Sie lehnte sich an den Jungen, dann stieß sie ihn weg. Sie wollte nicht, dass er ihren Gestank roch. Sie wollte ihm nicht danke sagen. Sie wollte niemandem danke sagen.

Sie ging weiter, sie versuchte zu verbergen, dass sie am ganzen Körper zitterte.

– Was zum Teufel willst du, hä? Soll ich mich bei dir bedanken? Danke. Und jetzt hau ab, ja?

– Kann ich etwas für dich tun?

– Nichts kannst du für mich tun.

– Denk mal nach.

– Vergiss es.

– Versuch es!

– Schon gut, schon gut, schrie sie entnervt. Ich brauche ein halbes Gramm Stoff, hast du welchen?

– Was für einen Stoff?

– Was für einen Stoff? Heroin, du Trottel!

– Ich habe Geld. Und ich kann ihn für dich kaufen, wenn du mir sagst, wo.

Sie beschloss, mit ihm mitzugehen, weil seine Ruhe sie beeindruckte. Es war die Ruhe einer anderen Welt, einer anderen Zeit. Und sie beschloss, mit ihm zu gehen, weil sie keine andere Wahl hatte. Sie konnte den feixenden Affen, der sich an ihren Rücken klammerte und sie würgte, nicht verjagen, weder mit Tränen noch mit Schreien.

Er hatte ein Auto mit Panzerglasscheiben. Sie ließ sich zu den Diokletianthermen bringen. Er hatte ihr ein paar Banknoten gegeben. Sie hatte von einem ägyptischen Pärchen Stoff gekauft. Dann waren sie in einer Wohnung in der Via dei Banchi Vecchi gelandet. In einem denkmalgeschützten, aber völlig heruntergekommenen Haus. Sie hatte eine halbe Dosis gedrückt und war ins Bad gelaufen, um zu duschen. Sie hatte einen kurzen Schlafmantel angezogen und war ins Wohnzimmer zurückgegangen. Sie hatte ihm einen Schuss angeboten, aber er hatte abgelehnt. Sie hatte das Stanniolpapier abgeleckt und noch einen Joint draufgelegt. Endlich hörte sie auf zu schwitzen. Jetzt war sie glücklich. Glücklich und betäubt. Der Junge hielt ein Porträtfoto in den Händen. Darauf war ein junger Mann zu sehen, ein Gesicht wie aus dem Fernsehen. Es kam ihm bekannt vor. Ein künstliches Gesicht, aber es kam ihm bekannt vor. Als sie bemerkte, dass er sich für das Foto interessierte, riss sie es ihm aus der Hand.

– Ist das dein Freund?, fragte er höflich.

– Die Geschichte ist vorbei.

– Hat er dir wehgetan?

– Kümmere dich um deine eigenen Angelegenheiten. Willst du ficken?

– Nein.

– Warum nicht? Vielleicht wäre das eine gute Idee.

– Nein, das glaube ich nicht.

– Warum nicht?

– Warum ... ich weiß nicht, warum. Nein.

Sie hatte ihre Klarinette genommen und die Melodie von *When The Saints Go Marching In* zu spielen begonnen. Er sah sie an wie eine duftende Blüte, wie einen Rohdiamanten. Ihr ging die Luft aus.

– Früher einmal habe ich es gekonnt.

– Spiel weiter, bitte.

Mittlerweile war sie schläfrig geworden. Sie legte sich aufs Bett.

– Komm her, flüsterte sie.

Er legte sich neben sie, verlegen, angespannt. Sie kuschelte sich in seine Arme.

– Ich bin Valeria.

– Pino Marino.

– Wie komisch.

Aber dann überwältigte sie der Schlaf.

Pino Marino streichelte die kurzen blonden Haare des Mädchens, das in seinen Armen eingeschlafen war. Sie war groß, schlank, nervös. Sie war krank. Pino Marino hatte beschlossen, sie zu heilen. Einfach so, ohne Grund.

Er dachte, dem einen vergönnt das Schicksal ein schönes Haus im Herzen Roms, dem anderen nur ein Loch am Pallonetto di Santa Lucia. Kleine Gauner, die Frauen vergewaltigten und ihren Männern die Gurgel durchschnitten. Und einen höflichen Mann namens Stalin Rossetti.

Er hatte nichts für das getan, was ihm das Schicksal schenkte. Es war ihm einfach in den Schoß gefallen. Er hatte nie protestiert. Er hatte nie aufbegehrt. Er hatte sich nicht einmal die Frage gestellt, ob es irgendwo ein anderes Schicksal hätte geben können. Nicht bis zu diesem Augenblick.

Unwillkürlich hatte er den Arm über ihren Busen gelegt. Er zog ihn zurück, mit dem Gefühl, ein Sakrileg begangen zu haben. Das Mädchen bewegte sich leicht. Geruch nach Zimt, noch immer leicht säuerlich wie zuvor. Pino Marino schwor, dass er diesen zarten Beigeschmack zum Verschwinden bringen würde. Sie seufzte.

– Du bist noch immer hier?

– Ja.

– Das ist schön.

Ihr Atem wurde regelmäßig, fast nicht mehr wahrnehmbar. Ja, es war schön, aber es hatte keinen Sinn. Und was keinen Sinn hatte, hatte auch keine Zukunft. Pino Marino zog seinen Arm hervor. Er hätte sie ficken sollen. Jeder andere an seiner Stelle hätte die Situation ausgenützt. Er deckte sie zärtlich mit einem Zipfel des Lakens zu. Er musste gehen. Aber er würde zurückkommen. Das war ein Versprechen. Ein Schwur.

Stalin wartete vor dem Haus auf ihn. Ziemlich verärgert. Er überreichte ihm den Schlüssel der Honda 750, die Yanez am Nachmittag geklaut hatte, und befahl ihm, sofort zu fahren.

3.

Als es ihn traf, hatte Manuele Vitorchiano den Kopf gesenkt, *sissignore* gesagt, den Revolver genommen und war müden Schritts davongegangen, unter dem gleichgültigen Blick der Dorfbewohner, die in der Bar dello Sport Kaffee tranken.

Mit seinem Schwager Lillo hatte er am Morgen danach gesprochen. Lillo hatte nicht schlecht gestaunt, als er mit Ringen unter den Augen und schleppender Stimme bei ihm aufgetaucht war.

– Jetzt trifft es mich, Lillo.

– Um wen geht es?

– Um dich.

– Warum? Was hab ich getan?

– Nichts. Aber sie vertrauen dir nicht mehr. Sie sagen, wenn einer einmal die Seite gewechselt hat, kann er es jederzeit wieder tun.

Lillo erinnerte sich an die Nacht in Bronte. Einer der Bosse der Corleonesen hatte der Familie von Don Saro ein Versöhnungsessen vorgeschlagen. Vierzig Leute waren gekommen, Bosse, Bezirkschefs, Ehrenmänner und Soldaten. Lillo Arm in Arm mit Don Saro. *'U me' figghiu* nannte ihn Don Saro, mein Sohn. Dabei hatte er ihn in diesem Moment schon verraten. Herzliche Umarmungen und herzliches Lächeln, keine Leibesvisitationen, denn niemand konnte sich vorstellen, dass einer eine Waffe trug, manche Dinge waren damals ganz ausgeschlossen. Lamm, Rotwein, Käse aus den Madonie. Als sie zum letzten Mal auf die Freundschaft prosteten, gab der Boss der Corleonesen Manuel ein Zeichen. Und das Massaker begann. Keiner kam davon. Alle abgeschlachtet wie Zicklein. Zum Zeichen seiner neuen Loyalität erledigte Lillo Don Saro höchstpersönlich. Das Mitglied des Clans der Corleonesen hatte eingewilligt. Später, als sie Säure in die Badewannen gossen und die Leichen der Reihe nach hineinzerrten, sagte Lillo zu Manuele, sein Leben läge in seiner Hand.

– Blödsinn. Du bist der Mann meiner Schwester. Du bist mein Bruder. Aber vergiss nicht, dass ich für dich gebürgt habe.

Und eben weil er gebürgt hatte, musste er jetzt das Problem lösen.

– Mir ist aber nicht danach. Man wird sehen ...

Lillo hatte Manuele umarmt und war abgehauen, ohne davor noch mal nach Hause zu gehen. So, wie er war, in seinem Alltagsgewand und mit ein paar Scheinen in der Tasche, die gerade für eine Fahrkarte zweiter Klasse und ein paar Wochen Überleben reichten.

Manuele erzählte, dass man der Sau wohl einen Tipp gegeben hatte, denn er hatte ihn nicht angetroffen, als er seinen Auftrag hatte ausführen wollen.

Aber als eine Woche später Lillos Foto, der ins Lager der Kronzeugen übergewechselt war, in allen Zeitungen auftauchte, dachte Manuele, dass sein Schicksal besiegelt war. Er war ebenfalls untergetaucht. Gewiss, er hätte auch Kronzeuge werden können. Nicht, dass er es sich nicht überlegt hätte. Aber was wäre dann aus seiner Familie geworden? Solange die Bosse im Ungewissen waren, solange er untergetaucht blieb, würde man ihnen kein Haar krümmen. Was ihn anbelangte, wusste er, dass es nur eine Frage der Zeit war. Aber solange es ging ...

Mittlerweile ging es zwei Jahre so, er versteckte sich und misstraute allen und jedem, bis er durch einen Mittelsmann, den er auf Pianosa kennengelernt hatte, von Doktor Rossetti rekrutiert wurde. Rossetti suchte jemanden, der keine großen Ansprüche stellte und etwas Stoff in Mittelitalien verhökerte. Manuele hatte nur einen einzigen Anspruch: zu überleben. Ein Handschlag besiegelte die Abmachung. Daraufhin waren sie einander nähergekommen. Manuele hatte ihm seine Geschichte erzählt, und Rossetti hatte ihn gelobt. Eine gute Sache, seine Gefühle nicht zu verraten, hatte er zu ihm gesagt. Seinerseits hatte er sich gerühmt, Verbindungen zur Mafia zu haben, er versprach, ein gutes Wort für Manuele einzulegen, sobald sich eine Gelegenheit dazu ergab. Dann hatte ihm Rossetti mitgeteilt, dass der Verkauf für einige Zeit eingestellt würde. Darauf folgten eintönige Monate voller Elend, voller Angst.

Schließlich der Anruf.

– Es tut sich was. Ich habe eine Abmachung getroffen. Ich habe sie überzeugt, dich in Ruhe zu lassen. Rühr dich nicht von der Stelle, ich schick dir einen Mann.

Und die Hoffnung war auferstanden. Und Manuele dachte, dass er bald Frau und Kinder umarmen würde. Dass er seinen Platz im Leben zurückbekommen würde. Dass alles, was er von diesem Rossetti gehört hatte, als er noch ein glückliches und respektiertes Mitglied der Cosa Nostra war, stimmte: Rossetti war ein mächtiger Mann, mit dem sich sogar die Bosse an den Verhandlungstisch setzten.

Und ein großzügiger Mann, der sich an ihn erinnerte, der ihn nicht in diesem Kaff in den Marken verrotten ließ.

Und als er am Morgen nach dem Anruf, genau um acht Uhr, dem Unbekannten mit dem Motorradhelm entgegenging, der auf der Staatsstraße neben dem großzylindrigen Motorrad auf ihn wartete, war sein Lächeln das eines glücklichen und hoffnungsfrohen Mannes.

Aber der Unbekannte zog eine Pistole mit Schalldämpfer aus der Jackentasche und verpasste ihm zwei Schüsse aus nächster Nähe, die ihm das halbe Gesicht wegbliesen.

Pino Marino ließ das Motorrad auf einem öffentlichen Parkplatz in Macerata stehen und fuhr im Zug nach Rom zurück. In einem Tabakladen in der Nähe des Bahnhofs hatte er ein Heft und ein Kugelschreiberset gekauft. Während der ganzen Fahrt zwang er sich, die Muttergottes zu skizzieren. Eine Muttergottes mit Valerias Antlitz. Aber die Kugelschreiber folgten nicht seinen Gedanken, und das Ergebnis war wirres Gekritzel. Er dachte an den Mann, den er umgebracht hatte. Es war nicht das erste und wahrscheinlich auch nicht das letzte Mal gewesen. Aber dieser Mord hatte ein merkwürdiges Gefühl in ihm zurückgelassen. Wer war dieser Mann? Was hatte er sich in den Augen Stalins zuschulden kommen lassen? Hatte er irgendwo eine Frau, die auf ihn wartete? Kinder? Du darfst nicht zulassen, dass es Menschen aus Fleisch und Blut werden, hatte ihm Stalin während der Ausbildung eingeschärft. Für dich sind es nur Zielscheiben. Wenn sie zu Menschen werden, ist das der Anfang vom Ende. Gut, jetzt wusste er, dass er einen Menschen umgebracht hatte. Stalin hatte befohlen und er hatte den Befehl ausgeführt. Aber seine Hand hatte den Abzug abgedrückt. Seine Hand, nicht die Stalins. War das der Anfang vom Ende? War das die „Schuld“, von der in gewissen Büchern die Rede war, die er gelesen hatte, und welche er immer etwas amüsiert abgetan hatte? Was hatte das Ganze mit dem Mädchen zu tun? Pino war durcheinander. Er wollte sie wiedersehen. Sein Wunsch hatte die Heftigkeit eines plötzlich wiedererwachten Gefühls. Und dieses wiedererwachte Gefühl ging mit einer Art von archaischer Angst einher. Ich darf sie nicht suchen, sagte er sich schließlich und warf Heft und Kugelschreiber aus dem Fenster. Ich darf nicht. Sie würde mich vom Weg abbringen. Sie wird mich Stalin entfremden.

Aber sobald er am Bahnhof angekommen war, rief er sie aus einer Telefonzelle an.

Auch Stalin machte an diesem Abend einen Anruf. Genau um Mitternacht. Angelino Lo Mastro war noch wach.

– Hast du ferngesehen?

– Ja. Du warst gut.

– Gut. Das nächste Mal reden wir über was Ernstes.

Er legte auf, ohne eine Antwort abzuwarten. Beinahe im selben Augenblick läutete wütend das Handy. Er machte es aus. Alles zu seiner Zeit, alles zu seiner Zeit. Hin und wieder musste man sich eine kleine Genugtuung leisten. Was den armen Manuele anbelangte, galt auch in seinem Fall das alte chinesische Sprichwort: Keine gute Tat bleibt ungestraft.

Der Tod und das Mädchen

1.

Der Abgeordnete Corazza stammte aus der Gosse und hatte eine dunkle Vergangenheit. Er hatte sich mit dem Abschaum der Hauptstadt abgegeben. Seine Parteilaufbahn war von Treuebrüchen und Verrat gekennzeichnet. Aber gerade das machte ihn in den Augen Scialojas interessant. In der Gosse hatte Corazza Spürsinn, Skrupellosigkeit und Weitsicht erworben.

Scialoja ging im Garten der Salus-Klinik spazieren. Es war ein klarer Oktobertag. Die Bäume der grünen Schweiz hatten schon das Laub verloren. Schläfrig funkelte Lugano in der Sonne, wie es in dem Anarchistenlied heißt. Corazza würde ihn gleich empfangen, sobald er mit der Therapie fertig war.

Scialoja setzte sich auf eine Bank und konsultierte die Unterlagen, die er aus Rom mitgebracht hatte.

BRIEF DES STRAFGEFANGENEN ELIO CIOLINI AN DEN BOLOGNESER UNTERSUCHUNGSRICHTER DR. GRASSI
6. MÄRZ 1992

STRATEGIE DER SPANNUNG IN ITALIEN
IM ZEITRAUM MÄRZ–JULI 1992

Zwischen März und Juli dieses Jahres wird es zu Vorfällen kommen, deren Ziel darin besteht, die Ordnung zu destabilisieren, etwa zu Sprengstoffattentaten auf öffentlichen Plätzen mit gewöhnlichen Bürgern als Zielscheibe, Entführungen und womöglich auch zu

Tötungen von Vertretern des PSI, des PCI, der DC bis hin zur Entführung und möglichen Tötung des zukünftigen Präsidenten der Republik.

Dies alles ist im September 1991 in Zagreb, Jugoslawien, im Rahmen einer „politischen Umstrukturierung" der europäischen Rechten mit der Absicht beschlossen worden, in Italien eine neue Ordnung zu etablieren, in deren Rahmen die Verantwortlichen wirtschaftlich-finanzielle Vorteile durch den Ausbau des Drogenhandels für sich ziehen werden.

Die Geschichte wiederholt sich nach fast fünfzehn Jahren, es wird eine Rückkehr zu terroristischen Strategien geben, um die damals verfehlten Ziele zu erreichen.

Sie werden wiederauferstehen wie Phönix aus der Asche.

Camporesi hatte ihn an die Ciolini-Affäre erinnert. Die Enthüllungen bezüglich der „neuen Strategie der Spannung" waren anfänglich unterschätzt worden. Aber als die Mafia sechs Tage danach in Mondello den Abgeordneten Salvo Lima umgebracht hatte, war Ciolinis Kurswert plötzlich gestiegen. Offiziere der ROS, einer Sonderabteilung der Carabinieri, hatten ihn im Gefängnis besucht. Ciolini hatte sein *J'accuse* diktiert.

STRATEGIE DER SPANNUNG
MÄRZ–JULI 1992

Freimaurer – Politik – Mafia = Siderno group Montreal – Cosa Nostra – Catania – Roma (DC – ANDREOTTI) – ANDREOTTI – über D'ACQUISTO – LIMA. Sissan. Übereinkunft mit zukünftiger kroatischer Freimaurerregierung (TUDJMAN), Flankierung bei Herstellung und Vertrieb von Heroin und Kokain im Austausch gegen Wiederaufbau der kroatischen Wirtschaft und Anerkennung der kroatischen Republik – nötige Investition 1000 Millionen $ *(unleserlich)*

– Sissan-Übereinkunft zwischen extremistischen Gruppen, um im europäischen Wirtschaftsraum – Österreich/Deutschland/Frankreich/Italien/Spanien/Portugal/Griechenland rechte Politik durchzusetzen. Vertrieb von Heroin (Herkunftsland: Türkei) und Kokain über *(unleserlich)* Sizilien/Jugoslawien.

Vertrieb Sizilien/Jugo-Transport mithilfe von U-Booten aus der UdSSR (mini) über kroatische Personen.

Schutz DC durch Mr. D'ACQUISTO und LIMA – voraussichtlich zukünftiger Vorsitz Andreotti.

DC verlangt Stimmen von der *cupola* der Mafia, in Hinblick auf Neuwahlen.

Linker Flügel der DC nicht einverstanden mit Stimmen der *cupola.*

ANDREOTTI wenig zurückhaltend angesichts Entwicklung linker und rechter Politik.

Abschuss Lima gerechtfertigt, durch Druck auf ANDREOTTI. Mit Zustimmung des PSI Präsidialrepublik unter ANDREOTTI geplant.

Druck der *cupola* auf ANDREOTTI (zum Zweck) neuer Entwicklungen, politische Weisungen, Bündnisse etc. bringen die Mafia in Sizilien in Schwierigkeiten.

Strategie:

Einschüchterung von Staatsbeamten und staatlichen Institutionen (Polizeikräften etc.), damit sie die öffentliche Meinung davon abbringen, die Mafia bekämpfen zu wollen, eine Gefahr schaffen, die größer und von einer anderen Qualität ist als jene, die von der Mafia ausgeht.

Mit einem Wort ein derart beängstigendes Szenario, dass man einen Staatsstreich befürchten musste. Camporesi hatte ihm in aller Eile einen Pressespiegel zusammengestellt.

La Repubblica, 19. März 1992
Staat in Gefahr. Der Viminale: Italien soll destabilisiert werden.
L'Unità, 19. März 1992
Scotti warnt vor Staatsstreich
Putschpläne aufgeflogen, in deren Rahmen der Mord an den Vertretern dreier großer Parteien vorgesehen war.
Der Minister bricht erst jetzt sein Schweigen, hat jedoch den Quirinal nicht verständigt.
Warum nicht? Was befürchtet er?

Corriere della Sera,19. März 1992
Putschgefahr in Italien

Dann war die Situation in weniger als vierundzwanzig Stunden aus dem Ruder gelaufen. Es hatte sich herausgestellt, dass Ciolini wegen übler Nachrede und Verleumdung verurteilt worden war. Plötzlich galt er als unglaubwürdige Quelle. Der Alarm war plötzlich nur mehr eine Zeitungsente.

La Repubblica, 20. März 1992
Der Putsch: Viel Lärm um nichts

L'Indipendente, 20. März 1992
Komplott in Luft aufgelöst

Corriere della Sera, 20. März 1992
Falscher Putschalarm

Die Information hatte sich auf ungeklärte Weise in die Medien verirrt: Niemand glaubte wirklich an das nach dem Vorbild von SPECTRE organisierte Treffen in Kroatien, in dessen Verlauf ein Haufen Schurken bei fröhlichem Geplauder angeblich ganz spontan einen derart ausgeklügelten Plan ausgeheckt hatte. Dennoch enthielt sie ein Körnchen Wahrheit.

Falcone und seine Leibwache waren in die Luft geflogen.

Borsellino und seine Leibwache waren in die Luft geflogen.

Und zwar zwischen Mai und Juli.

Alles, was Ciolini prophezeit hatte, war eingetreten.

Und wo war er, Scialoja, gewesen, während all das im Gange war?

Ach ja, er hatte die Unterlagen Vecchios studiert, sich mit dem Handwerk vertraut gemacht, war seinem Traum vom Ruhm nachgerannt. Anders gesagt, er hatte am Fenster gestanden. Während der Topf überkochte.

Es gab nur eine einzige Erklärung für das Ganze. Irgendjemand, der von dem tatsächlich existierenden Plan wusste, hatte beschlossen, sich der unglaubwürdigen Quelle zu bedienen, um einen Warnschuss abzugeben. Ob er möglichen Komplizen galt oder jemandem, der die Ausführung des Plans eventuell hätte verhindern können, war nicht festzustellen. Die Enthüllung hatte derart obskure Hintergründe, dass ernsthafte Ermittlungen vonseiten der Richter unmöglich waren (je weniger sie sich mit den Grauzonen beschäftigten, desto besser für alle, hatte Vecchio immer gesagt), dass jedoch gleichzeitig offenbar wurde, wer in der einen oder anderen Hinsicht nützlich sein konnte: entweder um die Strategie zu erleichtern oder um sie zu verhindern.

Vecchio hätte sofort verstanden, wem der Warnschuss galt.

Wieder einmal ertappte sich Scialoja dabei, wie er zu sich selbst sagte: Du bist nicht Vecchio. Du bist nicht er, und du bist nicht einmal wie er. Geschichten wie die mit Ciolini drohten ihn aus der Bahn zu werfen. Sein Allmachtsgefühl, das noch so jung und brüchig war, hielt der Frage nicht stand: Warum zum Teufel hatte Vecchio ausgerechnet ihn ausgewählt? Als er ihn mit dem Amt betraut hatte, hatte ihm Vecchio einen seiner berühmten „Ordner“ überreicht. Darin befand sich Scialojas ganzes Leben. „Vernichten Sie ihn. Das ist sicherer.“

Er hatte den Auftrag ausgeführt, zuerst jedoch den Ordner gelesen. „Intelligent. Loyal, aber zwanghaft. Triebgesteuert. Er wird vor die Hunde gehen.“ Diese Worte konnte er nicht vergessen.

Wenn das seine Meinung war, warum hatte Vecchio dann ausgerechnet ihn ausgewählt?

Es gelang ihm nicht, das Knäuel zu entwirren.

Angelino Lo Mastro und seine Garde musste jemand hinter sich haben, der die Fäden zog.

Aber wen?

Corazza musste es wissen. Corazza war der Einzige, der Ciolini ernst genommen hatte. Corazza hatte wütende Interviews gegeben. Er hatte mit dem Finger auf die Amerikaner gezeigt, und die Amerikaner hatten beleidigt dementiert. Corazza hatte den Anschlag in Capaci vorhergesagt. Corazza und Vecchio hatten gegenseitige Achtung voreinander gehabt.

Eine Krankenschwester in weißem Kittel kam aus dem Hauptgebäude der Klinik. Sie war ein hochgewachsenes Mädchen mit auffällig rotem Haar. Sie blickte sich suchend um. Als sie ihn entdeckte, lächelte sie ihm zu und winkte. Scialoja ging ihr entgegen.

– Der Abgeordnete erwartet Sie.

– Danke, antwortete Scialoja, und mit einem Blick auf das Schildchen, das sich an ihrem üppigen Busen befand, fügte er hinzu: Valentina.

Sie lächelte. Wirklich ein schönes Lächeln. Und wirklich ein schönes Mädchen. Grüne Augen, lange Beine und ein blumiges, dezentes Parfum. Er phantasierte über sie, während er über den makellos weißen Gang wanderte, an dem sich die vergitterten Türen der Krankenzimmer befanden. Scialoja dachte, was er doch für ein geiler Bock war: Wie konnte er in einem derart heiklen Moment bloß an so was denken! Wie konnte er nur an so was denken, während Patrizia im Hotel auf ihn wartete!

– Da ist es.

Valentina hatte ihn flüchtig berührt, als sie mit den Knöcheln an Tür Nr. 15 klopfte. Ihr Busen hatte seine Schulter gestreift. Zufällig oder mit Absicht?

– Komm, komm herein, Scialò. 'Tschuldige, wenn ich nicht aufstehe, aber die Chemo setzt mir ordentlich zu.

Auf Scialojas Lippen trat ein melancholisches Lächeln. Seine und Corazzas Wege hatten sich vor vielen Jahren gekreuzt, als er noch ein einfacher Polizist und Libaneses Bande auf den Fersen gewesen war. Corazza war einer von jenen gewesen, die sich aufrichtig bemüht hatten, Moro zu befreien. Der breite römische Dialekt des Abgeordneten gab ihm das Gefühl, um Jahre jünger zu sein. Das war die Musik der Erinnerung. Die Musik einer Vergangenheit, die nicht wiederkehren würde.

Wie schlecht Corazza beisammen war!

Im roten Hausmantel, nach Atem ringend, saß er auf einem Drehsessel, mit bleichem und von der Krankheit gezeichnetem Gesicht, heiserer Stimme, die kaum einen Gedanken formulieren konnte. Mit erschöpfter Geste verweigerte er den Händedruck.

– Die Hand geb ich dir nicht, solange nicht klar ist, ob die Sache nicht ansteckend ist, Scialò!

– Aber was reden Sie da, Herr Abgeordneter! Sie werden sehen, bald ...

– Bald bin ich eine Mahlzeit für die Würmer, Scialò. Viel werden sie bei mir allerdings nicht zu fressen kriegen. Schau, wie ich beisammen bin!

Alles in diesem Zimmer stank nach Tod. Scialoja entdeckte noch einen Drehsessel und ließ sich darauffallen.

– Ich bin gekommen, weil ich etwas nicht verstehe ... und Sie mir vielleicht helfen können ...

– Auf die Idee hättest du früher kommen sollen, Scialò! Wie lange hast du dafür gebraucht? Aber du hast mit Zinnsoldaten gespielt! Ich weiß, warum du gekommen bist ... ich weiß es, aber soll ich dir was sagen, Scialò? Es ist spät. Zu spät ...

– Sind Sie der Drahtzieher, Abgeordneter?

– Ich? Ich habe mich nur, wie man so schön sagt, im Nachdenken geübt. Zwei und zwei zusammengezählt ... nicht mehr und nicht weniger, Scialò! Und jetzt ist es zu spät!

– In welcher Hinsicht?

– Was soll die spitzfindige Frage? Es ist spät, weil nichts mehr zu machen ist. Sie werden gewinnen, Scialò!

– Wer: sie?

– Sagen wir, die üblichen Verdächtigen, ja?

– Ich bitte Sie, Herr Abgeordneter. Die üblichen Verdächtigen, das seid ihr!

– Nein, Schätzchen. Diesmal sind es andere übliche Verdächtige. Es sind die von der Reservebank. Die, die man früher nur dann hätte spielen lassen, wenn die erste Mannschaft einer Epidemie zum Opfer gefallen wäre. Die Schmutzfinken. Die, die man nicht herzeigen kann. Die, die sich all die Jahre ... während wir gearbeitet haben ... in den Katakomben versteckt hielten, mit Kapuze und Schwert!

– Das übliche Freimaurerkomplott?

– Weißt du, was die Freimaurer hierzulande sind? Ein Mummenschanz. Eine Inszenierung, die allen Geschäftemachern und allen schmutzigen Geschäften zupasskommt ... aber das brauche ich dir ja nicht zu sagen. Du bist ja mit von der Partie ...

– Sie hingegen ...

– Eigentlich geht es um etwas ganz anderes, Scialò: Tatsache ist, dass die von der Ersatzbank sich einbilden, auf uns verzichten zu können, seitdem die Mauer gefallen ist ...

– Und ist das so schlimm?

– Nimm mich ruhig auf den Arm, ich mag ja lustige Leute! Hör mir zu: Im Guten wie im Schlechten haben wir fünfzig Jahre lang der ganzen Welt zu essen und zu trinken gegeben ... auch den Kommunisten ... jetzt glauben diese Würstchen, sie sind die Einzigen, die was zum Fressen brauchen ... Verstehst du mich?

– Nein. Ich verstehe noch immer nicht.

– Weil du nun mal nicht Vecchio bist. 'Tschuldige, wenn ich dir das sage, Scialò, aber Dandi hatte recht ... du erinnerst dich doch an den armen Dandi?

– Gott hab ihn selig.

– Nun, Dandi hat mal zu mir gesagt: Der Bulle ... versteh mich recht, ich will dich nicht beleidigen ... der Bulle hat zwar Ehrgeiz, aber Eier hat er keine ... aber bitte nimm es mir nicht krumm.

Scialoja sprang auf, von einer dumpfen Wut gepackt. Zuerst Vecchio, dann auch noch Dandi, dieser Straßenköter ... der ja so clever gewesen war und sich am helllichten Tag mitten im Zentrum hatte abknallen lassen wie ein Bär auf einer Zielscheibe ...

– Und was hätte ich tun sollen, Herr Abgeordneter? Was hätte ich tun sollen? Eine Ermittlung einleiten? Zu den Richtern gehen und ihnen Vecchios Unterlagen überreichen? Was zum Teufel hätte ich tun sollen?

– Warum regst du dich so auf, Scialoja? Setz dich hin, sonst wird mir schwindlig ... Die Richter! Sehr gut! Was für 'nen Scheiß redest du? Hast du noch nicht begriffen, dass auch die in Mailand ihr eigenes Süppchen kochen?

– Auch das noch!

– Glaubst du mir vielleicht nicht? Dann hör mir gut zu. Die wissen genau, was sie wollen: Zuerst einmal die politische Klasse abschaffen und die althergebrachten Parteien zerstören, uns, die Roten und die Sozialisten. Zweitens die lokalen Gruppierungen favorisieren. Damit vielleicht auch noch in Palermo eine Lega entsteht und Italien endgültig den Bach runtergeht. Drittens: Bomben legen, schießen und morden, damit die Leute Angst kriegen und ihnen in die Arme laufen ... also noch mal: die auf der Straße arbeiten mit Sprengstoff und Blei, die im Zentrum der Macht mit Untersuchungsausschüssen ... sie wollen uns kleinkriegen. Das ist eine Wachablöse, kapierst du endlich?

– Und warum haben Sie nicht früher etwas dagegen unternommen? Was haben Sie inzwischen gemacht, Abgeordneter?

– Was soll ich machen, ich im Alleingang, während der Krebs meine Leber zerfrisst? Andere hätten was unternehmen sollen. Du. Die Kommunisten, denn einmal abgesehen von uns steht für sie am meisten auf dem Spiel. Zusammenrotten hätten wir uns sollen, genau das! Alle vernünftigen Kräfte sammeln sozusagen und gemeinsam mit den Linken eine Regierung bilden ... ernsthaft arbeiten, Reformen, ein Signal zur Veränderung geben ... aber jetzt ist es zu spät, Scialò, zu spät.

– Wenn ich Sie nicht kennen würde, würde ich sagen, ich habe es mit einem aufrechten Demokraten zu tun!

– Ich mag dieses Land, glaubst du mir? Wir von der alten Garde lieben dieses Land von ganzem Herzen ... Auch wenn wir uns hin und wieder was zuschulden kommen haben lassen ... aber nicht nur wir, glaub ja nicht, dass die Roten Engel sind ... ich will nicht, dass alles den Bach runtergeht! Und wenn ihnen der Coup gelingt, werdet ihr euch noch nach den Christdemokraten, den Dieben und ihren Spießgesellen zurücksehnen! Denn die, die jetzt dran sind, pfeifen auf die Politik. Die sind Straßenköter, Scialò ... ein wenig kennst du dich bei der Sorte ja aus, glaub ich ...

– Ich möchte Ihnen etwas sagen ... unter höchster Geheimhaltung ...

– Ich werde schweigen wie ein Grab!, sagte Corazza spöttisch.

– Wir verhandeln mit der Mafia.

– Nein! Na so was! Und die Kommunisten wissen das?

– Ich habe Argenti gegenüber eine Andeutung gemacht ...

– Und er hat dich zum Teufel gejagt? Der ist ärger als der Richter Borrelli, hält sich für Robespierre ... aber er hat Eier. Ich werde ihm ein paar Zeilen schicken ... aber verhandle nur, Scialoja, die Früchte werden sowieso die anderen ernten, nicht du!

Dann gab Corazza ein ersticktes Röcheln von sich und griff sich mit der Hand an die Gurgel. Sein Atem war fast nicht mehr zu hören. Scialoja beugte sich über ihn. Corazza hustete, dann griff er blitzschnell nach seiner Hand. In seinen Augen ein sarkastisches Leuchten.

– Nein, ich bin noch nicht tot. Noch nicht.

Scialoja versuchte sich aus dem Griff zu befreien, aber Corazza klammerte sich an ihn, an die Gesundheit, die durch seine Adern strömte.

– Seitdem mir die dürre Gevatterin auf den Fersen ist, lässt mich ein Gedanke nicht mehr los, Scialò ... Hoffentlich habe ich mich nicht geirrt. Hoffen wir, dass es Gott wirklich gibt ... wenn es ihn nämlich nicht gibt, kannst du dir dann erklären, warum wir dieses Schlamassel hienieden anrichten?

Endlich ließ Corazza ihn gehen. Scialoja floh von diesem Ort, wo alles nach Tod stank, und rieb sich die Hand, als wollte er sich von einer unreinen Begegnung säubern.

In diesem Zimmer starb nicht nur ein Mann. Da drin starb eine ganze Epoche. Und er selbst kam sich vor wie ein Mann an der Furt, wie eine sich häutende Schlange: Seine alte Haut fiel beeindruckend schnell ab, aber die neue wollte sich einfach nicht bilden.

An der Rezeption kam Valentina auf ihn zu. Sie hatte sich umgezogen. Sie trug jetzt ein schlichtes graues Kostüm mit einem beinahe knielangen Rock, einen leichten orangen Mantel, der eher billig wirkte, und Stiefel, die sie noch größer machten. Sie hatte ein etwas kräftigeres Parfum aufgelegt. Sie bot ihm an, ihn in die Stadt mitzunehmen. Als sie hörte, dass er im *Splendide Royal* wohnte, legte sie ihm die Hand auf den Arm.

Sobald sie im Auto saßen, duzten sie sich. Valentina erzählte ihm, dass Corazza außer ihm nie Besuch gehabt hatte, seitdem er eingeliefert worden war. Niemand machte sich Illusionen, was seine Prognose betraf, schon gar nicht er selbst. Er war ein wenig ordinär, verteilte aber großzügig Geschenke. Auch wenn er manchmal seine Hände nicht im Zaum halten konnte.

Auf dem Parkplatz des *Royal* gestand sie ihm, dass sie noch nie in dem Hotel gewesen war. Wie gern hätte sie es doch von innen gesehen!

Scialoja lud sie auf einen Drink ein. Ungezuckerten Orangensaft für sie, ein Glas Châteauneuf-du-Pape für ihn.

Valentina war in Mendrisio zur Welt gekommen. Sie beherrschte drei Sprachen und arbeitete nur vorübergehend in dieser schrecklichen Klinik, die so „schweizerisch" war. Was so viel hieß wie deutsch, also unsympathisch.

Was tun? Mit ihr aufs Zimmer zu gehen, kam gar nicht infrage. Vielleicht zu ihr nach Hause? In ein anderes Zimmer? Vor Patrizias Augen? Valentina nahm seine Hand: Ich kann sehr gut die Zukunft lesen, sagte sie. Unter dem Tisch schlang sie ihre Beine um die seinen.

Patrizia ging durch die Lobby. Ein Hotelpage folgte ihr, schwer bepackt mit Einkaufstüten.

Ihre Blicke kreuzten sich einen Augenblick lang.

Valentina konnte tanzen und singen. Für ihre Interpretation von *I will survive* hatte sie bei einem Amateurwettbewerb des Rundfunks der italienischen Schweiz einen Preis gewonnen. Natürlich träumte sie davon, Karriere im Showbusiness zu machen. Wenn ihr jemand dabei half, würde sie sich dankbar zeigen.

Scialoja verlor jegliches Interesse an ihr.

Er sagte zum Kellner, das Mädchen sei sein Gast, und ließ sie sitzen, mied ihren enttäuschten und verärgerten Blick.

2.

Nachdem Patrizia die achtzehnte Kreiselbewegung der Fünf Tibeter ausgeführt hatte, blieb sie in perfektem Gleichgewicht vor dem Spiegel stehen und wandte sich gelassen an Scialojas Spiegelbild.

– Hat dich deine neue Flamme sitzen lassen?

– Red keinen Blödsinn.

– Oder hattest du einen Dreier vor?

– Hin und wieder bist du richtig ordinär.

– Das ist wohl die Vergangenheit, die sich bemerkbar macht, Liebling. Die Hure, die in mir steckt.

Scialoja setzte sich aufs Bett.

– Sie ist nur ein armes Luder. Wir haben etwas miteinander getrunken. Das ist alles. Und ich habe keine Lust zu streiten!

Sie drehte sich um. Scialoja sah erschöpft aus. Er wirkte plötzlich um Jahre gealtert.

– Ein schwerer Tag?, fragte sie, etwas milder.

Scialoja erzählte ihr von seiner Begegnung mit Corazza. Er erzählte ihr vom Hauch des Todes, den er in diesem Zimmer verspürt hatte. Und ja, wenn sie es unbedingt wissen wollte, völlig gleichgültig war ihm die kleine Schlampe nicht.

– Ich wollte mir beweisen, dass ich es noch kann, flüsterte er.

– Was? Mich betrügen? Ich glaube, ich habe nie Treue von dir gefordert!

– Nein. Ich spreche von etwas anderem. Von etwas, das mit Leben und Tod zu tun hat ...

– Übertreibst du nicht etwas?

– Ein Haufen Menschen erwartet etwas von mir, Patrizia. Aber ich weiß gar nicht, wo ich anfangen soll. Manchmal weiß ich nicht einmal, wer ich bin.

– Um Himmels willen, ich bitte dich! Selbstmitleid halte ich nicht aus! Fick bitte die erstbeste Schlampe, die dir über den Weg läuft. Dann hast du vielleicht wirklich einen Grund, dich zu bemitleiden.

– Warum bist du so böse zu mir, Patrizia?

Dieser kindliche Satz traf sie im Innersten. Patrizia versteinerte. Böse. Sie war böse gewesen. Ein Kind, das seiner Mutter Vorwürfe macht, und in diesem Vorwurf liegt das ganze leidvolle Staunen dessen, der nicht imstande ist zu verstehen. Weil es nichts zu verstehen gibt. Es hängt davon ab, wie du beschaffen bist. Und davon, was man dir angetan hat. Ihre Mutter verbrachte ganze Tage in völligem Dunkel. Klagte ständig über nicht existierende Schmerzen. Wenn Patrizia zu ihr hinging, wurde sie erbarmungslos weggeschickt. Wenn sie nicht locker ließ, hörte ihre Mutter auf zu jammern und begann zu brüllen. Eines Tages hatte Patrizia auf der Straße einen kleinen streunenden Hund aufgelesen. Als sie ihn ihrer Mutter zeigte, schrie sie: Fort mit diesem räudigen Vieh, fort aus meiner Wohnung! Patrizia hatte geweint. Umsonst. Warum bist du so böse zu mir, hatte sie sie gefragt. Ihre Mutter hatte nicht mehr mit ihr gesprochen. Patrizia begriff, dass ihre Mutter tot war. Dennoch aß sie, jammerte, vegetierte dahin. Obwohl sie tot war. Patrizia hatte begonnen, Plüschtiere zu sammeln. Ihnen vertraute sie ihre Schmerzen, ihre Träume an. Aber ein Plüschtier gibt keine Antworten. Ein Plüschtier ist eine hübsche tote Sache. In diesem Augenblick hatte sie, genauso wie ihre Mutter, zu sterben begonnen. Sie setzte sich neben ihn aufs

Bett. Scialoja legte seinen Kopf zwischen ihre kleinen Brüste. Sie sog seinen Geruch ein, gemeinsam mit dem Ledergeruch der Jacke. Sie zerzauste seine Haare.

– Tut mir leid, flüsterte sie.

Und in diesem Augenblick hatte er das unangenehme Gefühl, dass sie es allmählich ernst meinte.

Pino Marino und Valeria

Der merkwürdige, sanfte und freundliche Junge hatte sie zu einem Weekend eingeladen, bei dem es nur um Drogen und Sex gehen sollte. Valeria hatte zugesagt. Vielleicht ein wenig enttäuscht. Er war doch wie alle anderen, obwohl er auf den ersten Blick anders wirkte. Gut, auch recht, so ist nun mal die Welt. Sie hatte etwas, was ihm wichtig war. Und er hatte etwas, was ihr sehr wichtig war. Sie beherrschte nur das, was ihm wichtig war. Und er hatte versprochen, ihr großzügig zu geben, was ihr so wichtig war. Allerbestes Peschwar. Vielleicht sogar unverschnitten. Sie musste sich schon seit geraumer Zeit mit minderwertiger Qualität zufriedengeben. Deshalb musst du bei der Dosis aufpassen, Valeria. Oder scheiß drauf, ein schöner Schuss und Amen, das beschissene Leben ist vorbei.

Während der Fahrt über die Pontina, auf der es nur so wimmelte von Fernlastern und Verrückten, die ununterbrochen die Spur wechselten, hatten sie kein einziges Wort gewechselt. Er fuhr konzentriert, sie ließ gleichgültig die öde Landschaft der Peripherie an sich vorüberziehen, die Fabriken und Supermärkte in Pomezia, die Felder und die Schuppen in Aprilia, die unheimliche Silhouette der Vororte von Latina. Irgendwann hatte er eine Kassette mit neapolitanischer Musik eingelegt. Aber keine traditionelle Musik, nein, *neomelodische* Lieder. Sie hatte ihm zu verstehen gegeben, dass ihr das unerträgliche Gejeier auf die Nerven ging. Pino war rot geworden.

Valeria hatte an den Knöpfen herumgedreht. Khaled war vielleicht okay. Bei den Klängen zu *Didi* schlief sie ein. Als sie aufwachte, waren sie in Sabaudia.

– Als ich ein Kind war, bin ich mit meiner Familie hierhergefahren, sagte sie, nur um irgendetwas zu sagen, mit einem Anflug von Wehmut.

– Die Wohnung gehört einem Freund, antwortete Pino Marino lächelnd.

Und aus irgendeinem Grund fügte er hinzu:

– Es ist eine sichere Wohnung.

Valeria zuckte mit den Schultern. War ihr doch egal ...

Kaum waren sie aus dem Auto gestiegen, bat sie ihn um Stoff. Pino meinte, dass sie zuerst das Gepäck ausladen und wegräumen müssten. Sie hatte so gut wie nichts mitgenommen, gerademal ein paar Pullover, falls vom Meer her Kälte aufstieg, immerhin war es schon Herbst, und Wäsche zum Wechseln. Er trug mühelos einen Rucksack und einen Koffer.

Als die Sache mit dem Gepäck erledigt war, bat sie ihn um Stoff.

– Willst du nicht zuerst schwimmen gehen?

– Spinnst du?

Pino hatte auf das Schwimmen verzichtet. Menschenleerer Strand. Er erzählte ihr von der Schönheit des Berges. Er beschrieb das Profil Circes, sprach lange über ihren spitzen Busen und die dunkelgrünen Bäume, die bis zum Meer reichten und aussahen, als wären sie Circes Haare. Er hatte sie noch nicht einmal berührt und sprach wie ein Dichter. Sie hielt es kaum noch aus. Sie hatte seit zwölf, nein seit fünfzehn Stunden keinen Schuss mehr gehabt. Sie war fertig.

– Stoff.

– Willst du nicht was essen?

– Nein. Verdammt, wir haben eine Abmachung getroffen.

Fick mich und gib mir den Stoff. Oder gib mir den Stoff und leck mich am Arsch.

– Ich hab Hunger. Ich glaube, du wirst noch warten müssen.

Barbecue. Koteletts. Rotwein. Pino Marino sprach von Bildern, von der Schönheit Roms, von Caravaggio. Sinnloses Zeug. Worte, die er einer anderen Valeria hätte sagen sollen. Aber was zum Teufel wollte dieser Idiot von ihr? War er ein Verrückter? Würde er sie in Stücke hacken und auf dem Rost grillen? Sie war allerdings so müde, dass sie nicht einmal Angst verspürte. Immer müder. Das Verlangen nach Stoff brüllte in ihrem Hirn. Das Verlangen nach Stoff zerquetschte ihre Eingeweide. Stoff. Stoff. Stoff. Der Junge hatte aufgehört zu reden und betrachtete sie. Die Intensität seines Blicks ließ sie erschauern.

– Trink!

Sie bemerkte, dass ein volles Glas vor ihr stand. Sie roch daran. Wein. Wein schmeckte ihr nicht. Sie konnte mit Wein nichts anfangen. Sie wollte Stoff, verdammter Bastard, Arschloch, Hurensohn ... Stoff ...

Aber er wiederholte:

– Trink!

Mit einem sanften Lächeln. Er provozierte sie mit seinem sanften Lächeln. Valeria trank. In diesem Augenblick explodierten irgendwo in einem Dorf, in Terracina oder in San Felice Circeo, Dutzende Feuerwerke. Valeria sank auf den Tisch. Pino Marino streichelte ihr Haar und schließlich lud er sie auf die Schulter wie ein schlafendes Kind.

Valeria wachte mitten in der Nacht auf. Sie würgte, ihre Gliedmaßen waren eiskalt, ein Brechreiz, dass sie am liebsten gestorben wäre.

Pino Marino wartete vor dem Zimmer, in dem er sie eingeschlossen hatte. Auf diesen Augenblick hatte er seit Stunden gewartet. Er versuchte freundlich zu wirken. Aufmunternd.

– Im Wein war ein wenig Schlafmittel. Auf dem Nachtkästchen neben dem Bett habe ich dir Narcan hingelegt. Es wird dir helfen, den Entzug auszuhalten. Das Bad ist links. Da ist auch Warmwasser. Ich bleibe auf alle Fälle hier ...

– Lass mich raus, du Arschloch!

– Das ist der einzige Wunsch, den ich dir nicht erfüllen werde.

Valeria begann zu brüllen. Ihr schlimmster Alptraum wurde gerade wahr. Und dieser Schmerz ... war einfach nicht auszuhalten. Und die Demütigung, die Wut, der Zorn ... Valeria brüllte. Und brüllte. Und brüllte noch immer.

Der Zustand dauerte drei Tage. Valeria schrie. Wenn der Schmerz allzu schlimm wurde, fiel sie in Ohnmacht. Beim Aufwachen brüllte sie. Sie schrie, während sie schlief und von einem Alptraum zum nächsten glitt. Beim Aufwachen brüllte sie. Sie brüllte und brüllte und brüllte.

Am Morgen des vierten Tages erwachte sie in einem Meer aus Licht. Sie verspürte nicht länger die Notwendigkeit zu brüllen. Die Schmerzen waren verschwunden. Valeria hatte Hunger. Sie blickte sich um. Das Zimmer sah aus wie ein Schweinestall. Das Bad war in einem unbeschreiblichen Zustand. Sie riss das Fenster auf. Hinter den Eisenstäben arbeitete unermüdlich die Brandung. Eine blasse Sonne versuchte den kühlen Dunst zu durchbrechen. Die Welt da draußen roch frisch und sauber.

– Ich möchte baden, sagte sie leise.

Sie hörte, wie er sich hinter der verschlossenen Tür bewegte.

– Ich kann dich nicht hören.

– Ich habe gesagt, ich möchte baden!

– Das Bad ist links ...

– Du verstehst mich nicht. Ich möchte im Meer baden!

Sie hörte, wie sich der Schlüssel im Schloss drehte. Auf Zehenspitzen ging sie zur Tür. Sie drückte auf die Türklinke, die sofort nachgab. Sie ging hinaus. Er war nicht da. Durch die

Glasscheibe in der Tür sah sie ihn auf den Kombi zulaufen. Einen Augenblick später fuhr das Auto die Rampe zum Gittertor hinauf, die zur Uferpromenade von Sabaudia führte.

Bei Sonnenuntergang kam er zurück. Sie wartete auf ihn.

Valeria war groß und hatte kurzes blondes Haar. Valeria spielte Klarinette und wohnte in einem herrschaftlichen Haus hinter der Piazza Navona. Valeria trug weiße Blusen und schwarze Jeans. Eines Tages hatte Valeria zu ihren Eltern gesagt: Geht zum Teufel. Valeria war ausgezogen. Valeria wollte frei sein. Die Eltern waren bei einem Autounfall ums Leben gekommen. Valeria war wieder in das große herrschaftliche Haus hinter der Piazza Navona gezogen. Valeria spielte Klarinette, weil ihr Vater, ein Bildhauer, und ihre Mutter, eine Pianistin, es so wollten. Sie waren Amateure. Von Beruf waren sie Journalisten. Journalisten und Kommunisten. Valeria war in der Partei aufgewachsen. Valeria hasste die Partei. Valeria hasste ihre Eltern. Valeria hatte vor Einsamkeit geheult. Valeria heulte, weil sie sich von ihren Eltern nicht hatte verabschieden können. Bei einem Fest reicher und dummer junger Leute hatte sie B. G. kennengelernt. B. G., den Typen vom Fernsehen. Es hatte fast ein Jahr lang gedauert. Die Welt von B. G. war eine supernette Welt, wo sich alle abküssten und verpflichtet fühlten, zu allen supernett zu sein. Die Welt von B. G. war eine falsche und verschissene Welt. Valeria verachtete sie, fühlte sich aber dennoch von ihr angezogen. Die Welt von B. G. war genau das, was ihre strengen Eltern, die Genossen, immer gehasst hatten. Deshalb war sie in gewisser Weise gezwungen, sie zu lieben. Eines Tages hatte sich B. G. etwas Besseres gefunden. Die Erfahrung der Einsamkeit war ein schwerer Schlag. Sie hatte sich so schwach gefühlt, als sie mit ihrem warmen Lächeln und ihren zärtlichen Versprechungen aufgetaucht war ... wer: sie? Lady Heroine, nicht wahr? Sie hatten sich eines Abends vor einem halben Jahr in San Lorenzo kennengelernt. Sie waren sich auf Anhieb sympathisch gewesen. Seit damals waren sie unzertrennlich.

– Merkwürdig, nicht? In der Welt von B. G. ist Heroin nicht in. Heroin ist was für alte Knacker. In der Welt von B. G. rast man mit tausend Stundenkilometern auf der Autobahn der *bolivianischen Rose* dahin ... eigentlich frage ich mich, ob ich nicht genau das gesucht habe. Etwas, das nicht mehr in ist. Etwas, das dich auf altmodische Weise umbringt. Keine Ahnung, ich weiß, ich rede zu viel. Aber das bin ich. Im Augenblick. Und du? Wer zum Teufel bist du, Herr Pino Marino? Einer dieser Priester, die sich auf der Straße rumtreiben, auf der Suche nach gefallenen Engeln, denen sie wieder auf die Beine helfen können? Wer bist du?

Pino nahm sie an der Hand und führte sie auf die Terrasse. Er machte Licht an und zeigte ihr die Bilder. Zwölf große Ölbilder, die er während ihres Entzugs gemalt hatte. Valeria mit Spritze. Valeria im Astronautenanzug, die sich von einer riesengroßen Nabelschnur in Form einer Spritze löste. Valeria umkreist von feixenden Ungeheuern mit kaputten Gesichtern. Valeria, die über rosa Wolken ging, die eigentlich zerfetzte Kinderkörper waren. Valeria auf allen Bildern. Valeria im rosa-blauen Kleid der Muttergottes. Auf den letzten Bildern schwebte Valeria in der Mitte, unbesiegt, aber ungläubig, über verkrüppelten Leichen, deren Gesichter von Schusswunden entstellt waren. Ein paar Schritte entfernt kniete ein Herr in einem Hawaihemd mit einer UZI-Maschinenpistole und umgehängtem Patronengurt. An seinen knochigen Schultern waren die Flügel eines Erzengels befestigt.

– Das, sagte er zu ihr und zeigte auf die Figur, das bin ich.

Valeria begann zu lachen. Langsam ging ihr Lachen in hysterisches Schluchzen über. Dann kamen die Tränen. Ein Schwall von Tränen.

Die Schöne und das Biest

Stalin Rossetti parkte den BMW auf dem Parkplatz vor der Autobahnraststätte Riofreddo und stieg aus, wobei er die Arme weit von sich streckte.

Angelino Lo Mastro lehnte an der Leitplanke und rauchte eine Zigarette, den Blick auf die glühend rote Abendsonne gerichtet. Stalin ging mit ausgestreckter Hand auf ihn zu. Der Mafioso wandte den Blick ab. Das ist ja ein guter Anfang, sagte sich Stalin. Im Übrigen hatte der harte Tonfall, den Angelino zwei Stunden zuvor am Telefon angeschlagen hatte, nichts anderes vermuten lassen.

– Schon gut, du hast uns einen Gefallen erwiesen. Wir werden uns daran erinnern. Aber jetzt hör auf, uns auf die Eier zu gehen und erklär mir, was du von uns willst!

Stalin seufzte. Angelino Lo Mastros Groll war genauso vorhersehbar wie berechtigt. Er hatte ihn ganz schön lang zappeln lassen. Nun war der Augenblick gekommen, ihm etwas zu gewähren.

– Ihr seid in einer beschissenen Lage. Die Sondereinheit ROS will euch aufs Kreuz legen. Scialoja ist eine Null. Aus dieser beschissenen Situation können wir uns nur gemeinsam befreien.

– Gemeinsam? Du gemeinsam mit uns? Was faselst du da, Rossetti?

– Ihr seid in einer Sackgasse angelangt.

– Das sagst du!

– Das sagen die Fakten. Die Insel ist von der Armee eingenommen worden. Eure Bosse werden in den Sondergefängnissen systematisch gedemütigt. Das Gesetz der verschärften Haftbedingungen, das *41 bis*, produziert Kronzeugen. Ihr reißt das Maul auf, und in Rom tun sie, als würden sie nicht verstehen. Ihr habt Lima, Falcone, Borsellino, Salvo umgebracht und nichts ist geschehen. Sie bieten euch einen Waffenstillstand an, und inzwischen werden hinter eurem Rücken Intrigen gesponnen, um euch aufs Kreuz zu legen. Wie wollt ihr euch aus dieser Situation befreien?

– Wir werden noch mal zuschlagen!

– Verstehe.

– Ist schon beschlossen!

Gewisse Gesten, Gemütszustände, Absichten verstand Stalin Rossetti früher als jeder andere. Es war eine Art Instinkt. Und Kenntnis der menschlichen Natur natürlich. Eine Kalaschnikow bedienen zu können, reicht nicht, um ein respektierter und gefürchteter Boss zu werden. Das Hirn macht den Unterschied. Auch diesem Jungen fehlte es nicht an Hirn. Und der Ehrgeiz fraß ihn buchstäblich auf. Diese Geschichte mit dem „Zuschlagen“ behagte ihm gar nicht. Das konnte Stalin seinem hübschen, perfekt rasierten Gesicht ablesen. Stalin Rossetti bot ihm eine Zigarette an, nahm sich selbst eine, und nach zwei oder drei nachdenklichen Zügen fragte er ihn, plötzlich ernst, beinahe würdevoll:

– Und du ... Angelino Lo Mastro ... was hältst du davon?

Der Mafioso lächelte. Ein krasses, heiteres und gerissenes Lächeln, würde Stalin später sagen. Ein Lächeln, das dem Klischeebild des Mafioso gar nicht entsprach.

– Manche sagen, die Sache mit dem „Zuschlagen“ ist aufgelegter Blödsinn.

Stalin konnte seine Begeisterung kaum verhehlen. Der Damm

war gebrochen. Die Kommunikation hergestellt. Endlich nahm Angelino die Maske der Organisation ab und spielte sein eigenes Spiel.

– Und sie haben Recht, Angelino. Wenn ein Mann fällt, wird er sofort ersetzt, das wissen doch alle!

– Das hat auch Falcone immer gesagt!, bestätigte der Mafioso mit dem heuchlerischen Ausdruck von jemandem, der etwas Ehrenhaftes über den eben niedergemetzelten Feind sagt. – Dennoch müssen wir zurückstecken. Sonst gibt es am Ende dieser Geschichte in Italien mehr Tote als Kaktusfeigenstacheln!

Hin und wieder, vertraute ihm Angelino an, hin und wieder hatte er das Gefühl, verrückt zu werden. Er sprach mit diesem und jenem, aber es war, als würde er mit allen und mit niemandem sprechen. Hin und wieder – und da war er gewiss nicht der Einzige – weinte er den alten Zeiten nach. Schmierige Christdemokraten, vertrottelte Sozialdemokraten, die sich nicht darüber beschwerten, nur das fünfte Rad am Wagen zu sein, die Kämpfe der Sozialisten um die Erhaltung des Rechtsstaates, ein paar republikanische Freunde, die wussten, wann es an der Zeit war, das Maul aufzureißen ... Und die Kommunisten, nicht einmal sie hatten sich zurückgehalten, wenn es darum ging, ein Stück von der Torte zu ergattern. Das war eine wohlgeordnete Welt, wo jeder die ihm zugedachte Rolle spielte, und wenn einer nicht spurte, wurde er von einem anderen auf die richtige Bahn gebracht. Aber das war Vergangenheit. Jetzt hingegen ... Jammerschade, dass sie das verzweifelte Bedürfnis hatten zu verhandeln. Ohne zu wissen mit wem. Wer zum Teufel stand auf der anderen Seite? Wer zum Teufel regierte wirklich Italien? Die Richter in Mailand? Stalin wusste, dass irgendwer da unten in Palermo vorgeschlagen hatte, Di Pietro umzubringen, der allen auf die Eier ging ... und ein anderer hatte geantwortet: Wem geht er auf die Eier? Denen, die uns im Stich gelassen haben? Hoch lebe also Di Pietro! Und wiederum ein anderer hatte gesagt: Aber was ist, wenn Di Pietro ein Auge auf gewisse Konten und Geschäfte wirft? Daraufhin hatte die Diskussion von Neuem begonnen. Die Entscheidung war gewissermaßen aufgehoben. Aber auch die Lösung dieses Problems hing von der immergleichen Frage ab: Wer regiert heute Italien?

– Keiner, erklärte ihm Stalin geduldig, oder besser gesagt, alle und niemand. Die von früher hängen in den Seilen. Und die, die noch kommen werden, sind noch nicht da. Es ist völlig unklar, wer sich Italien unter den Nagel reißen wird. Wir müssen durchhalten, bis wir wissen, wer der Sieger ist. Aber wer auch immer es ist, letzten Endes kann er die Rechnung nicht ohne uns machen.

– Mir ist, als würde ich diesen Bullen, Scialoja, hören ...

– Scialoja will, dass ihr aufhört. Ich sage jedoch, dass ihr weitermachen müsst. Dass wir weitermachen müssen. Wir müssen sie mit dem Rücken zur Wand stellen. Wenn wir die Spannung aufrechterhalten, wird die *convenienza* für alle aufgehen!

– Ich verstehe dich nicht, Rossetti. Du gibst jenen recht, die uns einen Schlag versetzen wollen!

– Hängt davon ab, welchen Schlag.

Später versuchte er seinem Gedächtnis auf die Sprünge zu helfen und die Konversation, die er ohne zu zögern als surreal bezeichnet hätte, Satz für Satz Revue passieren zu lassen, aber er konnte nicht mit Sicherheit sagen, wessen Idee es eigentlich gewesen war. War es seine Idee gewesen oder die des Mafioso? Oder waren sie gemeinsam auf die Idee gekommen, indem sie mit mathematischer Genauigkeit über die wenigen wichtigen Elemente nachgedacht hatten, die ihnen zur Verfügung standen? Oder hatte die Verzweiflung von ihren Gehirnen Besitz ergriffen und sie auf weiche, unnachgiebige Art und Weise geformt? Wie dem auch sei, irgendwann hatte die Idee Gestalt angenommen. Sie hatte die unvergleichliche Form des Turms von Pisa. Sie funkelte wie die Kuppel des Petersdoms an einem prachtvollen Oktobertag in Rom. Sie hatte die würdevolle und schwebende Eleganz der Loggia de' Lanzi. Sie hatte das begehrenswerte Antlitz der reinen Schönheit. Sie war Schönheit. Kaputte Schönheit. Faule Schönheit. Im Grunde wie Italien.

Langsam wurde ihnen bewusst, wie ungeheuerlich ihre Idee war. Stalin und Angelino waren wie vom Blitz getroffen. Und gelähmt. Es war eine kolossale Intuition. Ein gigantischer Plan. Das ultimative Meisterwerk. Exzessiv, extrem, wie alle Meisterwerke. Massaker im Austausch gegen eine Übereinkunft. Der Tod einer Stadt. Der Tod von hundert Städten. Und eine sterbende Stadt macht viel, viel mehr Lärm als ein toter Richter. Unter Umständen war das der Triumph des Projekts. Die Idee, die sie weiterbrachte. Die sie ermächtigte, alle Brücken abzubrechen. Die die anderen im magischen Augenblick des Exzesses aufhielt. Keinen Augenblick früher und keinen Augenblick später. Die den anderen ermöglichte, etwas abzugeben. Vielleicht mehr als etwas. Die sie aufhalten würde. Das Land würde um einen Waffenstillstand flehen. Sie aufhalten: und das Land in der Hand haben. Es sich nehmen. Und zwar auf immer.

Natürlich war da dieses kleine Detail: Scialoja. Aber das war nicht der richtige Augenblick, um darüber nachzudenken. Dies war der Augenblick der historischen Entscheidungen. Um Details würde man sich später kümmern.

In dem Händedruck, den sie austauschten, lag mehr als erneuter Respekt.

Es war ein Blutpakt.

Bevor er ging, sagte Angelino, dass er den Regeln zufolge zuerst mit den Bossen sprechen musste. Stalin nickte, Angelino seufzte.

– Darf ich dich etwas fragen?

– Aber ja doch.

– Stalin. Warum hast du so einen komischen Namen?

– Mein Vater war Kommunist.

Nach seiner Rückkehr nach Sizilien berichtete Angelino Zu' Cosimo von dem neuen Vorschlag.

Zu' Cosimo, der gerade liebevoll eine kleine Hecke auf seinem abgelegenen Landsitz außerhalb von Siracusa stutzte, wohin er sich hatte flüchten müssen, nachdem er der Verhaftung im Kaufhaus La Vampa wie durch ein Wunder entkommen war (ich sage dir, mein Sohn, das waren schlechte Leute!), wischte sich den Schweiß von der Stirn und begann herzhaft zu lachen.

– Wie es aussieht, wollen uns alle haben ...

– Sieht so aus.

– Aber keiner kann uns kaufen ... vertraust du ihm, Angelino?

– Ich vertraue nur der Cosa Nostra, Zu' Cosimo!

Zu' Cosimo lächelte. Der Kleine wusste, was sich gehörte.

Zu' Cosimo organisierte eine schnelle Gesprächsrunde.

Zu' Cosimo sagte zu Angelino, sie würden es halten wie der Esel, der von zwei verschiedenen Heuhaufen frisst: einmal von dem einen, einmal vom dem anderen.

Angelino teilte Scialoja mit, dass der Waffenstillstand beschlossen war.

Und Stalin Rossetti teilte er mit, dass er bald Neues erfahren würde.

Saubere Hände

Letzten Endes war es doch nichts mit dem Job geworden. Das verrückte Auge. Die Genesung. Ilios hartnäckiger Widerstand, der sich als aufrechte Anteilnahme tarnte und Spuren liebevollen Bedauerns trug: Meine Liebe, wenn die Ärzte dagegen sind, kann man nicht ...

Schließlich hatte sie sich einen Urlaub mit der Kleinen und dem Kindermädchen im Casentino gegönnt.

Im Augenblick befanden sie sich im Landhaus außerhalb von Poppi, einem magischen Kraftort, den der Gründer im Sommer ’73 gekauft hatte, weil er weit ab von allen Städten war und weil der Besitzer, ein zu Reichtum gekommener Landpächter, dringend Bares brauchte, um seine Altersgeilheit mit einer Tangotänzerin auszuleben.

Der Spätherbst war überraschend mild. Der Winter nur eine ferne Drohung, ein schwaches Echo. Manchmal stieg jedoch kalter, feuchter Nebel auf. Die Umrisse der Hügel lösten sich im Nieselregen auf. Den Wald am Rand des Landgutes bevölkerten dichte Schatten. Die Wipfel der Zypressen warfen sich ächzend hin und her und in dem hinterhältigen Ächzen schien der Schmerz von uraltem Leid zu liegen. Kein anderes Gebiet Italiens hat so viele furchterregende Legenden hervorgebracht wie der Casentino. Raffaella hatte ein Buch mit den Märchen von Emma Perodi ausgegraben. Sie verlangte, dass Maya sie ihr zwei-, dreimal hintereinander vorlas. Die düsteren Geschichten von lüsternen

Priestern, enthaupteten Bauern und mörderischen Rittern entlockten ihr angstvolle Schreie. Sie drückte sich eng an ihre Mutter und schwor, dass sie als Erwachsene „Trickfilmregisseurin“ werden würde. Von Horrortrickfilmen, nicht von diesem Kinderkram à la Walt Disney, mit Katzen, Kaninchen und Ähnlichem. Maya fragte sich besorgt, ob das nicht die Folge der Spannung war, die in den letzten Monaten zwischen ihr und Ilio bestanden hatte. Sie war nicht gut im Vertuschen. Sie war keine gute Mutter gewesen. Und Raffaella hatte darunter gelitten. Aber dann lag der mächtige, großartige Hügel wieder im Sonnenlicht da. Sie konnten wieder ins Freie gehen. Und Maya und die Kleine entdeckten die langsamen Schnecken, die flinken grünen Eidechsen, den schrecklichen Hirschkäfer, die gefährliche Hummel, die zarte Passionsblume, die an das Leiden unseres Herrn Jesus Christus erinnert, und die Pilze, das Geschenk des flüchtigen Regens, magische Pilze wie die von Alice im Wunderland, die man aber lieber nicht essen sollte, denn wie sollte man wissen, nach welchen man ganz klein wird wie ein Däumling und nach welchen groß wie ein Riese?

Maya wusste, dass ihr Ilio nur deshalb keinen Job geben wollte, weil es in den Augen aller unvorstellbar gewesen wäre, dass sich die Tochter des Gründers herabließ zu arbeiten.

Maya argwöhnte, dass er sie nur deshalb in die Toskana geschickt hatte, weil er sich wieder in Bedrängnis befand und sie letzten Endes nicht um sich haben wollte, mit ihren stummen Fragen und ihrem anhimmelnden Verhalten.

Dann, nach einer Reihe von endlos langen Tagen im Zeichen der Natur und der Langeweile hatte plötzlich die Clique einen überraschenden Besuch angekündigt. Raum gab es genug und Personal war kein Problem. Ilio war in Bestform, strahlend wie immer. Maya hatte sofort Begehren empfunden, sobald sie in seinen Armen lag. Mit von der Partie war natürlich auch Giulio

Gioioso, mit seinem demütigen Hundeblick und offenbar erneutem Respekt ihrem Mann gegenüber. Nanni Terrazzano hatte eine Magnum Bollinger Grand Cru entkorkt und einen Toast auf die Gesundheit des Richters Di Pietro ausgesprochen.

– Er hat diesen fanatischen Wucherer Malacore festnehmen lassen, hoffentlich buchten sie ihn für immer und ewig ein.

Denn dieser Herr, ein Bauernlümmel, der nichts zustande brachte und sogar in seiner Heimat, in Kalabristan, von allen verachtet und in Anspielung auf seinen Nachnamen „Malacarne“ genannt wurde, dieses riesengroße Arschloch hatte sich nicht nur mit Schmiergeldern alle Aufträge für den Wiederaufbau irgendeiner vom Tornado zerstörten Karibikinsel unter den Nagel gerissen, sondern ...

– Er hatte die Stirn mir, wohlbemerkt mir, Nanni Terrazzano, dessen Eltern sich mit dem König und dem Grafen, Friede seiner Seele, duzten, während seine Eltern in den Minen Kohle schaufelten ...

Was zum Teufel hatte dieser Malacore-Malacarne sich also herausgenommen, dass er sich den ewigen Hass des Faschisten Terrazzano zugezogen hatte? Nicht mehr und nicht weniger: Selbst wenn du zahlst, selbst wenn du viel zahlst, gebe ich dir keine Arbeit.

– Habt ihr das verstanden? Ich biete ihm zehn an, war sogar bereit, auf fünfzehn zu erhöhen, aber er bleibt bei seinem Nein. Alles für mich und nichts für dich. Nun, jetzt soll er auch allein in den Knast!

Nach dieser köstlichen Geschichte erhoben sich zwischen dem einen und dem anderen Glas eiskalten Champagner – Köstlich, säuselte Terrazzano. Ach, die Franzosen, die Franzosen! – andere Stimmen, wurden weitere Episoden der Verbrechersaga aufgerollt, die von einem brillanten Journalisten als *Tangentopoli* bezeichnet worden war.

Man hatte übertrieben.

Sie waren zu gierig gewesen. Dabei wusste man ja seit Anbeginn der Welt, dass man die Räder schmieren muss, wenn man weiterkommen will.

Aber zu viel ist zu viel.

Sie hatten sich mit dem üblichen Schmiergeld nicht mehr zufriedengegeben.

Sie entschieden, wer arbeiten durfte und wer nicht.

Schweinehunde.

Verräter.

Am meisten empört war Ramino Rampoldi. Stellt euch mal vor: Einer seiner Freunde hatte den Zuschlag für einen Auftrag erhalten und war zum „Kassier" gegangen, um den Obolus zu entrichten. Dieser jedoch umarmte ihn voller Angst und verschanzte sich hinter dem Schreibtisch. Obolus? Sollte das ein Scherz sein? Oder, besser gesagt, sollte das ein Witz sein, der Kassier war nämlich Neapolitaner (der übliche Bauernlümmel, verdammt noch mal! Die Kleine hielt sich bei Rampoldis Darbietung allerdings den Bauch vor Lachen) ... Also, sollte das ein Witz sein? Zufälligerweise ist der Freund der Schwiegervater eines Mädchens, das der Familie angehört ... mit einem Wort, der Enkelin des Ministers. Da werdet ihr wohl verstehen, dass ein solches Ansinnen ein schrecklicher Affront wäre!

– Mein Freund steckt das Geld wieder ein und geht höchst zufrieden nach Hause. Zwei Tage später taucht der Sekretär des fraglichen Ministers auf. Ganz kleinlaut. Und sagt zu ihm: Ich weiß, wie es gelaufen ist, aber du musst trotzdem zahlen. Und der Freund: Aber soll das ein Scherz sein? Wo wir doch vorgestern ... Ja, ja, ich weiß, „der Kassier" und seine Spießgesellen ... aber sei's drum. Wenn es herauskommt, dass du nicht bezahlt hast, blamieren wir uns alle. Und irgendwann könnte jemand aufstehen und sagen: Meine Schwester ist mit Sowieso befreundet, meine Mutter hat mit der Tante des Präsidenten Golf gespielt ... mit einem Wort, zum Besten der Partei, zum Besten des Systems, zum Besten Italiens ... zahl und geh uns nicht auf die Eier!

Als Ilio fragte, von welcher Partei er spräche, machte Rampoldi eine vage Geste. Irgendjemand fragte ihn, ob er tatsächlich das sozialistische Parteibuch zurückgegeben hätte. Er nickte. Denn sie werden auch vor denen oben nicht haltmachen. Nicht einmal vor ganz oben. Nicht einmal vor Craxi werden sie haltmachen. Das garantiere ich euch. Also lieber sich umschauen und eine neue Wohnung suchen. Bei der Lega zum Beispiel gibt es Menschen, die Klartext sprechen, die die Dinge beim Namen nennen ...

Und mit den letzten Tropfen der Magnum prostete man auf die Richter. Jetzt stellte Maya eine Frage, mit ihrer sanften Stimme, in der ein Anflug von vielleicht unfreiwilliger Ironie lag.

– Mit einem Wort, ihr habt alle Schmiergelder bezahlt ...

Die Clique lachte. Einer brüllte: Wer noch nie Schmiergeld gezahlt hat, der hebe die Hand! Keiner hob die Hand. Nicht einmal Ilio. Maya lächelte und nahm die Kleine auf den Arm, die sich, wie es schläfrige Kinder üblicherweise tun, das Ohr rieb. Maya stellte eine zweite Frage.

– Aber warum habt ihr sie nicht bei den Richtern angezeigt?

Alle wurden mit einem Mal ernst. Und blickten auf Ilio, der den Blick gesenkt hielt. Und wechselten schnell das Thema. Aber auch die Stimmung bei Tisch hatte sich geändert. An die Stelle der Fröhlichkeit war ein angespanntes und peinlich berührtes Schweigen getreten.

Der amerikanische Freund

1.

Kaum waren sie in die elegante Suite im *Pierre* getreten, die Scialoja reservieren hatte lassen, sagte er zu ihr, er werde sie nicht nach Washington mitnehmen.

– Ich fürchte, du musst dich mit New York zufriedengeben.

– Aber warum denn?

– Ich weiß nicht, wie ich deine Anwesenheit rechtfertigen soll.

– Du kannst ja sagen, dass ich deine Sekretärin bin!

– So einfach ist das nicht bei den Puritanern ... aber in zwei Tagen bin ich ja wieder da. Versprochen!

Es war aber eine Woche daraus geworden. Patrizia hatte die Gelegenheit genutzt, kreuz und quer durch New York zu laufen. Sie hatte Bekanntschaft mit der Spontaneität und der Hektik der New Yorker gemacht. Sie war staunend vor den Wolkenkratzern gestanden und hatte drei Filme verbraucht, die Twin Towers aus allen möglichen und unmöglichen Perspektiven zu fotografieren. Während der langen Spaziergänge, oder wenn sie sich im Jacuzzi und in der Hotelbar entspannte, wo sie den Kellnern großzügige Trinkgelder gab, damit sie sie in Ruhe ließen, hatte sie eine neue Erfahrung gemacht. Sie hatte Geschmack an der Freiheit gefunden. Zum ersten Mal seit langer Zeit hatte ihr die Einsamkeit nicht Angst gemacht, sondern war ihr verlockend erschienen. Sie war wieder Herrin über sich selbst, über ihre Zeit, über ihre Entscheidungen und auch über ihre Unentschlossenheit. Tröstliche Erinnerungen waren aufgetaucht. Und im Zuge der Erinnerungen hatte sie begonnen, vage etwas Ähnliches für die Zukunft zu planen. Sie, die nie an die Zukunft geglaubt hatte. Patrizia spürte, dass ein Sturm bevorstand. Das spürte sie mit schmerzhafter Klarheit: ein Wirbelsturm, eine Veränderung vielleicht. Sie hatte versucht, mit Scialoja darüber zu sprechen. Sie telefonierten jeden Abend miteinander. Sein Ton, der manchmal schroff und manchmal so förmlich war, dass er schon kalt wirkte, hatte sie davon abgehalten. Es war der Ton eines Mannes im Dienst, eines Mannes, der eine Mission hatte. Eines Mannes, der sich nicht die Mühe machte, nachzudenken, was sich unter der Oberfläche eines Gesprächs verbarg. Sie beschloss, eine bessere Gelegenheit abzuwarten. Dennoch würde dieser undefinierbare Knoten, der sich in ihr gebildet hatte, früher oder später aufbrechen. In den Tagen der Einsamkeit machte sie noch eine andere Entdeckung. Je mehr Zeit verging, desto mehr verblasste das Bild Stalins. Das war eine neue, zuweilen erschreckende Empfindung. Stalin seinerseits hatte jede Kontaktaufnahme verboten, bis sie wieder nach Italien zurückgekehrt war. Das Verbot hatte sie anfangs irritiert, es hatte sich im Laufe der Zeit jedoch als Segen erwiesen. Sie wollte nicht mit Stalin über den Sturm reden, sondern mit Scialoja. Und jetzt, wo er zurückgekehrt war, wo er ihr auf der Fifth Avenue entgegenkam, mit dem eleganten Mantel und den etwas zerzausten Haaren, hätte sie ihm am liebsten gesagt, wie sehr sie sich freute ihn wiederzusehen. Dass New York sich hervorragend dazu eignete, von vorne anzufangen. Aber der Kuss, den sie sich gaben, war kühl, viel zu kühl – wie der Nachmittag kurz vor Sonnenuntergang. Scialoja war bedrückt, eine Nervosität hatte von ihm Besitz ergriffen, die nicht einmal ihre Nähe zu besänftigen vermochte.

– Morgen fahren wir nach Maine, Patrizia.

– Nach Maine? Und was gibt es in Maine?

– Eine Menge. Wale zum Beispiel.

– Seit wann interessieren dich Wale?

Die Wale waren ihm ehrlich gesagt herzlich egal. Aber in Maine lebte ein Typ, ein gewisser Billy Goat, der ihm vielleicht die Fragen beantworten konnte, wegen der er nach Amerika gekommen war. Patrizia warf ihm einen enttäuschten Blick zu und vertiefte sich in die Auslage einer italienischen Boutique.

Scialoja nutzte die Gelegenheit, sich eine Zigarre anzuzünden. Seit einiger Zeit rauchte er wieder. In Amerika war das ein Problem. Die Amerikaner wurden Rauchern gegenüber immer intoleranter. Wie vielen anderen Dingen.

Eigentlich hätte er auch sehr gut allein nach Maine fahren können. Und Patrizia hätte es nichts ausgemacht, noch eine Weile am Ufer des Hudson zu bleiben. Aber die Einsamkeit reichte ihm. In Washington hatte er es kaum mehr ausgehalten.

Man hatte ihn von einem Büro ins nächste geschickt, eine Bande eiskalter Hurensöhne, die alles abstritt und sich nach außen hin entsetzt zeigte, hatte ihn mit einem Respekt behandelt, der beinahe beleidigend wirkte. Wir wollen Italien destabilisieren? *Come on, Mr. Scialoja, come on!* Unsere lieben italienischen Freunde! Unsere teuren Verbündeten! Nicht einmal Libanese und seine Spießgesellen hatten derart gut gelogen und geleugnet.

Es stank höllisch nach Betrug. Die Dementis beleidigten seine Intelligenz. Aber Scialoja konnte die Mauer des Schweigens nicht durchbrechen, es nützte nicht einmal, sich vor Vecchios Vertrauten in den Staub zu werfen. Er fragte sich, ob auch Vecchio, der immer wieder zu „Beratungen" nach Washington geflogen war, das Gefühl gehabt hatte, wie ein völlig unbedeutender Vasall behandelt zu werden. Vielleicht, sagte er sich mit einem Anflug bitterer Genugtuung, war Vecchio nicht nach Washington gefahren. Er war nach Washington *gerufen* worden.

So war es also. Er wollte schon die weiße Fahne hissen, als

ihm Freddy M., ein junger, schwuler Sicherheitsberater, seine Hand aufs Knie legte und ihm tief in die Augen blickte, nachdem er den fünften oder sechsten Martini gekippt und ihn über die Homosexuellenbewegung in Italien ausgefragt hatte.

– Du solltest dich mit Billy Goat unterhalten. Er ist der Einzige, der dir helfen kann.

Scialoja hatte höflich die Hand weggeschoben, was der andere mit einem sanften und enttäuschten Lächeln quittierte, und ihn gebeten, ein Treffen zu organisieren.

– Das wird dich eine schöne Stange Geld kosten, hatte Freddy klargestellt.

– Organisier ein Treffen.

Am Morgen darauf hatte er Camporesi den Auftrag gegeben, eine gewisse Summe auf ein Konto einer Bank auf Guernsey zu überweisen. Sein Assistent hatte aufgeschrien.

– Aber das sind zweihunderttausend Dollar!

– Na und? Nehmen Sie sie aus dem Reptilienfonds und gehen Sie mir nicht auf die Nerven!

– Und wenn es ein Reinfall ist?

– Camporesi, Sie haben eine schlechte Angewohnheit angenommen: Sie reden zu viel. Führen Sie die Sache aus und Punkt!

Ja, es konnte auch ein Reinfall sein. Auf den Disketten, die er mitgenommen hatte, einem kleinen Teil von Vecchios Archiv, die den Verweis „Siehe unter Amerika“ trugen, schien dieser Billy Goat nicht auf. War es möglich, dass Vecchio ein derart qualifizierter Kontakt entgangen war? Aber selbst wenn es ein Reinfall war ... er musste es herausfinden. Und dieser Typ, der sich in Freddy M.s Diktion „nach einem bewegten Leben in der Öffentlichkeit“ ins Privatleben nach Maine zurückgezogen hatte, war sein einziger und letzter Zugang zum „amerikanischen Projekt“.

Patrizia kam mit leeren Händen aus der Boutique.

Den ganzen Abend lang wechselten sie kein Wort.

2.

Während Billy Goat in seinem orangen Pick-up zum kleinen Flughafen von Bangor fuhr, fragte er sich, wie er sich am besten aus der Affäre ziehen konnte.

Der Italiener hatte bezahlt und somit das Recht erworben, die gewünschten Informationen zu erhalten. Ihn mit leeren Händen nach Hause zu schicken, widersprach der puritanischen Mentalität, der sich Billys amerikanische Hälfte verpflichtet fühlte.

Aber seine andere Hälfte, der Junge, der als Santo Mastropasqua in einem Arbeiterwohnblock in Milwaukee zur Welt gekommen und der dem Zynismus und dem Rassismus der WASPs zum Trotz Billy Goat geworden war, verlangte von ihm, misstrauisch zu sein. Italiener sind unaufrichtig, zweideutig, argwöhnisch, paranoid, neigen dazu, ihr Wort nicht zu halten, lieben den Betrug, kultivieren ihn wie eine hohe Kunst. Bei Italienern muss man immer auf der Hut sein. Eine totale Offenlegung konnte sich darüber hinaus auch unter dem Aspekt der *convenienza* als kontraproduktiv erweisen.

Vor drei Jahren, als der heilige Krieg gegen den roten Teufel im Osten mit einem Triumph geendet hatte, war Billy Goat genauso wie viele andere namenlose Helden, die sich an der Front der offiziell anerkannten Aktionen mit Ruhm bedeckt hatten, brutal abserviert worden. An höchster Stelle war beschlossen worden, dass man Leute wie ihn nicht mehr brauchte.

Billy hatte Freddy M. kontaktiert, einen Schwulen mit radikalen Ideen, der sich einbildete, es gäbe einen geheimen Krieg gegen den Kommunismus, und im Augenblick des Abschieds hatte er ihn ein wenig, aber wirklich nur ein wenig an dem Material schnuppern lassen, das er dabei hatte. Der eigentlich sehr oberflächliche Bericht über die Operation *Condor* hatte den jungen Mann mit den leicht geröteten Wangen in Aufregung versetzt. Gewisse Details – etwa, dass die Jungs der DINA, der Geheimpolizei Pinochets, Gefangene in Flugzeuge luden und sie in den Ozean fallen ließen, nachdem sie sie ganz human mit Morphium abgefüllt hatten – hatten bei ihm Verachtung und Rührung ausgelöst. Verachtung und Rührung, die sich bezahlt machten, als Freddy M. sein Manuskript *My Life as a State Killer* einem bedeutenden Verleger vorlegte. Der Verleger hatte sofort tief in die Tasche gegriffen. In diesem Augenblick hatte Billy bei gewissen alten Kontakten, die noch immer aktiv im Dienst standen und bei der Veröffentlichung des Buches gewiss keine Freudensprünge gemacht hätten, das Gerücht seiner plötzlichen literarischen Leidenschaft verbreitet. Und das Gerücht war mit einer cleveren Drohung gewürzt: Wenn mir etwas zustößt, wird das an einem sicheren Ort verwahrte Manuskript veröffentlicht werden, mit Namen und Nachnamen. Echten.

So hielt Billy einerseits den Schwulen an der Leine und fütterte ihn nach und nach mit Berichten und Informationen, stets im Hinblick auf ein Meisterwerk, das im besten Fall posthum erscheinen würde, für den anderen Fall hatte er sich eine nicht zu verachtende Sinekure auf Kosten der ehemaligen Partner gesichert.

Gleichzeitig nahm er aber auch kleine Aufträge an. Wie etwa den, der dem Italiener so wichtig war. Dem Mann, der an Vecchios Stelle getreten war.

Als er ihm in der Flughafenhalle mit ausgestreckter Hand entgegenging, ein breites Grinsen auf dem Gesicht, beschloss er, dass er ihm ein wenig, aber beileibe nicht alles erzählen würde. Er sollte das Zeichen verstehen. Würde er dazu imstande sein? Was ihm im Übrigen egal sein konnte.

Der Italiener, Scialoja, hatte seine Geliebte mitgenommen. Eine beeindruckende, wenn auch etwas zugeknöpfte Person.

Nachdem Billy die Gäste in das Cottage geführt hatte, das er vor ein paar Monaten in Blue Hill erworben hatte, überließ er Miss Patricia der Fürsorge seiner neuen Frau Ingrid, eines Riesenweibs, die halb Norwegerin und halb Indianerin oder, wie es im Jargon der fanatischen Befürworter der politischen Korrektheit hieß, *Native American* war.

Der Italiener verriet mit jedem Satz und mit jeder Geste, wie ungeduldig er war. Er verzehrte sich nach Informationen. Billy zögerte die Sache hinaus, versuchte Zeit zu gewinnen, indem er sich auf die althergebrachte Gastfreundschaft Maines berief. Er zwang den Italiener und seine Freundin zu einer Rundfahrt durch das Dorf und lobte die Schönheiten Maines. Maine war eine Art Hafen, Maine war ein Gewinn. Maine war ein Zufluchtsort von Scheißradikalen, aber auch ein Stück jenes alten, unsterblichen Amerika, das auf den Einwanderersohn eine beinahe aggressive Anziehung ausübte.

Zum Abendessen gab es Hummer und *mashed potatoes.* Scialoja, der sich damit abgefunden hatte, ein Scheingefecht zu führen, zerlegte das Schalentier und lehnte den Chardonnay Lorenzo Mondavi ab, der, wie er sagte, im Abgang etwas süßlich war. Und so war Billy Goat gezwungen, einen mittelmäßigen Wein aus Oregon zu entkorken, wobei er zum Zeichen der Missbilligung den Kopf schüttelte. Die Frauen verstanden sich jedoch blendend, als ob sie sich schon ewig kannten, obwohl nicht zu erkennen war, in welcher Sprache sie sich unterhielten.

Während Ingrid und Patrizia am Ende des in den Ozean hinausragenden Stegs in schweigender Andacht die sternenklare Nacht genossen, zweifellos eine der letzten der Saison, hatte Billy endlich genug von den Spielchen, sah Scialoja in die Augen und sagte:

– Auf Regierungsebene hat es nie das Vorhaben gegeben, Italien zu destabilisieren.

– Wollen Sie mir sagen, dass ich gerade zweihundert Scheine auf das falsche Pferd gesetzt habe?

– Ich habe gesagt, auf Regierungsebene, Mister Scialoja!

– Dann erzählen Sie mir von den anderen Ebenen.

– Sprechen wir lieber ein wenig über Politik, Mister Scialoja. Meine Landsleute scheinen immer wieder, wie übrigens auch in diesem Augenblick, ein fatales Bedürfnis nach Rechtsstaat und Bürgerrechten zu verspüren, nach Minderheitenschutz und Wiederbelebung des amerikanischen Traums ...

– Könnten Sie sich vielleicht etwas genauer ausdrücken?

Billys Blick wurde gemein, seine Stimme hart.

– Clinton wird zum Präsidenten gewählt werden. Clinton spielt Saxofon wie die Neger ... pardon ... die Schwarzen ... Clinton steht auf den Papst. Clinton ist es scheißegal, ob in Italien oder in irgendeinem anderen Land des Alten Kontinents die Roten an die Macht kommen. Clinton trieft vor guten Gefühlen. Wenn sich Clinton umblickt, sieht er nur Hass. Clinton fragt sich: Warum hassen sie uns? Wir sind eine große Nation! Sie müssen uns doch lieben! Clinton wird alles tun, damit ihn die Beduinen lieben, die Mugiki, die mandeläugigen Lesben, die Befürworter der Rechte der Seehunde und die von der Liga für die einseitige Abrüstung ... Die Amerikaner lieben Clinton und Clinton wird Amerika ruinieren. Aber das war nicht immer so!

– Ich glaube, allmählich verstehe ich.

– Genau. Es war nicht immer so. Und nicht alle denken so. Angesichts der Umstände, die ich Ihnen gerade dargelegt habe, könnte ich mir durchaus vorstellen, dass sich vor nicht allzu langer Zeit irgendein ehrenwerter Bürger auf dieser Seite des Ozeans an einen ehrenwerten Bürger auf der anderen Seite des Ozeans um Hilfe gewandt hat ... Die Verbindungen zwischen unseren beiden Gesellschaften waren immer sehr eng und tief, da werden Sie mir wohl recht geben, Mister Scialoja ...

– Gewiss, Mister Billy Goat. Viele sprechen noch immer dieselbe Sprache. Vielleicht sogar sizilianisch ...

– Manche haben sich berechtigt gefühlt, noch weiter zu gehen. Sie dachten, dass eine gewisse Insel besser unter der Flagge der *Stars und Stripes* als unter der der Trikolore stünde.

– Und?

– Vielleicht sind sie jedoch zu weit gegangen!

– Sie haben sehr eindeutige Worte gesprochen, Mister Goat. Sie haben mir sehr geholfen.

Geholfen vielleicht, dachte Billy, während er die Zigarre zuspitzte. Eindeutig bis zu einem gewissen Grad. Aber wenn der Italiener die Geschichte unter dem Aspekt der hiesigen und der dortigen Mafia lesen wollte, bitte schön. In Wirklichkeit waren die Dinge viel, viel komplizierter. Aber er hatte bezahlt und deshalb noch einen kleinen Zusatz verdient. Billy erzählte Scialoja, natürlich ohne die Quelle zu nennen, was seine Freunde aus Texas im Juli, als Clintons Sieg unausweichlich schien, zu ihm gesagt hatten.

– Aber das alles ist mittlerweile Schnee von vorgestern. Als ob man eine wunderschöne Kuh mit breiten Flanken kaufen würde und beim ersten Besamungsversuch feststellen müsste, dass das Vieh unfruchtbar ist. Sicher, man könnte sich den Hurensohn vorknöpfen, der einem die Kuh verkauft hat, oder sie zu einem Spezialisten bringen, der ein neues Mittel einsetzt, aber im Grunde würde man nur einen Haufen Zeit und Energie vergeuden. Da ist es besser, sich eine neue Kuh zu kaufen!

Die Frauen kamen ins Haus zurück. Mit von der Kälte geröteten Gesichtern und leuchtenden Augen. Das Gespräch hatte sich erschöpft. Sie schlossen die Tür des kleinen holzgetäfelten Apartments hinter sich, in das Ingrid sie fürsorglich begleitet hatte, da streifte plötzlich irgendetwas Patrizias Bein. Sie schrie auf. Scialoja streckte instinktiv die Hand aus und bekam den Eindringling zu fassen. Es war ein *chip munk*, ein amerikanisches Eichhörnchen. Es blickte ihn halb wütend, halb ängstlich an. Es strampelte wie wild, um ihn zu kratzen.

– Ist es nicht süß?, fragte Scialoja.

Patrizia war bleich geworden, sie hatte die Fäuste geballt, zu Tode erschrocken.

– Wir könnten es nach Italien mitnehmen!

– Lass es frei! Ich bitte dich, lass es frei!

– Aber warum? Behalten wir es hier bei uns im Warmen ... es soll selbst entscheiden, nicht wahr?

– Niemand kann selbst entscheiden, niemand! Lass es frei!

Er trug das sich sträubende Tier zum Fenster, öffnete die Doppelglasscheibe und ließ es frei. In Windeseile war der buschige Schweif im dichten Laub eines amerikanischen Nussbaums verschwunden. Patrizia umarmte ihn. Scialoja legte sich neben sie aufs Bett. Er hatte sie noch nie so zerbrechlich, so verzweifelt erlebt. Er streichelte lange ihr Haar, bis der Schlaf sie übermannte.

3.

Sonnenuntergang am Gianicolo. Unten im Tal gingen allmählich die Lichter der Ewigen Stadt an. Patrizia drückte die Arme eng an den Körper, wie jemand, der friert. Vielleicht hatte sie den Jetlag noch nicht überwunden. Oder vielleicht war es auch etwas anderes.

Stalin versuchte ihr mit einer zugleich zärtlichen und besitzergreifenden Geste den Arm um die Schultern zu legen. Sie ließ ihn gewähren.

– Ist irgendetwas nicht in Ordnung, Schatz?

– Nein, alles in Ordnung. Vielleicht bin ich nur ein wenig müde.

Oje. Irgendetwas war in Amerika passiert. Patrizia hatte ihm noch nichts Interessantes über ihre Reise mit Scialoja erzählt. Etwas war geschehen. Etwas, das sie Scialoja angenähert hatte und von ihm entfernt. Keine Frau ist imstande, völlig überzeugend zu lügen. Patrizia war da nicht anders. Er war zu weit gegangen. Er hatte die Hure überschätzt. Eine andere Möglichkeit wollte er gar nicht in Betracht ziehen: dass Scialoja unerwartete Qualitäten besaß, was den Faktor Mensch anbelangte. Er zwang sich, ruhig zu bleiben.

– Tut mir leid. Aber ich habe mich so gefreut, dich wiederzusehen, nach so vielen Tagen!

In ihren Augen leuchtete ein Funken Unsicherheit auf. Stalin demütig. Stalin nachgiebig. Stalin, der sich entschuldigte. Stalin bedeckte ihre Finger mit raschen Küssen. Er war stolz auf seine Fähigkeit, jede auch noch so kleine Lüge aufrichtig klingen zu lassen. Patrizia lehnte sich über einen wackeligen Lattenzaun und betrachtete die Lichter Roms. Der Herr hatte endlich begriffen, dass die Hündin zu weit weggelaufen war, und pfiff sie zurück.

– Wann wirst du dieses Spiel beenden, Stalin?

– Sobald ich bekommen habe, was mir zusteht!

– Wann?

– Bald, sehr bald!

– Und dann?

– Dann beginnt endlich unser wahres Leben!

– Das soll ich dir glauben?

– Du bist meine Frau!

– In Maine habe ich einen gewissen Billy Goat kennengelernt ...

– Wirklich?

– Ja. Scialoja sagte, er sei ... eine Art Killer ...

Eine Art Killer? Ihn darauf zu reduzieren, war typisch für Scialojas kleinbürgerliche Mentalität. Er und Billy hatten sich 1985 kennengelernt. Ein Kommando unter Abu Abbas, einem

Cousin Arafats, hatte ein Kreuzfahrtschiff gekapert. Nach langen Verhandlungen hatten sich die palästinensischen Kämpfer der italienischen Justiz ergeben: Davor hatten sie jedoch einen alten amerikanischen Juden im Rollstuhl heroisch hingerichtet, indem sie ihn vor den Augen seiner Frau ins Meer kippten.

Man hatte Abbas in ein Militärflugzeug gesetzt, das ihn in Freiheit bringen sollte. Die Amerikaner hatten den Flug abgefangen. Das Flugzeug war auf der NATO-Basis Sigonella gelandet. Die Marines forderten die Herausgabe Abbas'. Bettino Craxi, der Regierungschef, hatte befohlen, eine Truppe bewaffneter Carabinieri gegen den mächtigsten Verbündeten Italiens zu stellen. Bettino Craxi hatte Eier.

Die Amerikaner fletschten die Zähne: Vielleicht befand sich Abu Abbas tatsächlich in diesem Flugzeug. Die italienische Regierung heuchelte Erstaunen: Ihr irrt euch. Den Amerikanern trat Schaum vor den Mund: Wir sind uns sicher, dass Abu Abbas in diesem Flugzeug sitzt. Die italienische Regierung dementierte offiziell.

Indessen rollte das Flugzeug über die Piste. Die Soldaten beider Parteien wurden nervös. Niemand wollte ein Feuergefecht. Niemand wollte das Gesicht verlieren. Das Flugzeug rollte über die Piste. Die Soldaten beider Parteien wurden immer nervöser. Gleich würde etwas passieren.

Vecchio hatte einen Kontaktmann in Washington angerufen. In aller Eile war ein Treffen organisiert worden. Stalin Rossetti und Billy hatten sich am Rand der Piste getroffen. Stalin hatte sich angehört, was der Amerikaner zu sagen hatte. Eine Frage hatte gereicht, dass der andere die Fassung verlor.

„Woher wollt ihr wissen, dass der Schwertfisch in diesem Flugzeug sitzt?“

„Das ist ein militärisches Geheimnis.“

„Blödsinn. Wir wissen alles über den Satellitenstaat. Seit Jahren spioniert ihr unsere Geheiminformationen aus. Ihr spioniert ein verbündetes Land aus. Das ist nicht schön, mein Freund!“

„Darüber darf ich nicht sprechen.“

„Ich glaube, die Roten bei uns zu Hause würden Freudensprünge machen, wenn sich die Nachricht verbreitete.“

„Das werdet ihr nicht tun ...“

„Du kennst Vecchio nicht!“

„Ist Vecchio ein Roter?“

„Vecchio ist Vecchio und basta. Vecchio gibt euch den Rat, den Bauernlümmel mit dem Palästinensertuch fallen zu lassen und euch den Satellitenstaat warmzuhalten.“

Billy Goat hatte nach Washington telefoniert. Das Flugzeug mit seiner kostbaren Fracht war abgeflogen. Der Riss war geflickt worden. Billy Goat und Stalin Rossetti waren von ihren jeweiligen Referenten gelobt worden. Stalin Rossetti hatte zwei Mädchen besorgt, um das Adrenalin loszuwerden. Gemeinsam hatten sie bis in die Morgenstunden gefeiert und Moscato aus Pantelleria getrunken.

In der Folge hatte es weitere Missionen, weitere Begegnungen gegeben. Das letzte Mal hatten sie voneinander gehört, als er sich im Exil im Salento befand. Ausgerechnet Billy hatte ihm gesagt, dass Scialoja an Vecchios Stelle treten würde. An diesem Abend hatte Stalin ein kostbares Queue zerbrochen, das Anfang des 20. Jahrhunderts hergestellt worden war. Und er hatte beschlossen, dass er wieder kämpfen würde.

All das war Billy Goat. All das und noch etwas mehr. Dass Scialoja bei ihm gelandet war, war unter zwei Aspekten besorgniserregend. Erstens: Weil Billy, wenn auch unabsichtlich, den Bullen vielleicht auf seine Spur gebracht hatte. Zweitens: Was zum Teufel hatte Billy mit der aktuellen italienischen Innenpolitik zu tun?

Als Stalin mit ihm telefonierte, versuchte Billy ihn zu beruhigen. Nein, er hatte mit Scialoja nicht über ihn gesprochen. Er würde niemals einen Freund verraten, außer wenn es ausdrücklich von ihm verlangt und er ordentlich dafür bezahlt wurde, mit einem Wort, wenn es den Regeln entsprach. Er hatte sich mit dem Italiener über etwas ganz anderes unterhalten.

– Ich nehme an, der Inhalt eures Gesprächs ist vertraulich, Billy ...

– Nun, der Typ hat bezahlt, um gewisse Informationen zu bekommen ...

– Wie viel?

– Für dich hunderttausend.

– Verdienst du jetzt dein Geld mit Erpressungen?

– Ein Freundschaftspreis. Im Namen der alten Freundschaft.

– Ich kann sie dir in ein paar Tagen geben.

– Gut, in ein paar Tagen!

Als das Geschäft abgeschlossen war, fragte sich Billy, woher Stalin eigentlich vom Besuch des Italieners wusste. Jemand in Washington? Oder ... die Frau? Aber dann spionierte sie! Stalin ließ Scialoja überwachen! Billy Goat erinnerte sich, wie düster Stalin nach der Meldung dreingeblickt hatte, dass Scialoja Vecchios Nachfolger werden würde. Überwachen. Hass. Scialoja hatte einen Feind. Billy Goat fragte sich, ob die Information so an die fünfzig-, sechzigtausend Dollar wert war. Einen Augenblick lang verlockte ihn die Idee des Verrats. Aber schließlich beschloss er, Scialoja nichts davon zu verraten. Erstens: weil er Protestant war und allzu große Gier verabscheute. Er hatte aus dieser Sache schon so viel wie möglich herausgeholt, also lieber die Finger davon lassen. Zweitens: Weil Clinton nicht ewig war. Drittens: Weil ein Freund wie Stalin immer nützlich sein konnte. Und da von Freundschaft die Rede gewesen war, fühlte sich Billy verpflichtet, dem Bericht ein Kärtchen mit einer witzigen Bemerkung beizulegen: „Take care of the lady“. Kümmere dich um die Dame. Aber auch: Gib auf sie Acht, Freund. Benutze sie, solange du Lust hast, aber gib Acht.

4.

Ein Vorhaben hatte es also gegeben. Irgendjemandem in Amerika gefiel das neue Italien nicht. Die amerikanische Mafia war in Alarmbereitschaft versetzt worden. Die amerikanische Mafia hatte sich mit den Vettern in Corleone in Verbindung gesetzt. Man hatte beschlossen, ein wenig Durcheinander zu stiften. Man hatte Protektion versprochen. Man hatte das Gespenst des Separatismus heraufbeschworen. Sizilien sollte ein neuer amerikanischer Staat werden. Mafialand. Wie es bereits der Bankier Sindona vor einigen Jahren versucht hatte. Die Cosa Nostra hatte die Latte höher gelegt. Zu hoch. Die Massaker in Capaci und in der Via d’Amelio hatten jenseits des Ozeans, wo Falcone und Borsellino mehr Respekt entgegengebracht wurde als in ihrer Heimat, überraschende Reaktionen ausgelöst. Die Amerikaner hatten einen Schreck gekriegt. Und bald würde Clinton an der Macht sein, Clinton, der Demokrat. Die Amerikaner hatten sich zurückgezogen. Die Geschichte war also erledigt. Es war sinnlos, mit der Suche nach Auftraggebern, die man niemals finden würde, Zeit zu verlieren. Irgendein wütender Republikaner? Verrückt gewordene Mitglieder der Gesellschaft? Es war egal. Die Mafia war das einzige italienische Terminal. Die Mafia, die mittlerweile ganz alleine dastand. Genau das versuchte Scialoja bei seiner Rückkehr Camporesi zu erklären.

– Deshalb haben sie den Kontakt mit uns gesucht. Weil sie isoliert sind!

– Eigentlich suchen wir den Kontakt mit ihnen ...

– Das entspricht nicht ganz der Wahrheit. Auf ihre Weise sind die Morde ein Angebot zu verhandeln. Sie haben den ersten Schritt gemacht. Jetzt müssen wir nur noch die Arschköpfe auf höchster Ebene überzeugen, dass wir ein Zugeständnis machen müssen. Irgendein Zugeständnis ...

Was ihn anbelangte, war das Gespräch beendet. Aber Camporesi blieb wie angewurzelt vor dem Schreibtisch stehen, eine stumme Frage im Blick.

– Was gibt es noch? Darf ich erfahren, was es noch gibt?

– Wie ist die Reise gelaufen?

– Gut, einmal abgesehen von der Arbeit.

– Das Fräulein ...

– Ja?

– Ist sie bei irgendwelchen Treffen dabei gewesen, haben Sie ihr etwas über Ihre Arbeit erzählt, haben Sie ...

– Was wollen Sie sagen, Camporesi, sagte Scialoja, plötzlich steif.

– Was genau wissen Sie über sie, Herr Doktor?

– Wollen Sie, dass ich Ihnen meine lange und leidvolle Lovestory erzähle?

– Bei allem Respekt, aber ich glaube, dass ich die wichtigsten Details kenne.

– Dann geben Sie Ruhe und gehen Sie an die Arbeit!

– Warum ist sie ausgerechnet jetzt wieder aufgetaucht, Herr Doktor? Haben Sie sich das jemals gefragt? Warum gerade jetzt, wo Sie ...

– Wo ich Vecchios Unterlagen besitze? Lässt Sie der Gedanke nicht los? Muss unbedingt etwas faul sein?

Scialoja war manchmal griesgrämig, manchmal zweideutig und widersprüchlich. Aber Camporesi hatte noch nie erlebt, dass er derart die Fassung verlor. Vielleicht wäre es klüger gewesen, den Rückzug anzutreten. Aber Scialojas Zorn hatte auch etwas

Übertriebenes. Wie lange schleppte er nun schon diese Frau mit sich herum!

– Wenn Sie es mir erlaubten, Herr Doktor, könnte ich ein paar Nachforschungen anstellen ...

– Raus. Aber sofort!

Aber der Zweifel war gesät. Oder besser gesagt, ausgegraben. Und wieder einmal begann das Gefühl der Unsicherheit an ihm zu nagen. Von allein wäre Scialoja nicht einmal auf die Idee gekommen, dass an Patrizias Rückkehr irgendetwas faul sein könnte. Er war kein argwöhnischer Polizist, der überall Böses vermutete. Aber irgendetwas Falsches, ein falscher Unterton, etwas Merkwürdiges und Sonderbares war auch ihm aufgefallen. Patrizia reiste gern. Patrizia genoss die Treffen, zu denen er sie mitnahm. Patrizia bewegte sich wie selbstverständlich in allen Milieus, in die er sie einführte. Patrizia liebte es, am Leben eines erfolgreichen Mannes teilzuhaben. Patrizia liebte erfolgreiche Männer. Patrizia liebte den Erfolg.

Unter dem Vorwand einer überraschenden Dienstreise zog sich Scialoja zwei oder drei Tage zurück. Er selbst stellte ein paar kleine Nachforschungen an. Dabei entdeckte er ein Detail, das ihn anfangs verunsicherte. Dann überkam ihn eine subtile Angst. Und schließlich eine mörderische Wut. Eines Sonntagmorgens beschloss er, sie zur Rede zu stellen. Trotz des Regens joggte sie in der Villa Ada. Vor dem Stamm einer mächtigen Libanonzeder nagelte er sie fest und fragte sie, warum sie ihn belog. Patrizia wurde blass. Scialoja verspürte einen Stich ins Herz.

– Ich habe mit Secco gesprochen. Ihr habt euch seit Dandis Tod nicht mehr gesehen. Ihr seid nicht zusammen. Du hast mich angelogen. Ich will wissen, warum!

Patrizia schob sich die nassen Haare aus der Stirn und sah ihn mit einer herausfordernden Grimasse an.

– Und wenn ich dir sage, dass ich dir eine kleine Lüge erzählt habe, um dich eifersüchtig zu machen?

– Das glaube ich dir nicht.

– Was denkst du?

– Ich weiß es nicht. Du musst es mir erklären, Patrizia.

– Willst du alles kaputtmachen?

– Ich warte auf eine Antwort.

– Geh scheißen, Bulle!

Auf die Ohrfeige war er nicht gefasst gewesen. Er ließ sie ziehen. Er versuchte nicht einmal, sie aufzuhalten. Aber noch nie hatte er sie so begehrt. Noch nie hatte er sich so nach ihrer Komplizenschaft gesehnt, danach, von ihr beschützt zu werden, dem Gefühl, endlich so akzeptiert zu werden, wie er war. Mit all seinen Fehlern und Zweideutigkeiten. Er hätte seine ganze Macht aufgegeben, er hätte die ganzen verdammten Unterlagen Vecchios verbrannt, nur um dieses magische Gefühl des Einvernehmens zurückzuerlangen, das der Zweifel zerstört hatte. Aber er sah, wie sie wütend im feuchten Laub verschwand, im Laufschritt. Es fröstelte ihn. Nicht nur vor Kälte, auch vor Angst. War es Schicksal, dass er sie jetzt, wo er sie kaum wiedergefunden hatte, schon wieder verlor? Aber er konnte ihr nicht vertrauen. Am Abend telefonierte er mit Camporesi.

– Folgen Sie ihr und protokollieren Sie alle ihre Bewegungen. Hören Sie ihr Telefon ab. Ich möchte alle vierundzwanzig Stunden einen ausführlichen Bericht.

Enthüllungen

1.

Das Schöne an der Grauzone ist, dachte Stalin Rossetti: Wenn du drin bist, bist du im Zentrum der Welt, und nichts von dem, was wirklich interessant ist, was möglicherweise passiert und der *convenienza* entspricht, kann dir entgehen. Aber ein kleiner Moment der Unaufmerksamkeit reicht, und schon bist du wieder draußen. Und dann zieht die Geschichte an dir vorbei, blickt dich aus kleinen bösartigen Äuglein an und rangiert dich aus, so schnell kannst du gar nicht schauen. Und von Mal zu Mal wird es schwieriger, wieder ins Spiel zurückzukommen. Und teurer. Billy Goat, dieser Blutsauger, hatte ihn gegen den Strich gebürstet. Und als ob das noch nicht genug gewesen wäre, hatten sich die Mafiosi für das *cadeau* des armen Manuele Vitorchiano revanchiert. Tatsache ist, hatte Zu' Cosimo geurteilt, dass dieser Rossetti uns den Verräter gebracht hatte. Aber Tatsache ist auch, dass er jahrelang mit ihm Geschäfte gemacht hatte, obwohl er wusste, dass er ein Toter auf Abruf war. Er hat von der *convenienza* profitiert, nun wollen wir davon profitieren. Moral der Geschichte: Sein Mann, der den Drogenhandel in Mittelitalien kontrollierte, wurde durch den Spross einer Familie aus Catania ersetzt, die mit den Corleonesen in Verbindung stand. Einem Vollidioten, der seine Position ausnutzte, um sich den Gewinn unter den Nagel zu reißen. Und dreißig Prozent des Ertrags wanderten aus der Tasche Stalins direkt in den gierigen Rachen der Cosa Nostra. Angelino Lo Mastro wurde bei allem gebührenden Respekt darüber informiert, dass die

Sizilianer ganz auf ihren Stil vergaßen, mit dem Ziel, ein sogenanntes operatives Treffen herbeizuführen. Sie trafen sich in einer kleinen Villa in einem malerischen Dorf in den Marken, wo der junge Catanier sein Hauptquartier aufgeschlagen hatte: offiziell, um einer in Sachen Konsum eher zurückhaltenden Region auf die Sprünge zu helfen, in Wirklichkeit aber, weil die Höhenluft seiner zickigen Freundin behagte.

– Ihr wart ein wenig kleinlich, bemerkte Stalin Rossetti trocken.

– Ja, du hast recht. Man hätte darüber hinweggehen können, stimmte Angelino zu, aber solange es die Alten dort unten gibt, müssen wir machen, was sie wollen.

– Schon gut. Heute mir, morgen dir.

Allein die Tatsache, dass ein Ehrenmann es wagte, in Anwesenheit eines Nichtgetauften verhüllte Kritik an der Organisation zu üben, war ein Anzeichen für außergewöhnliches Wohlwollen. Und außerdem war es sinnlos, weiter darauf zu bestehen. Die Mafiosi würden niemals die Meinung ändern. Es war sinnlos, darauf zu bestehen, wenn man ein ganz anderes Eisen im Feuer hatte. Aber er konnte sich nicht verkneifen, ihm einen kleinen Verweis zu erteilen, einfach so.

– Ist es in Florenz gut gelaufen, Angelo?

Angelino blickte ihn düster an. Vor einigen Tagen hatten die Jungs Sprengstoff aus Kriegsbeständen in den Boboli-Gärten hinterlegt. Fürs Erste hatte alles funktioniert: Es sollte der Beginn einer neuen Phase sein. Nur Pech, dass es niemand bemerkte. Derjenige, der telefonierte, der dem Zuständigen hätte erklären sollen, dass die Mafia ab jetzt die Strategie ändern werde, dass von nun an mit ganz anderen Vergeltungsmaßnahmen zu rechnen sei, dass man nicht länger nur einen bereits zum Abschuss freigegebenen Richter umlegen würde oder einen alten Freund, den am Leben zu halten sich nicht mehr lohnte ... der Mafioso, der Trottel, der Hungerleider, *hatte sich nicht verständlich machen können.*

Und so war die Warnung im Nichts verhallt.

Und niemand hatte etwas bemerkt.

– Ach, was soll ich dir sagen? Wir haben einen Anfänger genommen, der nur Dialekt sprach. Den hatten wir gerade zur Hand. Aber nicht einmal ich wäre auf die Idee gekommen, dass man seinen Dialekt nicht versteht. Scheiße, Stalin. Bist du wirklich sauer auf uns?

– Ich? Überhaupt nicht! Ich möchte dir ein schönes Geschenk machen, mein Freund. Hör mir zu ...

Während Stalin ihm erzählte, was er von Billy Goat erfahren hatte, genoss er den sich verändernden Gesichtsausdruck des Mafioso. Staunen. Ärger. Blässe. Verletzter Stolz. Es war ganz eindeutig, dass der junge Lo Mastro von alldem nichts wusste. Und sich fragte: Wem soll ich jetzt noch vertrauen? Und sich fragte: Was ist aus der Regel geworden, derzufolge ein Ehrenmann verpflichtet ist, in Gegenwart eines anderen Ehrenmannes immer die Wahrheit zu sagen? Hat es diese Regel jemals gegeben? Die, die davon wussten, haben uns geopfert wie Osterlämmer, während die amerikanischen Vettern zu ihnen sagten, macht nur, macht, und sie machten, ohne zu wissen, was sie machten. Und schlussendlich war passiert, was passieren musste. Und Stalin Rossetti legte ihm einschmeichelnd eine Hand auf die Schulter und sagte immer wieder zu ihm: Nur mir kannst du vertrauen, nur mir ...

Angelino glaubte zu ersticken. Er ging auf den Balkon hinaus, zündete sich eine Zigarette an. Das Tal war in einen kranken, farblosen Dunst gehüllt. Es war kalt. Sollte die Cosa Nostra langsam in seinem Herzen sterben? Alle die, die früher oder später Kronzeugen geworden waren, hatten gesagt, dass nicht sie die Verräter waren. Dass die Cosa Nostra sie verraten hatte.

Schaudernd nahm Angelino zur Kenntnis, dass er diese Leute allmählich verstand. Die Müdigkeit dieser Leute. Ich halte diese Leute nicht mehr aus. Fühlt man sich so, wenn man plötzlich Waise ist? Nur mir, nur mir kannst du vertrauen ... sollte er sich in die Hände dieses Fremden begeben? War das sein Schicksal? Der Wind hatte die Zigarette zum Erlöschen gebracht. Ein Wind, bei dem es einen fröstelte. Angelino ging ins Haus. Mit einer wütenden Bewegung schleuderte Stalin Rossetti das Telefon gegen die Wand.

– Ich muss nach Rom zurück. Ich melde mich bald.

2.

Früh am Morgen verließ er das Haus. Er machte Einkäufe. Kam zum Mittagessen zurück. Am Nachmittag ins Kino. Am Abend bis spät in die Nacht vor dem Fernsehschirm, wo er womöglich sogar einschlief. Die Jungs, die Nachtdienst hatten, hatten nichts Interessantes zu melden. Camporesi hatte sie um elf abgelöst. Jetzt hockte er in einem Auto mit nicht behördlichem Kennzeichen. Sie war seit einer halben Stunde beim Friseur, wer weiß, wie lange sie noch brauchen würde. Ein lästiger Nieselregen fiel auf die Via Sabotino. Es war einer der Augenblicke, in dem die Nichtraucher die Raucher um ihr Laster beneiden. Eine Zigarette hätte wenigstens die Langeweile gelindert. So ging es nun schon seit zwei Tagen. Patrizia führte ein fast zu normales Leben. Ganz wenige Telefonate. Lieferanten, der Installateur. Eine befreundete Fotografin, die nicht zurückgerufen hatte, der TV-Sender, mit dem sie hin und wieder zusammenarbeitete, um die Aufnahme einer Fitnesssendung zu besprechen. Alles ganz normal. Alles viel zu normal. Oder alles schrecklich banal, weil viel zu wahr. War es ein Schlag ins Wasser? Patrizia erregte seinen Argwohn.

Hinter der verführerischen Haltung spürte er die gefährliche Wildheit einer Raubkatze. Aber hin und wieder tauchte hinter der Wildheit irgendetwas Scheues und Wehrloses auf, das ihn beunruhigte. Wer war Patrizia wirklich? Scialoja hatte seinen Kopf wegen ihr verloren, dennoch hatte er seine weisen Ratschläge nicht zurückgewiesen. Seine weisen Ratschläge! Diese Frau erregte ihn, nicht mehr und nicht weniger. Diese Frau versprühte giftige Pheromone. Man konnte nicht mit ihr in einem Zimmer sitzen, ohne sich davon gesättigt zu fühlen. Camporesi begehrte Patrizia. Wenn er beweisen hätte können, dass sie falsch, verlogen, opportunistisch war ... nun, dann hätte er nur ihr und Scialoja und auch sich selbst geschadet. Aber warum war Patrizia eigentlich mit Scialoja zusammen? Warum? Was seinen Chef anbelangte, hatte Camporesi das Urteil aufgehoben. Aber er fragte sich nach wie vor, wie übrigens alle anderen auch, warum Vecchio ausgerechnet ihn ausgesucht hatte. Ihn, der so farblos war, so ... vielleicht hatte gerade das Vecchio überzeugt? Sein absoluter Mangel an Eigenschaften? Patrizia verließ den Friseursalon. Sie trug ein Kopftuch, um die Frisur zu schützen. Patrizia spannte einen rosa Schirm auf und ging entschiedenen Schrittes zum Zebrastreifen. Vielleicht steuerte sie auf das berühmte Café Antonini zu. Camporesi hörte, wie ein Motorrad mit heulendem Motor näherkam, und schnellte herum. Sie waren zu zweit, mit Helm. Sie fuhren auf sie zu. Camporesi riss die Autotür auf. Aber er war voreilig gewesen. Patrizia lag bereits mit fassungslosem Gesicht auf dem Boden. Das Motorrad fuhr davon. Der auf dem Hintersitz drückte die Handtasche, die er gerade einer Frau entrissen hatte, an die Brust. Instinktiv zog er die Dienstberetta. Eine Frau schrie. Ein kleines Grüppchen Menschen bildete sich um Patrizia herum. Ein grauhaariger Mann half ihr aufzustehen. Ein Schaulustiger im Volvo blieb stehen und verdeckte das Menschengrüppchen. Die Frau schrie noch immer. Camporesi sah, wie sie auf und ab hüpfte und mit ausgestreckter Hand auf irgendetwas zeigte. Zwei oder drei Menschen fluchten. In seine Richtung. Auf dem Gehsteig gegenüber standen jetzt noch mehr Schaulustige. Sie blickten ihn entsetzt an. Endlich kapierte Camporesi die Lage: Er stand mitten auf der Straße, mit der Pistole in der Hand, verwirrt. Ein verwirrter, bewaffneter Trottel. Ein Idiot, der die Deckung hatte auffliegen lassen. Er ging zu seinem Golf zurück und zwang sich, zuversichtlich zu lächeln. Aber er fuchtelte noch immer mit der Pistole herum und mittlerweile schrien alle in seine Richtung. Er steckte die Waffe in die Tasche des Trenchcoats, startete, fuhr mit quietschenden Reifen davon. Aus den Augenwinkeln sah er Patrizia und den grauhaarigen Mann. Dieser stützte sie, sie hinkte beim Gehen. Nach ein paar Minuten kam er zurück. Mittlerweile waren auch zwei Streifenwagen da. Die Frau, die geschrien hatte, erkannte den Golf und zerrte einen Polizisten wütend am Ärmel. Um weiteres Chaos zu vermeiden, ging Camporesi ihnen entgegen und zückte den Ausweis. Die brüllende Frau verstummte enttäuscht. Aber nichts und niemand würde ihn von der Überzeugung abbringen, dass der Taschenraub nur ein Ablenkungsmanöver gewesen war. Patrizia hatte er allerdings verloren.

3.

Später, im Salon des *Centro studi e ricerche,* entschuldigte sich Stalin dafür, dass die beiden auf dem Motorrad so unerfahren und unbeholfen gewesen waren.

– Ich hatte nicht genug Zeit. Ich musste eben zwei Straßenköter rekrutieren.

– Er hat mich also beschatten lassen.

– Du hast Camporesi ja auch gesehen, oder nicht? Unbeweglich mitten auf der Straße wie ein ausgedienter Pistolenheld ... Ach, deine Telefone werden übrigens auch abgehört.

– Ich führe nur deine Anweisungen aus.

– Ist ja auch nichts passiert.

– Und das nennst du nichts?

Stalin küsste sie zärtlich.

– Beruhige dich. Du warst tapfer. Und jetzt erklär mir alles.

– Es gibt nichts zu erklären. Er traut mir nicht mehr.

– Wegen der Geschichte mit Secco, nicht wahr?

– Ja, du hattest recht. Ich war dumm.

– Den Fehler können wir wiedergutmachen.

– Glaube ich nicht.

– Du unterschätzt dich noch immer, Patrizia.

– Ich habe keine Lust mehr dazu, Stalin. Hören wir mit dieser Geschichte auf, ich bitte dich!

Stalin antwortete nicht. Er legte ihren Schlager auf. Patrizia schloss die Augen. Aufhören. Oder von Neuem beginnen.

– Jetzt gehst du nach Hause und lebst weiter wie immer. Wir müssen ihn überzeugen, dass sein Verdacht unbegründet ist. Vertrau mir, Patrizia. Es wird alles gut.

Statisten

1.

Cosa Nostra hegt nach wie vor den Traum, unabhängig zu werden, Herr über einen Flügel Italiens zu werden, über einen eigenen Staat, unseren Staat.

Bei diesem Vorhaben steht Cosa Nostra nicht allein da, sondern wird von den Freimaurern unterstützt.

Es gibt neue Kräfte ... neue Gruppierungen, nicht traditionelle ... die nicht aus Sizilien kommen ... Cosa Nostra kann nicht länger dem Staat untertan sein, sich seinen Gesetzen unterwerfen. Cosa Nostra will sich des Staats bemächtigen und einen eigenen Staat haben ...

Die Abspaltung sollte Sizilien, Kampanien, Kalabrien und Apulien betreffen ... sofern der Plan gelingt, wird es einen neuen Kompromiss mit den Vertretern des neuen Staates geben ...

Sie müssen ein Ziel erreichen; ob Freimaurer oder Kirche – oder wer auch immer – sie müssen das Ziel erreichen. Cosa Nostra muss das Ziel erreichen, egal mit welchen Mitteln.

(Erklärung des Kronzeugen Leonardo Messina
vor der Antimafia-Komission, 4. Dezember 1992)

2.

Um sich adäquat zu einem Thema zu äußern, dachte Senator Argenti, muss man sich so viele Informationen wie nur möglich beschaffen.

Anders gesagt, man musste studieren, studieren, studieren.

Seit der Senator die Aussage des Kronzeugen Messina gelesen hatte, beschäftigte er sich intensiv mit den Freimaurern.

Die Grundidee bestand darin, ein kleines Grüppchen Auserwählter zu finden, das die undankbare Aufgabe auf sich nahm, die chaotische Truppe der Menschen auf die grünen Weiden des Fortschritts, der Ordnung und der Gerechtigkeit zu führen. Die Freimaurer hatten bei der Einigung Italiens entscheidend mitgewirkt. Viele von ihnen waren anständige Leute. Sagen wir also: irregeleitete Logen. Aber sagen wir auch: Die Idee an und für sich ist gefährlich.

Eine Idee, die so elitär war, dass sie die anderen nicht verstanden. In gewisser Weise war auch Lenins Idee elitär gewesen: die Avantgarde des Proletariats, eiserne Revolutionäre, die bereit waren, ihr Blut für die Eroberung des Winterpalastes zu vergießen. Um die Wahrheit zu sagen, hatten die Bolschewiken Ströme von Blut vergossen. Hauptsächlich das Blut anderer.

Schaudernd hob Argenti den Blick von den Unterlagen und strich sich mit der Hand über die Stirn. Was dachte er? Schande! Angesichts des neuen Kurses bestand tatsächlich Gefahr, dass alle Dämme brachen. Es gab keine Grenze mehr. Nicht einmal für einen alten Kommunisten wie ihn. Noch ein Schritt, und man würde darüber diskutieren, ob Stalin ein Serienkiller war.

Man brauchte einen Fixpunkt.

Irregeleitete Logen, die Mafiosi rekrutierten.

Und die Kommunisten?

Ganz eindeutig konnte er ausschließen, dass jemand von

seinen Genossen ... selbst die jüngsten und ehrgeizigsten ... Aber warum überhaupt „jung und ehrgeizig"? Gab es nicht auch welche seiner Generation, die sich liebend gern mit Craxis Sozialisten verbündet hätten, *um jeden Preis*? Den vor Wut schäumenden Sozialisten, die die Mailänder Richter attackierten. Ihr messt mit zweierlei Maß. Unbarmherzig mit dem *Ancien Régime*, nachsichtig mit den Kommunisten. Mit dieser Mischung aus Zynismus und Bewunderung, die die Italiener den Schlaumeiern erweisen, die ihre Schäfchen ins Trockene bringen, munkelte man, die Kommunisten würden dem von den Richtern entfachten Sturm entkommen, weil sie zu clever waren, um sich aufs Kreuz legen zu lassen.

Nicht aufrichtig, und deshalb anders als die anderen.

Sondern einfach gerissener.

Doch Argenti hatte in seinem ganzen Leben keine einzige schmutzige Lira angenommen. Und er war erzogen worden, die Partei/Festung kultisch zu verehren – im Gegensatz zum schmutzigen Babylon der gefräßigen Klerikalfaschisten.

Deshalb hatte er nie der Versuchung des Kompromisses nachgegeben. Damit die Partei nicht in den Strudel der Ermittlungen geriet. Aber er musste zugeben, dass die Partei voller Genossen war, junger und alter, die es ihm heimzahlen wollten, denen seine Unnachgiebigkeit ein Dorn im Auge war. Die bereit waren. Er hätte sie Scialoja vorstellen sollen!

Er konzentrierte sich wieder auf das Thema: Freimaurer und Macht.

Eine edle, jedoch gefährliche Idee. Aber nicht nur: Jede Sekte hält sich für die einzig wahre. Keine Idee duldet Konkurrenz. Jede Gruppe glaubt, im Sinne des Guten zu wirken. Dabei gibt es nur ein einziges Ziel: Macht.

Mafia und Freimaurer.

Messina sprach von einem Projekt der Abspaltung.

Argenti kramte in seinem Archiv. Ach ja, da war es ja. Sizilianischer Separatismus. Eine Bewegung, die während des Zweiten Weltkrieges entstanden war und die Abspaltung Siziliens von Italien und die Aufnahme der Insel in den Staatenbund der USA betrieb. Mehr oder weniger. Argenti las aufs Neue den Bericht über den Banditen Giuliano. Das Massaker von Portella della Ginestra. Die neuen Thesen der Historiker zur Rolle der Kräfte außerhalb der Mafia. Giulianos Hinrichtung. Der vergiftete Kaffee, den man seinem Statthalter Pisciotta gereicht hatte.

In der jüngsten italienischen Geschichte gab es noch einen vergifteten Kaffee.

Man hatte ihn dem Bankier Sindona im Gefängnis von Pavia serviert.

Sindona, der sich 1979 vom Arzt Miceli-Crimi ins Bein hatte schießen lassen.

Sindona, der mit einem separatistischen Vorhaben nach Sizilien zurückgekommen war.

Sindona, der Feimaurer.

Sindona, der vergiftet wurde.

Wie hieß doch der spöttische Schlager – „Kommen Sie auf einen Kaffee bei uns vorbei. Ucciardone, Zelle 36 ..."

Messinas Aussage zeichnete ein zweideutiges Bild.

Worauf bezog sich der Ausdruck „neuer Staat"? Auf den neuen, infolge der Abspaltung entstandenen Staat? Oder auf den neuen italienischen Staat, der mit der Mafia verhandeln würde müssen?

Und wenn die Linke zum ersten Mal wirklich an die Macht käme?

Würden sie dann mit der Mafia verhandeln?

Waren Riina und seine Anhänger dieser Meinung?

Scialoja dachte sicher so.

Am liebsten hätte er gelacht.

Genosse Argenti, würde eines Tages eine Stimme sagen, wir müssen etwas für unsere Brüder, die Mafiosi, tun!

Und was hätte er geantwortet? Ich gehorche? Oder hätte er sie zum Teufel gejagt? In Erwartung, dass jemand an seine Stelle trat, der zu mehr Kompromissen bereit war?

Vielleicht ein jüngerer und ehrgeizigerer Genosse? Oder ein alter, der es ihm heimzahlen wollte? Auf jeden Fall einer, der bereit war.

Die Lust zu lachen war ihm vergangen. Senator Argenti schauderte. Eine uralte Angst. Die Angst eines Kindes, das an einem regnerischen Nachmittag die sichere Stütze des mütterlichen Arms verliert und plötzlich in einem Wald unbekannter, feindseliger Beine herumirrt und schreit, verzweifelt schreit, aber niemand eilt ihm zu Hilfe.

Die Mafia. Die Freimaurer. Waren sie wirklich die Stützen der Macht in Italien?

War es wirklich unmöglich, auf sie zu verzichten?

Die Mafia. Die Freimaurer. Und die Amerikaner. In all diesen Jahren hatte man die Kommunisten von der Macht ferngehalten. In den langen Jahren des Kalten Krieges. Jetzt, wo der Kalte Krieg vorbei war und die Amerikaner niemandem mehr Angst einjagten, wer sollte da die Ex-Kommunisten länger hinhalten?

Und wie?

Mit kleinen Tricks?

Mit weiteren Bomben?

Oder sollte man sie überzeugen zu verhandeln?

Und war es nicht besser zu verlieren? War es nicht richtiger zu verlieren?

Und auf die Möglichkeit, die Dinge zu verändern, zu verzichten?

Aber können sich die Dinge je verändern?

Als Beatrice von einer ihrer höchst langweiligen Vernissagen nach Hause kam, nach eiskalter Winterluft duftend und mit einem Mondstrahl in den Haaren, fand sie ihn im Sessel zusammengekauert, die Brille auf der Stirn, übermannt vom Schlaf, der ihn aussehen ließ wie ein erschrockenes Kind.

Die Reste einer Pizza mit Pfefferoni lagen auf dem Tischchen vor dem ausgemachten Fernsehgerät.

Beatrice rüttelte ihn. Der Senator murmelte etwas, das seine Freundin nicht verstand.

Ich will nichts von alldem, flüsterte Argenti.

Ich lasse es nicht zu.

Am Morgen darauf kam er in Scialojas Büro gerannt und schwenkte die Vernehmungsprotokolle des Kronzeugen Messina.

– Ist das die Intrige, die Sie spinnen, Scialoja? Möchten Sie Sizilien die Unabhängigkeit schenken? Sollen wir Riina zum Senator auf Lebenszeit ernennen?

Scialoja nahm die Protokolle und legte sie mit traurigem Blick beiseite. Dann bat er ihn, sich zu setzen. Argenti fand die eigene Aggressivität plötzlich lächerlich und hätte sich am liebsten entschuldigt. Scialoja war abgemagert, verwahrlost, als wäre die Energie aus ihm gewichen. Seit zwei oder drei Tagen hatte er sich nicht einmal rasiert.

– Niemand glaubt an den Separatismus, Senator. Was mich anbelangt, würde ich mich mit viel weniger zufriedengeben. Einer menschlichen Geste zum Beispiel. Einem alten Boss zu erlauben, zu Hause zu sterben. Ihn in ein menschlicheres Gefängnis verlegen. Mit kleinen Dingen, einem kleinen Signal. Wegen so einer Bagatelle geht der Staat nicht den Bach hinunter ...

– Das würde bedeuten zu verhandeln, Scialoja! Und das darf der Staat nicht tun!

– Ihr ändert euch wohl nie, ihr Kommunisten: Wie zu Moros

Zeiten: Wir verhandeln nicht, wir verhandeln nicht, und inzwischen ...

– Das war eine schmerzhafte ... und notwendige Entscheidung!

– Das bestreitet niemand. Und ein Jahr darauf haben wir die Roten Brigaden und die Camorra bezahlt, Cirillo freizulassen. Los, kommen Sie, Sie haben einen Staat vor Augen, den es nicht gibt, Senator.

– Welchen Staat auch immer ich vor Augen habe, Scialoja, Leute wie Sie hätten darin keinen Platz.

Argenti stand auf, nahm die Protokolle, verabschiedete sich auf eher steife Art. Scialoja fuhr sich mit der Hand durch das Haar.

– Ich beneide Sie, wissen Sie das? Ich beneide Sie um Ihre Gewissheit ... schwarz und weiß, die Guten hier, die Bösen dort ... hier, in der Grauzone, sehen wir die Dinge ein wenig anders ... hier vermischen sich die Farben ... und wollen Sie noch etwas wissen? Nach einer Weile gewöhnt man sich daran. Ich wünsche Ihnen, dass Sie so lange wie möglich auf der anderen Seite der Grenze bleiben.

Und das waren nicht die Worte des Hurensohns, der die heimlichen Dossiers Vecchios verwaltete. Es waren die Worte eines verbitterten Mannes, der viel, sehr viel komplexer war als seine augenblickliche Rolle und seine persönliche Geschichte vermuten ließen. Erst viel später, bei ihrer letzten Begegnung, sollte Argenti verstehen, dass ihn Scialoja auf diese Weise um Hilfe gebeten hatte.

Lady Heroine comes back

1.

Nick Cave sang: Dein Begräbnis ist mein Urteil.

Valeria lauschte mit halb geschlossenen Augen.

Valeria lauschte der geheimnisvollen Melodie des Herrn der Finsternis und träumte von Pino Marino.

Valeria träumte von Pino Marino und von Lady Heroine.

Aber Lady Heroine war eine schwarz gekleidete Muttergottes mit giftigem Kuss.

Und Pino Marino ein allzu zögerlicher Kavalier.

Valeria hielt sich tapfer.

Valeria fühlte sich von ihm angezogen.

Valeria spielte Klarinette für ihn.

Valeria erklärte ihm, was Jazz und World Music waren.

Pino entdeckte eine neue Welt.

Valeria wollte mit ihm schlafen, obwohl er es nicht von ihr verlangte.

Valeria hatte zu ihm gesagt: Gehen wir weg. Aber er hatte geantwortet: Ich kann noch nicht, morgen vielleicht, irgendwann.

Valeria hatte darauf bestanden: nicht morgen, nicht vielleicht, nicht irgendwann, nicht eines Tages. Jetzt.

Pino Marino hatte zu ihr gesagt: Warte.

Valeria wartete.

Aber Lady Heroine war ungeduldig.

Lady Heroine klopfte an ihre Tür und riss sie mit ihrem

verführerischen Lächeln und dem Druck ihrer durchsichtigen und schweißnassen Hand aus dem unruhigen Schlaf.

Valeria erhielt einen Anruf ...

Es war B. G. Er war in Rom, um eine Show aufzuzeichnen. Sie hatten schon seit geraumer Zeit nichts voneinander gehört. Warum sollten sie nicht einen schönen Abend miteinander verbringen, zur Erinnerung an die alten Zeiten?

Valeria sagte ab. Ich habe zu tun, sagte Valeria.

Valeria rief jemanden an.

Pino Marino hob nicht ab.

B. G. rief wieder an.

Valeria sagte zu.

Lady Heroine kam zum Fenster hereingeflogen.

Lady Heroine reichte ihr die durchsichtige, schweißnasse Hand.

Folge mir, sagte sie.

Valeria folgte ihr.

2.

Ein paar Tage nach der Episode mit dem Taschenraub berichtete Yanez, dass die Telefone nicht mehr abgehört wurden, dass die Posten abgezogen waren und die Beschattung aufgegeben worden war. Patrizia wurde nicht mehr überwacht. Stalin schickte Guercio zu ihr.

– Der Herr Doktor bittet Sie, für eine Woche zu packen. Er ist bereits in Ciampino. Das Flugzeug startet in ein paar Stunden.

– Flugzeug? Wohin denn?

– Das hat mir der Herr Doktor nicht gesagt, Signorina. Ich glaube, er möchte Sie überraschen. Aber Sie sollen warme Sachen einpacken.

Patrizia betrachtete mit gerunzelter Stirn das Monster, das ihr Stalin als „meinen Bodyguard“ vorgestellt hatte. Er war ungeheuer hässlich. Als sie ihn aufforderte, in die Wohnung zu kommen, wurde er rot, und sobald er drinnen war, setzte er sich kerzengerade und mit verschränkten Armen auf einen Thonetstuhl. Als ob er nicht gewusst hätte, was er mit seinen Riesenpranken anfangen sollte. Ein treuer, dummer Befehlsempfänger. Der Herr Doktor hat mir gesagt, ich soll ... Aber auch sie hatte gerade einen Befehl erhalten. Patrizia spürte ein Gefühl in sich aufsteigen, das etwas Rebellisches an sich hatte. Sie würde nicht mitfahren. Sie würde ihm nicht folgen. In den letzten Tagen hatte sie wieder einmal Gefallen an der Freiheit gefunden. Sie hatte herausgefunden, dass Einsamkeit sich in einen angenehmen Zustand verwandeln kann. Sofern man selbst entscheiden kann, wie und wann man ihr ein Ende macht. Aber diese Reise war keine freie Entscheidung. Diese Reise war ein Befehl. Stalin hielt sich einfach an das vereinbarte Schema. Er rief und sie kam gelaufen. Er verschwand, sie wartete. Sie, Patrizia, war das Problem. Ihre aufkeimende Unruhe war der „Sturm“.

– Signorina, es wird spät ... Der Herr Doktor ist wahrscheinlich schon ungeduldig.

– Hat der Herr Doktor schon einmal darüber nachgedacht, dass ich vielleicht gar nicht verreisen will?

Guercio kratzte sich am Kopf und rang die Hände. Er blickte sie mit einem flehenden Blick an, der besagte: Mach mir keine Schwierigkeiten. Bring dich nicht in Schwierigkeiten. Es war eindeutig, dass der Befehl keine Widerrede duldete. Patrizia dachte an Scialoja. An seinen begründeten Argwohn. Sie fragte sich, ob sie sich mit ihrer Lüge, ihre Beziehung zu Secco betreffend, nicht eine Hintertür offengelassen hatte. Ob sie ihn nicht absichtlich provoziert hatte, um ihre große Lüge zu offenbaren. Aber wenn sie sich wirklich nach Freiheit sehnte, dann hatte sie die Möglichkeit verspielt, sie zu erlangen. Sie hätte ihm alles erzählen sollen. Sie hatte es nicht getan. Aus Loyalität? Aus Angst? Weil sie nicht bereit war, sich aus Rossettis Herrschaft zu befreien? So machte Stalin seinen berechtigten Besitzanspruch geltend. Während der andere, Scialoja, sie hatte gehen lassen. In deinem Leben gibt es keine edlen Ritter, die bereit sind, den Turm zu besteigen, um dich aus den Klauen des Drachens zu befreien, arme kleine Patrizia. In deinem Leben gibt es nur einen Herrn und der heißt Stalin Rossetti.

– Schon gut, ich beeile mich.

Guercio begleitete sie ans Ende der Landebahn, wo bereits die Motoren des Privatflugzeugs liefen. Während er ihren Koffer trug, flüsterte ihr Guercio ein schüchternes „Danke“ ins Ohr. Patrizia küsste ihn auf die Wange. Guercio wurde puterrot.

Stalin empfing sie an Bord mit einem Lächeln und einem Glas eiskalten Champagner.

Aber ja doch, Champagner! Paris! Die Kakofonie ihres Lebens. Stalin verliebt. Stalin, der ihr jeden Wunsch von den Augen ablas. Stalin, der verschwand und mit einem Riesenblumenstrauß wieder auftauchte. Stalin im Museum und Stalin bei den Bouquinisten an der Rive Gauche. Stalin im Louvre und Stalin im *Chez Lipp*. Stalin, der mit dem Pianisten in dem alten Hotel in der Rue d'Aubisson *Les fueilles mortes* sang. Stalin mit den Kreditkarten ohne begrenzten Kreditrahmen. Stalin, der in einer *Boîte* hinter der Bastille Koks für sie kaufte, von einem Schwarzfuß und Halsabschneider, und ihn ihr dann vorstellte: Maurice irgendwas, ein alter Kamerad von der SDECE, dem französischen Geheimdienst. Der bewundernde Blick des Mannes. Der Brechanfall im Klo des Hotels, mitten in der Nacht. Stalin, der ihr den Schweiß abwischte. Stalin, der das alte Koks im Klo runterspülte. Frühstück im großen Bett mit violettem Baldachin. Systematische Plünderung der Boutiquen an der Rive Droite. Die Kakofonie ging langsam und hinterhältig in eine Symphonie über. Die Zeit der großen Verwirrung. Stalin, der eine magische Macht auf sie ausübte. Kapitulation. Am letzten Abend im *Coupole* war Stalin, der Verführer, plötzlich ganz kühl.

– Der Urlaub ist vorbei. Morgen wird wieder gearbeitet.

– Nach dem, was vorgefallen ist, hat es keinen Sinn, wenn ich die Nähe zu ihm suche.

– Stimmt. Aber er wird zurückkommen. Er hat sich blamiert. Wir sitzen am Drücker, Liebling.

Patrizia senkte den Kopf. Stalin gönnte sich einen erleichterten Seufzer. Es hatte funktioniert. Eine Scheißwoche, voller Heucheleien und Süßholzraspeln, aber das war die einzige Möglichkeit, das Gleichgewicht des Systems wiederherzustellen.

3.

Das Mädchen war im Morgengrauen aufgetaucht. Guercio hatte sie kaum wiedererkannt. Als er sie das letzte Mal gesehen hatte, Arm in Arm mit Pino Marino, war sie ihm wie eine der merkwürdigen Muttergottesfiguren erschienen, die der Imagination des Jungen entsprangen. Eine schöne Muttergottes, hatte Guercio zugeben müssen, der oft und gern zur Messe ging und sich im Beichtstuhl stundenlang zahlreicher Sünden bezichtigte, die beim jeweiligen Pfarrer immer wieder für Ungläubigkeit sorgten. Jetzt, wo sie vor ihm stand, verwahrlost und zerzaust, mit dunklen Ringen unter den Augen und einem langen Kratzer auf der linken Wange, schmutzigen Haaren und hinkend, sah er in ihr den Junkie, der sie im Grunde immer gewesen war. Und auch bleiben würde. Tatsächlich bat sie ihn gleich um Stoff. Im Tausch gegen ihren berühmten Blowjob.

Guercio war zwar keine Leuchte, aber ein paar elementare

Dinge hatte er auf immer und ewig verinnerlicht. Dazu gehörte auch die Gleichung Valeria ist gleich Pino Marino. Eine Gleichung mit dem Zusatz: Pino Marino ist gleich Zoff. Er hatte ihn bei der Arbeit gesehen. Er wusste, wozu der kleine Straßenköter fähig war. Mit der ganzen Anmut und Höflichkeit, zu der er aufgrund seiner spärlichen Bildung und seines bescheidenen Gemüts fähig war, hatte er dem Mädchen deshalb klargemacht, dass sie sich nur ein wenig gedulden sollte, und er würde sie zu Pino Marino führen.

– Ich will das Arschloch nicht sehen. Ich will Stoff. Wenn du welchen hast, gut, wenn nicht, kannst du mich am Arsch lecken.

Guercio wusste, dass Junkies oft völlig unberechenbar sind. Das wusste er, weil er in seiner Jugend gemeinsam mit anderen Dumpfbacken oft lange Strafexpeditionen gegen sie unternommen hatte. Guercio erinnerte sich gern an diese Zeit. Sie schlugen ihnen die Schädel ein, sie verteilten etwas Stoff auf der Straße, sie wandten etwas Gewalt an, um das Viertel aufzuräumen. Manchmal bedankten sich die Leute bei ihnen, manchmal erwiesen sie ihnen auf konkretere Art ihre Dankbarkeit. Ein gefundenes Fressen. Und auch danach hatte er immer wieder mit Junkies zu tun gehabt. Als er Mitglied der Catena wurde, hatte ihm Stalin erklärt, dass Junkies eine wertvolle Ressource waren: hervorragende Informanten, gewiefte Einbrecher und im Falle äußerster Not sogar ideale Sündenböcke, die herhalten mussten, wenn sich kein Strohmann fand. Und in einigen Fällen hatten sie ihn sogar unterstützt: bei der Entführung und Strangulierung eines Typen, der gemeint hatte, er könnte keinen Geringeren als Stalin Rossetti erpressen. Mit den Junkies hatte er eine Zeitlang sogar gutes Geld gemacht.

Aber er wusste, wie unberechenbar sie waren. Deshalb hatte er so getan, als würde er ein wenig nachdenken, während das Mädchen auf einem Bein auf und ab wippte und an den bereits bis auf die Knochen abgekauten Nägeln knabberte. Dann tat er so, als würde er plötzlich klein beigeben und forderte sie mit einem tiefen Seufzer auf, ihn hinauf ins *Centro* zu begleiten. Sie war misstrauisch geworden. Guercio hatte eine Geste gemacht, als würde er eine Nadel halten, und dann heftig genickt. Valeria war ihm auf der Treppe sogar vorangegangen. Guercio hatte die zerrissenen Strümpfe gesehen und das große Stück Haut, das unter dem wippenden Rocksaum aufblitzte. Und dann hatte er eine Idee gehabt. Eine kleine unschuldige Idee. Doch dann war vor seinem inneren Auge plötzlich die Klinge von Pino Marinos Springmesser aufgetaucht und die Idee war augenblicklich verschwunden.

Kaum hatten sie das *Centro* betreten, und noch bevor ihn Valeria zum x-ten Mal um Stoff bitten konnte, versetzte er ihr mit der Handkante einen Schlag auf den Halsansatz. Einen harmlosen Schlag, er wollte ihr nicht wirklich wehtun. Er wollte sie nur ruhigstellen, damit er in Ruhe Pino Marino suchen konnte. Er sperrte sie in eine Abstellkammer. Aus übergroßer Vorsicht, um auf Nummer sicher zu gehen, knebelte er sie auch, aber nur ganz leicht, mit einer Serviette, die er ganz vorsichtig verknotete.

Pino Marino finden. Leichter gesagt als getan. Guercio versuchte es am Handy. Ohne große Hoffnung. Und tatsächlich: ausgeschaltet. Pino schien eine Allergie gegen Kommunikationstechnologie zu haben. Niemand wusste, wo Pino Marino wohnte. Nicht einmal Yanez. Nur Stalin hatte Zugang zu den geheimen Zimmern. Aber Stalin war weit weg, in Paris, mit seiner kleinen Freundin. Patrizia war freundlich zu ihm gewesen. Sie hatte weder zu kreischen begonnen noch ihn beschimpft, wie es ihm früher oft passiert war, wenn er mit Frauen zu tun hatte. Mit so einer an seiner Seite hätte er ein anderer Mann werden können. Ein Boss. Aber er war kein Boss, und er war nicht Stalin.

Er hoffte bloß, dass das Arschloch ihr nicht allzu wehtat. Er war kein Boss. Im Augenblick war er nur der Wächter des *Centro*. Wo jedoch nie was los war und tödliche Langeweile herrschte. Und zu allem Überdruss hatte Stalin ihm auch noch verboten, sich zu vergnügen. Was im Klartext hieß: keine Weiber. Ein Leben wie ein Mönch in Klausur, und jetzt auch noch das Mädchen!

Blieb ihm nichts anderes übrig, als sich auf den Weg zu machen. Ein paar Orte abzuklappern, wo Pino Marino sich aufhalten könnte. Ein paar Fragen zu stellen. Und außerdem konnte Stalin jeden Augenblick zurückkommen ... Guercio spürte, dass er plötzlich gewaltiges Kopfweh bekam. Das passierte immer, wenn man von ihm verlangte, einen etwas komplexeren Gedanken zu verfolgen. Guercio fläzte sich auf ein Sofa, dann versuchte er wieder aufzustehen, bevor es zu spät war. Aber es war bereits zu spät. Kopfweh, dass er kaum Luft bekam. Vergleichbar nur mit damals, als er und ein anderer Vollkoffer aus der Fallschirmspringereinheit Folgore in Livorno ein paar Hafenarbeiter provoziert hatten. Sie hatten nicht mit den Streitkolben gerechnet. Sie hatten nicht damit gerechnet, dass sich die anderen soviel trauten. Ehre den Genossen jedenfalls. Nachdem sie verprügelt worden waren, hatten jene sie mit Grappa und Schlägen auf den Rücken wieder aufgerichtet. Es hatte sich herausgestellt, dass der Vollkoffer ein halber Kommunist war. Der einzige Rote, für den Guercio so etwas Ähnliches wie Dankbarkeit verspürte.

Guercio entledigte sich seiner Militärstiefel und streckte sich auf dem Sofa aus. Guercio schloss die Augen und glitt in den rettenden Schlaf.

Einige Stunden später kam Pino Marino zufällig im *Centro* vorbei, am frühen Nachmittag. Guercio schreckte hoch. Das Kopfweh war verschwunden. Wenn er ihm nur einen Augenblick

Zeit ließ, würde er ihm erklären, was es mit dem Ächzen und Stöhnen in der Abstellkammer auf sich hatte.

4.

Sie waren in den Tolfa-Bergen, am Rande einer mir Raureif bedeckten Wiese. Guercio und Yanez kontrollierten die beiden Zufahrtswege. Mit sicheren und schnellen Schüssen brachte Pino Marino eine Dose nach der anderen zum Fallen. Im Tal hallte das Echo des Astra-Revolvers wider, den ihm Stalin aus Paris mitgebracht hatte. Nach der langweiligen Woche mit Patrizia war das männliche Training wie Frischluftatmen. Aber wie es schien, gab es nach wie vor genug Probleme. Problem Patrizia: gelöst. Jetzt war Pino dran. Der Junge war merkwürdig. Irgendetwas war nicht in Ordnung. Pino reichte ihm die glühende Waffe.

– Stellen wir noch ein paar Ziele auf, Pino?

– Für heute habe ich genug.

– Irgendwas nicht in Ordnung?

– Alles okay.

– Du hast noch nie sehr gut gelogen, Pino. Mir hast du noch nie was vorgemacht. Los, sag mir alles ...

– Stalin, ich ... habe ein Mädchen kennengelernt ...

Stalin Rossetti seufzte. Früher oder später musste das passieren.

– Los. Ich höre zu.

– Sie heißt Valeria.

Stalin horchte schweigend zu. Pino sprach stockend, gebremst von dem Bedürfnis abzuschwächen, zu bagatellisieren. Aber es gab wenig abzuschwächen und zu bagatellisieren. Die Geschichte war ernst, sehr ernst. Die Geschichte war schwerwiegend. Um die Wahrheit zu sagen, handelte es sich um eine wahrhaftige

Krise. Stalin dachte an die argwöhnischen und spöttischen Worte, mit denen Vecchio seine Entscheidung, sich um den Jungen zu kümmern, zur Kenntnis genommen hatte.

„Was hatte dieser Pino dort zu suchen?"

„Er hat keine Mutter, nur eine Tante, die in Secondigliano auf den Strich geht. An diesem Tag hat sie ihn einer Freundin überlassen, die demselben Beruf nachgeht. Pasquale Settecorone hatte Lust auf eine Frau. Die Arme hat den Jungen mitgenommen. Reiner Zufall. Das ist alles."

„Haben Sie sich die bürokratischen Aspekte der Sache überlegt, Rossetti?"

„Offiziell hat seine Tante das Sorgerecht. In Wirklichkeit wohnt Pino bei mir."

„Dürfte ich den Grund für diesen Entschluss erfahren?"

„Mir gefallen seine Zeichnungen."

„Meiner bescheidenen Meinung nach sind Sie drauf und dran, einen Irrtum zu begehen! Behalten Sie meine Worte im Gedächtnis und erinnern Sie sich im richtigen Augenblick daran."

Offenbar sollte Vecchio recht behalten. Aber er würde alles tun, damit seine unheilvolle Prophezeiung nicht in Erfüllung ging. Und er würde dem Jungen nicht erlauben, auf die schiefe Bahn zu geraten.

In all diesen Jahren hatte sich Pino Marino als hervorragende Investition erwiesen. Er war ein ... treuer Sohn gewesen, ein treuer und ergebener Sohn. Nur über ein Thema durfte man nicht mit ihm reden. Über Frauen. Pino Marino hatte getötet und würde wieder töten. Aber keine Frauen. Das war die einzige Bedingung, die Pino gestellt hatte, als Stalin ihm erklärt hatte, wie sein zukünftiges Leben aussehen würde. Ich bringe keine Frauen um. Pino Marino tötete keine Frauen und malte Madonnen. Stalin Rossetti akzeptierte seine Launen, weil er sich als hervorragende Investition erwiesen hatte.

Zumindest bis zum heutigen Tag.

Denn irgendwann musste es passieren. Irgendwann musste Pino draufkommen, dass er ein ganz normaler Junge war. Ein verliebter Junge mit brennenden Augen.

– Sie ist ein Junkie, Pino. Junkies kann man nicht vertrauen.

– Sie wird gesund werden.

– Ich würde dir gern glauben, aber die Erfahrung ...

– Ich weiß, dass ich dir viel schulde, Stalin. Ich habe dich niemals um eine Gegenleistung gebeten. Aber jetzt ...

Stalin Rossetti war ein pragmatischer Typ.

Stalin Rossetti brauchte Pino Marino.

Stalin Rossetti wusste, dass er ihn furchtbar verletzen würde, wenn er nein sagte.

Stalin Rossetti brauchte Pino Marino.

Er beschloss, sich Zeit zu lassen.

Stalin Rossetti lächelte zuversichtlich und umarmte Pino.

– Ich kümmere mich darum, mein Sohn!

Weihnachten ... in Weiß

1.

Zwei Stunden, nachdem sie sich kennengelernt hatten, waren Scialoja und Mariella Brin im Bett gelandet. Das war nicht unbedingt ein Rekord, aber beinahe. Sie war an ihn herangetreten, weil sie mit ihm ein Interview über die Vorlieben und Passionen eines Mannes führen wollte, der genauso mächtig wie zurückgezogen und öffentlichkeitsscheu war. Er hatte sie abblitzen lassen: Es war nicht sein Stil, Interviews für ein Revolverblatt zu geben. Auch wenn die Journalistin, fügte er vielsagend hinzu, es durchaus verdient hätte ...

– Versuchen Sie etwas, Doktor Scialoja?, hatte Brin mit breitem Grinsen geantwortet: Sie war ein Meter siebzig, trug einen spektakulären Minirock und hatte einen beachtlichen Busen.

– Das würde ich mir nie erlauben!

– Was für eine Enttäuschung!

– Habe ich noch Zeit für einen erneuten Versuch?

– Möchtest du meine Markensammlung sehen? Ich wohne nicht weit von hier ...

Und jetzt stand Mariella Brin unter der Dusche und schmetterte „Il cobra non è un serpente ...“ Sie trällerte, bitte, Liebling, würdest du mir den Haarbalsam reichen ... Mit glänzender, feuchter Haut und begehrlichem Blick kam sie ins Zimmer. Als Liebhaberin gehörte sie zur Gattung der übermäßig Leidenschaftlichen, die nichts zu Ende brachten. Sie hielt sich für unwiderstehlich. Aber sie besaß keinen Funken von Patrizias Sinnlichkeit.

Patrizia.

Zum ersten Mal betrog er sie.

Denn es war nicht mehr und nicht weniger als ein Betrug.

Patrizia war sauber. Sogar Camporesi hatte das Handtuch geworfen. Er hatte sich entschuldigt und das Handtuch geworfen. Scialoja hatte alles zunichtegemacht. Scialoja hatte alles ruiniert.

Die läufige Katze, die sich an ihm rieb, widerte ihn plötzlich an.

Er fühlte sich schuldig, zweifach schuldig. Weil er Patrizia betrogen und weil er ihr das Vertrauen entzogen hatte.

Nackt wie er war, sprang Scialoja auf und suchte in der plüschigen Suite, die auf die Piazza Tor Sanguigna blickte, seine Kleider.

Mariella Brin schaute betrübt drein. Es war ihm scheißegal.

– Du bist mir zu Recht böse, Nico.

– Ich bin dir nicht böse. Ich muss zur Arbeit.

– Das Interview war nur ein Vorwand.

So, da hätten wir's. Jetzt würde sie auf ihre Bezahlung bestehen. Eine Gegenleistung fordern, wie es Vecchio ausgedrückt hätte.

Vielleicht wollte sie jemandem vorgestellt werden.

Oder vielleicht gab es einen Redakteur, der ihr auf die Nerven ging.

Oder sie brauchte eine Empfehlung.

– Mach dir keine Sorgen. Es war schön mit dir. Du bist eine großartige Liebhaberin.

– Lügner. Aber seitdem ich dich das erste Mal gesehen habe, wollte ich mit dir ins Bett gehen!

Scialoja drehte sich um. Jetzt lächelte sie, wehrlos.

– Wie? Wo? Wann?, fragte er ungläubig.

– Bei diesem Regisseur, wie heißt er doch gleich, Trevi …

– Trebbi.

– Ja, genau, bei ihm. Ich bin den ganzen Abend um dich herumscharwenzelt, aber du hast mich nicht zur Kenntnis genommen.

– Und was hast du bei Trebbi gemacht?

– Arbeit.

– Was für eine Art von Arbeit?

– Interviews, so was eben … mit einem Wort, es war Liebe auf den ersten Blick.

Das Mädchen stand jetzt hinter ihm. Sie streichelte sein Geschlecht. Er zog sich zurück. Sie brach in Gelächter aus.

– Schuldgefühle?, unterstellte sie. Schau, ich bin sehr, sehr diskret. Auch weil du letzten Endes zu mir zurückkommen wirst …

Scialoja glaubte zu ersticken. Wer war diese Mariella Brin eigentlich? Eine späte D'Annunzio-Anhängerin? Du wirst zu mir zurückkehren … aber ich bitte dich! Abgesehen davon, dass sie keine Forderungen stellte, sprach sie sogar von Liebe! Nein, nein! Scialoja küsste sie auf die Wangen, zog sich an, wobei er der Versuchung widerstand, noch eine letzte Nummer zu schieben, und konnte erst wieder erleichtert aufatmen, als er die Piazza Navona und diesen drögen, auspuffgeschwängerten Vormittag hinter sich gebracht und sich hinter seinem massiven Nussholzschreibtisch verschanzt hatte.

Liebe! Liebe auf den ersten Blick!

In diesem Scheißmilieu, das von der *convenienza*, der Kosten-Nutzen-Rechnung, beherrscht wurde!

Es gab drei Möglichkeiten. Erstens: Das Mädchen war sehr gerissen, und er würde erst später draufkommen, auf welche Weise sie ihn reingelegt hatte. Zweitens: Sie war eine von jenen, die sich, na so ein Zufall, immer in die richtige Person verliebten.

In eine Person, die einem den Weg ebnen, die einem, wie es im TV-Jargon hieß, den Steigbügel halten konnte. Dritte, letzte und am meisten beunruhigende Hypothese: Das Mädchen meinte es ernst.

In diesem Fall war sie eine Psychopathin.

Letztendlich war Mariella Brin nur eine mittelmäßige Metapher seiner mittelmäßigen Existenz. Inzwischen lebte er in einem Zustand ständiger Sorge. Mittelmäßigkeit. Elend. Und Patrizia weit weg. Patrizia wegen seiner Wahnsinnstat verloren. Wegen der wahnsinnigen Idee, an ihr gezweifelt zu haben.

An diesem Morgen war Patrizia ins Studio gegangen, um eine Folge ihrer Fitnesssendung aufzuzeichnen. Als sie nach Hause kam, nach einem Sandwich und einem Apfel-Karottensaft, stand er plötzlich vor der Haustür. Er wartete bereits seit zwei Stunden auf sie, aber das konnte sie nicht wissen.

Er hatte abgenommen. Er sah schuldbewusst drein. Aber immerhin war er zurückgekommen. Wie Stalin vorhergesehen hatte, war er zurückgekommen.

Sie lachte, sie lachte ihr tiefes, kehliges Lachen.

– Wie war sie?

– Wer?

– Die, die du heute Nacht gevögelt hast.

– Was redest du ...

– Komm schon, ich habe auf dem Gebiet eine gewisse Erfahrung ... Komm ... Ich mach dir einen Kaffee ...

2.

Maya blieb mit einem eleganten Schwung stehen und blickte die blaue Piste empor. Ihr war, als hätte Raffaella sie gerufen. Dieses verzweifelte „Mama, Mama“, das wie ein Leitmotiv ihren Tag skandierte. Mindestens hundert, zweihundert Mal. Zumindest darin war sie wie alle anderen Mütter auch. Und die Kleine wie alle anderen Kinder. Skilehrer, die geduldig die Bemühungen winziger Anfänger verfolgten. Überall Markenskianzüge in grellen Farben. Daneben, auf der gut sichtbaren schwarzen Piste, wedelten Ilio und Ramino Rampoldi herab. Letzterer im stechend grünen Overall, so grün wie die Farben Padaniens. Sie kreuzten ihre Spur, schnitten sich gegenseitig den Weg ab, kurz: Sie gingen ganz in dem uralten männlichen Spiel auf, wer der Bessere war. Aber von Raffaella keine Spur. Ob sie etwas weiter oben, kurz vor der Kurve, gestürzt war? Und wenn sie aufgrund eines Irrtums, oder auch absichtlich, die blaue Piste verlassen und – Gott behüte – die schwarze genommen hatte?

– Mama, Mama! Was ist? Geht es dir nicht gut?, rief jemand ein paar Schritte unter ihr. Aber nein, nein.

Da war auch schon der kleine rote Skianzug. Nur ein paar Schritte unterhalb von ihr. Raffaella musste an ihr vorbeigefahren sein, während sie abgeschwungen hatte. Maya verspürte Seitenstechen. Vielleicht eine Folge der Müdigkeit. Die Ärzte hatten ihr vom Skifahren abgeraten. Sie fuhr Ski, weil die Vorstellung, rekonvaleszent zu sein, ihrer Vorstellung von Leben zutiefst zuwiderlief. Dem obsessiven Wunsch, aktiv zu sein, den sie vom Gründer geerbt hatte. Sie fuhr Ski, weil sie sich auf keinen Fall das Schauspiel entgehen lassen wollte, wie Raffaella die wenigen Schritte zu ihr heraufgebrettelt kam, mit dem triumphierenden Gesichtsausdruck eines Kindes, das endlich die Erwachsenen überholt hat. Ihre Augen glänzten unter der

Skibrille. Sie setzte wie wild die Stöcke ein, und ihr Lächeln offenbarte die süßen Lücken zwischen Eck- und Schneidezähnen.

Sie zog sie an sich. Bedeckte sie mit Küssen. Raffaella ließ ihre Zärtlichkeiten eine Zeitlang über sich ergehen, dann riss sie sich los. Maya bat sie um Entschuldigung. Weil sie nicht das Versprechen gehalten hatte, mit ihr nach Kenia zu fahren und Tiere zu beobachten, oder nach Mexiko oder Guatemala, wo sie auf die Berge der alten Indios hätten steigen können, die genauso hießen wie sie ...

– Ich will gar nicht nach *Guatelama*, Mama. Mir geht es gut hier. Ich habe jede Menge Spaß!

Nun, von sich selbst konnte sie das nicht behaupten. Daran dachte sie, Stunden später, vor dem Kamin, während Jimmy und Shona den Tisch deckten und alle anderen von der Clique, die sich bereits zum Essen umgezogen hatten, verzweifelt überlegten, welchem Vergnügen man sich nach dem Abendessen hingeben konnte.

Verdammt, bald würde Weihnachten sein.

Irgendetwas musste es doch geben!

Aber niemandem fiel etwas Neues ein.

Nicht an diesem Abend.

Nicht in Cortina.

Offiziell hatten sie wegen des Auges auf die Reise verzichtet. Aber sowohl sie als auch Ilio wussten, dass man das Verbot des Professors mit etwas gutem Willen hätte umgehen können. Ilio hatte erleichtert aufgeatmet. Sie hatte nicht weiter darauf bestanden. Ilio hatte ihr gestanden, erschöpft zu sein. Aber auch er wollte nur den Schein wahren. Ilio war merkwürdig. Wieder merkwürdig. In einem gewissen Sinn war das die Wahrheit.

Deshalb Cortina, *of course*.

Diese berechenbaren Reichen. Diese Gewohnheitstiere. Die

so ein großes Bedürfnis nach immer denselben Gesichtern und Orten hatten. Das gab ihnen Sicherheit.

Diese unerträgliche Mischpoche.

Ihre Mischpoche.

Eine *Apartheid*-Mischpoche.

Maya beobachtete Jimmy und Shona. Die dunkelschwarzen Gesichter, die eleganten Bewegungen. Die beiden wussten, was Apartheid bedeutete.

Sie hingegen war bloß eine reiche Dame, verwöhnt und gelangweilt. Früher oder später würde sie abhauen. Früher oder später. Aber nicht an diesem Abend. Nicht in Cortina.

Beim Wildgulasch – zu Raffaella hatte man allerdings gesagt, es handle sich um Huhn: Von einem nicht einmal achtjährigen Kind konnte man ja nicht verlangen, Bambistücke zu verzehren – erzählte Ramino Rampoldi mit einer an Ekstase grenzenden Leidenschaft von seinem letzten Gipfeltreffen mit Professor Gianfranco Miglio, dem Ideologen der Lega Nord. Beschreibung: ein alter, rüstiger Jakobiner aus der Poebene. Träume: ein wunderbarer Norden, der endlich zur Gänze den Bewohnern der Poebene gehörte.

– Ohne Professoren aus dem Scheißsüden. Ohne Arbeiter aus dem Scheißsüden. Ohne Richter aus dem Scheißsüden.

Ramino ließ seinen Blick über die Clique schweifen, fast, als wolle er überprüfen, wie sich der Enthusiasmus eines Frischgetauften auswirkte. Ein paar nickten, sogar mit einer gewissen Überzeugung. Manche, wie Ilio, wandten den Blick ab. Maya konnte der Versuchung nicht widerstehen und meinte untergriffig:

– Auch keine Richter? Wie das? Wart ihr denn nicht alle begeistert von Di Pietro und seinem Gefolge?

– Sie übertreiben.

Ramino zuckte mit den Achseln. Diesmal stimmten alle mehr oder weniger zu. Maya fing Ilios angespannten Blick auf.

– Aber als sie Craxi den Ermittlungsbescheid zugestellt haben, bist ausgerechnet du, Ramino, mit einer Magnum Champagner aufgekreuzt!

– Mit Prosecco aus der Poebene, meine Liebe, um ganz genau zu sein.

Gelächter. Ilio hob den Blick nicht vom Teller. Das Gespräch behagte nicht einmal ihm. Er machte gute Miene zum bösen Spiel. Aber warum? Gab es denn eine Einheit, die nicht zerbrochen werden durfte? Um keinen Preis? Maya entfernte sich vom Tisch und ließ sich mit einem Krimi auf einen Sessel fallen. Cortina oder Sankt Moritz, und vielleicht auch noch Davos. Sie hatte sich entschieden, einer Apartheid anzugehören, und deshalb würde sie sich umso mehr zurückziehen. Sie verspürte immer mehr den Wunsch, woanders zu sein. Woanders, und in einem anderen Leben.

– Alles in Ordnung?

Ilio streichelte sie. In seinem Blick lagen Liebe und Sorge.

– Alles in Ordnung.

Und außerdem hätte es nichts gebracht, einfach wegzugehen. Sie hätte auch ihn mitnehmen müssen. Brücken abbrechen. Die Strategie der verbrannten Erde. Und irgendwo neu anfangen. Ilio blieb ein paar Augenblicke bei ihr, berührte ihr Haar mit einem zärtlichen, aber vorsichtigen Kuss.

Irgendetwas lag an diesem Abend in der Luft. Eine schleichende, unerklärliche Spannung. Argwohn vielleicht.

Der Eklat ereignete sich später, als sich wie gewöhnlich jegliche Hoffnung auf einen außergewöhnlichen Abend zerschlagen hatte und die Clique langsam auseinanderging. Einige Gäste, die die Nacht in der wunderbaren, denkmalgeschützten Unterkunft des Gründers verbrachten, waren bereits in ihr Zimmer hochgegangen.

Ramino Rampoldi unterhielt sich höchst angeregt mit Ilio und

Giulio Gioioso, der sich mittlerweile zur Abendgesellschaft gesellt hatte. Jimmy richtete das Unheil an. Als er ein Tablett vom Tisch nahm, warf er ungeschickterweise ein Glas Whisky um. Auf dem Pullover Ramino Rampoldis, der natürlich grün war, breitete sich ein riesiger Fleck aus.

– Pass auf, du Neger!

Eigentlich keine ganz schlimme Beleidigung. Eine Feststellung, nicht mehr und nicht weniger. Die Feststellung, dass es zwei unterschiedliche und streng getrennte Klassen gab: hier Ramino, dort der Neger. Dass er nicht ausdrücklich Scheißneger gesagt hatte, war vielleicht einem spontanen Respekt dem Hausherrn gegenüber geschuldet.

Maya, die den Vorfall beobachtet hatte, bemerkte den unterdrückten Zorn in Jimmys Blick. Mit dem Ausdruck der beleidigten Tugend auf dem Gesicht pflanzte sie sich vor Ramino Rampoldi auf, während Giulio Gioioso nicht ganz begriffen zu haben schien, dass es sich um einen schwerwiegenden Vorfall handelte. Während Ilio hingegen ahnte, dass ein Sturm heraufzog und sie mit verzweifelten Gesten aufforderte, sich zu beruhigen.

– Ich bitte Sie um Entschuldigung, murmelte Jimmy schließlich und senkte den Kopf, wenn Sie so freundlich wären, mir Ihren Pullover zu geben ...

– Nein, sagte Maya leise, dann blickte sie Ramino an und sagte mit angespanntem Lächeln:

– Ramino, ich möchte, dass Sie sich bei Jimmy für die Beleidigung entschuldigen!

Jetzt sahen sie alle an, als wäre sie verrückt geworden. Solche Dinge passierten in letzter Zeit immer öfter. Sie konnte sich vorstellen, was die Leute tuscheln würden. Was ist in Maya gefahren? Haben Sie und Ilio vielleicht Schwierigkeiten? Weißt du, dass sie den armen Ramino furchtbar bloßgestellt hat, der sich zu Recht über die Unachtsamkeit eines schwarzen Dieners beschwert hat? Sie hat ihm befohlen, sich zu entschuldigen! Wem? Dem Diener? Aber nein, das wäre doch kein Skandal! Ramino!

– Entschuldige Maya, aber das ist ein funkelnagelneuer Pullover. Er hat fast eine Million gekostet und jetzt kann ich ihn wegwerfen! Ehrlich gesagt, glaube ich nicht ...

– Ich habe dich freundlich gebeten, dich bei Jimmy zu entschuldigen. Du hast es nicht getan. Jetzt verlass bitte mein Haus!

Sie drehte ihm den Rücken zu. Sie verließ das Zimmer. Am peinlichsten war ihr Ilios entsetzter Blick. Entweder verstand er nicht, oder er duldete ihr Verhalten nicht. Entweder oder. Beides war ihr nicht recht. Jimmy holte sie am oberen Ende der Treppe ein, die zu Raffaellas Zimmer führte.

– Danke, gnädige Frau. Aber das wäre nicht nötig gewesen.

Vielleicht fürchtete er, später bestraft zu werden. Oder vielleicht dachte er, Ramino Rampoldi würde Himmel und Hölle in Bewegung setzen, damit sie oder Ilio oder beide ihn und seine Frau entließen.

– Es war nötig, antwortete sie kalt und hochmütig, und es wird auch keine Konsequenzen geben.

Jimmy senkte den Kopf. Nicht einmal er verstand. Und nicht einmal er duldete ihr Verhalten. Nur dem Gründer, der während der langen und harten Jahre der Apartheid die Partei Nelson Mandelas großzügig unterstützt hatte, war es zu verdanken, dass sie in ihrem Dienst standen. Nicht weil der Gründer irgendwann vom Saulus zum Paulus geworden wäre. Ganz im Gegenteil. Er fand, dass die alten Weißen in Südafrika ernst zu nehmende Geschäftspartner waren, korrekt bei privaten Beziehungen, faszinierende Gesprächspartner, mit einem Wort, anständige Leute. Das Problem lag ganz woanders. Es ging um Kalkül und die *convenienza*. Wie viele Schwarze gab es und wie schnell vermehrten sie sich? Und wie lange konnte die Festung der Weißen noch standhalten? Also machte der Gründer Geschäfte mit der rassistischen Regierung und finanzierte unter der Bank die Befreiungsbewegung.

Sie war die Tochter des Kalküls und der *convenienza*.

Das waren sie alle.

Mit Ilio sprach sie am nächsten Tag darüber. Ihm zufolge war die Sache gut ausgegangen. Ramino hatte sich nicht gerade entschuldigt, aber letzten Endes hatte er den Pullover mit dem Fleck behalten und Jimmy fünfzigtausend als Schmerzensgeld zugesteckt.

Maya konnte sich die Szene lebhaft vorstellen. Ramino, der dem Schwarzen mit angespanntem Lächeln den Schein in die Tasche steckte, und Jimmy, der ihn annahm. Ihn annahm. Maya stellte sich die Szene vor und ihr Ekel wurde größer.

– Was geht hier vor, Ilio? Was geht mit uns allen vor?

Ilio antwortete nicht. Es gab keine Antwort.

Sie alle waren Kinder des Kalküls und der *convenienza*.

Sie würde es bald nicht mehr sein.

Götterdämmerung

Der Abgesandte der Provinz Trapani war da und der Abgesandte der Provinz Caltanissetta. Die aus Catania und aus Agrigento waren da. Der Bezirkschef der Guadagna-Santa Maria del Gesù und der Bezirkschef von San Giuseppe Jato waren da. Die Bezirkschefs von Ganci und Passo Rigano, die Bezirkschefs von Caccamo, Partinico und Resuttana waren da. Und der Bezirkschef von Ciaculli, das, um genau zu sein, mittlerweile jedoch Brancaccio hieß. Aus Villabate, aus Pagliarelli, Belmonte und Mezzagno, aus Noce und San Lorenzo waren Stellvertreter gekommen. Die Familien aus Capaci, San Cipirello und Mistretta hatten, da die Bosse Haftstrafen abbüßten, Stellvertreter und einfache Ehrenmänner geschickt, genauso wie die Familien aus Altofonte.

Alle. Alle waren da. Alle Mafiosi waren da.

Die Mafiosi waren dort, wo die Jungs die gepanzerten Autos, die Straße und den mit Vulkanstein gepflasterten Weg bewachten.

Die Mafiosi waren dort, wo der Schnee im harten Winter des Ätnas immer höher wurde.

Sicher, Provenzano war nicht da. Und keiner wusste, wer an seiner Stelle sprechen würde. Vielleicht irgendwer. Oder niemand.

Zu' Cosimo hingegen wusste, an wessen Stelle er sprach. Er sprach an Riinas Stelle. Riina war nämlich am 15. Januar verraten worden. Von einem Klatschmaul, einem Verräter und Bullen zwar. Aber er war verraten worden, und sie hatten ihn in eine Sonderhaftanstalt gebracht, wo sogar Tiere menschlicher behandelt wurden als er.

Es gab nur noch ein Wort: Blut.

Und das Wort konnte nur bedeuten: Massaker. Die Mafiosi übertrafen sich gegenseitig darin, möglichst extreme Vorschläge zu machen. Zyankali in die Abwasserkanäle zu schütten. Sie bei lebendigem Leib abzufackeln, gemeinsam mit allen Familienmitgliedern, Richtern und korrupten Politikern. Raketen auf das Haus des Papstes zu schießen, der keinen Finger rührte, während Christenmenschen ärger abgeschlachtet werden als im Kolosseum.

Zu' Cosimo hörte ihnen mit einem Lächeln auf den Lippen zu.

Zu' Cosimo hörte ihnen zu, denn letzten Endes würde er ein Machtwort sprechen und alle würden sich dem Wort beugen, das das Wort Riinas war. Riinas Wort, das allerdings von Provenzano gebilligt werden musste.

Angelino Lo Mastro saß stumm in einer Ecke. Er kaute an einem Zigarrenstummel und dachte daran, dass schön langsam Protokolle mit seinem Namen in Umlauf gerieten. Mit der Freiheit würde es bald vorbei sein. Er musste untertauchen. Angelino fragte sich, ob es der Mühe wert gewesen war. Ob sie nicht gerade ihrer aller Begräbnis begingen.

Später, als feststand, dass die Zeit des Esels, der von zwei Heuhaufen frisst, vorbei war, später, als Zu' Cosimo berichtet hatte, wer die ersten Zielscheiben waren und wann sie zuschlagen würden, später, als sich der Saal geleert hatte, kam Zu' Cosimo lächelnd auf Angelino zu und sagte zu ihm:

– Komm. Ich muss mit dir reden.

Draußen war es bereits Nacht. Draußen war es eiskalt, so kalt, dass nur jemand, der Sizilien im Winter nicht kennt, von der Insel der Sonne sprechen kann. Zu' Cosimo führte Angelino auf den Felsvorsprung über dem Tal und zeigte mit seinem dürren Finger auf die Lichter der Dörfer, die sich auf dem Berghang befanden. Und er gedachte der Vergangenheit, ihrer aller ruhmreichen Vergangenheit.

Dort hat '69 das Massaker stattgefunden ... dort haben wir die beiden Hirten hingerichtet, du weißt schon ... und dort, genau auf dem Domplatz, haben wir den Verräter Totuccio Lopiparo erwischt ... wir waren zu dritt ... wie drei Brüder waren wir ... es ist traurig, Angelino, wenn die Jungen den Alten den Rücken zukehren ...

Angelino schauderte. Aber nicht nur wegen der Kälte. Sondern wegen der Fähigkeit seines alten Mentors, seine verborgensten Gedanken zu lesen. Genau das machte ihm Angst.

– Was ist, Angelino? Hast du was auf dem Herzen?

– Nichts, Zu' Cosimo, nichts.

– Angelino, wir dürfen nicht verlieren, was wir aufgebaut haben. Das dürfen wir nicht zulassen. Deshalb müssen wir vorwärtsschreiten. Ich weiß, dass du jung und ehrgeizig bist. Und ich weiß, dass den Jungen das Gefängnis härter ankommt als uns Alten, die wir das Leben bereits hinter uns haben. Aber genau deshalb müssen wir vorwärtsschreiten! Genau in diesem Augenblick müssen wir einig bleiben, einig wie die Finger einer Hand ... wenn wir jetzt stehen bleiben, ist es, als würden wir die Cosa Nostra auflösen und uns alle ergeben! Es gibt so Gerüchte ...

Angelino zündete sich eine Zigarre an. Zu' Cosimo runzelte missbilligend die Stirn. Rauchen ist schädlich. Frauen sind schädlich. Nur die Cosa Nostra hat nie etwas Schädliches gemacht, macht nichts Schädliches und wird auch nie etwas Schädliches machen. Sie schadet nur ihren Feinden. Angelino hatte dem Zio was zu sagen. Auch etwas, was die „Gerüchte“ anbelangte. Was für Gerüchte übrigens? Die Gerüchte, dass ihr euch mit den Amerikanern abgesprochen habt und wir nichts davon wussten? Und jetzt? Mit wem habt ihr euch jetzt abgesprochen? Und wer bestimmt die Absprachen? Und warum spricht seit Monaten niemand mehr mit Provenzano? Ja, einig wie die Finger einer Hand! Aber was für einer Hand!

Es war nicht der richtige Augenblick. Aber würde der Augenblick jemals kommen? Oder verlor er den Mut?

– Was für ein Gerücht, Zio?

– Gewisse Klatschmäuler behaupten, dass Riina von Freundeshand fiel ...

Die Gerüchte, dass Provenzano anderer Meinung war, wurden immer mehr, flogen von Mund zu Mund, wurden immer größer, bis sie fast zum Fluch wurden. Die Ehrenmänner vertrauten einander nicht mehr. Der Bruder hatte Angst vorm Bruder. Die Familien lösten sich auf. Irgendjemand beschuldigte das Triumvirat des Verrats. Schließlich hatte Zu' Cosimo eine Liste der suspekten Subjekte aufgestellt, die entweder offen ihren Ungehorsam zum Ausdruck gebracht oder die Richtlinien der Zentralkommission nicht widerspruchslos hingenommen hatten. Auf dieser Liste standen auch die Namen vieler Ehrenmänner, die Provenzano nahestanden.

Zu' Cosimo reichte Angelino das Dokument und fragte ihn: Welchen von denen willst du retten? Angelino überflog die Liste. Sein Name stand an oberster Stelle. Angelino seufzte.

– Alle, die verdienen zu leben, sollen gerettet werden, und die, die den Tod verdienen, sollen verurteilt werden.

Zu' Cosimo nickte. Er ließ sich ein Zündholz geben und verbrannte die Liste. Dann zog er sich hüstelnd und lächelnd zurück.

Während der letzte Fetzen des verbrannten Papiers ins Tal hinunterflatterte, begriff Angelino, dass es keine Rettung, keinen

Ausweg gab. Angelino verstand, dass der Tod der einzige Ausweg aus der Cosa Nostra war.

Aber Angelino fühlte sich zu jung, um an den Tod zu denken.

Carús Erleuchtung

Ideen. Mythen. Darin bestand das ganze Geheimnis: Ideen verbreiten. Mythen beherrschen. Dann wirst du auch die Menschen beherrschen.

So sprach Emanuele Carú.

Genau. Aber wie zum Teufel sollte er diese grundlegende Wahrheit, die ihm nicht aus dem Kopf ging, in einem Kommentar unterbringen, in dem der Triumph des Staates über Salvatore Riina gefeiert werden sollte? Carú schwitzte, Carú goss sich noch einen Bourbon ein und zerriss die x-te Version des Textes, den er in Kürze vor der Fernsehkamera eines der vielen Sender lesen sollte, mit denen er zusammenarbeitete.

Ideen. Mythen.

Und du bist nicht länger „ein Mitarbeiter des Kartells", armer alter Carú. Was nichts anderes hieß als: Du bist ein Hilfsarbeiter, ausrangiert, den Launen jedes x-beliebigen Direktors ausgeliefert, der dem Mehrheitsaktionär genehm ist.

Carú träumte davon, selbst Mehrheitsaktionär zu werden.

Der Mehrheitsaktionär seiner selbst. Carú träumte von einer Zeitung. Seiner Zeitung.

Zeitungen säen Ideen. Zeitungen erzeugen Mythen. Zeitungen kontrollieren das Bewusstsein der Leute.

Er hatte ganz klare Ideen.

Ganz niedrige Redaktionskosten, mithilfe eines Trupps von frustrierten Journalisten, die gegen die Herren der roten Intelligenzija in den Krieg ziehen sollten, von der sie zu resigniertem Schweigen gezwungen worden waren. Großkampagnen im Zeichen der neuen moralischen Ordnung und der Demolierung der Tabus einer Gesellschaft, die infolge der Permissivität der Linken verweichlicht und weibisch geworden war. Ein paar soziale Aspekte, damit man nicht von Anfang an als brutal faschistisch dastand: Dazu waren die Italiener noch nicht bereit. Das würde noch etwas dauern. Die Veränderung des allgemeinen Bewusstseins musste, zumindest in den ersten Phasen, bewusst vorsichtig in Angriff genommen werden. Die Apotheose des Suggerierens mittels Sagen und Nichtsagen. Eine subtile Neubewertung der Allgemeinplätze, die seine eiskalten intellektuellen Ex-Freunde gerade mit einem verächtlichen Schulterzucken verabschiedeten. Antihistorische Vorschläge. Man würde sehen. Sobald die Italiener endlich aufwachten, mit einem Haufen präziser Ideen im Kopf, was ihre Gegenwart und die ihres Landes anbelangte. Zigeuner gehen uns auf die Eier. Schwarze stinken. Frauen sind lauter Huren, und die, die abtreiben, sind die größten Huren. Häftlinge müssen im Gefängnis bleiben. Alle haben das Recht sich zu bewaffnen, um ihr Privateigentum zu schützen. Endlich würden die Italiener aufwachen und sich darüber wundern, dass alle so dachten.

Man musste nur, wie bei einer geduldigen Hebammenarbeit, das Schlimmste hervorholen, was die Italiener seit eh und je in sich trugen.

Der Faschismus hatte das geschafft! Mussolini wäre nicht gescheitert, wenn er sich nicht eingebildet hätte, ernsthaft Faschist zu sein. Mussolini wäre nicht gescheitert, wenn er sich nicht zu ernst genommen hätte.

Früher oder später haben die Italiener die Nase voll von denen, die sich zu ernst nehmen.

Carú nahm sich nie ernst. Carú nahm keine Idee ernst. Carú hielt das rechte Gedankengut für Dreck.

Carú hielt das linke Gedankengut für Dreck. Carú hielt jedes Gedankengut für Dreck.

Carú dachte, dass ein intelligenter Mensch sich niemals an eine Idee verkaufte.

Carú dachte, dass sich ein intelligenter Mensch gewissermaßen eine Zeitlang von einer Idee pachten lässt, um größtmöglichen Profit daraus zu schlagen. Keine Minute länger, keine Minute weniger.

Es gab nur ein einziges, ernst zu nehmendes Problem. Geld. Eine Zeitung kostet Geld. Eine Zeitung ist ein Unternehmen. Carú hatte sich umgesehen und war dabei fast in Schwermut verfallen.

Von wem sollte er das verdammte Geld bekommen?

Von den alten Christdemokraten, die es bald hinwegfegen würde? Von den neuen Freunden, den Sozialisten, deren Tage ebenfalls gezählt waren?

Von der MSI? Offenbar hatten sie ja die düstere Vergangenheit begraben. Aber wie lange würde es noch dauern, bis sie salonfähig waren?

Von den Barbaren der Lega mit ihren merkwürdigen Riten mit Ampullen und Streitwagen und dem ausgerufenen Zustand permanenter Erektion?

Jemand klopfte an die Garderobentür. Carú beschloss, dass er improvisieren würde. Den Staat zu loben, widerte ihn an. Aber genau das verlangte sein Auftraggeber. Und genau das wollte das Volk hören. Auf jeden Fall würde er versuchen, irgendeine giftige Bemerkung unterzubringen. Etwa den im Hintergrund agierenden Richtern zu ihrer Arbeit zu gratulieren, von denen auf den Titelseiten nie die Rede war, sondern die still und leise ihre Arbeit machten. Ja, das konnte man sagen. Aber leise. Um nicht zu riskieren, dass das Lob auf die einen wie eine Kritik an den anderen klang. Die Erinnerung an die Massaker war noch zu frisch. Das Land wimmelte nur so von Leuten, die lautstark um Falcone und Borsellino trauerten. Es würde noch lange dauern, bis ein freier Mensch endlich frei seine Ideen kundtun konnte.

Ideen ... Mythen ...

Carú erledigte brav seine Pflicht, dann ging er auf ein Gläschen zu Trebbi.

Und ausgerechnet an diesem Abend bei einem mittelmäßigen Mousse au Chocolat – seit geraumer Zeit gab es im Hause Trebbi nichts Ordentliches zu essen – machte Carú eine Begegnung, die sein Leben verändern sollte.

Und zwar, als ein Logenbruder ihn nach dem Begrüßungsritual fragte, ob er auf dem Laufenden sei, was in Mailand vor sich ging.

– Und zwar?

– Gar nicht so sehr in Mailand, sondern in Arcore ...

– Ich verstehe noch immer nicht.

– Es heißt, Berlusconi habe vor, in den Ring zu steigen ...

– In den Ring zu steigen?

– Du bist nicht auf dem Laufenden, Carú! In den Ring steigen ... in die Politik gehen ... eine Partei gründen, mit einem Wort!

– Und mit wem will er die Partei gründen? Mit Mike Bongiorno und denen aus der Sendung *Drive-in*?

Der Mitbruder hatte das Gespräch jäh abgebrochen, verärgert, dass es dem anderen an Takt mangelte. Später erfuhr Carú von Trebbi, dass der Typ dem mittleren Management von Publitalia angehörte, der Werbeagentur von Berlusconis TV-Sendern. Am Anfang war er zwar ungläubig und auch ein wenig belustigt gewesen – Berlusconi in der Politik? Reagan war zwar auch Präsident der USA gewesen, immerhin – doch in den Tagen darauf sah er die Sache langsam in einem anderen Licht.

Carú machte ein paar Anrufe.

Alle, die etwas wissen hätten können, leugneten. Alle die

leugneten, leugneten auf allzu überzeugte Weise. Als wollten sie jemanden überzeugen.

Carú begriff, dass die Information ernst zu nehmen war, und fragte sich, ob sich hinter dem beiläufigen Ton des Mitbruders nicht ein Angebot oder Rekrutierungsversuch verbarg. Ob er nicht das Terrain sondierte.

Carú spürte, dass er erschauerte.

Carú sondierte selbst das Terrain.

Carú traf Leute. Sammelte Meinungen.

Von Berlusconi ging eine gewisse Faszination aus. Er hatte Charisma. Er war skrupellos. Wer ihn kannte, behauptete, dass man sich seinem Charme kaum entziehen konnte. Er war glühender Antikommunist. Er war überzeugt, dass es die Linken auf ihn abgesehen hatten. Der Sieg der Roten war womöglich sein Untergang. Berlusconi hatte auch einen Haufen Schulden und eine politische Lösung konnte seinem Unternehmen nur nutzen. Berlusconi wurde vom Volk geliebt. Vor ein paar Jahren, als die Richter seine TV-Sender abgedreht hatten, hatte es eine echte Revolte gegeben. Die Kinder heulten und die Mütter beschimpften die Ungeheuer, die die Schlümpfe umgebracht hatten.

Aber war er deshalb schon ein politischer Leader?

Ein Journalist der Auslandspresse sorgte für die Erleuchtung. Und zwar eines Abends, nach einer stinklangweiligen Debatte über den Rechtsstaat im Lichte der Mailänder Untersuchungen, an der Frau Staatsanwältin Superstar und ein paar schwanzwedelnde Politiker teilnahmen.

Und zwar, als er sich bei ihr nach Berlusconi erkundigte, und sie, mit dem schönen Lächeln einer nordischen Frau, das wunderbarerweise die strengen Falten um ihren Mund einebnete, einem großen und wohlgeformten Mund, antwortete:

– Ach, Berlusconi. Er ist so ... perfekt italienisch!

Genau. Das war der Schlüssel zu allem.

Italien.

Italien suchte einen Herrn.

Italien suchte einen italienischen Herrn.

Noch italienischer als Berlusconi konnte man nicht sein.

Berlusconi würde der Herr Italiens werden.

Carú verkniff sich jedes Zögern und jede Angst.

Carú schrieb einen Artikel, den er irgendwo in einem File seines Computers versteckte. Er nannte den Artikel „Richtlinien für die Zukunft“ und schwor sich, dass dieser Artikel Geschichte machen würde.

Italienische Geschichte.

In dem Artikel prophezeite er für sein, für unser geplagtes Land den verdienten Frieden, der auf die Anarchie folgte.

Er prophezeite, dass die Sonne Italiens wieder aufgehen würde.

Er prophezeite das Kommen eines Mannes.

Carú sagte sein Mitwirken bei allen Übertragungen ab und flog nach Mailand.

Er wollte sich im richtigen Augenblick am richtigen Ort befinden. Und er war auch tatsächlich dort!

Die Unerbittlichen

1.

Damit er sofort kapierte, was für ein Wind wehte, ließ Scialoja Giulio Gioioso seit dem Morgengrauen von zwei Männern beschatten.

– Unternehmt alles, dass er euch bemerkt. Er soll den Druck spüren.

Gehorsam waren die Jungs dem Mercedes vom Zentrum Mailands bis zum eleganten Herrenhaus im Herzen der grünen Brianza gefolgt, und zwar mit Blaulicht. Und jetzt kontrollierten sie mit provokantem Gesichtsausdruck, unrasiert und mit Zigaretten im Mundwinkel, pedantisch genau die Einladungen der illustren Gäste, die zur Party anlässlich des Geburtstags der kleinen Raffaella Donatoni gekommen waren.

– Das ist nur zu Ihrer Sicherheit, antworteten sie mürrisch und unnachgiebig auf die immer erregter werdenden Proteste der beunruhigten gutsituierten Familien samt Kinderschar, schwarz oder grau gekleideten Kindermädchen und den Chauffeuren mit gut sichtbarem Kopfhörer. Mit gleichgültigem Achselzucken reagierten sie auf Versetzungsdrohungen und offene Beschimpfungen, die sie von der Versammlung der Unberührbaren einstecken mussten.

Nach einem Wortwechsel mit Ilio war Maya auf sie zugekommen. Und du? Du hast keine Ahnung davon? Werden wir überwacht? Was zum Teufel ist hier los? Aber auch ihr gegenüber hatten Scialojas Jungs sich auf höhere Befehle berufen, um jede Diskussion im Keim zu ersticken.

Scialoja, der über Funk auf dem Laufenden gehalten wurde, sah eine gute halbe Stunde bei dem ausgelassenen Fest zu, bis er die Nummer von Giulio Gioiosos Handy wählte.

– Gioioso? Ich bin Nicola Scialoja. Ich muss mit Ihnen sprechen.

– Kennen wir uns, Herr ... Scialoja?

Wir haben einen gemeinsamen Freund.

– Ich glaube nicht, dass ich mich erinnere, tut mir leid.

– Angelino Lo Mastro. Ich bin in zwanzig Minuten bei Ihnen.

Als er ankam und erfuhr, dass der Fisch noch im Netz zappelte, befahl er den Jungs abzuziehen und ging breit grinsend der Dame des Hauses entgegen, die ihn wutschnaubend im Hof des Anwesens, neben einem Springbrunnen mit kitschigen, moosbewachsenen Putti, erwartete. Er stellte sich vor und reichte ihr die Hand, aber sie blieb mit verschränkten Armen stehen, finster und eiskalt. Eine wunderschöne Frau. Zweifellos mindestens fünfzehn, zwanzig Jahre jünger als ihr Mann.

– Haben Sie dieses Affentheater da draußen angeordnet?

– Tut mir leid. Es wurden uns verdächtige Bewegungen in der Zone gemeldet!

– Und die suchen Sie hier, Ihre verdächtigen Bewegungen? Die Kinder sind zu Tode erschrocken!

– Meine Männer haben das im Alleingang entschieden. Sie sind entsprechend zurechtgewiesen worden. Gestatten Sie mir, mich bei Ihnen zu entschuldigen und Ihnen meine Ergebenheit zu erweisen, Frau Donatoni.

Ein etwas unbeholfener Handkuss und eine ganz gewiss spöttisch gemeinte Verbeugung. Na so was! Zuerst bricht er mit dem Kavallerieregiment ein, dann machte er auf Offizier und Gentleman! Maya zog die Hand mit einer verärgerten Geste zurück.

– Halten Sie mich für eine alte Schlampe?

Scialoja richtete sich auf, peinlich berührt. In gewissen Augenblicken beneidete er Camporesi um die Sicherheit im gesellschaftlichen Umgang, die er aufgrund seiner Herkunft besaß.

– Ich kenne Sie erst seit wenigen Minuten und schon muss ich mich ein zweites Mal bei Ihnen entschuldigen!

– Entschuldigen reicht nicht. Kommen Sie mit!

Maya führte ihn dorthin, wo die Party voll im Gange war, unter dem missbilligenden Blick der Eltern und den ängstlichen Blicken der Kinder.

– Dieser Herr ist der Chef der Polizei. Er ist ein guter und kluger Chef. Er hat die bösen Männer weggeschickt, die vor dem Tor standen. Stimmt's?

Scialoja nickte. Ein paar Mütter bedankten sich bei ihm, zuerst schüchtern, dann immer überzeugter. Ein paar Väter drückten ihm die Hand. Die kleine Raffaella fragte ihn, ob er wirklich ein Polizist sei.

– So etwas Ähnliches.

– Ach, deshalb trägst du keine Uniform!

Dann wandte sich Raffaella wieder etwas oder jemand Interessanterem zu. Maya stellte ihn allen möglichen Leuten vor, und während sich alle fragten, wer denn dieses geheimnisvolle hohe Tier sei, begab sich Scialoja unter irgendeinem Vorwand auf die Suche nach denen, die die Antwort auf die Frage wussten. Giulio Gioioso und Ilio Donatoni befanden sich ganz allein in einem hohen Raum, einer Art Taverne, vor dem erkalteten Kamin. Er brauchte sich nicht vorzustellen. Man wartete auf ihn. Mit einem einzigen Satz machte er Ilio klar, dass nicht ihre gemeinsamen Geschäfte, über die man sich allerdings lange hätte unterhalten können, sondern Giulio Gioioso der Grund seines Besuches war. Donatoni zog sich erleichtert zurück. Giulio Gioioso faltete die Hände wie zu einem Gebet und versuchte mit einem süßlichen Lächeln das Terrain zu sondieren.

– Ehrlich gesagt, Doktor Scialoja, wäre dieses ganze Theater nicht nötig gewesen. Um mich zu treffen, hätten Sie einfach in mein Büro kommen können ...

– Schon gut, Gioioso. Lassen wir die Floskeln. Ich möchte, dass Sie unserem gemeinsamen Freund eine Botschaft überbringen.

An die Stelle des süßlichen Lächelns trat eine angespannte Grimasse. Er versuchte Zeit zu gewinnen. Angelino Lo Mastro war verschwunden. Die Direktleitung war abgeschaltet. Seine Techniker hatten ihm erklärt, dass man sogar ein abgeschaltetes Handy über die Spur des Akkus orten konnte. Geheimprotokoll, war ihm garantiert worden. Aber man weiß ja: Geheimhaltung ist in Italien eine Chimäre. Als Angelino beschlossen hatte, sich der Gegenüberstellung zu entziehen, hatte er auch den Akku verschwinden lassen.

Scialoja hatte in Erfahrung gebracht, dass gegen Angelino zwei Haftbefehle vorlagen: wegen mafiöser Verbindung und Beihilfe zur Erpressung. Doch er war aus einem anderen Grund verschwunden: wegen Riinas Verhaftung. Angelino wollte nicht mit ihm sprechen, weil Riinas Festnahme in Sizilien als Verrat galt. Aber auch wenn es einen Verrat gegeben hatte, betraf es ihn, Scialoja, nicht. Der Kanal durfte nicht einfach so, aufgrund des dreckigen Dutzends von Captain Ultimo, explodieren. Aber wie sollte man Angelino finden? Scialoja hatte in Vecchios Dokumenten gewühlt. Unter dem Eintrag *Cosa Nostra/unbescholtene/Kontakte*. Dabei war der Name Giulio Gioioso aufgetaucht. Eine Generation älter als Lo Mastro, promovierter Mediziner, hat den Beruf jedoch nie ausgeübt. In den frühen siebziger Jahren von Palermo nach Mailand übersiedelt. Auch er unbescholten, auch er Unternehmer, jedoch mit zweifelhaftem Erfolg. Bei einigen Gesellschaften als Verwalter des Amts enthoben, in erster Instanz wegen betrügerischen Konkurses verurteilt und dann am Berufungsgericht freigesprochen, war er zuletzt Berater der Donatoni-Gruppe. Mit der irritierenden Schrift eines fleißigen Schülers hatte Vecchio am Rande vermerkt: „Gio. Bringt Don. nach Sizilien. Gegenleistung?“ Sichere Beweise, dass Giulio Gioioso der Mafia angehörte, gab es nicht. Oder zumindest nicht in Vecchios Notizen. Gioioso und Lo Mastro. Ein Geschäftsmann und ein angeblicher Mafioso. Und Donatoni, der Gatte der schönen Signora, Donatoni, der nach Sizilien gebracht wird ...

– Ich gebe gern zu, dass ich Herrn Lo Mastro irgendwann einmal kennengelernt habe .... In seiner augenblicklichen Situation ... Sie wissen doch von seinen Problemen mit der Justiz, nicht wahr? In seiner augenblicklichen Situation erscheint es mir schwierig, dass ...

– Formulieren wir es anders, Gioioso. Unser gemeinsamer Freund ist der Außenminister der Mafia. Ich bin ein Vertreter des Staates. Wir müssen ein Treffen organisieren. Sie helfen mir dabei, und ich vergesse gewisse Geheiminformationen Ihr Konto betreffend, die, wenn sie öffentlich werden, Ihnen einen schönen Aufenthalt auf Staatskosten bescheren könnten ...

Gioioso lachte nervös.

– Geheiminformationen? Ich habe nichts zu verbergen.

– Da sind die Mailänder Richter anderer Meinung.

– Wenn man gewisse Anschuldigungen macht, sollte man sie auch beweisen!

– Wenn ich mich ernsthaft mit Ihnen beschäftigen würde, wären die Beweise das kleinste Problem, das kann ich Ihnen versichern. Zu Ihrem Glück interessieren Sie mich jedoch nicht, und auch Ihre Geschäfte mit Donatoni interessieren mich nicht. Ich verlange von Ihnen nur, dass Sie eine Botschaft überbringen. Richten Sie unserem gemeinsamen Freund aus, dass ich persönlich für seine Sicherheit bürge. Sie wissen, wo Sie mich finden. Auf Wiedersehen, Doktor Gioioso!

Draußen war das Fest in vollem Gange. Zauberer, Artisten und Clowns unterhielten die Kinder, die kreischten, sangen, Fangen spielten. An einer Schnur, die zwischen zwei Pflanzen gespannt war, befestigte Maya einen großen Topf. Er berührte sie an der Schulter. Sie drehte sich um. Das Lächeln auf ihren schönen Lippen gefror.

– Sie sind wegen meinem Gatten hier, nicht wahr? Ilio hat mir gesagt, dass Sie ...

Scialoja nahm ihren angespannten Gesichtsausdruck zur Kenntnis, ihren ängstlichen Tonfall, den Wunsch, beschützt zu werden, den die unverblümte Frage zum Ausdruck brachte. Maya Donatoni war wohl wirklich verliebt. In den falschen Mann verliebt. Am liebsten hätte Scialoja zu ihr gesagt: Gehen Sie mit ihm weg, Signora, was auch immer er macht, hindern Sie ihn daran, es zu machen. Geht weg, um Himmels willen!

– Aber was reden Sie da, Signora! Ihr Mann kann ganz beruhigt sein!

– Danke, sagte Maya und küsste ihn energisch auf die Wange.

Während er zum Auto zurückging, brannte der Kuss auf seiner Wange wie ein Schandmal.

Zwei Tage, nachdem Scialoja mit Giulio Gioioso gesprochen hatte, tauchte Angelino Lo Mastro auf. Sie trafen sich in der ersten Märzwoche, in der Villa Celimontana. Scialoja hatte die Villa mit seinen Männern vollgestellt: für den Fall, dass irgendein eifriger Polizist oder Carabiniere auf die Idee kam, sich die üppige Beute unter den Nagel zu reißen. Angelino war wie immer elegant gekleidet, aber seine Augen waren gerötet und er zog ständig die Nase hoch. Kokain, sagte sich Scialoja.

Angesichts der Umstände beschränkte sich die Begrüßung auf eine kühle Geste. Scialoja ging gleich in medias res: Mit Riinas Verhaftung hatte er nichts zu tun. Die Übereinkunft war, zumindest was ihn anging, noch gültig.

– Unten in Sizilien wissen sie nicht, dass wir uns gesehen haben, sagte Angelino eiskalt.

– Heißt das, dass ihr bereits eine Entscheidung getroffen habt?, fragte Scialoja finster.

Angelino nickte. Scialoja ballte wütend die Fäuste.

– Hören Sie mir zu. In einem Monat gibt es eine Volksabstimmung. Die meisten werden mit Ja antworten. Die althergebrachten Parteien werden verschwinden. Bald wird es Neuwahlen geben. Der, der gewinnt, wird eine stabile und sichere Mehrheit haben. Dann können wir verhandeln.

– Die alte Leier kenne ich nur zu gut, Doktor Scialoja! Wir haben nur ein Zeichen verlangt. Aber nicht das, das ihr uns gegeben habt! Jetzt ist es zu spät.

– Ich könnte Ihre Haftbefehle rückgängig machen, Lo Mastro!

Der junge Mafioso sah ihn verblüfft an.

– Ich habe bereits gesagt, dass sie in Sizilien nichts wissen.

– Sie werden es ihnen sagen. Wenn Sie wieder ein freier Mann sind.

Natürlich wusste Stalin Rossetti über ihr Treffen Bescheid. Der berühmte „Geheimdienst" hatte über Scialojas Reise nach Mailand und das Treffen mit Giulio Gioioso berichtet. Stalin hatte nur zwei und zwei zusammenzählen müssen. Aber ihm gegenüber hüllte sich Angelino in Schweigen, er beschränkte sich darauf zu sagen, dass der Bulle wirres Zeug dahergeredet hatte und sie die Nase voll von seinen Versprechen hatten. Unten auf der Insel liefen die Vorbereitungen für die Aktionen auf Hochtouren, und bald, sehr bald, würden alle die Auswirkungen zu spüren bekommen.

– Selbst du, Rossetti, letztendlich ... aber was haben wir davon?

– Warte und du wirst sehen, Angelino. Gib mir Zeit.

Als sich der Abend dem Ende zuneigte, bot ihm Stalin Kokain an, Angelino lehnte es beleidigt ab. Diesen Dreck hatte er noch nie ausprobieren wollen! Das Zeug war für Idioten, Männer machen Nägel mit Köpfen und ruinieren sich nicht das Leben. Stalin bat ihn mehr oder weniger überrascht um Entschuldigung. Angelino begriff, dass das Angebot mit den roten Augen zu tun hatte, der rinnenden Nase und was auch immer, und brach in Gelächter aus.

– Ach, ich verstehe ... aber mit Koks hat das nichts zu tun, mein Freund. Die verdammten Pollen quälen mich. Jedes Jahr dasselbe!

2.

Beim Begräbnis des Abgeordneten Corazza waren nur wenige Vertraute. Und Argenti. „Arge', lass dich von deinen Genossen nicht übers Ohr hauen. Schließen wir ein Abkommen, sonst landen wir alle in der Scheiße." Wohlerzogen wie immer. Zeit, ihn kennenzulernen, war keine geblieben, der Krebs war zu schnell gewesen. Und so blieb ihm nichts anderes übrig, als dem alten Bastard die Ehre zu erweisen. Die gesichtslose Kirche Balduina war vom schweren, ekelerregenden Geruch der Blumen erfüllt. Ein zerstreuter Priester lobte die moralischen und politischen Tugenden des Verstorbenen, eines Mannes, der sich ganz der Familie, der Religion, der Heimat verschrieben hatte. Wenn er seinem eigenen Begräbnis beiwohnen hätte können, hätte Corazza sich vor Lachen auf die Schenkel geklopft. Scialoja und Patrizia saßen zwei Bänke hinter Argenti und Beatrice. Nach dem Treffen mit Angelino hatte Scialoja alle seine Heiligen, seine Schützlinge und seine Schutzheiligen angerufen, um irgendeine für den Mafioso günstige Maßnahme herauszuschlagen. Camporesi, den man auf die betreffende Staatsanwaltschaft losgelassen hatte, kam mit eingezogenem Schwanz zurück. Ein Hinweis auf die Sache hatte gereicht, um eine Haftandrohung zu kassieren. Dasselbe spielte sich bei den Politikern ab. Sie machten alle große Versprechungen, waren sich alle bewusst, dass es sich um einen kritischen Zeitpunkt handelte. In Wirklichkeit wollte jedoch keiner die Verantwortung auf sich nehmen, etwas in Gang zu setzen oder auch nur einen Finger zu rühren. Alle hatten Angst, sich gegen die Richter zu stellen. Die Richter hingegen waren inzwischen außer Kontrolle. Sie führten sich auf, als säßen sie in der Regierung. Sie vernichten uns, hatte ihm ein alter Haudegen der Ersten Republik gestanden, wir haben ihnen zu viel durchgehen lassen. Sie vernichten uns, weil sie wissen, dass die Kommunisten gewinnen werden. Und sie sind selber Kommunisten. Scialoja, der in seiner Karriere Dutzende Richter kennengelernt hatte, angefangen beim ängstlichen Doktor Borgia, der ihn einmal daran gehindert hatte, Vecchio ins „Hotel Regina“ zu schmeißen, wusste, dass die Richter nicht von einem Tag auf den anderen Kommunisten geworden waren. Sie hatten sich vielleicht auf die Seite der Linken geschlagen, das schon, aber eher instinktiv. Angeekelt von den widerwärtigen Dingen, die sie Tag für Tag ausgruben, angewidert vom langsamen, unaufhaltsamen Fäulnisprozess des Staates. Und das machte sie extrem gefährlich, weil sie autonom agieren konnten. Ein weiterer Grund dafür, die Kontakte auf das Notwendigste zu reduzieren. Aber der wahre Holzwurm (knie dich nieder, sagte Patrizia und puffte ihm mit dem Ellbogen in die Rippen, da er als Einziger sitzen geblieben war, als der Kelch hochgehoben wurde) ... der wahre Holzwurm war Argenti. An seiner calvinistischen Strenge zerschellte jedes humanitäre Argument. Alle Genossen fürchteten seine Zornausbrüche. Argenti legte sich bei allen seinen Vorhaben quer. Fähige und skrupellose Genossen, Genossen, die auf den Respekt vor dem Rechtsstaat und die Tradition des Rechtsstaates pfiffen, gab es genug in der preisgekrönten Firma *Botteghe oscure & Co*. Aber alle neigten das Haupt vor Argenti. Zumindest im Augenblick. Und so musste Scialoja aufs Neue an den Sturschädel herantreten. Sobald die traurige und langweilige Messe vorbei war.

Patrizia, die sich in der Kirche immer unwohl fühlte, war hinausgegangen, um auf dem Vorplatz eine Zigarette zu rauchen.

– Hast du Feuer?

Argentis Freundin, Beatrice. Patrizia reichte ihr das Feuerzeug. Sie dankte mit einem kaum merklichen Lächeln. Mario, erklärte sie ihr, Mario Argenti hasste Zigarettenrauch. Wie bei allen Bekehrten offenbarte seine Intoleranz gewisse obsessive Charakterzüge. Denn wie sonst sollte man jemanden bezeichnen, der wie ein Hund am Kostüm seiner Freundin schnupperte, auf der Suche nach Spuren des schrecklichen Nikotins?

Scialoja und Argenti kamen gemeinsam aus der Kirche. Der Senator sah verwundert, aber auch ein wenig belustigt drein. Scialoja hatte den Abschied an der Bahre genutzt, um an ihn heranzutreten.

– Woher haben Sie gewusst, dass ich hierherkommen würde, Scialoja? Überwachen Sie mich?

– Sicher, lachte Scialoja, aber leider habe ich nichts Interessantes über Sie herausgefunden. Deshalb habe ich beschlossen, direkt an Sie heranzutreten ...

– Na, dann lassen Sie hören, sagte Argenti seufzend.

Später, als er zu einer Justizkommission in den Senat unterwegs war und auf dem Weg dorthin Beatrice in die Redaktion begleitete, machte Argenti seinem Ärger Luft.

– Scialoja hat das Maß überschritten. Ich werde verlangen, dass er aller Ämter enthoben wird!

– Du übertreibst!

– Dieser Mann ist verrückt, Bea! Er hat mich gebeten, den Haftantrag für einen Mafioso aufzuheben!

– Dich?

– Mich! Offensichtlich glaubt er, die Staatsanwälte seien meine Angestellten oder etwas Ähnliches!

– Da ist er nicht der Einzige!

– Wenn es wirklich so wäre, würden wir uns nicht in dieser Situation befinden!

– Nun, im Grunde ist es eine schöne Anerkennung ... das bedeutet, dass er dich achtet und fürchtet ...

– Das bedeutet, dass er korrupt bis auf die Knochen ist, nichts anderes!

– Schade. Seine Freundin ist sehr sympathisch. Ich würde sie gern näher kennenlernen.

– Das halte ich für keine gute Idee.

– Sind wir schon so weit, Senator? Kontrollierst du mein Privatleben?

– Das könnte eine Falle sein.

– Schön langsam wirst du paranoid. Sie ist bloß eine schwierige, etwas traurige Frau.

– Woher willst du das wissen?

– Wir lesen das gleiche Buch. Die Erzählungen Ingeborg Bachmanns ...

– Sie ist eine Ex-Hure, Beatrice.

– Und du bist nach wie vor ein unveränderlicher Macho, Mario!

Auferstehung

Valeria hatte ihren Betreuer gefragt, ob sie wenigstens an ihrem Geburtstag einen Freund treffen dürfe. Seit drei Monaten war sie nun in der Therapiegruppe, sie hielt sich gut und hatte eine kleine Belohnung verdient.

– Einen Freund? Wann?

– Heute Abend.

– Es ist noch zu früh. Und außerdem ... sind wir alle deine Freunde, Valeria!

– Aber zufälligerweise habe ich noch andere Freunde außer ... euch!

– Zufälligerweise bist du noch nicht bereit dazu!

Regeln waren das Um und Auf der Rehabilitation. Regeln. Und einzelne Schritte. Manche davon waren aber einfach dumm. Wie die Zigarettenbeschränkung oder die Rationierung der Seifen oder das Verbot, T-Shirts mit gewissen Symbolen drauf zu tragen, angefangen bei Love, Peace & Music bis hin zu Rockstars, von denen es hieß, sie seien süchtig.

Andere waren grausam.

Warum durfte sie nicht allein entscheiden?

Sie fühlte sich bereit. Sie war bereit.

Sie bat um die Erlaubnis, telefonieren zu dürfen. Abgelehnt.

Sie schloss sich auf dem Klo ein. Dem einzigen Ort, wo man sie nicht mit der fixen Idee vom Leben in der Gemeinschaft belästigen würde.

Sie stellte sich Pino Marinos leuchtenden Blick vor, wenn er in der Portiersloge auftauchte und darum bat, sie zu sehen.

Sie stellte sich das gespielte Bedauern des diensthabenden Aufsehers vor, wenn er ihm die Bitte abschlug. Des diensthabenden Sadisten. Nur Sadisten betraut man mit solchen Aufgaben.

Sie stellte sich vor, wie enttäuscht der Junge sein würde, sie sah ihn vor sich, wie er die Mappe mit dem Madonnenporträt, das er ihr in seinem letzten Brief versprochen hatte und das ihre Züge trug, wieder unter den Arm klemmte.

Briefe durfte man empfangen, Porträts und Fotos nicht. Eine weitere Regel. Dumm, grausam und absurd.

Aber auch aus dem Klo holten sie sie mit Gewalt raus.

Schließlich war es ihr Fest und deshalb musste man feiern.

Alle rund um den Tabernakel vereint. Das Gebet war freiwillig, wurde jedoch empfohlen. Dann Selbstdarstellung von Didi, Dodi und Dadi, oder wie zum Teufel sie alle hießen. Die drei, die es eben geschafft hatten.

Dann die kurze Rede des Patriarchen (so nannten sie den bärtigen, vergeistigten Mann, der sein Leben der Heilung von Blabla gewidmet hatte ...)

Die heuchlerische Einleitung seiner Rede. Ich weiß, dass viele von euch gar nicht hier sein möchten, ich weiß, dass einige von euch noch immer von dem Leben träumen, das sie hinter sich gelassen haben und das ihr das freie Leben auf der Straße nennt ...

Heuchler. Während sie sich bemühte, eine zerknirschte Miene aufzusetzen, nur um weitere lästige Fragen zu vermeiden, stellte Valeria fest, dass der Patriarch in gewisser Weise B. G. ähnelte.

Der *neue* B. G. B. G. hatte sich nämlich verändert. B. G. hatte begriffen, dass der Weg des Neubeginns steil und mühsam war, und ihr seinen Segen geschickt. B. G. hatte es nicht nötig, einen

Entzug zu machen, denn er war nie wirklich süchtig gewesen. B. G. hatte das Licht gesehen und bereitete eine neue Platte mit religiös inspirierten Schlagern vor. B. G. schrieb eine Autobiografie, die eine Sensation sein würde. B. G. bot sich als Vorbild für Jugendliche an, die nach einem Weg suchten. B. G. unterschrieb mit „auf immer dein“ B.

Er lügt, sagte Lady Heroine, die an ihrem Bett Gestalt annahm, als sie sie endlich in Ruhe ließen.

Er lügt. Er wird sich nie ändern. Du wirst dich nie ändern.

Warum gehst du nicht zu ihm?

Es wäre so einfach.

Du kennst alle Ausgänge und alle Schlupflöcher.

Immerhin ist es kein Gefängnis.

Immerhin können sie dich nicht festhalten.

Du musst es nur wollen.

Du musst es nur entscheiden.

Mach den ersten Schritt, meine Freundin, und alles wird ganz einfach sein!

Er ist im Augenblick in Mailand.

Er wird dich bei dir behalten.

Du wirst doch nicht glauben, dass ich dich zu dem Verrückten mit seinen billigen Madonnen gehen lasse!

Hässlich sind sie nicht, einverstanden. Aber ein wenig unheimlich schon, nicht wahr?

Los, gehen wir!

Es ist dein Geburtstag!

Du hast ein Recht auf was Besseres als einen Haufen fader Ex-Süchtiger. Erinnerst du dich an den Flash? Erinnerst du dich, wie du ausgeflippt bist?

Erinnerst du dich ...

Diesmal war es sehr schwierig gewesen, sie wegzuschicken. Letzten Endes hatte sie es geschafft. Ohne fremde Hilfe.

Im Monat darauf beglückwünschten alle Mitarbeiter sie zu den Riesenschritten, die sie auf dem Weg zur Heilung machte.

Eines Tages sagten sie zu ihr, sie hätte Besuch.

Wenn sie wollte, könne sie sich umziehen. Sie dürfe auch etwas Parfum auflegen.

Als Pino Marino sah, wie sie ihm entgegenkam, im roten T-Shirt und mit den weiten, beinahe unförmigen Jeans, hätte er sie am liebsten umarmt.

Aber er hatte Angst sie zu berühren.

Und genau in diesem Augenblick begriff er, was es hieß, über beide Ohren verliebt zu sein.

Wenn aus dem Spiel Ernst wird ...

In einem abgeschirmten kleinen Salon bei Regisseur Trebbi unterhielten sich Scialoja und sein Mitbruder P. über die allerneuesten Entwicklungen in Italien. Die Befürworter des Mehrheitswahlrechts hatten bei der Volksabstimmung haushoch gewonnen, das alte politische System war hinweggefegt worden. Neue Zeiten brachen an. Neuwahlen standen vor der Tür. Scialoja konnte sich mit der Untätigkeit seiner Gesprächspartner nicht abfinden. Er selbst hatte sich aufgerieben, um ein, wenn auch nur winziges, Zeichen zu erhalten. Er hatte die Richter überwachen lassen, aber wie Argenti waren auch sie offenbar sauber.

Argenti! Argenti war sein Untergang. Argenti hatte alles unternommen, was in seiner Macht stand, um sein Tun wirkungslos zu machen. Ohne Erfolg. Solange er Vecchios Unterlagen besaß, war er unantastbar. Aber allein die Tatsache, dass ein Kommunist, beziehungsweise einer vom PDS, oder wie zum Teufel die Partei jetzt hieß, es auch nur versucht hatte, war ein Zeichen der Zeit. „Die Guten" strengten sich ernsthaft an, die Guten zu sein. Das wäre zu Vecchios Zeiten unvorstellbar gewesen. Und unvorstellbar wäre auch der Sieg der Linken gewesen, die inzwischen von allen abgeschrieben worden waren. Irgendetwas entging ihm in dieser Atmosphäre der allgemeinen Resignation. Hatten sich alle den Roten unterworfen?

Mitbruder P., einer der einflussreichsten Mitglieder der Loge

Sirena, war besorgt. Düster und verwirrt vertraute er ihm an, dass sich „unglaubliche Dinge zutrugen".

Es ging das Gerücht, dass der Großmeister sein Amt zur Verfügung gestellt hätte. Es hieß, er hätte die Absicht, beim Herzog von Kent, dem Großmeister der Obedienz, vorzusprechen, um andere Mitbrüder zu denunzieren.

– Und was haben sich diese Mitbrüder zuschulden kommen lassen?, flüsterte Scialoja skeptisch.

– Du wirst es mir nicht glauben.

– Sag es mir.

– Es heißt ... man munkelt, dass Mafiosi und Freimaurer gemeinsam Massaker organisieren ... hältst du das für möglich? Das ist doch unglaublich, nicht wahr?

– Tja. Das ist wirklich unglaublich.

Oder verrückt. Ja, genau, verrückt. Du weißt nicht mehr, welche Heiligen du anrufen sollst, nicht wahr, Bruder? Allein die Vorstellung, dass ein Ehrenmann Freimaurer sein könnte, wirft deine ganzen Überzeugungen über den Haufen ... auch wenn du hin und wieder gedacht hast, dass zum Beispiel der merkwürdige Typ, den du bei dem Treffen kennengelernt hast ... oder vielleicht der alte Gentleman mit sizilianischem oder vielleicht auch amerikanischem Akzent nicht ganz die Wahrheit sagten ... aber du hast schnell weggeschaut ... verrückt. Unglaublich, nicht wahr, Mitbruder?

Scialoja beendete das Gespräch mit freundlichen und aufmunternden Worten für den naiven Mitbruder.

Das Gerücht über die „außer Kontrolle geratenen Logen" verbreitete sich. Irgendetwas lag in der Luft. Das Schweigen der Institutionen wurde unüberhörbar. Und verdächtig. Nun gut, sollten eben alle klein beigeben. Diesmal würde er Vecchios gute Ratschläge in den Wind schlagen. Diesmal würde er an vorderster Front kämpfen.

Camporesi stimmte dem Plan begeistert zu. Der Junge hatte Lust, die Fäuste zu schwingen. Die Vorstellung, ein großes Tier wie Angelino Lo Mastro zwischen die Finger zu kriegen, erregte ihn. Natürlich hütete sich Scialoja, ihm den zweiten Teil des Plans zu erläutern. Er wollte Angelino zwar zwischen die Finger kriegen, aber nicht, um ihn der Justiz auszuliefern. Scialoja dachte vielmehr an eine Art Tausch. Flucht, Pass und Geld gegen die Enthüllung der unmittelbaren Pläne der Cosa Nostra. Camporesi würde verärgert sein. Aber das war nicht sein Problem. Zum ersten Mal in den vielen Jahren konnte Scialoja den Gedanken an die Möglichkeit beziehungsweise an die Gewissheit nicht ertragen, dass es am Ende des Spiels zu viele unschuldige Opfer geben würde. Vielleicht war das ein Anflug von Sentimentalität, den Vecchio gewiss missbilligt hätte, aber er fühlte sich verpflichtet es zu versuchen. Die Planlosigkeit der letzten Zeit hatte endlich einen Sinn. Immerhin hatte er Patrizia, und er hatte ein Projekt, das einer ihm entsprechenden zwielichtigen Würde nicht völlig entbehrte.

Und so begann er wieder Giulio Gioioso in die Mangel zu nehmen und vereinbarte ein streng geheimes Treffen mit Angelino. Ein endgültiges Gespräch unter vier Augen, für das er persönlich die Verantwortung übernahm. Angelino gab auf demselben Kanal seine Zustimmung kund.

Die Tage vor dem Treffen gingen ganz in Vorbereitungen auf. Strategisch angeordnete Trupps belagerten die Villa Celimontana. Nichts wurde dem Zufall überlassen. Eine Stunde vor dem Termin begab sich Scialoja allein und unbewaffnet zu einem Lokalaugenschein. Alles schien in Ordnung zu sein. Unter einer Straßenlaterne schmuste ein etwas angeheitert wirkender Junge mit einer zarten Blondine. Als er an ihnen vorbeiging, empfand Scialoja einen Anflug von Neid. Jetzt, wo er im Besitz der Leidenschaft war, einer derart mühsam erworbenen Leidenschaft, bedauerte er den Verlust von etwas, was man als den Weg zur Leidenschaft bezeichnen hätte können. Die lange Zeit des Werbens, das Händchenhalten, der Schmerz selbst bei der kleinsten vorübergehenden Trennung, die Erleichterung beim Wiedersehen ... all das war ihm und Patrizia nicht gegönnt gewesen. Sie waren immer anders gewesen und würden es auch immer sein. Ihre Geschichte hatte sofort im dritten Akt begonnen.

Nach dem leidenschaftlichen Kuss schöpfte Pino Marino Atem und sah dem Bullen nach, bis er in der Dunkelheit verschwunden war. Weitere Schatten folgten Scialoja auf Schritt und Tritt. Stalin Rossetti hatte es ja geahnt, es war es eine Falle.

– Wir müssen gehen, sagte Valeria mahnend.

Pino nickte. Er hatte genug gesehen. Das war Valerias erster Ausgang, seitdem sie in die Therapiegemeinschaft aufgenommen worden war. Er hatte sich ihr erstes Rendezvous in Freiheit etwas anders vorgestellt. Aber Stalin hatte ihm mit seinem üblichen Pragmatismus erklärt, dass ein junges Liebespaar eine hervorragende Tarnung war. Stalin hatte recht, wie immer. Und Pino hatte wieder einen Pluspunkt bei dem Mann gesammelt, der sich gern als „Vater" anreden ließ. Ein Pluspunkt, der im Augenblick des Ausstiegs sehr nützlich sein würde. Denn bald, sehr bald, sobald Valeria wirklich gesund war, würde er aussteigen.

– Entschuldige, Valeria, ich muss einen Anruf machen. Wartest du im Auto auf mich?

Stalin nahm die Mitteilung mit einem wissenden Lächeln zur Kenntnis und informierte Angelino Lo Mastro. Der Mafioso wurde vor Zorn puterrot.

– Dreht er durch? Was will er denn beweisen?

– Dass er stärker ist als du. Vielleicht wollte er deine Freiheit gegen irgendeine Information eintauschen ... dich zwingen, die Bosse aus dem Versteck zu locken ... Es ist eine Verzweiflungstat, Angelino.

– Verdammt, ich bringe ihn um, den Bastard!

– Das ist er nicht wert, Angelo. Wir haben anderes zu tun.

Aber es dauerte eine Weile, bis sich Angelino beruhigt hatte. Wenn er daran dachte, in welch schreckliche Gefahr er sich begeben hatte, glaubte er, vor Wut zu platzen. Fast hätte er alles verloren. Mit einem Schlag. Freiheit, Macht, Ehre, Respekt ... denn ein Mafioso, der sich von einem Bullen aufs Kreuz legen lässt, ist jämmerlicher als Hundescheiße.

– Ich schulde dir einen Gefallen, Stalin. Einen großen.

Später bei Patrizia zwang sich Stalin, freundlich und liebevoll zu sein, aber die Wut und die Ungeduld sprachen aus jeder einzelnen Geste, aus jedem Satz. Wenn ihn Angelino nicht über Scialojas Vorhaben informiert hätte, hätte er seinen einzigen Verbündeten verloren. Warum hatte Patrizia diesmal versagt?

– Vor zwei Wochen ist er nach Mailand gefahren.

– Ja. Hatte ich dir das nicht gesagt?

– Nein.

– Es ist mir wohl entfallen.

– So etwas darf nicht passieren.

– Vielleicht war es gar nicht so wichtig.

Patrizia war zu sehr in der Defensive. Eine problematische Situation. Eine neue Krise zeichnete sich ab. Das Versagen auf dem Nachrichtensektor war das Symptom eines viel tieferen Konflikts. Patrizia ging in die Knie. Er hatte ihr zu viel zugemutet. Patrizia verlor den Kontakt zur Realität. Wenn er nicht schnell etwas unternahm, bestand Gefahr, dass sie die Guten und die Bösen nicht mehr auseinanderhalten konnte. Zu Zeiten der Catena war das ein paar Spitzeln passiert. Sie hatten sich überrumpeln lassen. Sie hatten sich unbewusst verraten. Angesichts einer derart umfassenden Krise gab es nur drei Möglichkeiten. Ein energischer Ordnungsruf. Eine Nachdenkpause. Die endgültige Lösung. Die erste Möglichkeit schloss Stalin gleich aus. Ein

Zuviel an Gewalt hätte seiner zartbesaiteten Braut womöglich den Todesstoß versetzt. Blieb die Entscheidung zwischen einem Relaunch und dem, was Vecchio früher einmal diskret als „Abbruch der Arbeitsbeziehung" bezeichnet hatte. Von der endgültigen Lösung machte man nur selten Gebrauch. Entgegen der landläufigen Meinung gilt in der Grauzone (und die Catena machte da keine Ausnahme) das eherne Gesetz der Gewaltökonomie. Jede endgültige Lösung hinterlässt Spuren. Und Spuren bedeuten Gefahr. Eine Arbeitsbeziehung bricht man nur ab, wenn alle anderen Mittel versagten. Tagelang hatte er Rekruten erklärt, dass das Verbrechen an und für sich kontraproduktiv ist. Nur Psychopathen töten gern. Natürlich können sich unter gewissen Umständen auch Psychopathen als nützlich erweisen. Aber das ist ein anderes Thema, sagte Stalin abschließend. Und hat nichts mit Patrizia zu tun. Solange er sie im Griff hatte, würde es keine Entlassung geben. Ein gewisses Restrisiko bestand zwar nach wie vor. Aber er konnte nicht auf ihre Informationen verzichten. Noch nicht. Seufzend strich er ihr übers Haar.

– Schon gut, im Grunde ist nichts passiert, was nicht wiedergutzumachen wäre. Wir sind beide etwas gestresst. Nimm dir eine Auszeit, Patrizia. Zieh dich zwei, drei Tage zurück. Erfinde glaubwürdige Gründe. Sag, du musst dich erholen. Und wenn du bereit bist, nimmst du die Arbeit wieder auf. Ich verlasse mich auf dich, Schatz.

Genau in diesem Augenblick – es war fast Mitternacht – fügten sich Scialoja und Camporesi ins Unvermeidliche. Angelino würde nicht auftauchen. Irgendetwas war schiefgelaufen. Angelino hatte Wind von der Sache bekommen. Mit einer müden Geste pfiff Scialoja die Jungs zurück.

In der ersten Maiwoche meldete sich Angelino bei Stalin.

Guercio fuhr sie zu einem brachliegenden Gelände an der Via Ostiense und wartete im Mercedes auf sie.

Angelino schleppte Stalin zu einer kleinen, halb verfallenen Baracke voller Bauschutt.

– Da drinnen liegt der Parmesan.

Stalin warf ihm einen fragenden Blick zu. Lachend erklärte ihm Angelino, dass sie unten in Sizilien ein paar hundert Kilo Sprengstoff vorbereitet hätten.

– Um eine Mischung herzustellen, mit der die Techniker der Carabinieri nichts anfangen können, zerstoßen wir den Stoff und komprimieren ihn. Wenn er aussieht wie Parmesan, laden wir ihn auf Lastwagen und schicken ihn auf den Kontinent ...

– Dann geht es endlich los!

– Schaut so aus. Halte dich in den nächsten Tagen von Parioli fern, mein Freund!

– Warum? Was geschieht in Parioli?

– Mit diesem Parmesan werden wir Herrn Maurizio Costanzo eine schöne Pastasciutta zubereiten.

– Was zum Teufel redest du?

Angelino gab ihm in allen Punkten recht. Das Attentat war absurd. Costanzos Schicksal war ihm zwar völlig egal, das Problem war ein anderes.

Wieder ein menschliches Ziel!

Die Strategie, über die sie in Riofreddo nachgedacht hatten, rückte in immer weitere Ferne.

Alles war umsonst gewesen.

Angelino versuchte ihn aufzumuntern. Ein Doppelschlag war vorgesehen. Costanzo war der Denkweise von denen da unten zufolge nur eine Pflichtübung.

Das Attentat war schon seit geraumer Zeit geplant.

Costanzo hatte sich gegen die Mafia zu Wort gemeldet. Costanzo hatte der Mafia die Pest an den Hals gewünscht. Costanzo war ein respektierter Mann, dem man gerne zuhörte. Costanzo schuf eine feindliche Stimmung gegen die Mafia. Costanzo schürte Hass gegen die Mafia. Es ging das Gerücht, dass er mit Michele Santoro, auch so einer Knalltüte, eine Partei gründen wollte. Die Partei der Knalltüten. Eine schöne Partei der Knalltüten, die der ehrenwerten Gesellschaft auf den Sack ging.

So etwas gehörte bestraft!

So dachten sie in Palermo. Und so würde man es machen.

Nebeneffekte

1.

AUS DEM URTEIL DES 2. BERUFUNGSGERICHTES
VON FLORENZ
6. JUNI 1998
ROM, VIA FAURO, 14. MAI 1993

Am 14. 5. 93 gegen 21 Uhr 35 gab es in Rom, in der Via Ruggero Fauro, zirka 15 Meter von der Kreuzung mit der Via Boccioni entfernt, eine äußerst heftige Explosion, infolge deren die ganze Zone bebte. Schwere Schäden erlitten die Gebäude auf der – für den ans untere Ende der Straße blickenden Betrachter – rechten Straßenseite (die Via Fauro fällt nämlich zur Via Coccioni hin ab).

Schwere Schäden trugen im Besonderen die (sechs- bis siebenstöckigen) Gebäude in der Via R. Fauro Nr. 60, 62 und 64 sowie das Gebäude in der Via Boccioni Nr. 5 davon, deren Fensterrahmen herausgerissen und deren Vorsprünge (Gesimse, Balkons etc.) weggesprengt wurden. Außerdem war der Putz abgefallen, einige Trennwände waren eingestürzt.

Die Fensterrahmen der Immobilien wurden in einem Umkreis von 100 Metern verstreut, Fensterscheiben barsten in einem noch größeren Umkreis. Auf der gegenüberliegenden Seite der Straße, in unmittelbarer Nähe des Epizentrums der Explosion, stürzten große Teile der Einfriedungsmauer der C.-Cattaneo-Schule ein; schwere Schäden erlitten auch die Gebäude der Grundschule und des Kindergartens (die zu dem oben erwähnten Schulkomplex gehören).

Ungefähr sechzig in der Zone geparkte Autos wurden zum Teil schwer beschädigt, sechs völlig zerstört.

Mindestens dreißig Personen mussten sich in ärztliche Behandlung begeben, wenngleich niemand ernsthaft zu Schaden kam. Viele wurden jedoch von dem Vorfall traumatisiert und haben sich nie wieder vollständig erholt.

Im Augenblick der Explosion waren auf der Via R. Fauro zwei Autos unterwegs: ein von D. S. gelenkter Mercedes, an Bord Costanzo Maurizio, ein bekannter Fernsehmoderator, und dessen Lebensgefährtin, De Filippi Maria; weiters ein Lancia Thema, mit D. P. D. und R. A., den privaten Leibwächtern Costanzos, an Bord, welcher dem Mercedes in kürzestem Abstand folgte.

Im Augenblick der Detonation war das Auto Costanzos, das vom oberen Teil der Via Fauro kam, gerade in die Via Boccioni eingebogen; der Lancia der Leibwächter war dabei, in die Via Boccioni einzubiegen oder war soeben eingebogen. Die beiden Autos wurden schwer beschädigt; D. P., der Chauffeur des Lancia, erlitt Schnittwunden, die erst nach 20 Tagen verheilten; R. A. erlitt Verletzungen mit Gesichtskrämpfen als Spätfolge; die anderen Personen blieben wie durch ein Wunder unverletzt. Infolge der Explosion bildete sich ein „Krater“ in der Via Fauro und im Gehsteig vor dem Haus Nr. 41. Der maximale Durchmesser des ovalen Kraters betrug 2,90, der Mindestdurchmesser 2,10 m, die Tiefe des Kraters 40,4 cm.

Zweifellos war die Explosion von einem hochexplosiven Sprengstoffgemisch ausgelöst worden, das im Inneren eines Fiat Uno mit römischem Kennzeichen deponiert war.

Im Gutachten wurden folgende Substanzen genannt:

1. Nitroglycerin (Ng)
2. Ethylenglykoldinitrat (Egdn)
3. Sprenggelatine (Dnt)
4. Amoniumnitrat (An)

5. 2, 4, 6, Trinitrotoluol (Tnt bzw. Tritol)
6. T4
7. Pentrit

Die Bombe war zweifellos im Gepäckraum oder auf dem Hintersitz des Fiat Uno deponiert.

In der Via Fauro gab es weder Tote noch Schwerverletzte, was jedoch nur einem Zufall zu verdanken war, der eine größere Katastrophe verhindert hatte.

Tatsächlich trug von den mutmaßlichen Zielpersonen (Costanzo und seinem Gefolge) nur D. P. D. eine Schnittwunde davon, die nach ungefähr 20 Tagen verheilt war, die anderen blieben, vom Schock einmal abgesehen, unverletzt.

Die gesamte Rückseite des Lancia Thema wurde von einer großen Anzahl von Splittern getroffen und schwer beschädigt: Für die Insassen hätte ein einziger derartiger Splitter tödlich sein können.

Costanzos Fahrzeug wurde vergleichsweise nur leicht beschädigt.

Doch nicht nur die oben genannten Personen entgingen an diesem Abend wie durch ein Wunder dem Tod. Die Untersuchung hat ergeben, dass sich bis kurz vor der Explosion zahlreiche Personen aus verschiedensten Gründen in der Nähe des Fiat aufhielten, sich in der Folge jedoch entfernten.

Die Autobombe wurde in einer Wohngegend gezündet, zu einem Zeitpunkt (nach dem Abendessen), zu dem die Menschen spazieren gehen, in der Nähe eines Theaters (dem Parioli-Theater in der Nähe der Via Borsi) und genau nach dem Ende von Costanzos Show.

FLORENZ, VIA DEI GEORGOFILI, 27. MAI 1993

Am 27. 5. 93, ein paar Minuten nach 1 Uhr, gab es in Florenz an der Kreuzung Via dei Georgofili / Via Lambertesca eine äußerst heftige Explosion, infolge deren das gesamte historische Zentrum der Stadt erbebte. Fünf Personen kamen ums Leben, viele weitere wurden verletzt.

Völlig zerstört wurde die Torre dei Pulci, der Sitz der Accademia dei Georgofili, vier Mitglieder der Portiersfamilie (Nencioni Fabrizio, seine Frau Fiume Angela, die Kinder Nencioni Nadia und Nencioni Caterina) wurden unter den Trümmern begraben; das Gebäude in der Via dei Georgofili Nr. 4 fing Feuer und Capolicchio Davide, der Mieter der Wohnung im ersten Stockwerk des Gebäudes, kam dabei ums Leben; schwer beschädigt wurden die Gebäude in der Via dei Georgofili sowie in der Via Lambertesca, wobei die Fenster aus den Rahmen gerissen wurden und Innenwände einstürzten und Möbel sowie Einrichtungsgegenstände zerstört wurden (vor allem in den Häusern in der Via Georgofili Nr. 1 und 3 sowie in den Häusern in der Via Lambertesca 1, 2, 4, 6); viele andere Gebäude wurden leicht beschädigt (Verputz bröckelte ab und Fensterscheiben gingen zu Bruch).

Zusammenfassend kann gesagt werden, dass ein kreisförmiges Gebiet von ungefähr 12 Hektar mit einem Durchmesser von 400 Metern von der Explosion in Mitleidenschaft gezogen wurde.

Insgesamt gab es 35 Verletzte, darunter einige Schwerverletzte. Viele Personen sagten aus, sie hätten weniger starke, aber dennoch beträchtliche Verletzungen davongetragen (die innerhalb von 20 bis 30 Tagen verheilten). Viele wurden jedoch von dem Vorfall traumatisiert, manche haben nie wieder ihr ursprüngliches Wohlbefinden wiedererlangt.

Zudem wurden viele denkmalgeschützte Gebäude beschädigt: Die Kirche SS. Stefano e Cecilia, die sich in einer Entfernung von ungefähr 30 Metern vom Epizentrum der Explosion befindet, wurde auf der der Piazza del Pesce zugewandten Seite schwer beschädigt. Hier brachte die Druckwelle das architektonische Gleichgewicht des Gebäudes aus dem Lot, was zur Folge hatte, dass die Kuppel aus den Angeln gehoben wurde.

Schwere Schäden erlitt auch der denkmalgeschützte Komplex der Uffizien, die vom Explosionsherd nur durch die Torre dei Pulci getrennt sind. Schwer beschädigt wurden die Mauern der Galerie, die vertikalen Verbindungsgänge, die Treppen, die Glasdächer, die Decken und die Dächer, auch wenn zum Glück die Statik des Gebäudes nicht in Mitleidenschaft gezogen wurde. Von den Treppen wurde besonders der ins Erdgeschoss führende Scalone del Buontalenti in Mitleidenschaft gezogen. Von den Bildern und Skulpturen wurden drei Gemälde völlig zerstört (zwei von Bartolomeo Manfredi und eines von Gherardo delle Notti mit einem Marktwert von schätzungsweise 15 Milliarden Lire. 173 Gemälde wurden beschädigt, manche davon schwer (vor allem das berühmte *Der Tod des Adonis* von Sebastiano del Piombo); 42 antike Büsten und 16 große Statuen (darunter der berühmte *Diskuswerfer*, der in mehrere Teile zerbrach). Insgesamt wurden ungefähr 25 Prozent der Werke in der Galerie beschädigt.

Ebenfalls aufgrund der Explosion wurden mehrere Werke in der Accademia dei Georgofili und im Museo della Scienza e della Tecnica zerstört oder beschädigt.

Sowohl Stadt als auch Staat haben enormen finanziellen Schaden erlitten. Tatsächlich war eine Investition von mehr als 30 Milliarden Lire für den Wiederaufbau der Torre dei Pulci und die Renovierung der Kirche SS. Stefano e Cecilia, der Uffizien und der beschädigten Gebäude vonnöten.

Gewaltige Summen wurden auch ausgegeben, um die (zahlreichen) Bürger zu entschädigen, die ihr gesamtes Hab und Gut verloren und aus der Zone evakuiert werden mussten.

Die von den Beamten durchgeführten Ermittlungen haben zweifelsfrei ergeben, dass die Explosion von einem hochexplosiven Sprengstoffgemisch ausgelöst wurde, das im Inneren eines Fiat Fiorino mit Florentiner Kennzeichen deponiert war.

Genau vor der Torre dei Pulci wurde ein hinsichtlich Form und Größe eindeutiger, typischer Explosionskrater gefunden.

Darüber hinaus wurden alle umliegenden Gebäude von einer Unmenge an strahlenförmig aus dem Krater geschleuderten Splittern „beschossen“, dabei kam es zu den typischen Auswirkungen der Druckwelle und des darauffolgenden Unterdrucks auf Menschen und Dinge (Zerstörung der Bauten in unmittelbarer Nähe der Explosion; Zerstörung der Bauten im näheren Umkreis; Personen- und Sachschäden auch in einem weiteren Umkreis, vor allem Hörschäden.)

Was den verwendeten Sprengstoff anbelangt, so wurde ein Gemisch aus Petrit, Tritol, T4, Nitroglycerin, Nitroglykol und Dinitrotoluol verwendet.

Was die Menge des verwendeten Sprengstoffs betrifft, so haben die Gutachter das Ladegewicht auf ungefähr 250 kg geschätzt.

Im Fall der Via Georgofili wird das enorme Vernichtungspotenzial des Anschlags nicht nur vom effektiven Tod von fünf Personen belegt, sondern auch von der Tatsache, dass die Bombe in einer Wohngegend deponiert war, wo es gewiss auch noch eine größere Anzahl von Toten hätte geben können.

Tatsächlich gab es auch zahlreiche Verletzte.

Von der Explosion war ein ungefähr 12 Hektar großes Gebiet betroffen, das dem „historischen Zentrum“ von Florenz entspricht; ein ganzes Gebäude (die Torre dei Pulci) stürzte ein, ein weiteres (Via dei Georgofili Nr. 39) fing Feuer; viele Wohnungen in der Gegend mussten evakuiert und weitreichenden Renovierungsarbeiten unterzogen werden; denkmalgeschützte Gebäude und unschätzbare Kunstwerke wurden schwer beschädigt, Möbel und Einrichtungsgegenstände in vielen Wohnungen zerstört.

2.

Eins, zwei. Die Mafiosi hatten Wort gehalten. Ein Mann, ein Denkmal. Ein paar Nebeneffekte, aber darum scherte sich niemand.

Angelino und Stalin feierten mit Champagner im *Café de Paris*. Einem Lokal, das nach Ansicht Stalins etwas heruntergekommen war, das aber dem angestaubten Bild der Ewigen Stadt entsprach, das Angelino kultivierte.

Costanzo war davongekommen, und auch das war eine gute Nachricht. Lang lebe Costanzo! Märtyrer hatte es schon zu viele gegeben. In diesem Fall erwies sich der Irrtum in der Phase der Ausführung als Segen hinsichtlich einer längerfristigen Strategie. Den Handlangern war gesagt worden, es habe sich um ein Attentat zu Beweiszwecken gehandelt.

– Wir haben ihnen Angst eingejagt. Jetzt gehen sie uns nicht länger mit ihrer Kultur der Antimafia auf die Eier.

Angelino Lo Mastro zündete sich eine Zigarette an und sagte, Scialoja risse sich den Arsch auf, um mit ihnen ins Gespräch zu kommen.

– Er lässt den armen Giulio Gioioso rund um die Uhr beschatten.

– Und du?

– Ich spreche nicht mehr mit dem Arschloch. Und auch die Compari denken so wie ich.

Stalin rief den Kellner und bestellte einen Martini-Cocktail.

– Auch ich hab was unternommen, Angelino.

Stalin sagte ihm, er habe Botschaften verschickt, Drohbriefe, unterschrieben mit einem alten Kürzel – *Falange armata*. Er hatte den Boden bereitet. So funktionieren die Dinge. Indem man viele scheinbar unbedeutende Zeichen setzte, die dann ihren endgültigen Sinn in der Geste fanden.

– Und was soll das für eine Geste sein?

Angelino versuchte sehr, seiner Logik zu folgen; doch bei all seiner Intelligenz gelang es ihm nicht, die Logik seines Freundes zu verstehen. Stalin verspürte einen Anflug von Stolz; die Rede war von hoher Schule. Die Rede war von Vecchio!

– Die Geste, die der *convenienza* entspricht. Du wirst schon sehen!

Angelino überließ ihn seinen Gedanken, zum Abschied drückte er ihm die Hand und verteilte zu hohes Trinkgeld. Typisch. Am Grunde seiner Mafiaseele war irgendetwas Starres, das sich jeder Veränderung widersetzte.

Stalin bestellte den x-ten Drink und blickte sich um. Die Entwicklung der Dinge versetzte ihn in gute Laune. Und machte ihm Appetit auf Sex. Aber Patrizia kam dafür nicht infrage. Sie hatte wieder angefangen, ihn regelmäßig mit Informationen zu versorgen, das war immerhin etwas. Er hatte sie im Griff. Aber wenn sie einander trafen, war sie immer wie von einem anderen Stern. Kurz angebunden, manchmal mürrisch. Bald würde er eine endgültige Entscheidung treffen müssen. Es war nur eine Frage der Zeit. Die ganze Geschichte war nur ein Wettlauf gegen die Zeit. Der Sieger würde alles entscheiden. Auch Patrizias Schicksal.

Ein paar Tische entfernt sah er ein Mädchen in einem roten Kleid. Lackierte Nägel. Eindeutig nuttiges Aussehen. Wer weiß, ob ein entsprechendes Angebot ... Aber genau in diesem Augenblick stand sie auf und sagte in geziertem Tonfall, mit überraschend burschikoser Stimme: Entschuldige mich einen Augenblick, Papa, ich geh noch auf die Toilette ...

Stalin fühlte sich plötzlich alt und fehl am Platz.

Was geht hier ab?

War er nicht mehr in der Lage, eine Professionelle von einem anständigen Mädchen zu unterscheiden?

Aufrichtigkeit

1.

Ilio küsste Maya auf den Hals und legte sich neben sie. Die Kleine setzte sich rittlings auf seine Brust. Ilio warf sie in die Luft und fing sie im Flug wieder auf. Die Kleine lachte.

– Der Prinz von Wales hat mir einen Haufen Kleingeld für das Schiff geboten.

– Wirklich? Ist er hier?

– Er ankert zwischen den beiden Inseln. Er sagt, die Jacht entspricht seinem ästhetischen Ideal eines Wasserfahrzeuges. Und er hat es auf Italienisch gesagt!

– Spricht der Prinz von Wales italienisch?, fragte Raffaella.

– Nun, er ist und bleibt Engländer. Aber er liebt Italien und legt Wert darauf, es uns zu zeigen.

– Ist Lady Di auch da?, fragte Maya.

– Sicher. Willst du was wissen?

– Sprich.

– Sie wird überschätzt.

– Wenn du es sagst!

– Ich habe leicht reden, denn ich bin mit der schönsten Frau der Welt verheiratet!

– Dummkopf! Wirst du das Schiff ... verkaufen?

– Niemals!

– Und weißt du, warum nicht?

– Weil du, Raffaella und ich eines Tages auf die *Nostromo* steigen und dieses Scheißland für immer verlassen werden ...

– Ilio!

– Papa hat ein Schimpfwort gebraucht! Papa hat ein Schimpfwort gebraucht!

– Entschuldige, Kleine! Aber ich schwöre euch, dass ich es mache. Und wisst ihr noch was? An diesem Tag werden wir aufs Boot steigen und es nie wieder verlassen. Wir werden von Hafen zu Hafen segeln. Wir werden uns von Fischen und Meeresfrüchten ernähren und Meerwasser trinken, das von den starken Entsalzungsanlagen an Bord entsalzt wird ... Ach, und dann baue ich mir auch noch eine kleine Kanone, und wenn es mir reicht, richte ich sie auf alle, die mir unsympathisch sind – und bam! sind sie erledigt!

– Bravo, Papa!, schrie Raffaella. Dann löste sie sich aus der Umarmung und lief zum Meer.

Ein Matrose gestikulierte auf dem Deck der *Nostromo* und versuchte Ilios Aufmerksamkeit auf sich zu lenken. Ilio winkte zurück. Der Matrose legte eine Hand ans Ohr, als würde er telefonieren. Seufzend machte sich Ilio auf den Weg.

Maya suchte die Kleine.

Winzig klein, mit ausgestreckten Armen und geballten Fäusten und mit aufgrund der extremen Willensanspannung gerunzelter Stirn schien Raffaella, die Füßchen im sicheren Abstand zu den Wellen, das Meer herauszufordern: Komm her, Meer. Nimm mich, wenn du es schaffst, und wenn nicht, heißt das, dass ich die Stärkere bin ...

Maya beobachtete das Mädchen mit einer Mischung aus Zärtlichkeit und Wehmut. Sie war so klein und das Meer so riesig, gefährlich – das nervöse Mittelmeer mit seinen weißen Kieselsteinen und seinen Felsüberhängen ... sie war nur ein kleines Kind, aber was für eine Kraft lag doch in ihrer herausfordernden Geste! Je älter das Mädchen wurde, desto mehr schien sie sich von Mayas stummer Resignation, aber auch von der unvorhersehbaren und manchmal übertriebenen Vitalität Ilios zu distanzieren. Es war, als ob sich in Raffaellas sturer Beharrlichkeit ein Abglanz des Gründers zeigte. Auch der Schnitt der schrägen Augen und ein gewisses unmotiviertes Lächeln, das in Wirklichkeit jedoch ein unwiderrufliches Urteil zum Ausdruck brachte (wenn sie zum Beispiel zu nervös oder er zu zerstreut war oder beide ein Spiel abbrechen wollten, das schon zu lange dauerte, oder wenn sie ihr keine Aufmerksamkeit schenken wollten, obwohl sie sie entschieden einforderte), auch dieses Lächeln hatte sie vom Gründer geerbt. Als ob eine Generation ironischerweise übersprungen worden wäre. Als ob der unbezwingbare Geist des Gründers beschlossen hätte, sich in jemand Würdigerem zu reinkarnieren. In einem Mädchen, das eine Frau, vielleicht eine bessere Frau werden würde als sie.

Auf Antipaxos wimmelte es von Schiffen. Vorwiegend italienischen. Maya erkannte die Jacht des Prinzen von Wales. Kein Vergleich mit der *Nostromo*. Hin und wieder fragte sie sich, wie ihr Leben aussehen würde, wenn Ilio alles fallen gelassen hätte, um sich seiner einzigen wirklichen Leidenschaft zu widmen: dem Meer. Wer weiß, ob er es eben nicht ernst gemeint hatte. Wer weiß. Das Auge besserte sich, aber sie war gezwungen, immer eine dunkle Brille zu tragen: Das grelle griechische Licht auf dem Kies war zu viel für ihre arme, leidgeprüfte Netzhaut. Hin und wieder dachte sie, dass es ihr nicht gegeben war, die Gelegenheit zu ergreifen, die ihr der Unfall geboten hatte. Nach einem kurzen Aufbegehren war sie in das alte Muster zurückgefallen. Sie lebte ein Leben im goldenen Käfig, um das sie von allen beneidet wurde. Neid gab es tatsächlich genug. Aber es war ein dummes Leben. Ein steriles Leben. Einmal abgesehen von Ilio und der Kleinen natürlich. Die im Grunde ihr ganzes Leben waren. Kurz und gut, ein Teufelskreis. Sinnlos, sich zu beschweren. Denn sie würde weder auf den Gatten/Stier noch auf die Prinzessin/Herrscherin verzichten können. Wovon sprechen wir also? Von der sich ankündigenden Neurose einer wohlhabenden Hausfrau? Oder war da noch was? Irgendetwas in ihrer Umgebung, irgendetwas Unklares, das sich in der Luft bewegte und das sie erkannte, weil sie ein wenig von der uralten Intuition des Gründers geerbt hatte, aber nur ganz unklar und oberflächlich ... so oberflächlich wie ihr eigenes Leben? Einmal hatte ihr der Gründer erzählt, wie ihm eines Tages, 1966 oder 1967, plötzlich klar geworden war, dass es bald zu einer Revolution kommen würde. So wie es der Gründer erzählte, war es eine Geschichte von Blicken. Es war eines Vormittags im Januar passiert. Kälte und Wind, auf einer Baustelle oben im Val Brembana. Bei einer Inspektion hatte sein Blick Dutzende von resignierten oder wütenden Blicken von Polieren, Wächtern, Zimmerleuten und Hilfsarbeitern gekreuzt. Aber seine Intuition war vom Blick einer Person ausgelöst worden, die nichts mit der Arbeit zu tun hatte. Vom Blick eines kaum halbwüchsigen Jungen, der herbeigeeilt war, um einem Arbeiter, der sich auf einem schwankenden Balken ganz oben auf einem wackeligen Gerüst befand, unter dichten Wolken, die einen bald bevorstehenden Regenguss ankündigten, einen Behälter mit Essen zu bringen. Der Arbeiter hatte die Jause zu Hause vergessen. Der Junge hatte die Schule geschwänzt, um ihm aus der Patsche zu helfen. Der Bauleiter erlaubte dem Arbeiter nicht, herunterzusteigen und das armselige Paket in Empfang zu nehmen. Der Junge wollte nicht klein beigeben. Der Gründer hingegen hatte befohlen, den Arbeiter zu rufen. Der Arbeiter war heruntergekommen, hatte das Paket genommen, ohne seinen Sohn zu begrüßen und hatte sich wegen des Vorfalls entschuldigt. Der Gründer hatte ihm den Tag freigegeben.

„Geh mit deinem Sohn Mittag essen. Du bekommst trotzdem deinen Lohn. Guten Appetit.“

Der Arbeiter hatte sich bedankt. Und da hatte der Junge ihn

angeblickt. Anstelle von Dankbarkeit hatte er in den kleinen schwarzen Augen Hass gesehen. Einen uralten, tödlichen Hass. Der Gründer hatte begriffen, dass er diesen Hass auslöschen musste.

Der Gründer war kein guter Mensch gewesen. Zuweilen gerecht, zuweilen wie ein Berserker. Der Gründer war in erster Linie ein intelligenter Mensch gewesen. Er hatte begriffen, dass etwas in der Luft lag, und er wollte nicht unvorbereitet sein. Als er sein Vorhaben dargelegt hatte, hatten sie ihn im Verwaltungsrat angesehen wie einen Verrückten. Die Eierköpfe hatten ein Urteil gesprochen. Wir unternehmen nichts. Untragbare Kosten angesichts der augenblicklichen Marktsituation. Der Gründer hatte sich nicht beirren lassen. Immerhin war er der Mehrheitsaktionär. Und deshalb war sein Wort Gesetz.

In kürzester Zeit war seine Firma ein Vorbild an sozialer Integration geworden. Kindergärten. Urlaubsgeld. Ein ganzes Viertel reich an Infrastruktur und Grünflächen wurde aus dem Boden gestampft, den Arbeitern wurden erschwingliche Wohnungen zur Verfügung gestellt. Der Gründer hatte das Arbeiterschutzgesetz und 1968 vorweggenommen. Und der Gründer hatte 1968 unbeschadet überlebt. Und alle hatten wieder einmal begriffen, was es hieß, der Gründer zu sein. Es hieß, in den Seelen der Menschen lesen zu können. Es hieß, rechtzeitig etwas zu unternehmen, um den Brand zu verhindern, nicht zu warten, bis die Flammen loderten, um sich dann über die Langsamkeit der Feuerwehr zu beschweren.

Diese Geschichte erzählte der Gründer liebend gern. Auch wenn sie ein trauriges Ende hatte. Der Arbeiter war eine Woche, bevor er in der für ihn bestimmten Wohnung einziehen konnte, vom Gerüst gefallen. Sein Sohn war einer der unbarmherzigsten Killer der Roten Brigaden geworden. Man hatte ihn festgenommen, als er den Gründer in eine tödliche Falle locken wollte. Als der Gründer davon erfuhr, hatte er angeboten, die Anwaltskosten zu bezahlen. Er hatte diesem Jungen viel zu verdanken. Irgendwie waren sie aus demselben Holz geschnitzt. Aber die Genossen des Rotbrigadisten waren anderer Meinung. Und nach einem oberflächlichen Prozess erstachen sie ihn im Sondergefängnis von Novara.

Eine italienische Tragödie, sagte der Gründer. Die Moral von der Geschichte ist, dass wir alle im Lauf der Zeit Verluste hinnehmen müssen.

Und Maya war sich auf eine zwar diffuse Weise, jedoch absolut sicher, dass irgendetwas in der Luft lag. Doch besaß sie nicht die Gabe des Gründers zu begreifen, was. Die Zeichen zu verstehen, die das Vakuum der Gegenwart barg. Ihrer Gegenwart und der der anderen.

– Papa! Papa ist zurück.

Ilio sah finster drein.

– Entschuldige. Plötzliche Schwierigkeiten. Ich muss heute Abend in Mailand sein.

– Aber es ist Sonntag!

– Ich schicke euch die *Nostromo* zurück. Um 19 Uhr geht ein Flug von Athen. Tut mir leid. Tut mir wirklich leid!

Maya klammerte sich an seinen Arm. Eine etwas theatralische Geste, für die sie sich augenblicklich schämte.

– Ilio? Was ist los?

– Nichts, nichts ... ich erkläre es dir später ... tut mir leid, ich liebe dich!

Giulio Gioioso hatte keinen Einwand geduldet. Die sizilianischen Konten durften auf keinen Fall ruchbar werden. Die Richter sollten ihre Nase überallhin stecken, aber auf keinen Fall in die sizilianischen Konten. Ilio durfte auf keinen Fall mit irgendjemandem über diese Konten sprechen. Mit niemandem. Auch nicht mit Maya.

„Lass sie augenblicklich verschwinden. Ich brauche ein wenig Luftveränderung!"

Giulio Gioioso war Donatoni gegenüber unerbittlich gewesen. Aber noch unerbittlicher musste er sich selbst gegenüber sein. Scialoja war ihm auf den Fersen. Wenn er ihm Angelino nicht auslieferte, drohte er ihn zu vernichten. Was bedeutete: sicherer Tod. Giulio Gioioso musste verschwinden. Giulio Gioioso wusste, dass es nur eine Frage der Zeit war. Die Dinge würden sich schon einrenken. Das Blutvergießen würde ein Ende nehmen. Giulio Gioioso träumte von einem Leben ohne Blutvergießen. Aber wenn man in Palermo zur Welt kommt und sein kostbares Leben einer Reihe von Gefälligkeiten verdankt, wird man früher oder später aufgefordert, die Rechnung zu begleichen. Giulio Gioioso beneidete alle, die nicht auf Gefälligkeiten angewiesen waren, um ein kostbares Leben zu führen. Giulio Gioioso beneidete Ilio. Und liebte Maya. Giulio Gioioso hasste seine Vergangenheit und seine Heimat. Aber da war nichts zu machen. So war es nun mal gelaufen und so würde es immer laufen. Deshalb rief Giulio Gioioso Angelino Lo Mastro an und sagte ihm, alles sei unter Kontrolle. Angelino Lo Mastro dankte ihm und sagte, er solle in den nächsten Tagen, wenn nicht schon in den nächsten Stunden, den Fernseher aufdrehen, denn irgendetwas würde geschehen.

2.

Die Jugendlichen der Therapiegemeinschaft bereiteten die Bühne für die *Festa della Repubblica* vor.

Ein Minister wurde erwartet oder zumindest ein Staatssekretär.

Ein Kardinal wurde erwartet oder zumindest ein Priester.

Die Jugendlichen der Therapiegemeinschaft waren stolz auf ihre Fortschritte, auf das, was sie erreicht hatten.

Die Jugendlichen der Therapiegemeinschaft grüßten Pino Marino wie einen von ihnen.

Pino Marino lächelte schüchtern und gab beiläufige Worte von sich.

Alle wussten, dass Pino Marino keiner von ihnen war.

Pino Marino war Valerias Freund.

Valeria würde die an den Minister oder den Staatssekretär gerichteten Grußworte vorlesen. Valeria würde den Ring des Kardinals und die Hand des Priesters küssen.

Valeria würde ein Stück auf der Klarinette spielen, begleitet von anderen Patienten, die bald entlassen werden würden.

Valeria war bereit. Ende des Sommers würde Valeria gehen.

Es war ein schöner, kühler Abend. Die Schwalben flogen. In der Luft lag bereits der Duft des Sommers.

Valeria und Pino Marino hielten Händchen.

– Im Ernst. In zwei Monaten bin ich hier draußen. Man hat mir eine Arbeit angeboten. Ich soll das Zentrum in Rom leiten. Man sagt, ich kann mit Jugendlichen, die sich in einer Krise befinden, sehr gut umgehen.

– Wirst du annehmen?

– Hängt von dir ab.

– Es ist dein Leben, Valeria.

– Du machst es dir zu bequem, Mister! Du hast mich gerettet und bist für meine Zukunft verantwortlich ... kannst du dich an die Geschichte von Moses erinnern?

– Ich möchte bloß mit dir weggehen und irgendwo neu beginnen.

Noch nie hatten sie sich so geküsst. Mit so viel Hingabe und Verzweiflung. Es war ein langer Kuss.

Die Jugendlichen hörten einen Augenblick lang auf, Nägel in

die Bühne zu schlagen, und applaudierten. Sie wurden rot und lächelten verlegen.

Ja. Weggehen. Irgendwo neu beginnen. Mit Malerei und Musik.

Ein neues Leben beginnen.

Valeria fragte ihn, ob er zur Feier bleiben würde. Pino Marino sagte ihr, dass er in Rom etwas Dringendes zu erledigen hätte.

Sie machte ein trauriges Gesicht und ließ ihn gehen.

Dieser seltsame Junge hatte ihr Herz erobert.

Am nächsten Morgen, um elf Uhr, holte Pino Marino einen blauen Cinquecento, den Guercio zwei Abende davor am Lungotevere degli Artisti gestohlen hatte, aus einer Garage an der Prenestina.

Um elf Uhr dreißig parkte er den Cinquecento in der Via dei Sabini, in einer Gasse hinter der Piazza Colonna, und ging in aller Ruhe davon.

Ein paar Minuten nach Mittag rief Yanez die Nummer 112 an. Die Sprengstofftechniker waren in Rekordzeit da und machten sich mit den Bombenentschärfungsrobotern an die Arbeit.

Auf dem Rücksitz des Cinquecento fand man eine Fernbedienung und eine Schachtel mit einer Flasche, in der sich ein Sprengstoffgemisch auf der Basis von Ammoniumnitrat und ANFO befand.

Um 13.45 rief Yanez bei der ANSA in Neapel an und sagte, das missglückte Attentat gehe auf das Konto der *Falange armata*.

Am Nachmittag versuchte Stalin Rossetti Angelino Lo Mastro, der die Sache mit einem verächtlichen Lächeln abgetan hatte – und das soll eure Geste sein? Dieser Bubenstreich? –, zu erklären, dass die Sache zumindest großen symbolischen Wert hatte.

– Ihr seid es nicht gewesen. Das werden sie sofort verstehen. Und sie werden sich fragen: Wer? Wer hat es gemacht? Und das wird das Chaos verstärken. Sie werden nichts mehr begreifen, sofern sie überhaupt jemals etwas begriffen haben. Insofern ist es auch eine Botschaft für Scialoja: Hau ab, du hast nichts zu sagen, jetzt sind wir da!

– Und du sagst, das entspricht der *convenienza*?

– Ich sage, dass wir dem Ziel nahe sind, mein Freund, ganz nahe!

Er war überzeugend gewesen. Angelino hatte ihm geglaubt. Das war sein Fachgebiet. Desinformation. Verschmutzung. Verwirrung. Synergie. Ein kleiner, aber wichtiger Beitrag zur Causa. Und letztendlich der Beute.

Er hätte mit beachtlichem Optimismus einen Schlussstrich unter einen erfolgreichen Tag ziehen können, wenn da nicht Pino Marino gewesen wäre.

Der Junge hatte ihn mit entschlossener Miene vor vollendete Tatsachen gestellt und ihm dabei fest in die Augen geblickt.

– Ende des Sommers gehe ich weg. Wir werden uns nicht wiedersehen.

Dann hatte er noch ein paar Sätze hinzugefügt, wie: „Du warst wie ein Vater für mich." „Ich danke dir, aber es ist mein Leben."

Pino, Pino!

Pino, warum enttäuschst du mich so?

Stalin hatte ihm ebenfalls in die Augen geblickt.

– Das Mädchen hat damit zu tun, nicht wahr?

Pino Marino senkte den Kopf.

– Tja, es ist dein Leben, Junge. Alles Gute!

Aber bis zum Ende des Sommers war noch etwas Zeit.

3.

Camporesi war heulend aus Florenz zurückgekehrt. Seine Stadt zerstört. Zerfetzte Leichen. Zerbröckelte Statuen. Der Geruch von verbranntem Menschenfleisch. Das war zu viel für ihn, zu viel. Wer konnte so ein Leid aushalten?

Nach den üblichen und unvermeidlichen Beileidsworten hatte Scialoja ihm – wie in den Tagen zuvor übrigens auch einer Unmenge von offiziellen Gesprächspartnern – zu erklären versucht, dass das eigentlich Beunruhigende das Quasi-Attentat in der Via dei Sabini war.

Er hatte auf diesem Ausdruck bestanden, *Quasi-Attentat*, um sein Publikum aufzurütteln. Die Carabinieri hatten bereitwillig die Originalversion zum Besten gegeben, in der von einem anonymen Telefonat die Rede war. Die Drähte, die aus der Bombe herausragten, hatten für die Entlarvung gesorgt. Ohne das schnelle Eingreifen der Sprengstofftechniker hätte es ein Blutbad gegeben.

Aber in Wirklichkeit lagen die Dinge anders.

Der Anruf der *Falange armata* war ein eindeutiges Signal, dass man in eine andere Richtung ermitteln musste.

Oder irgendjemand schickte der Mafia eine Botschaft: Macht weiter, irgendetwas Gutes wird dabei schon herauskommen.

Irgendjemand hatte ganz klare Ideen.

Dieses Attentat stinkt nach interner Komplizenschaft. Stinkt nach Apparaten. Stinkt nach Staat. Stinkt nach euch. Nach euch, hatte er den verblüfften Anwesenden ins Gesicht geschrien.

Seine Worte waren kühl, skeptisch, mit kaum verhohlener Süffisanz aufgenommen worden.

Wo sind die Beweise, Scialoja?

Wer sollen diese geheimnisvollen Verräter sein?

Kennen Sie die Namen?

Können Sie sie uns nennen?

Haben Sie zumindest den Hauch einer Idee?

Und dann immer wieder die alte Leier: Wir betonen, dass wir nicht mit der Mafia verhandeln. Die Mafia zerstört sich selbst. Wir schicken lieber das Heer, beziehungsweise wir haben es schon geschickt, und werden die Präsenz verstärken. Und privat, bei den Gesprächen unter vier, sechs, acht Augen, rückten sie ihm mit ihrer Verzweiflung zu Leibe. Haben Sie nun diese verdammten Kanäle gefunden? Können Sie dem Blutvergießen tatsächlich ein Ende bereiten?

Würden Sie endlich was unternehmen, um Himmels Willen, Sie, die Sie an die Stelle Vecchios getreten sind?

Und alle mit einem stummen Vorwurf im Blick: Du bist zwar an die Stelle Vecchios getreten, aber keinen Pfifferling wert.

Und Argenti, der Jakobiner Argenti, der unbeugsame Argenti, brüllte und tobte.

Und jetzt heulte auch noch Camporesi. Es war zu viel. Gereizt reichte Scialoja dem Jungen ein Papiertaschentuch.

– Mir reicht's, Camporesi. Wenn Sie sich für diesen Beruf nicht eignen, gehen Sie! Ich schreibe Ihnen ein kurzes Empfehlungsschreiben, aber gehen Sie!

Und in diesem Augenblick warf ihm Camporesi einen zutiefst betrübten, herzerweichenden Blick zu.

– Ich kann nicht, flüsterte er, das erlauben sie mir nicht.

Und Scialoja begriff. Er begriff, dass die widerspenstige Jungfrau in Wirklichkeit eine abgebrühte Hure war. Wie er immer geargwöhnt hatte.

Also hatte er sich wieder einmal täuschen lassen. Wie lange hätte Vecchio gebraucht, um herauszufinden, dass es sich um einen Spitzel handelte?

– Herr Doktor ...

– Was gibt's?

– Eine Möglichkeit gäbe es. Sie könnten mich wegschicken, weil ich eine ... unerwünschte Person bin.

Fürs Erste schien ihm die Idee verlockend. Dann dachte er daran, was ihn Vecchio gelehrt hatte.

– Nein. Sie bleiben bei mir. Ich gebe Ihnen sogar eine höchst vertrauliche Aufgabe.

– Befehlen Sie!

– Berichten Sie Ihren Vorgesetzten, diesen Hohlköpfen: Wenn sie diese verdammten Verhandlungen wollen, sollen sie mir erlauben, irgendetwas Konkretes anzubieten. Was weiß ich ... die Entlassung eines Bosses ... irgendetwas. Sie sollen es mir schriftlich geben, und ich locke sie in die Falle ... Das sagen Sie Ihnen, und versuchen Sie, überzeugend zu sein.

Er sah ihm zu, wie er ging, verwirrt, wenn nicht gar beleidigt. Vecchio hatte ihn gelehrt, dass Typen wie Camporesi hervorragende Verbündete sein können, eben weil sie unloyal sind. Wenn er ihn entlassen hätte, hätten sie ihn durch einen ersetzt, der genauso war wie er. Warum Zeit verlieren? So waren die Dinge wenigstens klar.

Er sehnte sich nach Patrizia. Nach ihrem Mund. Ihren nervösen Händen. Ihrem Geruch, den er seit Kurzem wieder unter tausend anderen erkannte.

Patrizia. Sie war die Einzige, die den Wert des am meisten strapazierten Wortes kannte: Aufrichtigkeit.

Family life

1.

Senator Argenti war die längste Zeit des Vormittags glücklich gewesen.

Beatrice hatte sich doch noch durchgesetzt. Die Zweizimmerwohnung im Universitätsviertel war verrammelt worden. Keller und Dachböden hatten T-Shirts, Bikinis und Bermudas der letzten Saison ausgespuckt. Eine Tasche mit aufgestickten Blumenmotiven war mit Handtüchern und altmodischen Bademänteln vollgestopft worden. Der Computer war ausgeschaltet. Bertis monumentaler Essay über die Demokraten im Süden und die Verschwörung war durch ein paar ihrer geliebten Gedichtanthologien und einen Stapel Spionageromane ersetzt worden. Ganz oben der Faschist De Villiers, den Argenti, vor allem, was die Beschreibung der Sexszenen betraf, unwiderstehlich fand, bei denen höchst attraktive Damen auftraten, die unmittelbar (fünfzehn Zeilen) nach dem Erscheinen Seiner Durchlaucht von dem unbezwingbaren Impuls überwältigt wurden, dem aristokratischen Spion des christlichen Westens unerhörte sodomitische Freuden zu bereiten.

Beatrice hatte sich durchgesetzt, denn nirgendwo stand geschrieben, dass a) sie, die Freundin des Senators, das einzige Opfer des privaten Krieges sein sollte, den dieser dem zwielichtigen Doktor Scialoja erklärt hatte, b) Senator Argenti die Aufgabe hatte, die Welt zu retten, c) die Welt sich ausgerechnet an diesem Wochenende retten lassen würde, sofern sie sich überhaupt retten ließ. An dem Wochenende, an dem sich zufälligerweise der dritte Jahrestag ihrer ... nun, des Tages jährte, an dem sie ihre Beziehung begonnen hatten. Bei diesem Sonnenschein, der zu ganz anderen Spaziergängen einlud. Bei diesem Meer, das während des ganzen langen Winters traurig und einsam vor sich hin gebrüllt hatte und jetzt ein wenig Gesellschaft brauchte ...

Ja, es war eindeutig ein glücklicher Vormittag gewesen. Sie waren in einem kleinen Hotel abgestiegen, weil für einen Politiker, der ursprünglich an der Universität gearbeitet hatte, und eine freiberufliche Journalistin/Schriftstellerin der Traum von einem Häuschen im goldenen Dreieck Ansedonia, Capalbio, Porto Ercole ein Traum ist und bleibt.

Hier hatten sie zum ersten Mal miteinander geschlafen und hier hatten sie feierlich beschlossen, ihren jeweiligen Exgefährten den Bruch offiziell zu verkünden, der bereits in der Luft gelegen hatte.

Sie waren in dem kleinen Hotel abgestiegen, weil harte Monate hinter ihnen lagen. Argenti hielt es für unerhört, dass er einen Lümmel, der in alle Welt hinausposaunte, er wolle mit der Mafia verhandeln, nicht von allen Aufgaben entbinden konnte und durfte. Einen, der vorhatte, einen verabscheuungswürdigen Pakt zu schließen. Der höchste Protektion genoss. Vecchios berühmt-berüchtigte Unterlagen! Aber wie war es möglich, dass der Staat auf immer und ewig die Geisel von Einsprüchen, Erpressungen, Abschaum blieb? Mittlerweile war Scialoja seine persönliche Obsession. Die Partei war völlig passiv. Die Partei war offiziell außerhalb einer Regierung, die sie faktisch jedoch unterstützte. Die Partei sagte: Geduld, der Augenblick wird kommen. Indessen vergingen die Monate und die Obsession wuchs. In der Öffentlichkeit schaffte es der Senator noch immer, sich hinter der Maske der kalten, schneidenden Ironie zu verstecken.

Aber zwei Menschen gab es, die er nicht anlügen konnte. Einer war sein persönlicher Berater an der Basis: Bruno, der Fleischhauer auf dem überdachten Markt in der Via Catania. Ein rotes Urgestein. Die Bitterkeit kam anlässlich gewisser Äußerungen des Sekretärs zum Ausdruck, der in die Wall Street geflogen war, um die Märkte hinsichtlich der mittlerweile bewiesenen demokratischen Glaubwürdigkeit der italienischen Postkommunisten zu beruhigen. Immer nur beruhigen. Immer gegen den Strom schwimmen, um sich diesen linken Geruch vom Gesicht und aus den Kleidern zu waschen. Wie Butler, die zum Galadiner zugelassen werden, sich zuvor aber einer skrupulösen Benimmprüfung durch hochnäsige und schroffe Diplomaten unterziehen müssen. Wie sehr ihm das auf die Eier ging! Bruno hatte ihn angesehen. Bruno hatte den Kopf geschüttelt.

– Schaut bloß, dass ihr nicht solche Schmutzfinken werdet wie die anderen, jetzt, wo ihr wichtig seid!

Das heißt, wie die üblichen Verdächtigen. Wie die, die sangen: Hoch lebe Frankreich, hoch lebe Spanien, hoch sollen alle leben, solange sie uns zu fressen geben! So war nun mal Italien: Alle waren gleich und alles zusammen war zum Kotzen. Italien: die Gesellschaft der Mitläufer, der Mieselsüchtigen. Italien, wie es immer schon gewesen war. Das Italien der Scialojas. Mit der einen Hand auf Archiven, die es offiziell gar nicht gab, und der anderen auf dem Zünder der nächsten Bombe ...

Und die zweite Stimme des Gewissens, die zweite Person, die er nicht belügen konnte, war natürlich Beatrice.

Beatrice, die enttäuscht war, und Beatrice, die einem Kopfstoß gefährlich nah war.

Wenn nämlich die Frau, die man liebt, allzu oft Migräne hat ... Wenn nämlich die Frau, die man liebt, zu dir sagt: „Ich erkenne dich nicht wieder!" ... Wenn nämlich die Frau, die du liebst, zu dir sagt: „Krieg dich wieder ein!" ...

Dann muss man etwas tun.

Also ans Meer. Sex, noch vor der Liebe. Als hätte man brennenden Durst, der um jeden Preis gestillt werden musste. Danach eine etwas überlegtere Liebe. Und schließlich Sex ohne Eile. Langsamer Sex. Sex und aus.

Dann ein wenig Theater, das konnte nie schaden.

Argenti posaunte es nicht gern hinaus, aber unter dem bleiernen Korsett des Akademikers, der in die Politik gegangen war, pochten zwei verschiedene Herzen. Das sensible Herz eines Liebhabers der Poesie und das anarchische Herz eines ewigen Studenten, der das Vaudeville liebte, das Varieté, die Soubretten, das neapolitanische Kabarett, den Sketch. Einmal, ein einziges Mal war es ihm öffentlich herausgerutscht. Er hatte sich selbst als eine „Mischung von sentimentalem Dandy und Arschloch" beschrieben, „der eine unsagbare Leidenschaft für unseren authentischen und abgelutschten Trash hegt". Eigentlich war es seine verdrängte Seite, die Beatrice verführt hatte. Sie hatte begriffen, dass Mario es nicht nötig hatte so zu tun, als wäre er ein schwieriger und etwas verrückter Typ. Mario *war* ein schwieriger und etwas verrückter Typ. Bloß vergaß er es hin und wieder.

Und nun dieser unvergessliche Morgen. Unvergesslich für sie wie für ganz Italien, wie sie ein paar Stunden später auf tragische Weise erfahren würden. An diesem Morgen war Argenti wie entfesselt.

Er deklamierte für Beatrice den geliebten Cardarelli und ein paar großartige Strophen Pounds: *and thus came the ship ... o moon, my pin-up ...* Pound, der alte, erhabene Fascho-Schamane ...

Und als er nackt, nur mit einem Strohhut auf dem Kopf, Fanfulla parodierte, „Era nata a Novi, peró non era una novizia ...", bog sie sich vor Lachen ...

Argenti war zurück. Argenti war glücklich. Beatrices Augen glänzten. Es war ein wunderschöner Vormittag gewesen.

Dann kamen Valente und Morales. Zwei junge Hoffnungen des fortschrittlichen Denkens. Mit den jeweiligen Lebensgefährtinnen. Die Abteilung „Nur ich habe es" und die Abteilung „Gott, wie sehr beleidigt doch der Gestank der Welt mein zartes Näschen".

Und das Fest war vorbei. Die Glückseligkeit ruiniert. Der Frieden beendet.

Die Lebensgefährtinnen gaben einen Schwall von Nasallauten von sich, wie sie in Parioli üblich waren: Sie diskutierten darüber, in welche Schule sie ihre bei den obligaten philippinischen Kindermädchen abgestellten Sprösslinge stecken sollten, um ihnen eine möglichst strahlende Zukunft zu ermöglichen (Chateaubriand? Französisch ist nicht mehr in. Glaube ich zumindest. Irische Jesuiten? Ein wenig zu streng. Oder doch nicht? Merrymouth? Deutsche Schule? Dann kann man sie in zehn Jahren wenigstens nach Los Angeles schicken!). Beatrices halblaut vorgebrachter Einwand (aber unsere öffentlichen Schulen ...) wurde seufzend und kopfschüttelnd abgetan (aber meine Liebe, unsere Schulen sind doch eine Katastrophe, das wissen alle, so ist es nun mal, mit der Tatsache muss man sich abfinden).

Valente erzählte zum x-ten Mal, dass er zu einer populären Talkshow eingeladen worden war. Der erste kommunistische Politiker, den man bat, in aller Öffentlichkeit *La canzone del cuore* zu singen. Valente hatte sich für *Questo piccolo grande amore* von Claudio Baglioni entschieden. Um endlich einmal zu beweisen, rechtfertigte er sich pflichtbewusst und leidenschaftlich, dass auch die Roten ein Herz haben und keine kleinen Kinder fressen.

Was Morales anbelangte, so unterhielt er sich nur, um seine jüngst erworbene Kompetenz in Sachen Matrosenjargon unter

Beweis zu stellen. Morales kam aus einem gottverlassenen Dorf mitten in Umbrien, und obwohl man seine Beziehung zum Meer als durchaus problematisch bezeichnen hätte können, hatte er sich gerade bei einem Segelkurs eingeschrieben. So konnte er besser um D'Alema herumscharwenzeln, um in dem glücklichen Augenblick, in dem der von Togliatti bestimmte Erbe endlich der Boss werden würde, bereit zu sein.

Argenti spürte, wie anarcho-plebejischer Widerwille seine Speiseröhre hochstieg und heftig gegen sein Gaumensegel drückte, wo er, sofern er ihn nicht runterschluckte, zweifellos aufstoßen und einen bitteren, unangenehmen, im Hinblick auf den *cursus honorum* in der Partei äußerst kompromittierenden Geschmack zurücklassen würde. Er schluckte ihn runter, mit einem Ton, der eine Mischung aus unfreiwilligem Rülpser und hysterischem Lachanfall war. Alle blickten ihn an. Mit einem Hustenanfall rettete er sich vor der allgemeinen Missbilligung. Lässig stand er auf und verkündete, dass er aufgrund des ersten Sonnenbrands in diesem Jahr ein paar Tempi im kühlen Wasser machen müsse. Beatrice folgte ihm mit halbherzigem Lächeln. Mitten im Meer küsste sie ihn heftig, dann drückte sie plötzlich seinen Kopf unter Wasser und ließ ihn nicht aus, bis er mit ausladenden Armschlägen um Gnade flehte.

– Pass auf, dass du mir nicht vorzeitig alt wirst, mahnte sie ihn, während er sich keuchend erholte. Sonst komme ich das nächste Mal mit deinem Freund Scialoja her.

2.

Nervös ging Ilio im Konferenzzimmer auf und ab.

Maya klammerte sich mit einer Hand an die Büste des Gründers, als ob ihr der bronzene Gast die nötige Energie verleihen könnte, dem Sturm zu trotzen, den sie selbst entfacht hatte. Mit der anderen Hand schwenkte sie eine dünne Mappe, und mit sich überschlagender Stimme, die sie kaum zu beherrschen vermochte, wiederholte sie immer wieder:

– Was bedeutet das alles?

Ilio hätte am liebsten eine Zigarette geraucht. Aber er hatte vor Jahren damit aufgehört. Ilio wäre am liebsten tausend Meilen weg von hier gewesen. Auf dem offenen Meer, auf dem Deck der *Nostromo*. Allein und frei, wie früher einmal.

– Was bedeutet das alles?

– Wie bist du zu diesen Unterlagen gekommen?

– Mariani hat sie mir gegeben.

– Wer?

– Doktor Mariani vom Anwaltsbüro Mariani und Tursi. Du solltest sie eigentlich kennen, oder nicht?

– Aber was haben sie damit zu tun ...

– Sie haben eine Rechnungsprüfung gemacht ...

– Und wer hat sie ...

– Ich.

– Du?

– Reg dich nicht auf, Ilio. Mariani ist an die Schweigepflicht gebunden. Keine dieser Unterlagen wird je das Haus verlassen. Ich hatte keine andere Wahl. Du hast mir keine andere Wahl gelassen.

– Aber Viggianò ...

– Viggianò hat gekündigt. Und jetzt erklär mir bitte, was es mit diesen Unterlagen auf sich hat!

– Du würdest besser daran tun, dich nicht mit dieser Geschichte zu beschäftigen.

– Vergiss nicht, das ist auch meine Angelegenheit! Ich bin die Tochter des Gründers!

Ilio nahm den Kopf zwischen die Hände. Welchen Fehler

hatte er bei ihr gemacht? Woran hatte er es sie fehlen lassen? Was hatte sie ihm vorzuwerfen? Er hatte sie nie betrogen, sie nie ... er hatte nie aufgehört, sie zu lieben, sie zu begehren. Sie und Raffaella waren das Einzige, was in seinem Leben gelungen war. Und jetzt ... jetzt ... Er versuchte sich zu erinnern, wann dieser Wahnsinn begonnen hatte. Ach ja, nach den Weihnachtsferien in Cortina und der Großtat Ramino Rampoldis, dieses Idioten. Da hatte Maya beschlossen, die Sache mit der Schule in Angriff zu nehmen. Er erinnerte sich sehr gut an den Abend, als sie zum ersten Mal davon gesprochen hatte. Eine Schule für Einwandererkinder. Eine nicht konfessionelle Gratisschule mit den besten Lehrern. Eine Schule im Sinne der Integration und der Multikultigesellschaft, als Zeichen gegen den Rassismus der diversen Rampoldi & Co. Er hatte zerstreut genickt, überzeugt davon, dass es sich um eine der üblichen Flausen seiner unternehmungslustigen Gattin handelte. Und das war ein Fehler gewesen. Er hatte vergessen, wessen Tochter Maya war. Er hatte das Vermächtnis des Gründers wieder einmal unterschätzt. Maya hatte sich nicht aufhalten lassen. Maya würde die Sache durchziehen. Viggianò hatte versucht, sie davon abzubringen, höflich, auf seine Weise. Als der Ingenieur ihm berichtete, dass sie ihn gebeten hatte, ihre persönlichen Rücklagen freizugeben, hatte er die Anweisung gegeben, Ausflüchte zu gebrauchen, sie hinzuhalten, früher oder später würde sie davon ablassen. Aber sie hatte nicht davon abgelassen und jetzt ... jetzt stand er mit dem Rücken zur Wand. Und die Statue des Gründers mit dem spöttischen Lächeln auf den Lippen schien die Situation sehr zu genießen.

– Wir sind im Augenblick nicht flüssig, sagte er leise, seufzend.

– Das sehe ich. Sogar meine persönlichen Rücklagen sind angegriffen worden. Was ich mir aber absolut nicht erklären kann, ist diese Eintragung ... du weißt schon, welche ... Offenbar hast du eine riesige Summe an diese sizilianischen Gesellschaften ... und an Giulio Gioioso bezahlt ...

– Für seine Vermittlertätigkeit.

– Ich kenne den Unterschied zwischen Vermittlertätigkeit und einer Überweisung auf Verlustkonto, Ilio.

– Es gibt kein Verlustkonto, Maya. Das Geld wurde investiert und kommt auf gewisse Weise zurück ...

– Auf welche Weise, Ilio?

– Es gibt viele Arten, um ...

– Welche?

– Gefälligkeiten ... Garantien ... Sizilien ist ein schwieriger Boden, und um die Firma aufrechtzuerhalten, können wir nicht darauf verzichten ...

– Willst du mir damit sagen, dass wir der Mafia Geld geben?

– So brutal würde ich es nicht ausdrücken ...

– Und Giulio Gioioso hat auch damit zu tun?

– Aber was redest du? Er ist einfach Unternehmer!

– Ach ja? Und wo sind seine Fabriken? Seine Werkhallen, seine Produkte? Wo sind die Produkte, Ilio? Wo sind die Dinge, die man angreifen kann? Wo? Was genau macht Giulio Gioioso? Und wo ist Giulio Gioioso überhaupt? Früher wart ihr unzertrennlich, und jetzt taucht er seit Wochen nicht mehr auf! Ist er davongelaufen, Ilio? Hat er dich mit diesem Schlamassel alleingelassen und ist davongelaufen wie ein Hase?

Eine Sekretärin kam durch die Tür. Ein Anruf aus den Vereinigten Staaten. Könnte der Herr Doktor vielleicht ... Ilio schickte sie mit einer müden Handbewegung weg. Die Frau zog sich zurück. Maya war auf einen der Sessel gesunken, die rund um den großen viereckigen Tisch standen.

– Du bekommst deine Schule. Ich verspreche es dir, flüsterte Ilio. Es gibt noch immer Rücklagen, die ...

– Das interessiert mich nicht mehr. Nicht unter diesen Umständen, Ilio. So kann ich nicht weitermachen!

Maya ging zu ihm hin, kuschelte sich an ihn. Am liebsten hätte sie geweint. Wie ein Kind in den Armen eines liebevollen und ... normalen Vaters. Nicht eines großen, von allen beneideten Vaters, der so schrecklich war wie ein auf die Erde herabgestiegener Gott. Nicht wie der Gründer, den Ilio immer auf alle erdenkliche Weise nachzuahmen versucht hatte.

– Wir verkaufen alles. Gleich. Sofort. Wir nehmen die *Nostromo* und segeln davon. Das hast du selbst gesagt, in Griechenland, erinnerst du dich? Wir segeln über das Meer davon, du, ich und die Kleine, weit weg von dieser Kloake ... Tun wir es, Ilio, fahren wir auf immer davon ...

Ilio wusste nicht, was er antworten sollte. Er war an einem toten Punkt angelangt. Sein Leben war an einem toten Punkt angelangt.

Das Epos der Bomben

1.

AUS DEM URTEIL DES 2. BERUFUNGSGERICHTES FLORENZ
6. JUNI 1998

MAILAND, VIA PALESTRO, 27. JULI 1993

Am 27. 7. 93, um ungefähr 23 Uhr, fuhr eine motorisierte Streife der Verkehrspolizei über die Via Palestro in Richtung Corso Venezia – Piazza Cavour. Plötzlich näherte sich der Streife, bestehend aus den Polizisten Cucchi Katia und Ferrari Alessandro, eine Gruppe von Personen und machte sie darauf aufmerksam, dass ein qualmendes Auto auf der Straße stand.

Tatsächlich sahen die Polizisten in einer Entfernung von einigen Metern auf der (von ihnen aus gesehen) linken Straßenseite, direkt vor dem Pavillon der Modernen Kunst (PAC) 28, einen grauen Fiat Uno, der mit der Schnauze in Richtung Piazza Cavour (also gegen die Einbahn) parkte. Sie bemerkten weißlichen Rauch im Inneren des Fahrgastraumes, der aus dem einen Spaltbreit offenen Rückfenster drang.

Sie riefen sofort die Feuerwehr, die auch tatsächlich innerhalb weniger Minuten eintraf (aus dem Journal der Feuerwehr geht hervor, dass der Anruf um 23.04 einging und sie um 23.08 vor Ort war). Es waren sieben Feuerwehrmänner, und zwar:

Picerno Stefano (Einsatzleiter), La Catena Carlo, Pasotto Sergio, Abbamonte Antonio, Mandelli Paolo, Maimone Antonio, Salsano Massimo.

Die Feuerwehrmänner brachen die Wagentüren auf und der Rauch verbreitete sich rasch. Allerdings konnten sie keine Verbrennungsvorgänge feststellen.

Der Parteiführer Picerno und der Polizist Pasotto öffneten die Hecktür und sahen im Kofferraum ein großes Paket, das einen Großteil des Kofferraums einnahm. Es war sorgfältig mit breitem, havannabraunem Klebeband umwickelt; auf der (aus der Sicht des Betrachters) linken Seite ragten einige Drähte hervor, die bis in den Fahrgastraum reichten.

Pasotto hatte den Eindruck, dass es sich um eine Bombe handelte, und teilte dies Picerno mit. Picerno gab den Befehl, die Gegend zu räumen. Tatsächlich entfernten sich die Polizeibeamten Cucchi und Ferrari in Richtung Corso Venezia und hielten an der Kreuzung von Via Palestro und Via Marino an; die Feuerwehrleute fuhren ungefähr zwanzig Meter Richtung Piazza Cavour, stiegen aus und begannen die Winde zu betätigen.

Nach einigen Minuten näherte sich der Polizeibeamte Ferrari auf Aufforderung der Einsatzzentrale dem Fahrzeug, um das Kennzeichen abzulesen, dasselbe machten einige Feuerwehrleute, vielleicht in der Absicht, auf die andere Straßenseite zu gelangen, wo sich die Polizeibeamten befanden.

Genau in diesem Augenblick explodierte das Auto.

Der Polizeibeamte Ferrari Alessandro, die Feuerwehrleute Picerno Stefano, Pasotto Sergio und La Catena Carlo kamen ums Leben. Etwas später wurde auf der anderen Straßenseite, im Park vor der Villa Reale, der schwer verwundete marokkanische Staatsbürger Driss Moussafir gefunden, der auf der Fahrt ins Krankenhaus verstarb.

Viele wurden verletzt.

Infolge der Explosion wurden die Straße, eine nahe Tankstelle, die öffentliche Straßenbeleuchtung und viele in der Zone geparkte Autos zerstört; in einem Umkreis von ungefähr 200 bis 300 Metern zerbarsten die Fensterscheiben der Wohnungen, die Einrichtungsgegenstände in eben diesen 39 Wohnungen wurden beschädigt; die Außenmauer erlitt schwere Schäden, wurde jedoch nicht völlig zerstört.

Durch die Explosion wurde allerdings auch die Gasleitung unterhalb der Straße in Mitleidenschaft gezogen und fing Feuer. Stundenlang stiegen hohe Flammen zum Himmel auf, ohne dass die Feuerwehr, die bereits Verstärkung erhalten hatte, den Brand hätte löschen können; bis am 28. 5. 93 um ungefähr 4 Uhr 30 auch eine Gasblase explodierte, die sich genau unterhalb des PAC gebildet hatte.

Die zweite Explosion hatte eine viel schlimmere Auswirkung auf den Pavillon als die erste, sie zerstörte ihn vollkommen. Zu dieser Zeit befand sich gerade eine Gemäldeausstellung in Vorbereitung, die Anfang September eröffnet hätte werden sollen. Durch die Explosion wurden ungefähr dreißig Werke, die sich bereits im PAC befanden, beschädigt, manche wurden völlig zerstört.

Auch die Villa Reale wurde sowohl infolge der ersten als auch der zweiten Explosion beschädigt; in der Villa Reale ist die Galleria d'Arte Moderna untergebracht, in der sich zahlreiche Gemälde und Skulpturen aus dem 19. Jahrhundert befinden (Hayez, Pellizza da Volpedo, Segantini, Mosè Bianchi usw.). Auch hier wurden die Fensterrahmen aus der Verankerung gerissen und Scheiben gingen zu Bruch; ebenso wurde der Dachboden beschädigt.

Schäden erlitten darüber hinaus folgende Kulturgüter: das Museo di Scienze Naturali auf dem Corso Venezia, die Kirche S. Bartolomeo in der Via Moscova: Beide wurden beschädigt, wenn auch nicht schwer.

Die Explosion wurde von einem hoch explosiven Sprengstoffgemisch verursacht, das im Innenraum eines Fiat Uno mit Mailänder Kennzeichen deponiert war ...

Der verwendete Sprengstoff war von derselben Art wie jener in der Via Fauro (Rom) und jener in der Via dei Georgofili (Florenz). Es wurde eine Sprengladung von ungefähr 90 bis 100 kg Sprengstoff verwendet.

ROM, PIAZZA SAN GIOVANNI IN LATERANO, 28. JULI 1993

Am 28. 7. 93 um null Uhr drei gab es in Rom auf der Piazza S. Giovanni in Laterano eine weitere Explosion, und zwar in einem Winkel zwischen Palazzo del Vicariato und der Basilika di S. Giovanni.

Infolge der Explosion wurde ein leicht ovaler Krater mit einem maximalen Durchmesser von 3,80 m und einem Mindestdurchmesser von 3,20 m gerissen.

Durch die Explosion wurden die Gebäude auf der Piazza und die Piazza selbst schwer beschädigt. Tatsächlich wurden Möbel und Einrichtungsgegenstände im Erdgeschoss des Palazzo del Vicariato völlig zerstört. Die Schäden im ersten und zweiten Stock waren weniger offensichtlich, dafür aber umso gravierender (die Holzdecke wurde schwer beschädigt).

Irreparable Schäden erlitten auch die Fresken in der Vorhalle der Basilika, von denen nichts übrig blieb; ebenso die Fresken in der Loggia oberhalb der Vorhalle.

Schwer beschädigt wurde auch das Innere der Basilika (die Gemälde, die kostbaren Beichtstühle, der Marmorboden und die Marmorverkleidungen der Wände).

Zerstört oder schwer beschädigt wurden die Fenstereinfassungen der Basilika und des Palazzo.

Geringfügigere, aber nach wie vor erhebliche Schäden (zerborstene Glasscheiben, versetzte Wände, gesenkte Hebedecken) trugen die Gebäude in einem Umkreis von mindestens 100 Metern davon. Betroffen waren vor allem das Militärspital am Celio, das Krankenhaus S. Giovanni und Gebäude in der Via Labicana.

Glücklicherweise gab es keine Opfer; mehrere Personen wurden jedoch mehr oder weniger schwer verletzt.

Auch auf der Piazza S. Giovanni wurde die Explosion von einem hoch explosiven Sprengstoffgemisch verursacht, das im Inneren eines Fiat Uno deponiert worden war. Das Auto mit der Bombe stand zweifellos in der Ecke zwischen dem Palazzo del Vicariato und der Basilica di S. Giovanni, über dem Krater, mit der Vorderseite zum Palazzo del Vicariato und etwas in Richtung der Basilika gewandt.

Die gerichtsmedizinischen Untersuchungen ergaben auch in diesem Fall, dass der Sprengstoff aus den Bestandteilen Egdn, Ng, Dnt, Petn und T4 60 bestand.

Das Gewicht wurde diesmal auf 120 kg Sprengstoff geschätzt, wobei die Schätzung diesmal nicht so genau ist wie in den anderen Fällen.

Zweifellos ist es nur einem Zusammentreffen glücklicher Umstände zu verdanken, dass es nur zu Sachschaden kam und keine Todesopfer zu beklagen sind.

ROM, VIA DEL VELABRO, 28. JULI 1993, 00.08 UHR

Am 28. 7. 93 um null Uhr acht kam es in Rom in der Via del Velabro zum letzten Sprengstoffanschlag dieses Jahres. Die Explosion hinterließ auf dem Straßenpflaster einen leicht ovalen Krater mit einem maximalen Durchmesser von 280 cm, einem Mindestdurchmesser von 230 cm und einer Tiefe von 110,63 cm.

Schwere Schäden gab es wie immer in unmittelbarer Nähe. Vor allem war die Chiesa del Velabro von den Auswirkungen der Explosion betroffen. Der straßenseitige Portikus und das Portal stürzten ein, von der Fassade bröckelte Verputz ab, einige Innenwände wurden herausgerissen, Teile der Dachbinder und der Hängedecke in der

Sakristei fielen zu Boden; zahlreiche Fensterrahmen wurden aus der Einfassung gesprengt.

Neben der Kirche befindet sich ein Institut (Casa Kolbe), in dem drei Angehörige des Ordens der Padri Crociferi wohnten. Infolge der Druckwelle und der Splitter wurde die Fassade des Gebäudes zerstört; die Fensterläden und die Fensterrahmen wurden aus den Angeln gerissen, außerdem die Türen zwischen dem Gang und der Sakristei und die Fenster zum Garten; es kam zum teilweisen Einsturz von Zwischenwänden und Decken.

Schwere Schäden erlitten auch das Gebäude am Ende der Via del Velabro (Nr. 4) und das Gebäude gegenüber (Nr. 5); beide erlitten Schäden am Dach (das teilweise einstürzte) und an den Fensterrahmen.

Gegenüber der Kirche befindet sich ein Parkhaus der Stadtgemeinde Rom. Einmal abgesehen von den Beschädigungen der äußeren Fensterläden entstanden an den Decken große Risse; in den oberen Stockwerken brachen die Decken teilweise ein.

Zerstört oder beschädigt wurden die Möbel und die Einrichtungsgegenstände der Kirche und zahlreicher Wohnungen.

Ungefähr 15 in der Zone geparkte Autos erlitten mehr oder weniger schwere Schäden an der Karosserie, an den Scheinwerfern und den Fensterscheiben. Schließlich wurden auch einige Ordensmitglieder der Casa Kolbe und einige Bewohner des Viertels verletzt, jedoch nur leicht.

Auch in diesem Fall wurde ein hoch explosiver Sprengstoff verwendet, der im Innenraum eines Fiat Uno deponiert war.

2.

Drei, vier und fünf! Sechs, wenn man auch den „Bubenstreich" in der Via dei Sabini dazuzählte, der völlig zu Recht in der Buchführung aufschien.

Stalin hatte einen kleinen Beitrag zur Nacht der Tausend Lichter geleistet: Er hatte Yanez den Auftrag gegeben, die Telefonzentrale des Ministerratspräsidiums lahmzulegen. Eine großartige Pointe, die Angelino sehr wohl zu schätzen wusste.

– Aber den Dorftrotteln im Süden brauchst du nichts davon zu erzählen. Sie würden die feine Ironie nicht verstehen, hatte Stalin gesagt.

Angelino hatte zugestimmt. Er hatte mit keiner Wimper gezuckt, als der andere die alten Bosse der Cosa Nostra als „Dorftrotteln im Süden" bezeichnete. Langsam, aber sicher distanzierte er sich von ihrer Mentalität oder besser gesagt ihrer Kultur. Stalin Rossetti verspürte denselben Stolz wie damals, als es ihm zu Zeiten der Catena gelungen war, aus einem aufrechten Idealisten ein echtes Arschloch zu machen. Die Freude des Rekrutierens. Die Freude des Demiurgen.

In Sizilien scharrten sie mit den Füßen. Fünf *colpetti*, fünf kleine Schläge, und noch immer war nichts geschehen.

Fünf kleine Schläge, und die, die jetzt vortreten hätten müssen, ließen sich nicht blicken.

– Also werden wir noch einen kleinen Schlag durchführen!, sagte Stalin lachend.

– Noch einen? Noch ein Blutbad?

Stalin beschloss, dass es an der Zeit war, die Karten auf den Tisch zu legen. Stalin erklärte dem Mafioso, dass ihm ein ganz anderes „Bad" vorschwebte. Ein Bad, ja ... ein intelligentes Bad. Intelligent wie die Hightech-Raketen, die sein Freund Billy sich rühmte zu Zeiten des Golfkrieges in großen Mengen an die

Bush-Regierung verkauft zu haben. Selektive Raketen für selektive Ziele. In diesem Fall, vertraute ihm Stalin an, müssen wir den Ausdruck „Scherz-Bombe“ prägen, wie man im Römischen für nachgemachte Bombe bzw. Lockvogel sagt.

Mit einem Wort: Um die Früchte der harten Arbeit zu ernten, musste man auf alle Fälle die Strategie ändern.

Flexibilität: Genau das war gefragt.

Flexibilität. Strategien, die mit der Zeit gehen.

Flexibilität. Die Mafiosi waren zu unbeweglich. Der Staat war zu unbeweglich.

Flexibilität.

Die Zeit war reif.

Aber sie mussten im Gegenzug etwas anbieten.

Die Bomben hatten nicht ausgereicht, sie zu beugen.

Einverstanden, die Bomben hatten den Boden bereitet, aber an und für sich hatten sie sich als unzureichendes Druckmittel erwiesen.

Wenn man zu weit gegangen ist, muss man wieder einen Schritt zurücktun.

Hin und wieder ist ein Schritt zurück besser als wildes Vorwärtsstürmen.

Das entspricht eher der *convenienza*.

Vor allem, wenn das Gelände vermint ist.

Und du der Einzige bist, der ihre genaue Lage kennt.

Von nun an musste man die Bomben ankündigen. Sich eines schönen Morgens dem Diensthabenden präsentieren und ihm eine schöne Rede halten: Meine Herren, bis jetzt haben wir euch nur gezeigt, wozu wir fähig sind. Sagen wir, wir haben euch die Vorspeise serviert. Jetzt ist der Augenblick gekommen, zur Hauptspeise überzugehen.

Erinnert ihr euch an Mailand, Florenz, Rom? Nun, versucht euch etwas vorzustellen, was um ein Vielfaches grausamer ist.

Etwas noch Verheerenderes. Hunderte Tote? Fünfhundert? Tausend? Vielleicht auch noch ein paar mehr, ein paar mehr oder weniger.

Ein absolutes Meisterwerk.

Ein in der Geschichte einzigartiges Kunstwerk. Und nun zum Grund dieser Begegnung. Ich kann verhindern, dass all das passiert.

Aber ihr müsst mir etwas dafür geben.

Sie würden akzeptieren. Stalin war sich dessen sicher, so wie er sich seines Daseins sicher war.

– Und mit dem Schwindel soll uns gelingen, was uns mit dem Blutvergießen nicht gelungen ist?

– Das Blutvergießen war die Saat, der Schwindel ist die Ernte.

– Das klingt kompliziert.

– So ist nun mal die Welt, Angelino.

– Darüber muss ich mit denen da unten reden.

Angelino schien nicht überzeugt zu sein. Hatte er vielleicht übertrieben? War die Emanzipation des Jungen noch nicht so weit gediehen? Und wenn es ihm nicht gelänge, die Mafiosi von der Wirksamkeit des Plans zu überzeugen? Wenn sie weiterhin auf dem x-ten Blutbad bestünden? Angelino konnte sich entscheiden, seinen eigenen Weg zu gehen. Den Befehlen nicht zu gehorchen. In diesem Fall kein Problem. Aber wenn Angelino sich trotz allem für den Gehorsam entscheiden würde?

Nun, in diesem tragischen Fall konnte er sich immer noch auf Pino Marino verlassen.

Der Junge hatte sich das Finale des Feuerwerks entgehen lassen. Stalin persönlich hatte ihn in die Marken geschickt, um den Verkauf neu aufzubauen, nachdem der Cousin aus Catania, der an die Stelle des armen Vitorchiano getreten war, verhaftet worden war.

Stalin hatte den Jungen absichtlich weggeschickt.

Den Jungen, der immer wieder sagte: Ich werde gehen, ich werde gehen.

Es wäre ein Wahnsinn gewesen, auf so einen Mitarbeiter zu verzichten.

Ein Wahnsinn und ungerecht. Er hatte so viel für den Jungen getan, er hatte es nicht verdient, dafür nur Undankbarkeit zu ernten.

– Yanez hat einen merkwürdigen Kontakt entdeckt, hatte er zu ihm gesagt, als er ihm das neue Handy überreichte. Vielleicht werden wir abgehört. Lieber vorsichtig sein ... Ach, und ruf ja nicht in der Therapiegemeinschaft an, und gib niemandem diese Nummer, niemandem, Pino, hast du mich verstanden?

Niemandem. Schon gar nicht Valeria. Sie war ja das Problem.

Und Stalin hatte bereits Vorkehrungen getroffen.

Alles, alles musste wie am Schnürchen ablaufen, bis zum großen Finale.

Wer weiß, was Vecchio davon gehalten hätte.

Wer weiß, ob er ihn aus den Tiefen der Hölle beobachtete und ihm mit einem knappen Kopfnicken zustimmte.

Wer weiß, ob er es bereute, dass er Scialoja, diesen Idioten, vorgezogen hatte.

Beim Anblick Michelles, die gerade verbissen daran arbeitete, dass er ihm steif wurde, hätte sein Ex-Mentor, der ja ein eingefleischter Puritaner war, allerdings den Blick abgewandt.

Michelle. Eigentlich Michelina Catinari aus Ferrandina. Aber Michelle klang zweifellos exotischer und verführerischer. Michelle. Das Mädchen mit dem roten Kleid. Ja, sie war die Tochter des älteren Herrn, doch sie fühlte sich auch zur Gesellschaft einer anderen Art von älteren Männern hingezogen. Der faszinierende, geheimnisvolle Doktor Stalin Rossetti. So gut im Bett und so großzügig zu einer Teilzeitstudentin, die ihre ersten Schritte in der schillernden, aber auch gefährlichen Welt des Showbiz machte.

Michelle mit dem Tattoo in Form einer Rose zwischen den Schenkeln und dem zauberhaften kleinen Apartment in der Via della Scala, das so anonym, so unverdächtig, so nützlich war.

Michelle. Endlich rührte sich was da unten und zwang ihn, den Gedanken Einhalt zu gebieten.

Danke, Michelle. Im Grunde war ich an diesem Abend in der Via Veneto gar nicht so weit von der Wahrheit entfernt.

Verdammnis

1.

Sobald er von seiner Mission in den Marken zurück war, lieh sich Pino Marino einen Renault aus und raste in die Therapiegemeinschaft.

Einer der Jungen, mit dem er Freundschaft geschlossen hatte, hakte sich bei ihm ein und zwang ihn, sich zu setzen.

Fast als hätte er den Besuch erwartet.

– Valeria ist verschwunden, sagte der Junge, und dann wandte er den Blick ab, denn das, was sich in den Augen Pinos abspielte, machte ihm Angst.

Mitten in der Nacht tauchte er bei Stalin auf. Das peinliche Schauspiel des heulenden Jungen veranlasste diesen wieder einmal, über die verheerende Macht des menschlichen Faktors nachzudenken. Stalin war verständnisvoll, liebevoll, väterlich. Genau das, was man von einem Vater erwartet, der mit dem verlorenen Sohn spricht. Er verzichtete sogar darauf, ihn an die weisen Ratschläge zu erinnern, die er ihm gegeben hatte – Junkies! Mein Junge, Junkies legen dir letztendlich immer ein Ei. Du befindest dich auf dem falschen Weg! –, und als Pino ihm schließlich sagte, dass er vor Schmerz verrückt würde, dass er vor Schmerz umkomme, wenn er sie nicht fände, versprach Stalin, dass sie sie gemeinsam suchen würden.

– Aber fürs Erste bist zu zurückgekehrt. Das ist dein Zuhause. Und ich werde immer wie ein Vater für dich sein!

Später, nachdem er ihn mit Schlafpulvern abgefüllt hatte, rief er Sonila an, um sicherzugehen, dass die Situation unter Kontrolle war.

– Alles in Ordnung, Stalin.

– Nochmals vielen Dank, Kleine.

Ja. Sonila hatte wirklich hervorragende Arbeit geleistet.

Stalin Rossetti hatte das Mädchen kennengelernt, als er sich gerade mit einem der vielen Delegierten des Chefs von Valona in die Wolle geriet.

Sie befanden sich auf dem Gut im Salento, das Stalin damals als Stützpunkt benutzte. Es war ein träger, dunstiger Nachmittag, typisch für den Sommer am Ionischen Meer. Der Stümper malträtierte den Kolben der Kalaschnikow und beschwor seine Loyalität und die seines Bosses. Bei ihnen war ein schlafendes Mädchen. Ein Junkie. Sie war bereits auf Entzug, als sie an Land gegangen war. Auf dem Gut war sie als ein Häufchen Elend angekommen. Stalin Rossetti hatte ihr etwas Stoff gegeben und befohlen, sie noch in derselben Nacht nach Albanien zurückzuschicken. Der Delegierte des Chefs von Valona schüttelte den Kopf. Warum sollte man auf einen sicheren Gewinn verzichten? Sie war ein hübsches Mädchen, nur ein wenig mitgenommen. Man konnte sie an irgendeinen Clan im Norden weiterverkaufen. Oder an die Griechen.

Stalin Rossetti ließ sich nicht erweichen. Der Chef von Valona hatte sich nicht an die Abmachung gehalten. Er nahm keine Junkies. Die Sache war erledigt.

Der Albaner ließ nicht locker. Er war befähigt, Stalin Rossettis Provision um weitere zehn Prozent zu erhöhen. Die Familie des Mädchens hatte bereits bezahlt. Sie wieder nach Hause zu schicken, hätte bedeutet, das Gesicht zu verlieren. Und der Chef von Valona durfte nicht das Gesicht verlieren!

Stalin Rossetti zündete sich eine Zigarette an.

„Wenn du nicht willst, dass dein Boss das Gesicht verliert ... musst du sie umbringen."

Der Albaner kratzte sich am Kopf. Der Chef hatte ihm gesagt, dass der Italiener ein Bastard war. Aber nicht, dass er ein derart großer Bastard war. In den Monaten davor hatte der Albaner bereits zwei Huren umgelegt. Aber das war eine andere Geschichte. Eine hatte gesungen und zwei in Brescia stationierte Cousins des Chefs den Carabinieri ausgeliefert. Die andere war ins Terrain eingebrochen. Die beiden hatten ihr Urteil verdient. Aber dieses Mädchen hatte sich nichts zuschulden kommen lassen. Ihre Familie hatte sich nichts zuschulden kommen lassen. Sie umzubringen hätte bedeutet, das Gesetz der Berge zu brechen. Der Albaner hatte mit den Achseln gezuckt.

„Ich behalte sie."

„Mach, wie du willst. Aber ich will eine Entschädigung."

„Was für eine Entschädigung?"

„Ich gebe mich mit wenig zufrieden. Zwei Kilo Gras. Aber sag deinem Boss, dass ich keinen gestreckten Stoff will. Kein Ammoniak und auch keine Amphetamine."

„Zwei Kilo ... du bist verrückt, Italiener! Ich fick deine Schwester!"

„Und ich die deine. Wir sehen uns bei der nächsten Lieferung."

Letztendlich hatte Stalin Rossetti beschlossen, sie zu behalten. Das Mädchen war zwar fertig vom Heroin, besaß jedoch eine gewisse Intelligenz und eine Gier, die noch nützlich sein konnten. Wieder einmal der menschliche Faktor. Er hatte sie freigekauft, dem Chef von Valona das Geld aus eigener Tasche bezahlt. Er hatte ihr eine Aufenthaltsgenehmigung besorgt, sie auf Aids untersuchen lassen, war mit ihr ins Bett gegangen und hatte sie schließlich zu einem dieser Priester geschickt, die sich damit das Paradies verdienen, sich um verlorene Seelen zu kümmern.

Und sie hatte ihm gewissermaßen Pino Marino zurückgegeben.

2.

Sonila war Anfang Juni in der Therapiegemeinschaft aufgetaucht, gerade ein paar Tage, bevor Pino abfuhr. Sie hatten sie aus Vicenza hergeschickt, um eine spezielle Ausbildung zu machen. Valeria sollte sie ein paar Wochen oder auch einen Monat lang einweisen, dann würde sie imstande sein, den armen Teufeln, die an die Tür der Therapiegemeinschaft klopften, die Haut zu retten.

Sonila war klein und zart. Sonila hatte ein höllisches Leben hinter sich. Ein Wunder, dass sie überlebt hatte. Die Betreuer in Vicenza sagten, dass dieses Mädchen einen eisernen Willen und eine Kraft besaß, die ansteckend war.

Seit sie sie ihr anvertraut hatten, tat Sonila alles, um ihre Freundin zu werden. Am Anfang hatten sie sich zwar nicht viel zu sagen. Sonilas Lieblingsthemen waren Kleider, Diskotheken und Fernsehstars. Ja, natürlich auch die Jugendlichen, die sie heilen sollten. Aber das ist Arbeit, nicht wahr, mit Arbeit verdienen wir Geld und sie hält uns von den Versuchungen fern, wie die Priester hier sagen. Das Leben ist eine andere Sache. Und zum Leben müssen wir früher oder später zurückkehren!

Trotz allem war Sonila eine hervorragende Mitarbeiterin. Sie war intelligent und hatte eine schnelle Auffassungsgabe. Und den Neuankömmlingen mit dem Affen im Kopf und im Bauch war sie sympathisch. Ihre etwas oberflächliche Fröhlichkeit bildete einen ausgezeichneten Gegensatz zu der Strenge der anderen Betreuer, sie linderte die panische Angst, die die Neuankömmlinge angesichts der strengen Behandlung empfanden.

Pino mochte sie nicht. Er fand sie aufdringlich und penetrant, verlogen und obsessiv. Valeria hatte sie in Schutz genommen, weil sie Verständnis für ihre Situation hatte. Nach zwei Jahren hatte sie zum ersten Mal das sichere Nest ihrer Therapiegemeinschaft verlassen. Sie musste sich erst an die neuen Gesichter, an die anderen Rituale gewöhnen. Verständlich, dass Sonila etwas ängstlich war. Dass sie Angst hatte, beurteilt zu werden. Und dass sie bedingungslos akzeptiert werden wollte. Man musste ihr nur ein wenig Zeit geben. Zeit und Vertrauen.

– Mag sein, aber ich mag sie trotzdem nicht.

– Die Phase der Entlassung ist am schwierigsten, Pino. Auch du wirst mit mir sehr viel Geduld haben müssen!

– Du bist nicht wie diese Dumpfbacke, Valeria.

– Und du bist immer so ... düster!

– Pinien sind düstere Bäume.

– Lass es bleiben, Liebling. Humor ist nicht deine Stärke!

Tatsache war, dass sie unzertrennlich wurden. Und nachdem Pino zu seinem letzten Arbeitsurlaub aufgebrochen war – die letzte Reise, Valeria, und verzeih, wenn ich mich nicht melde, ich muss mit ein paar slowenischen Künstlern gewissermaßen auf Tauchstation gehen –, waren sie sogar Freundinnen geworden. Infolge der Einsamkeit war Valeria in einen Zustand der Depression verfallen, und das hatte die andere ausgenützt. In diesem Augenblick erwies sich Sonila als komplizenhaft, mitfühlend, über die Maßen diskret.

Eines Abends, nach dem Kontrollgang durch die Zimmer der Neuankömmlinge, entschlüpfte Valeria eine Bemerkung über ihre Geschichte mit B. G.

Sonila war aufgesprungen und klatschte wie ein aufgeregtes kleines Mädchen in die Hände.

– B. G. Der Sänger! Wirklich!

Valeria hatte bereits bemerkt, dass Sonilas neutrales und kontrolliertes Italienisch in Mitleidenschaft gezogen wurde, sobald sie sich aufregte, und dass anstelle der Schlusslaute die harten, für ihre Muttersprache typischen Kehllaute traten. In diesen Augenblicken konnte einem Sonila zuwider sein. Und fast hätte sie Pino Marino recht gegeben: Sie klang falsch.

Aber welches Recht hatte sie zu urteilen? Oder gar zu verurteilen?

– Ja, genau er. B. G.

Sonila war völlig außer sich. Sie erzählte ihr von ihrem großen Traum. Beim Fernsehen zu arbeiten. Sie konnte tanzen, sie hatte Gesangsstunden genommen, sie kannte das ganze Repertoire von Mina auswendig. Sie hatte eine ganz gute Figur. Sie gefiel den Männern, und sie wusste sich in Szene zu setzen. Wenn sie nur eine Gelegenheit bekäme, eine kleine, unbedeutende Gelegenheit ...

– Schon gut. Wenn wir hier rauskommen, stelle ich ihn dir vor.

Das hatte sie nur gesagt, um sie abzuwimmeln, denn allein der Gedanke an B. G. war ihr unerträglich. Aber Sonila nahm sie ernst. Schrecklich ernst. Sonilas naive Begeisterung, ihr schrilles, aufgedrehtes Lachen ... ja, sie würde es tun. Sie würde ihr B. G. vorstellen. Immerhin war sie stark genug, ihn zu treffen. Und hatte inzwischen ihr altes Leben hinter sich gelassen.

Und außerdem war sie ja mit Pino zusammen, oder nicht?

Zwei Tage später kam der Brief. Sonila las ihn und wurde kreidebleich, griff sich mit der Hand aufs Herz und schloss sich auf dem Klo ein. Valeria dachte, ihrer Familie sei irgendein Unglück zugestoßen, und folgte ihr fürsorglich. Sonila schrie, sie solle weggehen. Sie wolle sie nie wieder sehen und auch nie wieder mit ihr sprechen. Valeria versuchte sie zur Vernunft zu bringen. Ein paar Jugendliche, die Sonila schreien hörten, kamen herbeigelaufen. Sie veränderte den Ton. Es war nur ein vorübergehendes Unwohlsein. Sie würde sich erholen. Sie wollte ein wenig allein sein, nicht mehr und nicht weniger.

Am Abend sahen sie sich wieder. Sonila war kreidebleich, am Boden zerstört. Sie bat sie um Verzeihung und gab ihr den Brief. Pinos Brief.

Später erinnerte sich Valeria nur mehr an ein paar Satzfetzen. Und an die Kälte in ihrem Herzen, während sie die frostigen, feindlichen, unbegreiflichen Sätze las.

Liebe Sonila,

entschuldige, wenn ich Dir schreibe, aber ich hatte nicht den Mut ... Reise ... du verstehst besser als alle anderen ... Slowenien ... das Künstlermilieu ... ich habe jemanden kennengelernt ... sehr süß ... ich glaube, ich werde einige Zeit hierbleiben ... ich weiß, dass ich ihr wehtue, aber ich habe verstanden, dass es mit ihr nicht funktionieren würde ... ich hoffe, dass ich ihr nicht das Herz gebrochen habe ... irgendwann einmal wird sie verstehen ... es ist besser, wenn sie mich nicht sucht ...

Valeria bat um Erlaubnis, telefonieren zu dürfen. Niemand konnte ihr die Bitte abschlagen. Pinos Handy war abgeschaltet. Sie versuchte es immer wieder, bis ihr Sonila den Hörer aus der Hand riss. Valeria legte sich ins Bett. Sie blieb zwei ganze Tage liegen. Sonila betreute sie, unter dem Vorwand, sie sei krank. Die ganze Zeit über blieb sie bei ihr, ohne ein Wort zu sagen. Am dritten Tag sagte sie, dass sie sich eine Sondererlaubnis habe geben lassen, um Verwandte in Mailand zu besuchen.

– Ich habe gedacht, es wäre schön, wenn wir gemeinsam hinfahren würden ... etwas Luftveränderung kann dir nur guttun ... eine Woche, und dann kommen wir zurück und überlegen uns, was zu tun ist ... komm, sag nicht nein!

Valeria nickte leise. Sie zerrte sie aus dem Bett. Sie führte sie ins Bad und stellte sie unter die Dusche. Sie wusch sie und zog sie an wie ein Kind. Am Abend schlichen sie aus der Therapiegemeinschaft (das mache ich dir zuliebe, Schatz, um dir Fragen und Erklärungen zu ersparen, aber es geht alles mit rechten Dingen zu, ich habe höchstpersönlich mit dem Zuständigen gesprochen).

Am nächsten Morgen wurde die Flucht bemerkt. Und alle fragten sich, wieso. Zwei solche Mädchen, zwei Perlen der Gemeinschaft ... so plötzlich ... eine interne Untersuchung wurde veranlasst. Es stellte sich heraus, dass Sonila bei ihrem Eintritt falsche Angaben gemacht hatte. Was Pino Marino anbelangte, so kannte niemand außer Valeria seine Anschrift. Einer der Älteren erinnerte sich, dass B. G., der Sänger, Valeria eine Zeitlang geschrieben hatte. Sie spürten ihn auf, doch er sagte, sie hätten sich seit Monaten nicht gesehen. Und so verlor sich die Spur der Mädchen.

In Mailand stellte sich heraus, dass Sonilas Verwandte auf Urlaub in Albanien waren. Also mieteten die Mädchen ein Zimmer in einer kleinen Pension in der Nähe des Hauptbahnhofs. Valeria war wie gelähmt vom Schmerz. Sie lag nur im Bett, und Sonila musste sie füttern, damit sie nicht verhungerte. Sonila hatte die Nase voll. Die Sache zog sich in die Länge. Und als sie versuchte, auf B. G. zu sprechen zu kommen, erntete sie nur ein erschöpftes Seufzen. Sie musste für alle Unkosten aufkommen und ihre Brieftasche wurde immer schmäler. Hätte ihr Stalin Rossetti nicht das viele Geld versprochen, hätte sie sie in dieser beschissenen Pension verrotten lassen und wäre abgehauen. Aber sie konnte nicht. Es war eine schöne Stange Geld. Und sie brauchte es.

Nach einigen qualvollen, unerträglich schwülen Augusttagen hatte Sonila beim Blättern in einer Illustrierten herausgefunden, dass in einem Lokal an den Navigli ein Fest stattfand, an dem der bekannte Sänger B. G. teilnehmen würde. Sie hatte Valeria gezwungen, sie zu begleiten: Ohne sie wäre es ihr nicht einmal gelungen, auch nur einen Blick hinter die verdunkelten Fenster des *Nottiziario* zu werfen. Aufgetakelt, wie es Sonilas Geschmack entsprach (wieder einen Haufen Geld ausgegeben, um diese Bohnenstange einzukleiden, aber wenigstens hatte sie sich entschlossen, sich zu frisieren, wenigstens das!), aufgetakelt also wie zwei Vorstadtnutten waren sie ein paar Minuten nach acht vor dem Tor gestanden. Der Portier hatte sie keines Blickes gewürdigt und ihnen bloß den Weg versperrt. Sonila hatte ihm mit dem Ellbogen in den Bauch gestoßen.

– Dieses Fräulein ist eine Freundin von B. G.!

– Eine gute Freundin?, hatte der Mann mit süffisantem Lächeln gefragt.

– Eine sehr gute, hatte Sonila erwidert, und aus der winzig kleinen Börse zwei Hunderter herausgeholt.

Der Portier war zur Seite getreten. Sonila hatte Valeria zu dem Tisch geschubst, wo B. G. thronte, umringt von reifen, vom Psychopharmakamissbrauch niedergebügelten Damen, von wohlsituierten Fünfzigjährigen mit hohem Herzinfarktrisiko und jungen Mädchen im Zustand fortgeschrittener Anorexie. Seitdem B. G. anständig geworden war, verzichtete er auf Fransenjacken und Westernstiefel. Man munkelte, dass er in die Politik gehen wollte.

Als er plötzlich das Gespenst aus seiner Vergangenheit vor sich sah, sprang B. G. auf, zwang sich zu einem falschen Lächeln und reichte ihr wohlerzogen die Hand, wie es die Attitüde eines Neo-Dandys erforderte. Aber als sein Blick den Valerias kreuzte, wurde er steif, wie gelähmt vor Schreck.

Tote Augen. Die Augen einer Toten. Ramino Rampoldi, der am Ende der Tafel saß, hatte indessen lebhaften Augenkontakt mit Sonila aufgenommen.

– Stellst du uns deine Freundinnen nicht vor, B. G.?

Er hatte sich von seinem Schreck erholt und stammelte mit unsicherem Lächeln: – Das ist Valeria. Wir sind ... Cousins.

Höfliches Schweigen, unterbrochen vom unterdrückten Kichern Rampoldis. Valeria lächelte. Das Lächeln war, sofern möglich, noch schrecklicher als der Blick. Dann schlug sie ihre abgekauten Nägel in B. G.s Handrücken und drückte wütend zu.

– Ich sehe, du bist bestens in Form, Cousin!

Und zog sich zurück. Sonila erreichte sie an der Tür. Sie packte sie am Arm und zwang sie, sich umzudrehen.

– Bist du verrückt? Was ist in dich gefahren? Du machst alles kaputt.

– Lass mich in Ruhe oder ich bringe dich um!

Sonila war erschrocken. Wer weiß, wozu diese Dumpfbacke imstande war. Sie lockerte den Griff, ging ein paar Schritte zurück. Und fand sich in den Armen Ramino Rampoldis wieder.

– Etwas aufgeregt, die Cousine, was?

Sonila blickte Valeria zerstreut nach. Sie lief, auf den hohen Absätzen gefährlich wankend, davon.

– Das vergeht. Sie steht ein wenig unter Stress, das ist alles!

– Hör zu, warum beenden wir den Abend nicht woanders ... nur wir zwei?

– Warum nicht?

Am Morgen darauf rief Sonila Stalin Rossetti vom Telefon im Hause Rampoldi aus an (Ramino: ein grunzender, fantasieloser und schwacher Liebhaber, aber großzügig, vor allem an Versprechungen) und informierte ihn.

– Gut, gute Arbeit.

– Und was soll ich mit ihr machen?

– Lass sie gehen. Sie ist verloren.

Wie immer war Stalin weitsichtig.

Vor dem Tor des *Nottiziario* war etwas Endgültiges passiert.

Valeria hatte Sonila wiedererkannt.

Aber sie war nicht Sonila.

Sie war Lady Heroine.

Lady Heroine rief sie zu sich.
Ihr Untergang war beschlossen.
Und so würde es sein.

I left my heart in Portofino

1.

Wohlerzogen wie immer hatte Ramino Rampoldi die Aufgabe übernommen, die männlichen Mitglieder der Clique davon zu informieren, dass „die Freundin des Römers eine ehemalige Hure" war. Es folgten Schenkelklopfen, Gelächter und ein Haufen schweinischer Witze, an denen sich sogar Ilio beteiligte, obwohl er in den letzten Tagen, die für ihn, für sie, für sie alle, so schrecklich gewesen waren, immer schlechter Laune und düster gewesen war. Als sie bemerkten, dass Maya ihnen zuhörte, versuchten die Männer sich zu beherrschen. Maya war an ihnen vorbeigegangen, ohne ihnen Aufmerksamkeit zu schenken. Ilio hatte versucht, sie an der Hand zu fassen, aber sie hatte sich losgerissen. Ilio war ihr resigniert gefolgt. Musste sie ihn vor seinen Gästen unbedingt blamieren?

– Ich weiß nicht, wer die Freundin des Römers ist. Aber ich weiß, mit wem es dein Freund Ramino treibt!

– Du meinst die Albanerin? Aber immerhin haben wir sie nicht eingeladen.

– Das wäre ja noch schöner!

Patrizia war eine Stunde später gekommen. Erschöpft von dem steilen Aufstieg auf der einzigen Straße, die von der kleinen Piazza in Portofino zur Villa Tre Orsi führte, hatte sie sich auf eine Bank im Schatten fallen lassen und schien den Anblick des Golfes zu genießen, der im Sonnenlicht des zweiten Freitags im August strahlte. Sie schien den Hormonsturm zu ignorieren, den ihr Erscheinen ausgelöst hatte. Die Männer führten sich auf wie eine Horde Gorillas angesichts eines läufigen Weibchens. Ramino Rampoldi war von Anfang an um sie herumscharwenzelt, er hatte gefragt, ob „die Dame“ etwas Kühles zu sich nehmen wolle, oder vielleicht etwa Stärkeres, einen Drink oder ein Eis, denn ein Eis linderte bekanntlich ein wenig die sommerliche Schwüle, und bei der Zubereitung von Eis war „unsere bewunderungswürdige“ Maya unschlagbar.

Scialoja und Maya hatten einander herzlich begrüßt und sich mit ironischem Zwinkern an den Vorfall bei Raffaellas Fest erinnert. Als Ilio ihr mitgeteilt hatte, dass der Polizist mit von der Partie sein würde, hatte er sie warnend angeblickt. Die Einladung war auf die Bitte Carús hin erfolgt. Wenn er abgelehnt hätte, hätte er sich auf eine endlose Diskussion eingelassen, oder schlimmer noch, Argwohn erweckt.

– Aber sei auf der Hut, Maya! Scialoja ist ein Feind.

– Wessen Feind, Ilio? Deiner, Giulios oder der Mafia?

– Maya, ich bitte dich, tu, was ich dir sage!

Frisch und ohne den geringsten Schweißfleck auf seinem weißen Leinenanzug, freundlich und leicht distanziert tauchte Scialoja aus den Tiefen des Gebäudes auf. Ilio, dessen Freundlichkeit beinahe etwas schmierig wirkte, hatte mit ihm den obligaten Rundgang unternommen.

Der zurückhaltend agierende Carú mimte wohlerzogene Gleichgültigkeit, aber seine derzeitige Freundin, eine fürwitzige Journalistin im topaktuellen Via-della-Spiga-Dress: Shorts – *horribile visu!* –, perlenbesetztes Krizia-Shirt und schwindelerregend hohe High Heels (aber keine Sorge: Den Aufstieg hatte sie in Clarks absolviert und dann eine gute halbe Stunde gebraucht, um sich umzuziehen und frisch zu schminken), hatte die begehrlichen Blicke natürlich bemerkt, die er der Römerin zuwarf. Jetzt waren die beiden in eine nicht enden wollende Konversation/Rechtfertigung vertieft. Ramino Rampoldi nutzte die Gelegenheit, um eine Attacke auf den schönen Gast zu starten.

Zweifellos gut aussehend, wenn auch nicht mehr ganz jung. Groß, schlank, unregelmäßiges, ovales Gesicht, hohe, slawische Backenknochen, schlichte weiße, nicht zu weit aufgeknöpfte Bluse, enge Jeans und flache Schuhe, eine nachlässig auf die linke Seite gestellte Tasche (Gott sei Dank keine Markentasche!), lange, sehnige und gepflegte Hände. Maya beschloss einzuschreiten, als es nicht mehr zu übersehen war, dass Patrizia Raminos Annäherungsversuche auf die Nerven gingen. Eine Geste, die von der Gastfreundschaft nahegelegt wurde, aber auch von der Neugier, der sie sich trotz allem nicht entziehen konnte. Wie dekadent wir doch letzten Endes alle sind!

– Ramino, tu mir einen Gefallen, mix uns zwei Martinis!

Die Freundin des Römers, der ihr Gast war und an dessen Namen sie sich nicht erinnerte, empfing ihre Retterin mit einem Seufzer der Erlösung, in den sich etwas Bitterkeit mischte.

– Ein aufdringlicher Typ, nicht wahr?

– Ich wusste schon nicht mehr, was ich tun soll, um ihn loszuwerden! Und außerdem, was ist Ramino eigentlich für ein Name?

– Sein Vater war Spieler. Er hat das erste Rommé-Turnier gewonnen. Typisch padanischer Humor.

– Nun, danke jedenfalls, Frau ...

– Ich bin Maya.

– Cinzia. Oder Patrizia, wenn es Ihnen lieber ist.

– Wenn er wieder zum Angriff übergeht ... und merkwürdige Dinge tut, wie zum Beispiel sich unter irgendeinem Vorwand zu bücken und zufällig Ihre Brüste zu streifen ... sagen Sie es mir. Ich packe ihn und stoße ihn runter. Die Felswand ist sechsundachtzig Meter hoch und darunter ist das Meer. Davon träume ich schon ein Leben lang!

– Hat er es bei Ihnen auch schon probiert?

– Leider nicht!

Maya fragte sich, ob sie es mit den Vertraulichkeiten nicht ein wenig übertrieben hatte. Im Grunde kannten sie sich gar nicht. Aber Cinzia/Patrizia lächelte sie amüsiert an.

– Wissen Sie, was wir tun, Signora? Ich gehe zu ihm hin und heize ihm ein. Ich garantiere Ihnen, in höchstens einer Stunde ist er weich gekocht. Dann kommen Sie und wir stoßen ihn gemeinsam hinunter!

Maya lachte. Dann nahm sie ihre Hand.

– Ist es dir recht, wenn wir uns duzen?

– Gern.

Als Ramino keuchend mit zwei Martinis zurückkam, empfingen ihn die zwei Frauen mit einem unverständlichen Lachen. Maya nahm ihm die Gläser aus der Hand, reichte eines Patrizia (sie hatte beschlossen, dass ihr Patrizia besser gefiel als Cinzia) und stand hoheitsvoll auf.

– Komm. Ich zeige dir das Haus. Du bleibst hier, Ramino, du kennst es ja bereits.

Vor dem riesigen Affenbaum, den der Gründer von seinem Familienbesitz in Argentinien mitgebracht hatte, bekam Patrizia leuchtende Augen. Ihr Lächeln, aus dem die Bitterkeit von zuerst verschwunden war, war wirklich bezaubernd. Maya stellte mit Überraschung fest, dass sie sie mit einem Anflug von Neid betrachtete. Es war wirklich nicht verwunderlich, dass die Männer wegen so einer den Kopf verloren! Aber sie schämte sich sogleich wegen dem kleinen neidischen Gedanken. Patrizia erzählte ihr begeistert von der Reise nach Ligurien. Ihr Lebensgefährte, wie sie Scialoja nannte, hatte Carús Einladung genutzt, um mit ihr eine romantische Reise zu unternehmen. Sie waren mit dem Schiff gefahren, sie waren an der Punta di Levanto gewesen, in einem äußerst luxuriösen Hotel in irgendeinem Dorf abgestiegen, und jetzt waren sie hier, in Portofino.

– Und hier ist ... ist es großartig! Portofino eben, nicht wahr? Portofino ist ...

– Sag jetzt ja nicht, dass Portofino der schönste Fleck auf der Erde ist!

– Der zweitschönste für mich!

– Und der schönste?

– Die Fidschi-Inseln!

Maya brach in Lachen aus, womit sie einen hoffnungsvollen Blick Raminos auf sich zog, der nur auf eine Gelegenheit wartete, um wieder zum Angriff überzugehen. Mit einer brüsken Geste gab ihm die Hausherrin zu verstehen, dass er nicht gemeint war. Der Primat trat in aller Eile den Rückzug an. Patrizia blickte plötzlich finster drein.

– Was ist mit den Fidschi-Inseln nicht in Ordnung?

– Die Fidschi-Inseln sind ein Fake, das ist nicht in Ordnung.

Patrizia schien eine Ewigkeit für die Antwort zu brauchen.

Und als sie dann sagte, „unecht vielleicht, aber bestimmt kein Fake“, fragte sich Maya, wozu diese Haarspalterei gut sein sollte. Und warum in ihrem Tonfall so ein verzweifelter Wunsch lag, daran zu glauben. Sich selbst zu überzeugen, dass es wirklich so war. Es war offensichtlich, dass die Fidschi-Inseln eine besondere Bedeutung für sie hatten. Ihr Sarkasmus hatte sie also verletzt. Maya dachte gerade darüber nach, wie sie die Sache wiedergutmachen konnte, als ihr Patrizia fest die Hand drückte.

– Du hast Glück, Maya!

Jetzt war sie bestürzt. Nein. Sie war keine Frau, die Glück hatte. Nicht im Augenblick. Aber sie hatte Glück gehabt. Sie hatte Glück gehabt, ohne es zu wissen. Und ohne zu wissen, welchen Preis sie dafür bezahlte. Sie hatte sich verraten. Mit energischem Kopfschütteln, das ihre Haare durcheinanderbrachte (sie ließ sie wieder länger wachsen) nahm sie die unerlässliche verspiegelte Brille ab und setzte sie wieder auf, und mit einem kleinen, nervösen Lachen bejahte sie, aber ja doch, gewiss. Und Patrizia musterte sie, als ob sie etwas ahnte. Eine Unbekannte. Aber du kannst dich dafür entscheiden, dein Herz einer Unbekannten zu öffnen. Sofern du das Gefühl hast, sie ist dir nahe, beziehungsweise ganz nahe. Sofern du ahnst, dass es Gemeinsamkeiten gibt. Eine der Erleuchtungen, die die Psychologen, die sich mit dem Weiblichen beschäftigen, als „typisch weiblich“ bezeichnet hätten? Diese ewige Ausrede der Männer, um nicht ins Labyrinth der weiblichen Psyche vordringen zu müssen, irgendetwas in der Art wie: „Meine Liebe, bist du nervös?“, womit ihre angeborene Brutalität sich vor unserem Wunsch nach Nähe schützt?

Aber es blieb keine Zeit, sich näher zu kommen. Ilio und Ramino kamen lärmend daher, gefolgt von der Journalistin, die die Miene einer vernachlässigten Freundin aufgesetzt hatte. Man musste sich um das Catering kümmern. Man musste dem Personal sagen, es solle sich um die Sitzordnung kümmern. Die Pflicht rief und die Dame des Hauses musste gehorchen. Ausnahmsweise traf Ramino ins Schwarze: Es war nicht okay, dass Maya die schöne Römerin in Beschlag nahm!

2.

Carú hatte Scialoja inzwischen in eine Art Taverne geführt, die mit Bar, Theke und Hi-Fi-Anlage ausgestattet war. Aufgrund der Klimaanlage erweckte das mit Pflanzen vollgestopfte Lokal den Eindruck eines grotesken Treibhauses. Sie hatten den Freimaurergruß gewechselt. Zwischen einem Zug an der Cohiba und einem Schluck Lagavulin äußerte Carú die Vermutung, dass die beiden vielleicht die Letzten sein würden, die das Privileg des Ausblicks von einem derart einzigartigen Ort genießen würden.

– Warum? Glauben Sie, dass auch hier eine Bombe explodieren wird?, fragte Scialoja provokant.

– Sie sind der Sicherheitsexperte, Doktor Scialoja ... nein, ich denke nicht an Bomben. Donatoni ist in Gefahr. Der Hausherr. Was wissen Sie über ihn?

– Dass er eine schöne Frau hat.

– Maya gefällt Ihnen, was? Nun, wem gefällt sie nicht? Auch wenn sie in letzter Zeit ein wenig ...

– ... überdreht ist?, ergänzte Scialoja, der die eindeutige Geste Carús zu Ende führte.

– Sagen wir, lachte der Journalist, dass sie ein wenig fertig mit den Nerven ist ... Das passiert schönen Frauen, wenn ihr Mann sie vernachlässigt.

– Hat er eine andere?, fragte Scialoja etwas verärgert. Schön langsam fragte er sich, ob Carú das ganze Tamtam nur deshalb inszeniert hatte, um ihn mit dem neuesten Klatsch zu füttern.

– Aber nein! Donatoni ist bloß ein eitler Gockel, der im Schatten des Vermögens der schönen Dame groß geworden ist ... Er hält sich für die Reinkarnation des Gründers, die Firma hat er allerdings bereits ruiniert. So wie es aussieht, will er sie verkaufen und sich ins Ausland absetzen ... sofern sie es ihm erlauben ...

– Wer?

– Die Richter. Sie haben ihm das Messer an den Hals gesetzt. Ich würde mich nicht wundern, wenn wir ihn demnächst in den Nachrichten sehen würden, in Handschellen ... Die Richter übernehmen langsam die Herrschaft in Italien, meinen Sie nicht auch?

Scialoja beschränkte sich darauf zu nicken. Es war eine rhetorische Frage gewesen, wie es nun mal Carús Art war.

– Aber lange sehen wir nicht mehr zu. Dann werden sich die Dinge ändern!

– Ändern?

– Deshalb habe ich Sie gebeten, sich unserer kleinen Gesellschaft anzuschließen.

Carú beugte sich zu ihm. Und begann zu erzählen.

Berlusconi ist in die Politik gegangen.

Er hat eine Partei aus dem Nichts gestampft.

Ein Wunder an Fantasie, Kenntnisreichtum, Erfindungsgabe und ... Politik. Sie wird *Forza Italia – Associazione per il buon governo* heißen.

Berlusconi ist in ständigem Kontakt mit Craxi.

Die Information ist noch geheim, auch wenn schon darüber gesprochen wird – man weiß ja, wie so was in Italien läuft ... – die Sache wird bald öffentlich werden.

Es zeichnet sich eine strategische Allianz mit der Lega und mit Fini ab. Sofern die alten Kameraden sich endlich dazu durchringen, sich als Post-, wenn nicht gar als Antifaschisten zu bezeichnen.

Es wird gerade der Grundstein zu einem neuen, gemäßigten Block gelegt, aus dem die moderne Rechte hervorgehen wird.

Die Dinge werden sich ändern.

In den nächsten fünfzig Jahren werden wir das Land regieren.

Scialoja hatte wie betäubt zugehört, während sein Gehirn auf Hochtouren arbeitete. Neue Partei ... unvorstellbares Szenarium ... der Unternehmer wird Staatsmanager, beziehungsweise der Manager des Staates ... eine faszinierende Idee, nein, mehr noch, eine verführerische Idee ... Berlusconi ... der so sympathisch ist ... so gerissen ... so italienisch ...

– Wir brauchen zuverlässige und intelligente Mitarbeiter wie Sie, Herr Doktor ...

Das war ein Angebot. Eine Einladung. Ein ernst gemeintes Angebot. Eine verlockende Einladung. Scialoja goss sich noch ein wenig Whisky ein.

– Ich trete aus Prinzip keiner Partei bei. Das sollten Sie wissen.

– Das ist schlecht. Ein Mann mit Ihrem Talent.

– Sagen wir lieber, mit meinen Dokumenten, Doktor Carú.

– Meinetwegen. Sagen wir es. Seien wir ehrlich. Legen wir die Dokumente auf den Tisch, wenn Sie mir das Wortspiel verzeihen. Kommen Sie zu uns. Verpassen Sie nicht die Gelegenheit.

So war es und so würde es auch immer sein. Die Dokumente. Vecchios Dokumente. Er war verurteilt, auf immer und ewig ein Abklatsch Vecchios zu sein. Eine immer blasser werdende Kopie, immer weiter vom Vorbild entfernt. Scialoja. Der Wächter der Dokumente.

– Also?

– Was können Sie mir über Giulio Gioioso erzählen?

Carús Augen leuchteten amüsiert auf.

– Gioioso unterhält noch immer innige Beziehungen zu seiner Heimat. Was ein großer Vorteil ist, in derart wirren Zeiten. Schauen Sie doch, was wir gerade mitmachen, Doktor Scialoja! Es passieren Dinge, die nicht einmal ein Mann mit Ihrer Macht verhindern kann. Und wissen Sie, warum? Weil dieser Staat schwach ist. Resigniert. Weil die Italiener aufgehört haben zu träumen. Und das ist schlimm! Sehr schlimm! ... Außerdem stelle ich mir vor, dass Sie wie ich und alle anderen auch die Nase voll haben von all der Gewalt ... Natürlich erwarte ich keine sofortige Antwort. Denken Sie darüber nach, aber denken Sie nicht zu lange nach. Die Dinge werden sich sehr schnell ändern. Eines Tages sind die berühmten Dokumente vielleicht nur mehr ein Haufen Altpapier.

Der Brunch war hervorragend. Scialoja stocherte zerstreut in den köstlichen Speisen, er konnte sie gar nicht richtig schätzen, weil er noch immer über Carús Offenbarung nachdachte. Maya ging ganz in ihren Pflichten als Gastgeberin auf. Aber immer, wenn sich eine Gelegenheit ergab, suchte sie Patrizias Blick. Und Patrizia erwiderte den Blick mit einer raschen Geste, mit ihrem zugleich strahlenden und traurigen Lächeln. Zwischen ihnen war wie durch ein Wunder ein spontanes Einverständnis entstanden. Aber Ramino ließ nicht locker, mit seinen Anspielungen und seinen Darbietungen, bei dem er den süditalienischen und römischen Dialekt imitierte (nichts für ungut, Herr Doktor, ist nicht persönlich gemeint). Dann folgte der Spaziergang nach Santa Margherita mit obligatem Aperitif, ein leichtes Abendessen auf der Basis von Fisch, Eis, weitere Witze und ein doofes Gesellschaftsspiel, das von dem jovialen Ramino vorgeschlagen worden war. Erst zu vorgerückter Stunde konnten sich Maya und Patrizia allein unterhalten. Scialoja löcherte sie mit dieser Berlusconi-Geschichte. Sie sagte, dass der Cavaliere ihr sympathisch sei und dass sie ihn aus dem Bauch heraus wählen würde. Als Scialoja endlich einschlief, ging Patrizia zu Maya auf die Terrasse.

Maya reichte ihr einen Joint. Patrizia inhalierte und bekam einen Hustenanfall.

– Ein wenig Stoff hat noch niemanden umgebracht. Außerdem tut es meinem Auge gut!

– Entschuldige, ich bin nicht mehr daran gewöhnt.

– Du hast heute zu mir gesagt, dass ich Glück habe, Patrizia.

– Und du wolltest gerade antworten, dass dem nicht so ist. Dass ich mich irre.

– Ja. Du irrst dich.

Sie erzählte ihr von Ilio. Von ihrer Ehekrise. Von Raffaella, die unruhig durch die Zimmer des großen, würdevollen Mailänder Palazzo lief, die früher einmal so gemütlich und jetzt plötzlich so kalt und feindlich waren, und die sich fragte, warum Mama und Papa nicht mehr miteinander sprachen. Sie erzählte ihr vom gescheiterten Projekt der Schule, von den immer größer werdenden Schwierigkeiten in der Firma, den schmutzigen Konten. Wie Ilio ihrem Blick auswich. Über ihre Unfähigkeit, eine Entscheidung zu treffen, die Entscheidung, die einzig richtige. Dass sie das Vertrauen zueinander verloren hatten.

Patrizia hatte in ihrem Leben nur eine Freundin gehabt. Palma, die Ex-Terroristin, der sie im Gefängnis das Leben gerettet hatte. Palma arbeitete jetzt als Modefotografin und hatte immer einen vollen Terminkalender. Treffen wir uns nächste Woche, Patrizia, Schatz, ach nein, entschuldige, nächste Woche bin ich bei der Expo in Barcelona ...

Und jetzt schüttete ihr diese Frau, die so ganz anders war als sie und im Grunde doch so ähnlich ... das Herz aus. Patrizia empfand riesiges Mitleid für Maya. Und für sich selbst.

– Ich habe mich nicht getäuscht. Du hast Glück. Du weißt, was du willst. Du willst Ilio. Du willst deine Familie. Ich ... ich bin wie dein Mann ... auch ich kann mich nicht entscheiden ... und nehme letzten Endes alles. Aber wenn du alles nimmst, verlierst du letzten Endes auch alles.

– Willst du darüber sprechen, Patrizia?

– Lass mich noch einen Zug machen.

3.

Am Samstagvormittag kamen Maya und Patrizia überein, bei dem Segelturn auf der *Nostromo* nicht mitzumachen. Nachdem sie lange im olympischen Pool der Villa Tre Orsi geschwommen waren, nahmen sie völlig nackt ein Sonnenbad. Sie tranken eisgekühlten Wodka, drehten Joints, unterhielten sich über das Leben. Maya erzählte Patrizia von ihren obszönen Träumen, etwa, dass sie einer Horde wilder Kerle in die Hände fiel ... Träume, die in ihr ein gewisses perverses Begehren ausgelöst hatten. Und von der Angst, was dieses Begehren bedeuten könnte.

– Es ist wie in dem Film, *Belle de jour*, erinnerst du dich?

– Auch das war ein Traum, Maya.

Patrizia berührte sie zärtlich.

– Ich habe Schlimmeres gemacht. Und nicht nur in Träumen. In Wirklichkeit.

– Das habe ich gehört.

– Es ist kein Geheimnis.

– Hast du jemals eine Analyse gemacht, Patrizia?

– Ich habe Angst davor.

– Und ich erst. Sagen wir, ich glaube nicht daran, okay? Und was sollte mir der Analytiker auch sagen? Probleme mit der Mutter? Wenn überhaupt, hatte ich welche mit meinem Vater.

– Erzähl mir von ihm.

– Er war sehr besitzergreifend. Weißt du, warum diese Villa Tre Orsi heißt? Als ich drei Jahre alt war, war mein Lieblingsmärchen nämlich *Goldlöckchen und die drei Bären.* Und als der Gründer ...

– Der Gründer?

– Mein Vater. Wir nannten ihn so, weil er der Anfang von allem war, der Mittelpunkt von allem und das Ende von allem. Der Gründer eben. Als der Gründer also beschlossen hat, mir diese kleine Villa zu schenken ...

– Ach so, diese kleine Villa ...

– Ich verwende nur seine Worte, Patrizia. Als er beschloss, mir all das zu schenken, fragte er mich: Wie sollen wir sie nennen, meine Kleine? Was hättest du geantwortet?

– Als ich drei war, hat mir mein Vater nicht einmal Zirkuskarten geschenkt. Doch, einmal. Zuerst wollte ich gar nicht hingehen. Dann, als ich an die Clowns, ihre Purzelbäume, ihre Maulfürze und all das dachte, habe ich mir's anders überlegt. Und dann verliebte ich mich in die Tiere. Ich war im wahrsten Sinne des Wortes hingerissen von den Tieren. Weißt du, dass ich mindestens fünfhundert Stofftiere habe?

– Ja, aber wie hättest du die Villa genannt?

– Nun ... Goldlöckchen, nicht wahr?

– Das habe auch ich gesagt. Aber er wollte sie „Tre Orsi" – „Drei Bären" nennen. Im Grunde sind nämlich die Bären die Hauptpersonen, sagte er, vor allem der Kleine, der kleine Bär, der ständig jammert.

– Wer hat in meinem Bettchen geschlafen? Wer hat von meinem Tellerchen gegessen?, ergänzte Patrizia.

– Genau so. Verstehst du, was ich sagen möchte? Ich durfte nicht einmal den Namen meines eigenen Hauses aussuchen!

– Du warst gerade mal drei!

– Auch mit dreißig wäre es nicht anders gewesen, glaube mir. Und deshalb bin ich jetzt eine reiche Dame, die davon träumt, aus diesem Scheißloch davonzulaufen, vor diesen Scheißleuten, vor diesem Scheißleben ...

– Und warum tust du es nicht?

– Weil ich es allein nicht schaffe. Ohne Ilio und die Kleine gehe ich nirgendwohin!

Patrizia sprang auf.

– Dann entführ sie. Streu ihnen Schlafmittel in die Suppe und bring sie weg. Aber mach es gleich, sofort. Mach es, bevor die Gewohnheit überhandnimmt. Mach es, bevor du eine Sklavin bist, die nicht weiß, wie sie ihre Ketten sprengen soll.

Maya schaute sie verblüfft an. Patrizia hatte sich verwandelt. Ihre Züge waren angespannt und wütend. Geballte Fäuste, ein irres Leuchten in den Augen. Maya ging zu ihr hin. Mit einem herzzerreißenden Seufzer kam Patrizia wieder zu sich.

– Tut mir leid, Maya. Ich weiß nicht, was in mich gefahren ist.

– Was ist, Patrizia? Was quält dich?

– Ich will nicht darüber sprechen.

– Du musst aber!

– Ich habe nicht das Recht, dich mit hineinzuziehen.

– Du hast mich bereits hineingezogen.

– Ich könnte dir Dinge erzählen, die dir nicht gefallen würden.

– Ich werde nicht über dich urteilen. Wir sind Freundinnen, Patrizia.

Am Sonntagvormittag, als sich die Gäste auf die Abreise vorbereiteten, bekam Maya plötzlich Gewissensbisse. Sie hatte Patrizia versprochen, das Geheimnis zu wahren, und gewiss verdiente die Geschichte, die sie ihr erzählt hatte, höchste Geheimhaltung. Aber Scialoja war so leidenschaftlich. Ob er sie nun liebte oder nicht, aus der Art, wie er sich an sie wandte, aus den Blicken, die er ihr zuwarf, aus den flüchtigen Berührungen, die er ihr zu rauben versuchte, wenn er glaubte, unbeobachtet zu sein, aus alldem sprach ein verzweifeltes Bedürfnis, eine Notwendigkeit, die bereits Abhängigkeit geworden war. Scialoja war süchtig nach ihr. Patrizia musste eine Entscheidung treffen. Entweder oder. Würde sie die Kraft dazu haben? Oder würde sie sich treiben lassen, wie sie sich ihr ganzes Leben hatte treiben lassen? Maya musste sich zusammenreißen, um nichts zu unternehmen. Patrizia musste die Entscheidung allein treffen. Sie durfte sich nicht einmischen. Trotz aller Zweifel hielt sich Maya an das Schweigegebot. Sie würde eine Freundin nie verraten. Aber während sie einen komplizenhaften Kuss mit Patrizia tauschte, konnte sie die düstere Ahnung nicht unterdrücken, dass sie sich vielleicht nie wiedersehen würden.

Die Macht der Gefühle

1.

Nach ihrer Rückkehr aus Portofino ging Patrizia Scialoja zwei Tage aus dem Weg. Am dritten Tag bat sie ihn, mit ihr zum See zu fahren.

– Zum See? Aber das ist ein so deprimierender Ort.

– Ich muss mit dir reden.

– Unbedingt. Was hältst du von einem Candle-Light-Dinner in Cannes?

– Fahr mit mir zum See, ich bitte dich.

Mayas Worte hatten ihr keine Ruhe gelassen. *Du musst eine Entscheidung treffen. Du kannst den Augenblick der Wahrheit nicht weiter hinausschieben.* Zuerst hatte sie ihrer weisen Freundin recht gegeben. Aber in Rom hatte sie eine stumme Wut gepackt. Warum? Warum eine Wahl treffen? Warum sich entscheiden? Am einfachsten wäre es gewesen, zu verschwinden. Patrizia, die sowohl für den einen als auch für den anderen auf immer verloren war. Das Gespenst Patrizias. Scialoja hätte sich früher oder später damit abgefunden. Aber Stalin hätte sie nicht einfach so gehen lassen. Patrizia hatte die Konten leergeräumt. Dem Bankdirektor hatte sie erklärt, dass sie sich ein Haus kaufen wolle. Der Mann stand ganz gewiss auf Stalins Gehaltsliste und würde die Information weitergeben. Egal, ob er ihr glaubte oder nicht. Mittlerweile empfand sie ihm gegenüber nur mehr einen leisen Widerwillen. Sie brauchte nur ein wenig Vorsprung. Aber als sie bereits die Koffer gepackt hatte, als alles bereit war, überkam sie plötzlich ein unerklärliches Gefühl der Verschwendung. Du kannst dich nicht ein Leben lang verstecken, Patrizia. Überleben allein reicht dir nicht. Irgendwo wartet ein Licht auf dich. Und während sie sich die Sandalen auszog und die Füße in den See tauchte, während sie bei der Berührung mit dem kalten Wasser erschauderte, wusste sie nicht, was sie sich von dieser Begegnung wünschen sollte: die Bestätigung der Ängste, die sie während ihres ganzen falschen Lebens begleitet hatten, oder die Explosion einer irrationalen Hoffnung, die von Tag zu Tag größer wurde.

– Hier war ich mit meinem ersten Freund. Er hieß Gerardo, seine Freunde nannten ihn Gerry. Er war ein kleiner Dealer. Er pflanzte Gras und verkaufte es im Schulhof. Er sagte, er würde nach Amerika auswandern. Er sagte, er würde Amerika erobern. Und er sagte, dass ich mit ihm nach Amerika gehen solle. Er sagte, Amerika würde mich vor mir selbst retten.

Der Sommer hatte auch in Castel Gandolfo Einzug gehalten. Eine philippinische Familie saß auf den Bänken auf der zum trüben Wasser des Sees hin steil abfallenden Erdterrasse und verzehrte ihr Mittagessen. Ein gelbrotes Löschflugzeug kam in regelmäßigen Abständen zum Auftanken vorbei. Zwei Kanufahrer paddelten ungestüm und riefen sich gegenseitig scherzhafte, anfeuernde Worte zu.

Scialoja nahm ihre Hand zwischen die seinen. Er wollte etwas sagen. Sie bedeutete ihm zu schweigen.

– Aber mit unserem bisschen Geld hätten wir nicht nach Amerika fahren können. Eines Tages bemerkte Gerry, wie mich ein paar der älteren Jungs anschauten ... Jungs aus guter Familie ... einer von ihnen machte ihm einen Vorschlag. Er sagte, er würde mit mir darüber sprechen. Er fragte mich mehr oder weniger, ob ich mit ihnen ins Bett gehen würde. Für Geld. Ich sagte nein. Ich schickte ihn zum Teufel. Ich weinte und heulte.

Er warf sich vor mir auf die Knie, bat mich um Verzeihung. Ich antwortete ihm, dass wir uns nie wiedersehen würden. Noch am selben Abend rief ich einen der Jungen an. Wir vereinbarten den Preis und verbrachten das Wochenende in der Villa seiner Familie, am Circeo. Dann stellte er mich seinen Freunden vor ...

– Patrizia ...

– Alles war besser als meine Scheißfamilie. Alles. Wenn es mein Schicksal war, mich zu verkaufen, wollte ich es tun, aber zumindest auf eigene Rechnung. Ohne Boss. Zuerst kamen die Schüler, dann die Professoren. Das Gerücht verbreitete sich rasch. Sie stellten sich an, um mit mir ins Bett zu gehen. Und zahlten. Als mich der Schulwart im Chemiesaal überraschte, schrie ich, ich sei vergewaltigt worden. Der Professor versuchte sich zu verteidigen. Er erzählte allen, wie sich die Dinge verhielten. Man glaubte ihm nicht. Ich konnte damals sehr gut auf unschuldig machen. Ich überredete meinen Vater, ihn nicht anzuzeigen. Der Professor wurde versetzt. Ich verließ die Schule. Der Rest ist allgemein bekannt. Aber du sollst eines wissen: Ich habe mich zwar nicht amüsiert, habe aber auch nicht gelitten. Mir war alles egal. An der ganzen Sache interessierte mich nur das Geld. Damit habe ich mir die Freiheit erkauft. Das bin ich.

– Warum? Warum erzählst du mir das alles?

Sie mied seinen Blick.

– Der erste Junge, für den ich etwas empfand, wollte mich benutzen. Alle benutzen jemanden auf dieser Welt. Deshalb musst du mir die Wahrheit sagen, Doktor Scialoja, was willst du von mir?

– Ich liebe dich, Patrizia.

– Lüg mich nicht an. Ich bin nichts wert, nichts, verstanden?

Einen Augenblick lang glaubte Patrizia, Scialoja würde ihr nicht mehr zuhören. Er hatte sich ans Ufer gekniet und ließ die Hand mit einer halbkreisförmigen Bewegung durch das Wasser gleiten. Mit dem Blick folgte er den Volten des Löschflugzeuges. Als er aufstand, betrachtete er sie mit bitterem Lächeln.

– Ich habe mich nicht auf den ersten Blick in dich verliebt. Lange habe ich dich nicht geliebt, Patrizia. Ich habe deinen Körper begehrt. Deine Gleichgültigkeit hat mich erregt. Deine wilde Gleichgültigkeit beim Sex. Am liebsten wäre ich alle Männer gewesen, mit denen du ins Bett gingst. Alle gleichzeitig, im selben Augenblick. Die Vorstellung, dass du mit ihnen zusammen warst, hat mich erregt. Die Vorstellung deines sich darbietenden Körpers hat mich erregt. Diese Beziehungen ohne Leidenschaft. Die Vulgarität des Verhandelns. Das Geld auf dem Nachttischchen. Die weggeworfenen Kondome. Das Latex. Die Handschellen. Alle diese Dinge, die zu gebrauchen du mich hättest lehren können ... an meinem und an deinem Körper ... ich habe davon geträumt, in dein Zimmer zu stürmen und dem, der auf dir lag, eine Kugel in den Kopf zu jagen und an seine Stelle zu treten, in dich einzudringen ... ich habe davon geträumt, dich zu entführen und als meine Gefangene zu halten, Tag und Nacht, bis zum Tod ... in der Früh aufzuwachen und wie ein Hund den Geruch deiner Nacht zu schnüffeln ...

Patrizia lächelte ihn überraschenderweise an, wie erleichtert.

– Siehst du? Das ist nicht Liebe. Das ist die alte Geschichte vom Bullen und der Hure ...

Sie zog die Füße aus dem Wasser, als würde sie frieren, und bückte sich, um die Sandalen anzuziehen.

Scialoja packte sie am Arm.

– Du hast recht. Die Liebe ist später gekommen. Als ich dich ins Gefängnis geworfen habe. Ich werde nie den Morgen vergessen, als du zum Verhör kamst. Schmutzig, unfrisiert, wütend. Da war ein Leuchten in deinen Augen ... ein herausforderndes Leuchten ... zeig mir, wozu du fähig bist, Bulle ... es wird dir nicht gelingen, mich zu beugen ... Und als du dieser Terroristin das

Leben gerettet hast ... da habe ich eine andere Patrizia entdeckt. Eine großzügige Frau. Eine Königin. Du hast die Kloake unbeschädigt verlassen. Unschuldig ... Da hat mir dein Körper nicht mehr gereicht. Ich wollte dich auf absolute, totale Weise besitzen, ich wollte mit dir verschmelzen, in dir aufgehen ... wenn das nicht Liebe ist ... Und jetzt fragst du mich: Was willst du von mir? Du weißt es bereits, Patrizia. Du weißt bereits, dass du das Wichtigste in meinem Leben bist.

Patrizia nahm den Kopf zwischen die Hände.

– Nein, nein, flüsterte sie.

Scialoja umarmte sie zärtlich. Sie ließ den Tränen freien Lauf. Sie weinte, weil Scialojas Worte, sein leidenschaftlicher Ton ihr das Gefühl gaben, etwas Schmutziges zu sein, ein schreckliches, schmutziges Ding, das nur zur Lüge und zum Betrug fähig war. Sie weinte, weil sie nicht die Kraft besaß, dem Gefühl Einhalt zu gebieten, das sie zu überschwemmen drohte. Sie weinte, weil sie sich in ihn verliebt hatte. Und weil das nie hätte passieren dürfen.

Plötzlich stieß sie ihn zurück, und in ihren Augen leuchtete wieder das böse Licht, das er so gut kannte.

– Geh weg! Folge mir ja nicht. Ich bin nichts wert ... nichts, verstehst du? Nichts!

2.

Angelino war mit schlechten Nachrichten aus Sizilien zurückgekommen. Zu' Cosimo war verraten worden. Provenzano hatte die Vorsichtsmaßnahmen vervielfacht. Er wechselte ununterbrochen den Aufenthaltsort, und um mit ihm in Kontakt zu treten, musste man wochenlang warten. Die Brusca waren auf der Flucht, mit einem Jungen als Geisel, dem Sohn eines Kronzeugen, und sie drohten, ihn in Salzsäure aufzulösen, wenn sein

Vater seine Aussage nicht widerrief. Viele sagten, dies verstieße gegen die Regeln der Cosa Nostra. Aber gab es überhaupt noch Regeln?

Auf jeden Fall hatte man beschlossen weiterzumachen.

Das Vorhaben, ein Attentat vorzutäuschen, war aufgegeben worden.

Stalin machte einen unmissverständlichen Versuch, Angelino auf seine Seite zu ziehen. Aber der Mafioso hatte deutliche Befehle erhalten. Und an seinem gebieterischen und etwas verängstigten Tonfall erkannte Stalin, dass seine eigene Position innerhalb der Cosa Nostra nicht mehr so unangefochten war wie früher. Eigentlich hatten die Sizilianer recht. Mit dem unbedachten Versuch, Angelino zu fassen, hatte Scialoja alle Kontakte verwirkt. Aber er, Stalin, hatte noch nichts Konkretes angeboten. Nur das Versprechen, ein Ergebnis zu liefern. Nun, die Mafiosi hatten recht und Angelino war nicht bereit, den großen Sprung zu wagen. Die Bindung war zu stark.

Also musste man Plan B zur Anwendung bringen.

– Ist gut. Wir werden tun, was sie unten beschlossen haben. Ich habe etwas erfahren, Angelino ...

Stalin erzählte ihm, dass Berlusconi in den Ring stieg. Der Mafioso zuckte mit keiner Wimper.

– Glaubst du, er kann es schaffen?, versuchte ihn Stalin zu provozieren.

– Wer weiß?

– Immer noch besser als die Kommunisten, nicht wahr?

– Alle sind besser als die Kommunisten. Für uns ist es egal, ob er oder ein anderer ...

Für euch, meine Freunde, vielleicht, dachte Stalin. Für mich ist es aber überhaupt nicht egal. Ich muss wissen, wer gewinnt, und dem Sieger noch vor Scialoja meine Dienste anbieten.

Ich kann mich nicht damit abfinden, abgeschoben zu werden.

Die Verlängerung spielen wir also auf meine Art! Und zwar sofort!

– Haben wir bereits ein Datum, ein Ziel?

– Wir denken darüber nach.

– Wir müssen uns beeilen. Das Eisen schmieden, solange es heiß ist. Wenn es euch an Männern fehlt, können ich und Pino einspringen.

– Der Kleine? Ich dachte, ihr habt euch getrennt?

Da erzählte ihm Stalin in einem kindlichen Anfall von Eitelkeit, wie er Valeria losgeworden war.

Später rief Stalin Michelle an und sagte ihr, dass sie sich ein paar Tage nicht sehen würden. Lästige berufliche Verpflichtungen, wie immer. Sie schien es nicht besonders krumm zu nehmen. Wahrscheinlich hatte sie einen Ersatz gefunden, die kleine Hure. Stalin nahm sich vor, sie bei Gelegenheit einer Überprüfung zu unterziehen. Aber später, in Ruhe.

Im Augenblick musste er ein akuteres Problem lösen.

Patrizia.

3.

Am Telefon hatte ihr das Personal von Portofino gesagt, dass Maya dringend nach Mailand hatte zurückfahren müssen. Mit Ilio ging es bergab. Patrizia hatte sie am Handy erreicht, ein paar Minuten vor Mitternacht. Einen langen, kostbaren Augenblick lang war es Maya gelungen, die eigene Verzweiflung zu vergessen, um sich auf die ihrer Freundin zu konzentrieren.

– Frag nicht mich, was du tun sollst, Patrizia. Du weißt selbst, was das Richtige ist.

– Ich habe Angst, Maya. Angst, ihn zu verlieren.

– Er liebt dich viel zu sehr, er lässt dich nicht gehen.

Ja, Maya hatte recht. Tausendmal recht. Sie hatte gar keine andere Wahl. Sie hätte es bloß früher, viel früher tun sollen. Scialoja am See zurückzulassen, war der x-te Irrtum gewesen. Als er versucht hatte, sie zurückzuhalten, hatte sie sich gewehrt. Sie hatte ihn gekratzt. Sie hatte ihn verletzt. Ein Irrtum. Der letzte Irrtum. Jetzt war alles in Ordnung. Jetzt hatte die Zukunft endlich einen Sinn. Patrizia brauchte übertrieben lang, um sich zu schminken. Indessen legte sie sich eine überzeugende Rede zurecht. Es ist nicht einfach, wenn man plötzlich feststellt, dass es jemanden gibt, für den man leben möchte. Nicht wenn man seit jeher überzeugt ist, dass man nichts wert ist. Nenn es eine Offenbarung. Bezeichne es als irgendetwas, das immer schon in mir war, bezeichne es als ... Aber jeder Satz klang unverbesserlich banal. Das Gefühl würde alles entscheiden. Hoffentlich verstand er! Sie entschied sich für ein leicht dekolletiertes Abendkleid, schwarze Seide. Sie legte zwei Tropfen des Parfums auf, das er so mochte. Wenn er vorhatte, sie wegzuschicken ... dann sollte wenigstens ihr letzter Auftritt strahlend, perfekt sein.

Es sollte eine Überraschung für Scialoja sein. Typisch weiblich, sollte er später feststellen. Nachdem er ihr verziehen hatte.

Sie steckte gerade die Schlüssel in die Tasche, als Stalin und Guercio hinter ihr auftauchten.

– Hallo, Frauchen!

– Wozu dieser überraschende Besuch?

Stalin nahm ungerührt zur Kenntnis, dass sie zusammenzuckte. Rote Wangen, verdächtiges Zittern ... das Abendkleid ... das dezente Parfum ... das Schweigen der letzten Tage ... Die Sache mit dem Geld. Die Situation war entschieden brenzlig. Patrizia! Patrizia!

– Bietest du mir nichts zu trinken an?

In aller Eile servierte sie ihm einen Whisky. Ihre Hände zitterten leicht. Patrizia! Patrizia!

– Nun, was soll ich sagen ... seit geraumer Zeit sehen wir uns ja kaum noch. Als ich erfahren habe, dass du das viele Geld abgehoben hast, habe ich mich gefragt: Will mir meine geliebte Gefährtin vielleicht einen kleinen Streich spielen?

– Ich habe beschlossen, ein Haus zu kaufen, das weißt du doch.

– Ah, ein Haus ... vielleicht eine Villa am See, hä?

– Du hast mich beschatten lassen!

Stalin drehte das Glas in der Hand und richtete sich auf.

– Das sind die Regeln des Spiels, das müsstest du doch wissen. Schönes Kleid. Gehst du aus?

– Ich treffe eine Freundin.

– Dann kommen wir ja gerade rechtzeitig. Guercio, hol den Mercedes. Wir begleiten Frau Patrizia ...

– Danke, Stalin, aber ich habe schon ein Taxi gerufen.

– Du gehst zu ihm.

Es blieb keine Zeit zu antworten. Das Telefon läutete. Stalin gab ihr mit einer entschiedenen Geste zu verstehen, dass sie sich nicht von der Stelle rühren sollte. Beim dritten Läuten schaltete sich der Anrufbeantworter ein. Es war Scialoja. Seine feste, leidenschaftliche Stimme. Während Stalin die Nachricht abhörte, umspielte ein enttäuschtes Lächeln seine schmalen Lippen.

Du darfst nicht sagen, dass du nichts wert bist ... Patrizia, du bedeutest mir alles!

– Du meine Güte, wir stecken ja mitten in einem Melodram. Patrizia! Patrizia!

– Ich werde dich nicht verraten, sagte sie und blickte ihm in die Augen.

Stalin lachte. Wie gern würde ich dir glauben, Täubchen! Aber dein Blick verrät dich! Dein Geruch verrät dich. Der Geruch der Angst. Der Geruch der Flucht. Der Geruch des Abschieds. So hatte die Macht der Gefühle letztendlich über den Faktor

Mensch triumphiert. Wie sehr hätte sich wohl Vecchio bei diesem Schauspiel vergnügt! Stalin schloss die Augen und überließ sich dem Ansturm der Erinnerungen. Patrizia, die sich einen Drink einschenkt. Patrizia, die eine Platte mit einem herzzerreißenden Liebeslied auflegt, einem etwas abgeschmackten Liebeslied, wie man sie früher in Nachtklubs spielte. Patrizia, die sich die Schuhe auszieht, sich auf das weiße Ledersofa fallen lässt und die langen Beine unter den Körper zieht. Patrizia, die für ihn einen Strip hinlegt. Wie überflüssig war doch dieses Finale!

Stalin machte einen Schritt auf sie zu. Patrizia war schneller. Blitzartig schlängelte sie sich zwischen den beiden durch und lief zur Tür.

– Schnapp sie, Guercio!

Guercio war langsam. Guercio war schwerfällig. Guercio mochte diese Frau. Aber Guercio war ein ausgebildeter Soldat. Er packte sie um die Mitte und schleuderte sie zu Boden. Als ob er es gar nicht hätte erwarten können, diesen Körper wieder loszuwerden. Mit einem dumpfen Laut prallte sie auf. Stalin beugt sich über sie und strich ihr über das Haar.

Patrizia spuckte ihm ins Gesicht.

Stalin wischte sich in aller Ruhe ab, dann schlug er sie ins Gesicht. Einmal, zweimal, dreimal. Guercio schrie auf.

– Es reicht, Chef!

– Halt's Maul.

Patrizia sah ihn noch immer an. Sie versuchte den Schmerz zu beherrschen. Sie schluckte die Tränen runter. Ihre Augen waren voller Hass. Stalin seufzte.

– Warum? Warum, Patrizia? Du hättest alles haben können ... warum?

– Weil er besser ist als du, Stalin!

Stalin schlug wieder zu. Patrizia verlor das Bewusstsein. Guercio näherte sich ihnen.

– Chef, ich kümmere mich um das Mädchen. Ich nehme sie mit nach Hause und behalte sie bei mir. Ich garantiere dir, ich lasse sie keine Sekunde aus den Augen. Sie ist bei mir sicherer als im Knast. Und wenn alles vorbei ist, wenn es nicht mehr notwendig ist ...

Stalin sah Guercio mit einem schiefen Lächeln an. Auch er hatte sich von der Hure einwickeln lassen! Guercio musterte ihn indessen und versuchte sich mit seinem simplen Gemüt einen Reim auf das schiefe Lächeln zu machen.

– So willst du dich um sie kümmern, Guercio?

– Vertrau mir, Stalin. Es wird alles gut.

– Einverstanden. Wenn du dich um sie kümmern willst ... wirf sie runter!

– Nein.

Er würde die Frau nicht umbringen. Stalin war außer sich, Stalin hatte die Kontrolle verloren. Stalin war kein Respekt gebietender, aufgeklärter Führer. Stalin war ein Psychopath. Er würde die Frau nicht töten. Er hatte erst einmal eine Frau getötet, vor Jahren. Aber das war ein Unfall gewesen. Ein Kollateralschaden im Zuge der Trockenlegung feindlichen Territoriums. Hier lagen die Dinge allerdings anders. Gewisse Dinge kann man einfach nicht tun. Auf keinen Fall. Gewisse Grenzen kann man nicht überschreiten. Für gewisse Dinge muss man früher oder später bezahlen. Und Guercio wollte nicht bezahlen. Stalin hob den Zeigefinger der linken Hand und stach damit in Guercios gesundes Auge. Guercio gab einen tierischen Laut von sich.

– Beseitige die Spuren, wenn du mit dem Jammern fertig bist.

Stalin warf sich Patrizia über die Schulter und ging auf die Terrasse.

Ein paar Stunden später stürmte Camporesi aschfahl und ohne anzuklopfen in Scialojas Büro. In der Hand hielt er eine handgeschriebene Nachricht.

Scialoja telefonierte gerade mit Carú. Er suchte den richtigen Tonfall, um ihm mitzuteilen, dass er das Angebot angenommen hatte. Mit gebieterischer Geste gab er Camporesi zu verstehen, dass er nicht unterbrochen werden wollte. Der Leutnant nahm ihm vorsichtig den Hörer aus der Hand und zwang ihn zu lesen.

Camporesi hielt sich die Ohren zu. Scialojas Schrei hatte etwas Unmenschliches an sich, das er nicht ertrug.

4.

DAS PROJEKT DER DEMOKRATISCHEN WIEDERGEBURT

Dieses Dokument wurde 1981 bei der Tochter Licio Gellis, des Großmeisters der Loge P2, gefunden und beschlagnahmt, gemeinsam mit dem Bericht zur politischen Situation in Italien.

Veröffentlicht in: Parlamentarische Untersuchungskommission zur Freimaurerloge P2, IX. Legislaturperiode.

VORWORT

Das Adjektiv „demokratisch“ bedeutet, dass alle Motive sowie alle wenn auch unbewussten Absichten, das System umzustürzen, nichts mit diesem Plan zu tun haben. Der Plan zielt vielmehr darauf ab, das System durch die Verbesserung aller Institutionen, die von der Verfassung vorgesehen und kontrolliert werden, neu zu beleben, von den Staatsorganen bis zu den politischen Parteien, der Presse, den Gewerkschaften, den Wählern.

Der Plan ist unterteilt in eine ungefähre Aufzählung der Ziele, der Darlegung der Vorgangsweise – auch der alternativen Vorgangsweise – und schließlich in die Auflistung der kurz-, mittel- und langfristigen Programme.

Der Deutlichkeit halber muss gesagt werden, dass im Rahmen der mittel- und langfristigen Programme – nach Wiederherstellung der grundlegenden Institutionen – einige Veränderungen der Verfassung vorgesehen sind, die es, ohne das ursprüngliche harmonische Gesamtgefüge zu zerstören, ermöglichen sollen, der Nation und ihren Bürgern Freiheit und Fortschritt zu garantieren, und zwar in einem Kontext, der sich mittlerweile sehr von jenem des Jahres 1946 unterscheidet.

Als er ihm den Licio Gelli zugeschriebenen „Plan der Wiedergeburt" überreichte, setzte der Journalist des *Espresso* ein höfliches Lächeln auf. Als wollte er sagen: Schon wieder? Schon wieder, wieder und immer wieder, hatte Argenti erwidert. Was ihm einen sicheren Eintrag in die Liste der Verschwörungstheoretiker gebracht hatte. Auch recht. So wie sich die Dinge entwickelten, hatten der Aufschrei und das Schweigen denselben Wert. Nämlich keinen.

Das Gerücht, dass Berlusconi als Chef des gemäßigten Blocks in den Ring steigen würde, hatte die Runde gemacht. Es war kein Gerücht mehr, sondern Gewissheit. Argenti hatte es als Erster erfahren, zumindest als Erster in der Partei. Es war am Ende einer neuerlichen Fernsehdiskussion mit Carú passiert, vor zwei Wochen. Weniger als eine Debatte war es ein Monolog gewesen, in dessen Verlauf Carú, der Ex-Genosse Carú, wie immer eine von Neid und Hass geprägte Brandrede gegen die Priester seiner ehemaligen Kirche geschwungen hatte. Argenti hatte sich so gut wie möglich verteidigt, aber Carús Rhetorik war unschlagbar. Er hatte ihn in der Luft zerrissen. Die zweite Diskussionsrunde war ein Debakel für ihn gewesen. Jeder, der Zeuge dieses Schauspiels wurde, ging mit einer klaren Überzeugung nach Hause: Carú repräsentierte die Zukunft, das Neue, die Hoffnung. Argenti die Vergangenheit, die nach Moder, nach alter Politik roch. Der

Brillante gegen den Bürokraten. Es war im Kleinen eine Vorwegnahme jenes Gefechts, das es bei den allgemeinen Wahlen geben würde. Denn Wahlen würden zweifellos stattfinden. Eine Regierung, in der nur Leute saßen, die im Zentrum von Gerichtsverfahren standen, konnte nicht von Dauer sein.

Nicht ohne politische Führung der Parteien. Doch die Parteien hatten sich unter dem Druck der Ermittlungen aufgelöst.

Als ob die Richter, ohne es zu wissen, für den Gegner gearbeitet hätten!

Wahlen also, und Niederlage.

Als sie sich in der Garderobe die Hand schüttelten, hatte er sich ganz eindeutig zu Berlusconi geäußert.

– Aber habt ihr wirklich geglaubt, wir würden euch allein gegen die Faschisten kämpfen lassen? Ihr auf der einen Seite, sie auf der anderen, und in der Mitte nichts? Habt ihr wirklich geglaubt, dass dieses enorme politische Vakuum, das sich mit der Krise der Democrazia Cristiana ergeben hat, wirklich leer bleiben würde? Da habt ihr euch aber getäuscht!

– Ihr habt euch getäuscht, hatte Argenti erwidert, eher aus Fahnentreue denn aus innerer Überzeugung – und wer sollte dieses politische Vakuum füllen?

– Genau der, an den Sie denken, Senator!

Der Rest hatte in klugem Antichambrieren bestanden. Und als er die Parteispitzen informierte, waren seine Ängste natürlich in lautem Gelächter untergegangen. Berlusconi? Aber der ist doch nicht präsentabel!

Er würde sie also besiegen.

Nichts und niemand konnte Argenti von der festen Überzeugung abbringen, dass Gellis Plan das Um und Auf der künftigen italienischen Regierung sein würde. Sicher, elf Jahre nach der Entdeckung war natürlich nicht zu leugnen, dass der Zahn der Zeit an dem Manifest genagt hatte. Diese Welt der Schwarz-

Weiß-Gegensätze gab es nicht mehr. Das Gespenst des alten Marx mit seiner bitteren Last an verlorenen Illusionen ruhte Seite an Seite mit seinen alten Gegnern unter den Trümmern der Berliner Mauer.

Einige Vermutungen, die in dem Plan formuliert worden waren, waren Realität geworden. Das Rundfunkmonopol zum Beispiel war gefallen.

Einmal abgesehen von allen Geheimnissen und Gerüchten – wer war der Drahtzieher hinter Gelli? Wer? Waren die Papiere absichtlich oder zufällig entdeckt worden? Gab es tatsächlich eine zweite, längere Liste aller Mitglieder der P2 voller überraschender Namen aus den besten Kreisen. Der Kern des Plans beeindruckte aufgrund seiner konkreten Ideen.

Ein Plan zur Umformung Italiens.

Weniger Beschränkungen und mehr Freiheiten für Unternehmen.

Die Richter auf die Plätze verweisen.

Neue Ordnung anstelle des derzeitigen Laissez-faire.

Freie Hand den Polizisten.

Kontrolle der Presse.

Beschneidung der Rechte der Gewerkschaften.

Einfache Ideen. Ein hervorragender Ausgangspunkt für die Rechte, der Berlusconi zum Sieg verhelfen würde. Und war es denn von Bedeutung, dass er kein Berufspolitiker war? Die Leute hielten die Berufspolitiker ohnehin nicht mehr aus!

Das Showbusiness hatte ihn bekannt gemacht? Na und? War Ronald Reagan etwa nicht ein großer Präsident gewesen? Beunruhigender war allerdings die Macht der Ideen.

Einfache Ideen. Ideen, die viele Menschen teilten. Und in Zukunft würden sich noch viele zu der Herde gesellen.

Die Linke würde nie eine derartige einigende Kraft besitzen. Der Hang zum Durcheinander und zum Gremienwesen war ihr gewissermaßen angeboren. Die Haarspalterei war ihre zweite Haut. Die anderen marschierten geradewegs auf das Ziel zu.

Ein sicheres Land, ein geordnetes Land, ein Law&Order-Land, wo wenige Auserwählte im Namen aller entscheiden und die Masse in genau abgegrenzten Bereichen schwimmt, überwacht von einem Heer von Bullen und Richtern, die bereit sind, selbst das kleinste Verbrechen zu bestrafen.

Und vor dem Rest die Augen verschließen.

Im Plan war keine Rede von der Mafia gewesen. War die Mafia für den Autor dieser Zeilen kein Problem?

Sehnten sich im Grund nicht alle danach?

Dass jemand die Aufgabe übernahm, alle Probleme zu lösen?

Und wenn die Probleme unlösbar waren, hatte einmal ein weiser Politiker der alten Garde zu bedenken gegeben, war es dann nicht besser, sie zu ignorieren und zum nächsten Punkt der Tagesordnung überzugehen?

In gewissen Augenblicken glaubte er zu ersticken, weil er wollte und nicht konnte. Ich werde nicht zulassen, dass das alles passiert, hatte er sich geschworen. Aber so wie es den Anschein hatte, war seine Hartnäckigkeit nicht angetan, die Geschichte zu beeinflussen. Die Geschichte würde Italien in die richtigen Hände legen.

Als Beatrice ins Zimmer kam, schenkte er ihr keinerlei Aufmerksamkeit. Erst als er sie weinen hörte, hob er den Blick von Gellis Plan. Beatrice hatte rote Augen. Sie schniefte.

– Was ist denn? Was ist passiert?

– Erinnerst du dich an Scialojas Freundin?

– Aber ja, gewiss ... Patrizia, nicht wahr?

– Sie ist tot!

– Hat er sie umgebracht?, fragte er mit sarkastischem Unterton.

Als er bemerkte, dass er ins Fettnäpfchen getreten war, sprang er auf, um Beatrice zu trösten.

5.

Ilio Donatoni hatte den Verteidigerpool am Nachmittag empfangen. Aus Sicherheitsgründen fand das Treffen in seinem Privatdomizil statt. Der Firmensitz war seit Tagen Schauplatz eines beunruhigenden Kommens und Gehens der Finanzpolizei.

Die Anwälte waren sicher, dass der Haftbefehl, oder wie zum Teufel man heutzutage sagte, bereits auf dem Schreibtisch des Staatsanwalts lag.

Es war eine Frage von Tagen, wenn nicht gar Stunden.

Auf Ilios verschiedenen Anschlüssen riefen ununterbrochen Journalisten an. Verängstige Sekretärinnen gaben die stereotype Antwort, er befände sich in einer Konferenz. Als sie schließlich auch zu Hause anriefen, regte sich Maya derart auf, dass sie am Tag der Festnahme sicher auf dem Titelblatt landen würde.

Tja. Der Tag der Festnahme. Vielleicht morgen. Wo hatte sie gelesen, dass die Leute im Morgengrauen verhaftet wurden, damit sie keine Zeit zum Nachdenken hatten? Um sie mit Handschellen zu erschrecken und aus der Fassung zu bringen?

Während die Anwälte der Reihe nach Strategien entwickelten, um sie im selben Augenblick auch schon wieder zu verwerfen, drehte sich Ilio mehrmals um, um das Bild an der Wand hinter dem Schreibtisch zu betrachten.

Der Gründer legte mit vom Wind zerzaustem weißen Haar eine Hand auf Ilios Schulter, der voller Bewunderung und Dankbarkeit zu ihm aufblickte. Vor dem Hintergrund eines blitzblauen, von mächtigen weißen Wolken übersäten Himmels, wie auf einem Gemälde des sozialistischen Realismus, verlor sich der klare Blick des Gründers in der Ferne, wo emsige Arbeiter damit beschäftigt waren, die perfekte Stadt zu erbauen. Eine Stadt, wie sie den Kriterien des Gründers entsprach – Nüchternheit, Wohlstand, Beilegung der Konflikte –, und wie sie sich auch Ilio wünschte. Der Schinken hatte ihm eine schöne Stange Geld gekostet, auch wenn der Künstler (an dessen Namen er sich nicht einmal mehr erinnerte) damit kaum Berühmtheit und ewigen Ruhm erlangen würde. Die Szene stellte den Moment der Übergabe dar. Als Ilio Mehrheitsaktionär geworden war und der Gründer die Firma übergeben hatte.

Eine Szene, die in Auftrag gegeben worden war, um „Nüchternheit, Wohlstand, die Beilegung der Konflikte" zu vermitteln. Der Vater, der sich zurückzieht, um dem Sohn freie Bahn zu lassen. Das Ganze im Zeichen der Kontinuität im Rahmen der tröstlichen Tradition.

Was für eine Lüge! Was für eine kolossale Lüge!

Der Rückzug des Gründers war langsam und schmerzhaft vonstattengegangen, er hatte lange gedauert und war von Tiefschlägen gekennzeichnet gewesen. Erst als Maya sich endlich auf seine Seite gestellt hatte, hatte Ilio begriffen, dass er gesiegt hatte.

Alle glaubten, sie hätte es getan, weil sie die Kontrolle durch den Gründer nicht mehr aushielt.

Aber dem war nicht so.

Sie hatte es aus Liebe gemacht.

Maya liebte ihn auf eine totale, bedingungslose Weise.

Es war eine verrückte, ja eine verrückte Liebe gewesen. Denn nur, weil sie verrückt war, konnte sie in ihm die Eigenschaften und die Größe des Gründers sehen, die er nie besessen hatte.

Maya hatte blind an ihn geglaubt.

Und er hatte es ihr vergolten, indem er sie in den Ruin trieb.

Sie erinnerte sich an die letzten Worte des Gründers, an diesem kalten, grauen Tag (kein kristallklarer Himmel, keine hellen Wolken!), an dem er die bitterste Niederlage seines Lebens hatte einstecken müssen.

„Hoffentlich zerfällt nicht alles eines Tages zu Staub!"

Die Anwälte hatten endlich eine Übereinkunft getroffen. Wie

es schien, gab es eine, wenn auch nur vage, Möglichkeit. Sie bezeichneten es als „freiwillige Einvernahme". In manchen Fällen hatte es funktioniert. Warum es nicht versuchen? Es ging darum, augenblicklich beim Staatsanwalt aufzukreuzen und sich dort einem Verhör zu unterziehen. Und, nun ja, die Karten auf den Tisch zu legen. Zu bestätigen, was sie bereits wussten – die Untersuchung durch die Steuerbehörde war in dieser Hinsicht verheerend gewesen –, und ... Namen zu nennen. Moralisch verwerflich? Vielleicht, aber da die Untersuchungsrichter den Großteil der Namen ohnehin bereits kannten ... noch dazu in der Situation, in der sie sich befanden!

– Ich werde darüber nachdenken, hatte er sie unterbrochen und die Anwälte mit einer müden Geste verabschiedet.

Er hatte zugesehen, wie sie davongegangen waren, enttäuscht, resigniert.

Ungläubig. Denn warum sollte man so eine einzigartige Gelegenheit nicht ergreifen?

Es würde funktionieren. Es musste funktionieren.

Ja, vielleicht. Unter normalen Bedingungen. In einem anderen Kontext. Vielleicht zu Zeiten des Gründers.

Ilio drehte und wendete das Kärtchen, das ihm Giulio Gioioso geschickt hatte.

„Wir vertrauen dir."

Ein Kärtchen! Telefoniert wurde inzwischen nicht mehr, denn die Telefone wurden alle abgehört. Von einem Besuch ganz zu schweigen. Alle gingen ihm aus dem Weg, wie einem Pestkranken.

„Wir vertrauen dir."

Ach, ja, liebe Anwälte. Hier ging es nicht um Schmiergelder für diesen oder jenen Politiker, nicht um kleine Diebstähle, um den dem System inhärenten Schlendrian. Das „Wir" machte den Unterschied. Wir. Wir, die wir die Bremsen der Autos manipulieren. Wir, die wir Bomben auf Baustellen explodieren lassen.

Wir, die wir bestimmen, wer es verdient zu leben und wer nicht. Wir, die wir, den Tränen in Giulio Gioiosos Augen zum Trotz, keine Sekunde zögern werden, deine hübsche kleine Frau und die süße Kleine umzubringen.

Der Gedanke an Maya zerriss ihm das Herz.

In den letzten Tagen war sie ihm so nahe gewesen wie nie zuvor. Sie wartete auf seine Entscheidung. Sie würde bei ihm bleiben bis zum Schluss.

Sie wartete nur auf ein Zeichen von ihm.

Die Tochter des Gründers würde mit all ihrer Energie kämpfen, mit der Energie, die ihm immer gefehlt hatte.

Und sie würden sie zerfetzen.

Ilio Donatoni versperrte die Tür des Arbeitszimmers und ging zum Safe.

Er wählte die Ziffernkombination, und die dicke Tür sprang mit einem trockenen Geräusch auf.

Er betrachtete die Luger, die der Gründer einem Soldaten abgenommen hatte, der '44 im emilianischen Apennin gefallen war.

Ein Angestellter hatte die Aufgabe, sie immer einsatzbereit zu halten.

Ilio nahm die Waffe und wog sie in der Hand.

Er überprüfte, ob sie gut geschmiert war.

Er legte das Magazin ein. Er zog durch, bis eine Patrone im Lauf war.

Er legte den Lauf an die Schläfe und drückte mit sicherer Hand ab. Der Abzug bot zu viel Widerstand. Er hatte vergessen, sie zu entsichern.

Aufs Neue legte er den Lauf an die Schläfe.

Wer weiß, ob Maya verstehen würde, dass er es für sie tat.

Rasch, dass er es sich nicht mehr anders überlegen konnte, schoss er.

6.

Als Scialoja sich endlich durchrang, ihr zu öffnen, gab es Maya Donatoni einen Stich ins Herz. Was war aus dem eiskalten, faszinierenden Gentleman geworden, den sie in Portofino kennengelernt hatte? Aus seinem höflichen und distanzierten Lächeln? Jetzt hatte er einen langen Bart, Ringe um die Augen, sein Hemd war voller Flecken, er ging barfuß und seine Haare waren zerrauft, und bei dem Geruch nach saurer Milch, der von ihm ausging, wurde einem schlecht ... die Trauer verändert einen tatsächlich. Sein junger Assistent, Camporesi, hatte ihr die Wahrheit gesagt.

„Er ist nicht mehr der Alte."

Er war nicht mehr der alte Scialoja. Er war ein Mann, der durchgedreht war und ein staatliches Büro zu Kleinholz gemacht hatte. Der volltrunken gedroht hatte, einen Colonello der Carabinieri aus dem Fenster zu werfen. Der ins Büro des Staatsanwalts gestürmt war und gebrüllt hatte, er sei unfähig oder, schlimmer noch, korrupt. Denn nur jemand, der unfähig oder korrupt war, konnte an Selbstmord glauben.

„Mit einem Wort, er hat den Verstand verloren. Er hat uns befohlen, zehntausend Mal die Telefonrechnungen zu kontrollieren, er hat Razzien veranlasst, er hat höchstpersönlich Zeugen verhört, die überhaupt nichts wussten, sie eingeschüchtert und ... nun, das sage ich Ihnen lieber nicht."

Dass nämlich ein armer Teufel während eines Verhörs auf die unglückliche Idee gekommen war, auf die x-te groteske Frage einen provokanten Tonfall anzuschlagen, worauf ihn Scialoja an der Gurgel gepackt und seinen Kopf gegen die Wand geschlagen hatte und der arme Teufel wohl draufgegangen wäre, wenn nicht er, Camporesi, eingeschritten wäre ... jetzt hatte er sogar noch eine Anzeige am Hals! Dass sich ein hoher Staatsbeamter so gehen lassen konnte!

„Die Wahrheit ist, dass er sich die Sache nicht erklären kann, aber da täuscht er sich. Es war Selbstmord. Er selbst hat ein Protokoll verfasst, in dem steht, dass sie bei ihrem letzten Treffen am See verzweifelt war ... er kann sich nicht verzeihen, dass er sie hat gehen lassen, dass er nicht bei ihr geblieben ist ... wenn er sie nicht hätte gehen lassen, wäre sie vielleicht noch am Leben ... Aber ich verstehe wirklich nicht, Signora, was Scialoja verdammt noch mal in dieser Frau gesehen hat! Sie wissen doch, dass diese Vallesi Cinzia früher einmal ...“

„Ich weiß es und es ist mir völlig egal“, hatte sie ihn unfreundlich unterbrochen.

„Sie war eine schöne Frau“, hatte Camporesi geflüstert, dann hatte er ihr errötend eine Visitenkarte mit Adresse und Telefonnummern gegeben.

– Darf ich eintreten?

Scialoja trat zur Seite und fügte unfreundlich hinzu:

– Sie haben gesagt, Sie hätten eine Nachricht von ihr. Geben Sie sie mir und dann verschwinden Sie!

Sie ging hinein. Der Boden war von leeren Flaschen übersät. Zwei umgestoßene Lampen. Spuren einer roten Flüssigkeit an den Wänden. Der Fernseher lief. Sie drehte sich um, um ihn anzusehen, und da schämte sie sich plötzlich für ihr Kostüm aus Cool Wool, die perfekt frisierten Haare, die futuristische Brosche an ihrem Busen. Sie schämte sich, weil sie sich weigerte, die Rolle der untröstlichen Witwe zu spielen, weil sie sich weigerte, die düsteren Symbole der Trauer zur Schau zu stellen.

Sie schämte sich, weil sie versucht hatte, dem Schmerz die Tür vor der Nase zuzuschlagen.

Aber es dauerte nur einen Augenblick lang. Ein kurzer Augenblick der Schwäche. Das war alles, was sich die Tochter des Gründers zugestehen konnte.

– Zuerst möchte ich, dass Sie einen Blick auf diese Unterlagen werfen, sagte sie und reichte Scialoja die Mappe mit Marianis Gutachten.

– Sie erklären, warum Ilio sich das Leben genommen hat.

Nach langem, qualvollem Nachdenken hatte sie sich dazu durchgerungen. Zu den Richtern hatte sie gesagt: Ich habe keine Ahnung von nichts, Ilio hat nie mit mir über Geschäfte geredet. Dabei war es gar nicht das heuchlerische Lächeln Giulio Gioiosos gewesen, das sie dazu veranlasst hatte ... sich gegen Ilios letzten Willen aufzulehnen. Sie zweifelte nicht daran, dass er sich erschossen hatte, weil er sie liebte. Er liebte sie und Raffaella und hatte geglaubt ... gehofft, dass sie nach seinem Tod außer Gefahr sein würden. Nein. Erst als Ramino Rampoldi im Fernsehen aufgetreten war, hatte sie sich entschieden: Was, ich soll ein Freund von dem da gewesen sein? Passen Sie auf, sonst verklage ich Sie, mein lieber Herr. Personen wie dieser Donatoni sind ein Schandfleck für die italienische Unternehmerklasse! Personen wie dieser Donatoni sind ein Schandfleck für unseren arbeitsamen Norden! Ich habe mit diesem Abschaum niemals etwas zu tun gehabt. Und soll ich Ihnen etwas sagen? Friede den Toten, gewiss, aber ... aber er hat bekommen, was er verdient hat. Dabei waren es nicht einmal so sehr seine Worte gewesen. (Was sonst hätte man sich von so einem erwarten sollen?) Es waren seine Gesten gewesen. Die drei Finger, die er an die Schläfe legte, um mit einer spöttischen Geste den Schuss nachzuahmen, der ihr den Liebsten geraubt hatte ...

Sie hatte Raffaella und die Kinderfrau nach Argentinien geschickt, wo sich das einzige Haus befand, das man ihr nicht wegnehmen würde.

Sie würde kämpfen.

Und sie hatte beschlossen, den Polizisten in ihren Kampf miteinzubeziehen.

Scialoja sah sie an, als ob sie von einem anderen Planeten

stammte. Er nahm die Unterlagen, wog sie mit einem kalten Grinsen, schüttelte den Kopf, warf die Mappe auf den Diwan.

– Interessiert mich nicht. Und was soll ich diesen Unterlagen entnehmen? Dass Giulio Gioioso ein Mafioso ist und Ihr Mann mit ihm Geschäfte gemacht hat? Da bin ich selbst auch schon draufgekommen. Patrizia hatte mich gebeten, Ihnen und Ihrem Mann zu helfen ...

– Hätten Sie es getan?

– Wenn ich die Zeit dazu gehabt hätte, ja. Aber inzwischen ... was soll das Ganze für mich noch für einen Sinn haben?

– Hier drinnen sind Beweise!

– Ich scheiß auf Ihre Beweise. Geben Sie mir diese verdammte Botschaft und hauen Sie ab.

– Sie sind nicht der Einzige, der sein Liebstes verloren hat, flüsterte sie eiskalt, Sie haben kein Monopol auf Trauer. Hören Sie auf, sich zu bemitleiden und beginnen Sie wieder zu kämpfen.

– Hauen Sie ab!

– Patrizia hat sich in Ihnen getäuscht. Sie sind eine Null!

Sie sah, wie er zusammenzuckte, als würde er sich gleich auf sie stürzen, um diese beleidigende, eisige Stimme zum Schweigen zu bringen. Dann sank er in sich zusammen, griff sich mit den Händen an den Hals. Instinktiv legte sie ihm eine Hand auf die Schulter. Die ganze Wut und der Ärger waren verraucht.

Er war nur mehr ein kleiner, verzweifelter Mann. Sie hatte kein Recht, so grausam zu ihm zu sein. Auch sie besaß kein Monopol auf Trauer.

Scialoja rappelte sich auf, nickte und verließ das Zimmer. Sie wartete eine halbe Stunde lang. Frisch angezogen kam er zurück, mit noch nassen Haaren und frisch rasiert. Maya lächelte ihn an.

– Verzeihen Sie mir. Ich hatte kein Recht ...

– Ich werde mir Ihre Unterlagen ansehen. Und wenn möglich werde ich Ihnen helfen.

Maya reichte ihm einen Umschlag.

– Nehmen Sie.

Vorsichtig nahm ihn Scialoja entgegen. Wie eine Reliquie. Er zögerte, bevor er ihn mit dem Nagel aufriss. Als er das Foto sah, hätte er am liebsten geweint. Er beherrschte sich.

Patrizia! Hatte sie jemals so glücklich gestrahlt, wenn sie mit ihm zusammen war?

Hatte er sie jemals glücklich gemacht?

Und dieser Mann ... wie sie ihn ansah! So innig und stolz! Mein Mann, schienen diese Augen zu sagen. Auf der Rückseite stand ein Satz. „Bula ... Patrizia ... ein anderes Leben ..."

Aber was hatte das alles zu bedeuten? Wer war dieser Mann? Er gab Maya das Foto zurück, eine stumme Frage im Blick.

– Er heißt Stalin Rossetti, sagte Maya. Ich werde Ihnen jetzt alles erzählen. Alles, was sie Ihnen nicht rechtzeitig erzählt hat.

7.

Anfangs war Stalin nur einer von vielen gewesen. Vielleicht ein wenig freundlicher. Cinzia erinnerte sich, dass er sich im Gefolge der beiden Spione, Zeta und Pigreco, befunden hatte, die ihr Bordell zu einer Art Panoptikum umfunktioniert hatten, in dem die Laster und die Geheimnisse der einflussreichsten Kunden rund um die Uhr von technisch raffinierten Aufnahmegeräten protokolliert wurden. Er kam, schaute, sammelte Material, wechselte ein paar scherzhafte Worte mit den Mädchen, ging aber mit keiner ins Bett. Niemals. Ranocchia, der schwule Architekt, ihr inniger Vertrauter, hatte sie gewarnt. Der ist ein anderes Kaliber, der ist ein Arschloch. Ranocchia hatte einen Versuch gestartet und eine Abfuhr erhalten. Keine Gewalt, wohlverstanden, aber ein Sarkasmus, der dich bei lebendigem

Leib häutete. Stalin Rossetti war ein gefährlicher Mann, hatte Ranocchia abschließend gesagt. Aber Ranocchia war in Scialoja verknallt, das war nicht zu übersehen. Ranocchia war nicht objektiv! Dann war Stalin verschwunden. Und sie hatte ihn schnell vergessen. Warum hätte sie sich an einen x-beliebigen, an einen von vielen, erinnern sollen? In diesen Jahren hatte sie den Beruf aufgegeben und war die Freundin eines Banditen geworden, eines ehrgeizigen Drogendealers, der von allen Dandi genannt wurde. Dandi war lange auf der Flucht gewesen. Hin und wieder tauchte er unvermutet mit teuren Geschenken bei ihr auf, wobei er jedes Mal riskierte, festgenommen zu werden. Der andere, Scialoja, kam und ging, besessen von dem Gedanken, Karriere zu machen: Hilf mir, diesen oder jenen festzunehmen, erzähl mir was über den da. Im Grunde unterschied sich das, was er von ihr wollte, nicht sehr von dem Spiel, das Stalin Rossetti ihr später vorschlagen würde.

Aber Stalin hatte einen eindeutigen Vorteil. Er hatte sie erobert.

Im Sommer '91 war er wieder aufgetaucht. Die ersten Annäherungsversuche hatten sie gleichgültig gelassen.

Sie war mit ihm aus Neugier ausgegangen, weil er ein Gentleman war, weil er großartige Lokale kannte, in denen er wie selbstverständlich verkehrte. Sei hatten eng umschlungen getanzt. Er hatte sie mit Blumen überschüttet. Bei einer Ausstellung von Stofftieren hatte er ihr das teuerste Stück gekauft, ein grinsendes Krokodil mit zweideutigem Blick.

Als sie das erste Mal zu ihr hochgingen, hatte er sich nicht auf sie gestürzt. Er hatte ihr auf zurückhaltende und charmante Weise den Hof gemacht. Allmählich begann ihr das Spiel zu gefallen. Für gewöhnlich vergeudeten die Männer nicht ihre wertvolle Zeit, um ihr den Hof zu machen. Für gewöhnlich steckten ihr die Männer den Schwanz zwischen die Beine.

„Was kann ich tun, um dich zu bekommen?“, hatte er sie an diesem Abend gefragt.

„Ich arbeite nicht mehr“, hatte sie enttäuscht und kalt geantwortet.

„Das meine ich nicht. Ich habe gesagt, dich zu haben, nicht dich zu ficken.“

„Heirate mich“, war ihr entschlüpft, um ihn auf die Probe zu stellen.

Eine Woche später saßen sie im Flugzeug. Businessclass mit dem Ziel Nadi auf den Fidschi-Inseln, mit Zwischenstopp in Los Angeles, von wo aus sie mit dem Wasserflugzeug ihr Endziel erreichen würden: die Insel Taveuni.

Dort hatte sie ein Fidschi-Priester in kurzen Hosen getraut.

Kennen Sie ein Mädchen, das noch nie von einer Trauung in Polynesien geträumt hat?

Im Flugzeug war ihr aufgefallen, wie sehr Stalin ihrem Vater ähnelte. Dem Maresciallo. Dem unbeugsamen Hüter der Seemannsmoral. Dieselbe militärische Haltung, dieselbe Entschlossenheit, dieselben eiskalten Augen, die unvermutet sehnsüchtig, zärtlich werden konnten. Aber der Maresciallo war zu früh gegangen. Wie ein Held, hatten sie zu ihrer Mutter gesagt, um sie zu trösten. An Deck des Schiffes, während sich die Schiffbrüchigen rundherum an die Tauenden klammerten, die er ihnen heldenhaft entgegenstreckte. Bis ihn eine heimtückische Welle mitgerissen hatte. Aber es hatte keinen Trost gegeben. Bei einem Vater, der zu früh gegangen war, und einer toten Mutter konnte man nicht erwachsen werden.

Stalin Rossetti hatte sie in dem Augenblick erobert, in dem er ihr einen Namen gegeben hatte.

Kennen Sie ein Mädchen, das noch nie von einer Hochzeit in Polynesien geträumt hat?

Sie hatten ihnen Blumenkränze umgehängt und sie unter

einen Baldachin gedrängt, auf einen Teppich aus Blumen, auf dem handbemalte Matten lagen.

Die Eingeborenen rundherum schrien: „Bula!"

Die Eingeborenen rundherum lachten und sangen.

Sie wurden dafür bezahlt.

Es war ihr egal, dass sie dafür bezahlt wurden.

Der Priester hatte die Formeln mit seinem komischen englischen Akzent vorgelesen.

Sie hatte ja gesagt. Stalin hatte ja gesagt.

Sie hatten gesungen und sie in ein Kanu gesetzt, bis sie von der großen roten Scheibe der untergehenden Sonne verschluckt wurden.

Kennen Sie ein Mädchen, das noch nie von einer Hochzeit und Polynesien geträumt hat?

Nun, ich habe sie bekommen.

Alle diese Leute haben für mich gesungen und gelacht. Für die kleine Cinzia. Und einmal in ihrem Leben hatte die kleine Cinzia Lust, wirklich zu weinen.

Gott segne dich für das, was du mir geschenkt hast, Stalin Rossetti.

Und Gott verdamme dich für das, zu dem du mich gezwungen hast.

Mitten in der Nacht waren sie zurückgekehrt.

Sie hatten Kava mit den Einheimischen getrunken und miteinander geschlafen.

Die Flitterwochen hatten zwei Wochen gedauert.

Sie waren am Barrier Reef inmitten von Schwärmen von Papageienfischen geschwommen.

Stalin hatte mit den Inselbewohnern Rugby gespielt.

Sie hatten miteinander geschlafen.

Ein Eingeborener hatte sie fotografiert, ohne dass Stalin es bemerkte. Dieses Foto würde sie eines Tages Scialoja schicken.

Bei ihrer Abreise sangen die Inselbewohner *Isa Lei*, das Lied des Abschieds.

Auch dafür wurden sie bezahlt. Und es war wunderbar, dass sie es für sie taten.

Als sie sich in Rom trennten, hatten sie sich mit einem „Bula"-Kuss verabschiedet.

„Ich werde oft weg sein. Daran musst du dich gewöhnen. Aber ich werde immer zu dir zurückkehren."

Natürlich hatte sie ihm nicht geglaubt. Sie kannte seinen Beruf, Geheimagent oder so etwas Ähnliches. Auch er wusste alles über ihre Vergangenheit. Es war ihm egal, und auch ihr sollte sein Beruf egal sein. Es hatte nur kurz gedauert, aber es war schön gewesen.

Aber Stalin hatte Wort gehalten. Er war zurückgekehrt. Immer wieder war er zurückgekehrt.

Eines Tages hatte er schließlich seine wahren Absichten offenbart.

„Ich möchte, dass du wieder Kontakt mit einem alten Freund aufnimmst."

„Nein", hatte sie instinktiv geantwortet. „Nein. Ich möchte nicht mehr benutzt werden."

„Er hat es mit dir getrieben. Er würde es wieder tun, wenn er die Gelegenheit dazu hätte ... Auf Verlustkonto gewissermaßen ..."

„Nein!"

„Schade!"

Stalin hatte ihr Lied aufgelegt. Er hatte sie in die Arme genommen. Sie hatten eng umschlungen getanzt. Schade, hatte er immer wieder geflüstert, du und ich, wir beide sind wie eine Naturgewalt. Die Zukunft gehört uns ... was kümmert dich dieses Arschloch, das nur einen käuflichen Körper in dir gesehen hat ... oder schlimmer noch: Eine Informantin! Sag nicht nein, Cinzia, bitte nicht. Oder sag nein, wenn du willst. Es wird nichts zwischen uns ändern. Aber ... wie schade! Wie schade! *My wonderful lady ...*

Letztendlich hatte sie nachgegeben. Immerhin war sie eine raffinierte, elegante Dame, die mit Sorgfalt die Kleider aussuchte, die sie auf Partys trug, während er die Blicke der anderen Männer genoss, und sein Lächeln sagte: Seht ihr? Seht ihr dieses prächtige Geschöpf? Sie ist meine Frau! Und danach, wenn er dieses schreckliche Kopfweh hatte, streichelte sie ihn und fragte, war es schön, Liebling, und geheilt durch die Berührung dieser weichen, duftenden Lippen, lächelte er ihr zu und flüsterte ihr ins Ohr, *Oh my darling, you were wonderful tonight,* ja, mein Liebling, du warst so schön heute Abend ...

Und jetzt blieb ihr von dem Ganzen plötzlich nur mehr ein bitterer Geschmack. Groll und Elend.

– Patrizia hatte endlich begriffen, dass sie nur eine Sklavin war. Sie hat Sie geliebt, Doktor Scialoja, Sie haben sie aus der Macht dieses Mannes befreit. Und als sie mir von den Fidschi-Inseln erzählte ... reagierte ich wie ... wie die, die ich bin ... oder war ... ein reiches Mädchen aus guter Familie ... die Fidschi-Inseln! Um Gottes willen, wie abgelutscht! Was für ein Fake! Mein Lachen hat ihre Illusion zerstört ...

Aber Scialoja hörte ihr nicht mehr zu. Er erinnerte sich an seine erste Begegnung mit Patrizia. Als er in ihre Wohnung eingedrungen war und die Laden der jungen Hure durchwühlt hatte. Als ihn das erste Mal ein Begehren übermannt hatte, das sich mit der Zeit in Liebe verwandelt hatte. Inmitten der Papiere und der Stofftiere hatte er ein Werbeprospekt gefunden. Eine Werbung für eine Traumreise in die Südsee. Nie war er ihr, ihrer Seele so nah gewesen wie in diesem Augenblick.

Aber er hatte nicht verstanden. Er hatte nie verstanden.

Das Ende ist bekannt

1.

Aufregung. Nervosität.

Angelino begriff nicht, worin der Grund für die ganze Aufregung, die Nervosität bestand.

Gut, in nur zwei Tagen sollte der *colpetto*, der kleine Schlag, stattfinden.

Die Sache hatte nicht gerade der Arzt verschrieben.

Aber es kam nur darauf an, dass es den kleinen Schlag gab und das Wasser endlich kochte. Heute oder morgen oder zu Monatsende, war das nicht egal?

Stalin hatte sich nicht die Mühe gemacht, es ihm zu erklären.

Angelino dachte an den *colpetto*, er hingegen an das große Finale. Und damit es groß und vor allem ein Finale wurde, musste er sich beeilen. Sehr beeilen.

Er musste handeln, bevor Scialoja die Sache mit Patrizia verdaut hatte.

Die Sache hatte auch Guercio mitgenommen. Er war am Boden zerstört. Stalin hatte ihn am Ausgang einer Kirche erwischt. Guercio betete! Guercio bat um Gnade für seine sündige Seele! Guercio taugte nichts mehr. Die Sklaven waren drauf und dran, einen Aufstand zu machen. Stalin beschloss, ihn aus der Sache rauszuhalten.

Auch Yanez ahnte nichts. Der Mann war unzuverlässig. Der Mann verlor riesige Summen am Spieltisch, und solange Scialoja auf dem Kriegspfad war, stellte er womöglich eine Gefahr dar. Wenn er in seinem Fach nicht so gut gewesen wäre, hätte ihn Stalin ohne zu zögern liquidiert. Aber vielleicht brauchte er ihn in Zukunft noch für kleinere Jobs.

Er würde ihn um sich dulden, bis ein Besserer auftauchte. Vielleicht einer der Jungs von Scialojas Überwachungstruppe. Wenn es mit der Überwachung vorbei war, würde er sich Scialojas Hab und Gut unter den Nagel reißen.

Letztendlich hatte er alles allein machen müssen. Die Autos besorgen, die Polsterung präparieren, die Fernbedienung einstellen, den Ort, das Datum, das Ziel festlegen.

Nun, ganz allein stimmte nicht ganz. Angelino hatte ihm geholfen. Und natürlich auch Pino.

Oder das, was von ihm noch übrig war. Die Tatsache, dass ihm die Junkiebraut abhandengekommen war, hatte den Strom aus ihm rausgezogen. Er führte die Anweisungen aus wie ein Roboter. Er hatte zehn Kilo abgenommen, dabei war er auch davor kein Koloss gewesen. Er malte nicht mehr.

Wenn er bloß noch zwei Tage durchhielt! Noch zwei armselige Tage!

Ohne ihn würde das Vorhaben nicht gelingen.

Dann ... würde er sich seiner entledigen.

Vielleicht taugte er für ein letztes Selbstmordkommando.

Das Leben war ihm ja ohnehin nichts mehr wert.

Aber fürs Erste noch zwei Tage. Und dann ... der Triumph!

Er war derart versunken in seine Träume vom Ruhm, dass er fast das Handy überhörte. Er antwortete erst nach dem fünften Läuten. Yanez klang aufgeregt.

– Chef, wir sind im Arsch. Sie verhaften mich gerade.

– Wer?

– Scialoja. Sie sind schon da ...

Eine Welle der Panik drohte über ihm zusammenzuschlagen.

Scialoja! So schnell! Yanez, der Idiot, würde wohl gleich die Karten auf den Tisch legen ... er wusste zwar nicht alles, aber bestimmt genug, um ihm das Leben schwer zu machen.

– Chef! Was soll ich tun?

Augenblick mal. Vielleicht war doch noch nicht alles verloren. Es hing davon ab, wie schnell er reagierte. Scialoja besaß keine Superkräfte. Eine gewisse Spanne gab es. Eine kleine zwar, aber immerhin.

– Chef!

– Verschaff mir sechs Stunden, Yanez. Nur sechs Stunden. Ich werde dich in Gold aufwiegen. Sechs Stunden. Danach kannst du machen, was du willst.

– Ich versuch's.

Würde die Gier funktionieren? Auf jeden Fall durfte er keine Minute verlieren.

Er rief Guercio und gab ihm die Anweisung, das Versteck zu wechseln. Er selbst würde eines für ihn suchen.

Pino übernahm den Auftrag, die Autos an einen sichereren Ort zu bringen.

Er selbst reinigte so gut wie möglich das Büro.

Kurz nach Mitternacht sperrte er mit seinem Schlüssel die Tür zu Michelles Wohnung auf. Ihr aktueller Lover, ein großer, blonder Idiot mit Ohrring und Tattoo, unterbrach mit spöttischem Blick den Geschlechtsverkehr und forderte ihn auf, ins Altersheim zurückzukehren.

Mit einem Kopfstoß zertrümmerte ihm Stalin die Nase. Den Griff an die Eier lockerte er erst, als der andere winselnd nach seiner Mama rief.

– Zieh dich an und hau ab.

Michelle hatte dem Schauspiel gefasst und schweigend beigewohnt.

Mit einer gewissen Bewunderung für ihren Stil stellte Stalin das Köfferchen, das er aus dem Büro mitgenommen hatte, auf das Laken. Er ließ das Schloss aufschnappen und zeigte dem Mädchen die Hunderttausender-Bündel.

– Wow!

– Die sind für dich!

– Wen soll ich umbringen?

– Ich brauche deine Wohnung. In einer Woche kannst du wiederkommen.

– Sehen wir uns wieder?

– Warum nicht?

Als er allein war, warf er einen Blick auf die Rolex. Eins. Seit dem Telefongespräch mit Yanez waren weniger als drei Stunden vergangen.

Ein Beweis für Schnelligkeit und Effizienz. Inzwischen waren es weniger als zwei Tage.

Er würde es schaffen.

2.

Eine Gruppe von IRA-Terroristen entführt einen farbigen englischen Soldaten und beschließt ihn umzubringen. Während der Gefangenschaft freundet sich der Soldat mit einem Terroristen an und bittet ihn, er möge das Urteil höchstpersönlich vollstrecken. Der Terrorist, im Grunde ein anständiger Mensch, geht mit ihm in den Wald, wo der Soldat Zeit zu gewinnen versucht, indem er ihm von seiner großen Liebe erzählt. Er zeigt ihm sogar das Foto seiner Verlobten. Der Terrorist, hin- und hergerissen zwischen seiner Pflicht als Revolutionär und dem Mitleid mit dem armen Teufel, lässt sich ablenken, und die Geisel kann fliehen. Aber der Soldat, der offenbar eine Extraration Pech ausgefasst hat, wird von einem Lastwagen überfahren. Von Gewissensbissen übermannt, fährt der Terrorist nach London und nimmt Kontakt zur Witwe auf.

Senator Argenti rutschte auf dem Stuhl hin und her. Der Film gefiel ihm nicht und er machte auch kein Geheimnis daraus. Beatrice hatte lange gebraucht, ihn zu überreden. Für sie war dieser Film eines der größten Meisterwerke der letzten Jahre. Sie sah ihn bereits zum vierten, wenn nicht gar fünften Mal. Mehrmals hatte sie ihn beschworen, sich das Vergnügen nicht entgehen zu lassen, und er war ihr immer wieder entwischt – der Film war schon ein paar Monate alt, irgendwann würde sie aufgeben – bis die Betreiber des, noch dazu unerhört unbequemen, Pfarrsaals plötzlich beschlossen hatten, den Film wieder aufs Programm zu setzen. Und Argenti hatte nachgegeben.

Er verstand Beatrice. Sie versuchte ihn aufzurütteln. Ihn aus seiner Niedergeschlagenheit und Resignation zu befreien, die sich seiner in letzter Zeit bemächtigt hatte.

– Hörst du endlich auf herumzuwetzen?

Beatrice tat ihr Bestes. Und er bekam immer größere Schuldgefühle, weil sie so fürsorglich und geduldig war. Aber was sollte er machen, wenn er sich über den abgeschmackten, kitschigen Film ärgerte?

Und außerdem kannte er das Finale! Alle Zeitungen hatten darüber geschrieben. Sie war keine Sie, sondern ein Er. Ein Transsexueller. Und dank dieses Einfalls hatten die cleveren Drehbuchautoren die Kassen gesprengt.

Als das Handy läutete, war ihm, als würde ein Komet am Himmel erscheinen.

– Du bist ein Trottel, flüsterte Beatrice, als er wegging, um mit seinem unbekannten Retter in aller Ruhe zu reden.

Draußen wartete Scialoja auf Senator Argenti, ohne sich um den dichten Nieselregen zu kümmern, der auf seinen blauen Regenmantel prasselte. Ein stechender Schmerz in der Magengegend ließ ihn wanken. Die Umrisse der Via Guido Reni verschwammen. Sein Blick flackerte. Seit wann hatte er nichts gegessen? Er holte ein Röhrchen aus der Tasche und schluckte zwei Tabletten. Der Schwindel verging augenblicklich und an seine Stelle trat eine ungesunde Klarheit. Es war, als ob die Sinne plötzlich wieder ganz scharf geworden wären. Er hörte selbst die leisesten Geräusche, das Vorbeizischen der Reifen auf dem nassen Asphalt, das Summen der Straßenlaternen, er konnte die Leuchtspur der Scheinwerfer auf der Netzhaut festhalten ... Amphetamine. Seit zwei Tagen hielt er sich mit Amphetaminen aufrecht.

Die Dinge hatten sich überschlagen.

Scialoja hatte Ciccio eins und Ciccio zwei einen kleinen Besuch abgestattet.

Stalin Rossetti kam darin nicht einmal vor.

Scialoja hatte Rocco Lepore Stalins Foto gezeigt. Der Wächter der Unterlagen schüttelte den Kopf.

Was für einen Streich hatte ihm Vecchio gespielt?

Scialoja hatte Camporesi beauftragt, mit den Australiern zu reden. Ich muss wissen, ob und wann Rossetti und Patrizia auf den Fidschi-Inseln gewesen sind. Wann, wann, nicht ob, die Tatsache ist bestätigt. Ich will das Datum des Flugs, den Namen des Hotels, ich will wissen, ob während ihres Aufenthalts etwas passiert ist. Ich will alles wissen. Egal, wie lange Sie dafür brauchen. So schnell wie möglich. Ich möchte alles wissen. Und zwar gestern.

Die Jungs vom Telefonüberwachungsdienst hatten wie verrückt Patrizias Anschlüsse überprüft. Es waren zwei oder drei mögliche Hinweise aufgetaucht. Hektisch durchforsteten sie Rechnungen und Software. Dank seines ausgezeichneten Englisch hatte Camporesi sofort Antworten erhalten. Stalin Rossetti und Patrizia beziehungsweise Vallesi Cinzia hatten im August 1991 die Fidschi-Inseln besucht. Im Kataster der Pfarre Sowieso war eine Hochzeit vermerkt.

Es war alles wahr. Schrecklich wahr.

Stalin und Patrizia waren Mann und Frau. Wenn auch nicht vor dem Gesetz (hier bei uns gibt es keine Eintragung, ich habe am Standesamt nachgefragt, hatte Camporesi hinzugefügt), so doch vor Gott.

Mann und Frau.

Er. Stalin Rossetti.

Camporesi kam mit einem Glas Whisky gelaufen. Scialoja hatte die Fassung zurückerlangt.

Er. Er hatte sie zu ihm geschickt. Es war alles nur eine Inszenierung gewesen. Er hatte sie auf ihn angesetzt. Während sie miteinander schliefen, während allmählich die Leidenschaft in ihm wiedererwachte ... war sie einem anderen treu.

Dann hatte er sie zu lieben begonnen.

Und sie war umgebracht worden.

Er hatte sie umgebracht.

Stalin Rossetti.

Ein Mann Vecchios.

Die Jungs vom Telefonüberwachungsdienst tauchten mit betretenen Gesichtern auf. Wir haben die Nummer. Es gab gehäufte Anrufe bei der Signorina. Wir haben die Nummer. Warum dann diese Friedhofsstimmung? Es ist eine Standleitung. Offiziell gibt es diese Nummer gar nicht. Sie entspricht keiner Realität.

– Ich weiß sehr gut, was das bedeutet, brüllte Scialoja. Dann fügte er leise hinzu:

– Wir waren es also. War ich es? Habe ich dich zum Tode verurteilt, Patrizia?

Nein, nein, protestierten die Jungs. Wir sind auf Ihrer Seite, Chef. Und außerdem ist es keine Hexerei, abzuhorchen! Was abhorchen? Wer, wenn nicht ihr? Seid ihr nicht die Besten? Beziehungsweise die Einzigen? Habe ich euch nicht gerade deshalb zu mir genommen?

Nun, nicht gerade die Einzigen. Irgendwer könnte sich rumtreiben, irgendein ausländischer Profi zum Beispiel. Da war doch diese Geschichte mit dem Blackout in der Zentrale des Palazzo Chigi in der Nacht, als die Bombe explodierte ... das war bestimmt nicht unser Werk, das haben die gemacht ... wir haben gewiss kein Exklusivrecht auf die Technologie ...

Und dann war da noch dieser Yanez, sagte der Älteste.

Yanez? Wer ist Yanez?

Ach, ein Cleverer. Aber völlig verrückt. Deshalb hat er keine Karriere gemacht. Verrückt? Was heißt verrückt? Das heißt ... keine Ahnung, Chef, so haben wir zu Gladios Zeiten eben gesagt ... verrückt, Yanez ist verrückt. Deshalb haben sie ihn entlassen.

Das müsst ihr mir genauer erklären. Da gibt es einen hoch qualifizierten Techniker, der von Gladio rekrutiert und dann wieder entlassen wurde ...

Genau so. Und wo war er jetzt? Keine Ahnung. Aber wenn die Gerüchte über ihn stimmten, brauchte man nur einen Streifzug durch die Spielhöllen zu machen, um Yanez zu finden.

Denn vom Spieltisch konnte er sich nicht fernhalten!

Scialoja hatte das Unterholz seiner Informanten durchstöbert.

Yanez war gefunden worden.

Sie hatten ihn festgenommen und er hatte sich mit einem spöttischen Lächeln die Handschellen anlegen lassen. Sechs Stunden hatte er in einem schalldichten Raum durchgehalten. Camporesi hatte Scialoja drohen müssen, Anzeige gegen ihn zu erstatten, wenn er nicht aufhörte, Gewalt anzuwenden.

Im Morgengrauen hatte sich Yanez eine Zigarette geben lassen und gebeten, unter vier Augen mit Scialoja zu reden.

– Was bekomme ich, wenn ich rede?

Scialoja hatte ihm die Freiheit versprochen. Camporesi hatte protestiert: Dazu hatte er kein Recht! Scialoja hatte ihm nur einen Blick zugeworfen. Camporesi hatte den Kopf gesenkt.

Yanez hatte geplaudert.

Es regnete noch immer. Der Senator ließ sich noch immer nicht blicken. Scialoja schluckte noch ein ANFO. Alles hatte zu Zeiten von Gladio begonnen. Einer Organisation, die von den Geheimdiensten gegründet worden war, um den Staat nach innen hin zu „schützen". Im Falle der kommunistischen Machtübernahme hätte sie eingreifen sollen. Oder, wie viele behaupteten, auch im Falle eines Wahlsieges der Linken. Vecchio war einer ihrer Drahtzieher gewesen. Irgendwann hatte er beschlossen, dass Gladio nicht mehr ausreichte.

Und hatte die Catena erfunden.

Es funktionierte so: Während der zahlreichen Schulungen wurden einige der Gladio-Rekruten ausgesucht. Unter einem Vorwand entließ man sie. Wenn sie dann aufs Neue rekrutiert wurden, gehörten sie nicht mehr zu Gladio, sondern zur Catena.

Catena. Ein Haufen Arschlöcher und Mörder. Catena. Vecchios SS. Vecchios Dreckstruppe.

Stalin war der letzte aktive Kommandant der Catena gewesen.

Nach dem Fall der Mauer hatte Vecchio den Organismus aufgelöst.

Alle waren nach Hause gegangen. Alle mit Ausnahme von Stalin Rossetti, Yanez und noch einem, einem Gorilla namens „Guercio".

Stalin hatte ein Bündnis mit der Mafia geschlossen.

Und mit Patrizia.

Und Vecchio hatte ihm nie von ihm erzählt!

Vecchio hatte auch als Toter noch gespielt.

Divide et impera.

Senator Argenti tauchte an der Schwelle des schäbigen Kinosaals auf und kämpfte mit einem kleinen, zyklamenfarbenen Schirm, der sich nicht öffnen lassen wollte. Seine ungelenken

Bewegungen hatten etwas Aufrichtiges und Altmodisches, das ihn rührte.

Scialoja ging ihm entgegen, in dem Bewusstsein, die richtige Wahl getroffen zu haben.

3.

Pino Marino parkte die Autobombe zwischen einem alten Fiat Uno und dem Lieferwagen eines Bäckers.

Vom nahen Stadio Olimpico hörte man immer wieder das mal zornige, mal begeisterte Aufschreien der Fans.

Angelino, der am Steuer des Saab saß, sah zu, wie der Junge unter der Motorhaube hantierte.

Wahrscheinlich kontrollierte er den Kontakt, sagte er zu sich.

Sie waren in der Nähe des G8-Tores. Das Spiel hatte gerade begonnen.

In etwas mehr als eineinhalb Stunden würden die Fans aus dem Stadion strömen, sich in die Straßen rundherum ergießen.

Die Autobombe war an einer dieser Straßen positioniert worden. Pino und Angelino parkten auf einer kleinen Piazza in hundert Metern Entfernung und würden die Bombe zünden, sobald sich die motorisierte Kolonne der Carabinieri auf den Heimweg begab.

Es würde ein großes Blutbad geben.

Zweihundert, fünfhundert, vielleicht tausend Anhänger und Fans.

Il colpetto.

Das dachte Angelino Lo Mastro.

Und er dachte: Der Kleine gefällt mir. Bei allem, was sein Chef ihm angetan hatte, besitzt er noch immer die Kraft weiterzumachen. Der Junge ist einer von der Sorte, die keine Angst vor dem

Tod haben. Wäre der Junge nicht an einem falschen Ort zur Welt gekommen, könnte er einer von uns sein. Aber warum brauchte er so lange, um die Bombe zu überprüfen?

Funktionierte etwas nicht?

Er ließ seine Finger über den Nebensitz gleiten, auf der Suche nach dem tröstlichen Kontakt mit der Fernsteuerung.

Keine Fernsteuerung.

Er untersuchte den Rücksitz. Nichts.

Der Junge hat sie mitgenommen. Aber warum?

Was ging hier ab?

Angelino stieg aus und ging zu dem Jungen.

– Wie lange brauchst du noch?

– Nur einen Augenblick.

Angelino spähte dem Jungen über die Schulter. Das war ja nicht zu fassen! Alle Kabel durchgeschnitten ... die Schachtel offen ... das war ja ... Sabotage! Der Junge war wohl durchgedreht! Angelino wollte den Revolver ziehen, doch der Junge war schneller. Mit dem Lauf der Halbautomatischen zwischen den Augen machte Angelino einen Schritt zurück.

– Was zum Teufel geht hier vor?

– Wir ändern den Plan. Wir gehen nach Hause.

– Du bist verrückt.

– Ich gebe hier nicht die Befehle. Gehen wir.

Der Mafioso spuckte auf den Boden. Pino Marino fragte sich, wie er den Befehl Stalins interpretieren sollte. Bring ihn zurück, wenn du es schaffst, hatte er gesagt. Aber wenn er sich wehrt, verpass ihm eine Kugel in die Stirn und lass die Leiche verschwinden. War das Ausspucken bereits ein „Sichwehren"? Einmal abgesehen davon, dass ihm das Ganze im Grunde egal war. Alles war ihm egal. Er ließ den Daumen über den Abzug gleiten. Der Mafioso wurde blass.

– Warte, warte, lass uns reden. Er hat es dir befohlen, nicht wahr? Dieses riesengroße Arschloch! Warte, Freundchen, jetzt erzähl ich dir mal 'ne Geschichte ...

Stalin stand fünfzehn Meter hinter ihnen, im Schutz des Thema mit den Panzerscheiben. Er hatte es sich im letzten Augenblick anders überlegt. Er wollte dabei sein. Immerhin war es das Vorspiel zum Triumph. Und außerdem ... lieber keinem vertrauen. Pino war zwar ein großartiger Kämpfer, aber auch Angelino durfte man nicht unterschätzen. Wenn etwas schieflief ... und die Bombe explodierte ... hätte es keine zweite Gelegenheit gegeben ... aber bis jetzt schien alles nach Plan zu laufen. Pino mit der Waffe in der Hand, Angelino auf dem Rückzug. Aber warum blieb Pino jetzt stehen? Warum hörte er ihm so konzentriert zu? Was zum Teufel ging hier vor?

Stalin setzte sich in Bewegung. Er lief auf die beiden zu, als der Schuss explodierte. Instinktiv warf er sich zu Boden, rollte ein paar Meter, und als er aufstand, hielt er seine kleine Kaliber 22 in der Hand.

Der Mafioso hielt sich ein Bein und schrie vor Schmerz. Das Risiko, dass jemand kam, war sehr hoch! Sehr hoch! Und wo war Pino? Wohin war Pino verschwunden?

Ein Auto raste vorbei, streifte ihn beinahe. Es war der Saab des Mafioso. Am Steuer Pino mit verbissenem Gesicht.

Stalin stürzte sich auf Angelino.

4.

Pino Marino raste mit zweihundert Sachen dahin. Die Tränen liefen ihm über die Wangen.

Tränen der Hoffnung. Tränen der Wut.

Auf der Höhe von Roncobilaccio tankte er und schüttete ein paar Tassen Kaffee hinunter. Er ging aufs Klo. Ein Stück weiter zerstörte er die Fernbedienung und warf die Teile aus dem Fenster.

Er hatte den Mafioso verschont, weil er ihm in gewisser Weise das Leben zurückgegeben hatte.

Und er hatte Stalin Rossetti verschont, weil er keine Zeit hatte, sich um ihn zu kümmern.

Er musste so schnell wie möglich zu Valeria.

Valeria war in Mailand.

Er würde sie finden. Sie würden gemeinsam weggehen. Auf immer.

Er verdankte Stalin Rossetti nichts.

Er würde nicht mehr für ihn töten.

Er musste Valeria zurückbekommen.

Aber Stalin hatte sie ihm weggenommen.

Er hätte ihn umbringen müssen.

Aber er würde nicht mehr töten.

Valeria. Valeria wartete irgendwo in Mailand auf ihn.

5.

Einer wie Stalin Rossetti ist es gewohnt, viele Dinge gleichzeitig zu tun.

Einem Mafioso notdürftig die zerschmetterte Kniescheibe versorgen. Weghören, wenn der Mafioso eine Litanei an Beschimpfungen und Drohungen ausspuckte. Du bist ein toter Mann ... eine miese Ratte ... Worte ... Ihn daran erinnern, dass man ihn gewiss nicht aus Gründen der Menschlichkeit am Leben ließ, sondern weil es der *convenienza* entsprach. Ihn mit Schlafpulvern vollstopfen und ihm versichern, dass alles ein gutes Ende nehmen würde.

Lass mich einfach arbeiten, du Trottel. Mit deiner Scheißbombe hätten wir nichts erreicht. Wenn wir es auf meine Weise tun, haben wir bereits gewonnen.

Und der Kleine, der Kleine ... vergiss den Kleinen! Wer kümmert sich um den Kleinen!

Wir sind hier, um uns Italien unter den Nagel zu reißen!

Eine halbe Stunde nach dem Telefongespräch kam Guercio zum Pratone an der Ostiense. Er kam auf einem halbkaputten Motorrad. Er war dreckig wie ein Penner und stank wie ein Penner. Stalin wartete auf der Schwelle der Baracke auf ihn. Er hielt die vier notdürftig zusammengeschraubten Balken auf, die als Tür fungierten, und forderte ihn auf, hineinzugehen.

Als Guercio ihm den Rücken zukehrte, legte er ihm die Kaliber 22 an die Schläfe und drückte ab. Mit dem letzten Funken Bewusstsein dachte Guercio, dass es gerecht war. Er hatte gewusst, er würde bezahlen müssen.

Stalin schleppte die Leiche ins Innere und schloss die Finger von Guercios rechter Hand um den Griff der Waffe. Dann rief er Scialoja an.

Plötzlich war es nicht mehr eine Frage der Zeit.

6.

Die Suche nach Stalin Rossetti war zu seiner Obsession geworden. Und nun stellte sich heraus, dass der andere ihn suchte.

– Wir müssen uns unterhalten, hatte er zu ihm gesagt. Du und ich. Allein. Das war also der Mann. Das Arschloch. Patrizias Ehemann. Scialoja hatte Camporesi beschworen, ihm ja nicht zu folgen. Camporesi hatte darauf bestanden, dass er zumindest irgendein Erkennungszeichen bei sich trug, und sei es auch nur das Handy. Aber Scialoja hatte alle vernünftigen Vorschläge in den Wind geschlagen.

Es war eine Sache zwischen ihnen beiden. Ihm und Stalin Rossetti.

Das war also Patrizias Mörder.

– Bevor du mich fragen kannst. Er hat sich umgebracht. Ich wollte ihn dir lebendig ausliefern, aber er war schneller als ich.

Scialoja beugte sich über Guercios Leiche. Keine schmerzverzerrte Miene, keine Grimasse in Todesangst. Nur eine absurde Heiterkeit.

– Der arme Teufel hat nichts damit zu tun. Du warst es.

– Aber was redest du! Was redest du! Du kannst dir ja gar nicht vorstellen, wie verbunden wir waren, Patrizia und ich. Ja, ich habe sie zwar auf dich angesetzt. Aber nur, weil Vecchio mich dazu gezwungen hat.

– Was hat Vecchio damit zu tun?

– Er hätte sich nicht für dich entscheiden dürfen. Das war nicht richtig. Er hätte mich nicht wegwerfen dürfen wie einen alten Schuh! Er allein trägt die Schuld. Du hast ja keine Ahnung!

Er klang ehrlich. Er täuschte Aufrichtigkeit vor. Scialoja war zu keinem Urteil mehr fähig. Seit Tagen hatte er auf diesen Augenblick gewartet. Und jetzt fühlte er sich kraftlos, leer, den Tränen nahe. Hatte Patrizia diesen Mann wirklich geliebt?

– Was ich dir jetzt vorschlagen möchte ...

– Du kannst mir gar nichts vorschlagen. Ich weiß, womit man dich vom Angesicht der Erde tilgen kann ...

– Wer würde das leugnen? Ich muss dir sogar ein Kompliment machen! Du warst sehr gut dabei, mich ausfindig zu machen, du hast alles über die Catena herausgefunden ... schau, du kannst mit mir machen, was du willst. Sofern du tausend Opfer auf dem Gewissen haben willst.

– Was willst du damit sagen?

Seufzend erzählte ihm Stalin von der Bombe. Scialoja nahm den Kopf in die Hände. Tausend Tote. Tausend Tote. Warum hatte ihm Vecchio diese Last aufgebürdet? Um ihn zu korrumpieren? Um ihn zu martern? Warum? Ich möchte davonlaufen, dachte Scialoja. Ich möchte weg von hier. Das ist nicht mein Leben. Ich habe keine Wahl. Nicht ich. Nicht jetzt.

– Wir können dieses Massaker verhindern. Du und ich. Natürlich nur, wenn es ein paar Zugeständnisse gibt. Eine Kleinigkeit, damit die da unten Ruhe geben und ähnlich unangenehme Episoden in Zukunft vermieden werden ... Nichts Großes, mittlerweile begnügen wir uns damit, wenn ein paar aus den Sondergefängnissen verlegt werden ... vielleicht könnte man die Asinara und die mörderischsten Bunker schließen ... die Haftbedingungen etwas erleichtern ... mit einem Wort ein Zeichen. Nur damit sie verstehen, dass der Wind sich gedreht hat ... dann ...

– Dann?

– Dann gibt es da noch ein kleines privates Problem ...

Scialoja gab ihm zu verstehen, er solle weitersprechen. Stalin Rossetti faltete die Hände wie zum Gebet.

– Ich möchte Deinen Posten, Scialoja.

Scialoja bekam einen hysterischen Lachanfall.

– Du willst meinen Posten? Du willst meinen Posten?

Stalin Rossetti wurde aschfahl.

– Was gibt es da zu lachen, hä? Ich lass die tausend Arschlöcher in die Luft fliegen, ich schwöre es dir. Eine Person wartet nur auf meinen Anruf, wenn ich nicht innerhalb einer Stunde anrufe ...

– Du kannst dir ja gar nicht vorstellen, wie gern ich dir meinen Posten abtreten würde, flüsterte Scialoja, auf einmal ernst. Vecchio hat einen Fehler begangen, als er sich für mich entschieden hat. Er hätte sich für dich entscheiden sollen!

Aah, Aah! Diese Worte waren Balsam für seine Seele. Am

liebsten hätte Stalin Rossetti den Trottel umarmt. Sicher war er nicht der Richtige. Er war bloß tatsächlich so dumm, nicht zu verstehen, dass Vecchio keinen Fehler begangen hatte. Auch wenn es nicht ganz klar war, ob Vecchio sich geändert hatte ... ob er sich in den Kopf gesetzt hatte ... ein Guter zu werden ... man weiß ja, angesichts des Todes scheißen sich viele in die Hosen ... er hatte schon miterlebt, wie überzeugte Atheisten bei den ersten Anzeichen der Inkontinenz zu bibbernden Betschwestern geworden waren ... oder ob er sich bloß auf seine ... auf seine unnachahmliche ... Weise einen kleinen Spaß hatte machen wollen ... auf jeden Fall zog sich das Ganze etwas in die Länge ...

– Ich habe einen Vorschlag gemacht. Ich warte auf eine Antwort.

– Lass mich ein paar Telefonate machen, seufzte Scialoja.

Epilog

Dezember 1993

Scialoja war nicht mehr aufgetaucht. Scialoja hatte sein Versprechen nicht gehalten. Patrizia hatte sich in ihm getäuscht. Er war nicht anders. Er war wie alle anderen auch. Ein armer Teufel. Maya Donatoni hatte dem Anwalt zum x-ten Mal erklärt, dass sie ihre Entscheidung getroffen hatte. Sie würde ihren Kopf durchsetzen. Die Konsequenzen waren ihr egal. Sie war die Tochter des Gründers! Vor einem Monat hatte Giulio Gioioso ihr zu verstehen gegeben, dass in Zukunft ... wenn alles so lief wie vorgesehen ... eine gewisse Hoffnung für das Vermögen bestand ... die Verluste waren gar nicht so erheblich ... im Augenblick waren die Richter wie tolle Hunde, aber der Sturm würde vorbeiziehen ... der Sturm zieht in Italien immer vorbei ... und ausgerechnet in dem Augenblick, in dem man glaubt, dass alles verloren ist, sieht man ein Licht an Ende des Tunnels ... Maya tat so, als ob sie sich von seinem süßlichen Ton einlullen lassen würde und ermutigte ihn. Giulio Gioioso hatte sich als aufrechter, ergebener Freund dargestellt, der ehrlich um Ilio trauerte. Heute. Morgen vielleicht, mit der Zeit ... Sie hatte ihn in seinem Glauben bestätigt, ja, weil sie auf ein Zeichen von Scialoja wartete. Weil sie noch an ihn glaubte.

Aber Scialoja war wie alle anderen auch.

Ein armer Teufel.

An einem Montag, pünktlich um elf Uhr, bat Maya den Staatsanwalt, verhört zu werden.

Scialoja war nicht zurückgekehrt. Und inzwischen würde er auch nicht mehr zurückkehren.

Der Cavaliere Silvio Berlusconi hatte öffentlich erklärt, dass er in die Politik gehen würde. Angesichts der schwierigen Situation, in der sich das Land befände, sähe er sich gezwungen, „in den Ring zu steigen". In der Partei hatten sie sich zugeprostet. Wer hätte sich jemals so einen Feind erträumt?

Argenti mit seinen Unkenrufen war in die Reihe der Kassandren gestellt worden, als eine der schlimmsten. Noch schlimmer war nur der Kreis der schwarzen Katzen, die Genossen ... Aber die wurden wenigstens gefürchtet. Sein Name hingegen verschwand aus allen Listen der zukünftigen Mittelinksregierung.

Umso besser, denn es würde ohnehin keine Mittelinksregierung geben.

Als Scialoja zu ihm gesagt hatte, er würde ihm Vecchios Geheimarchiv übergeben, war seine erste Reaktion Neugier gewesen.

„Warum ausgerechnet mir?"

„Weil Sie eine ehrliche Person sind."

„In gewissen Kreisen ist ehrlich ein Schimpfwort. Es ist fast ein Synonym für Trottel ..."

„Wenn ich es doch gewesen wäre, Senator!"

„Ehrlich oder ein Trottel?"

„Beides. Aber jetzt ist es zu spät. Ich werde Ihnen die Unterlagen bringen. Ich hoffe, Sie wissen sie zu nutzen!"

Die zweite Reaktion war Verachtung gewesen.

„Sie versuchen mich bei Ihrem Diffamierungsversuch, der nicht nur undemokratisch, sondern sogar illegal ist, zu Ihrem Komplizen zu machen! Sie wollen, dass ich eine Straftat begehe!"

„Nur eine? Da drinnen stehen Dinge, die selbst den abgebrühtesten Kriminalautor erblassen ließen!"

„Ihre Pflicht ist es, die Unterlagen dem Staatsanwalt zu übergeben!“

„Machen Sie sich nicht lächerlich. Das werden Sie tun, wenn es an der Zeit ist. Aber akzeptieren Sie meinen Rat: Werfen Sie davor einen Blick auf die Unterlagen. Fragen Sie sich, ob es nicht besser wäre, sie zu nutzen, um dieses Land umzustülpen wie einen Handschuh. Um die Geschichte dieses Landes neu zu schreiben! Ich melde mich bei Ihnen, es war mir ein Vergnügen!“

Und ob er darüber nachgedacht hatte. Tag und Nacht hatte er darüber nachgedacht. Und da er von der Partei immer mehr ausgegrenzt wurde, hatte er auch genug Zeit dazu. Er hatte darüber nachgedacht und beschlossen, augenblicklich eine Pressekonferenz einzuberufen und alles den Richtern zu übergeben, wenn Scialoja Wort hielt.

Oder nicht? War er sich seiner Sache wirklich so sicher?

Wäre es nicht besser gewesen, noch mal darüber nachzudenken, das Für und Wider zu erwägen, die Sache in ihrer Gesamtheit zu betrachten, um eine überlegtere Entscheidung zu treffen, *melius re perpensa*, wie es hieß?

Beatrice kam ins Arbeitszimmer und bemerkte sofort seinen hingerissenen, um nicht zu sagen ekstatischen Gesichtsausdruck.

– Ach, ein Wunder. Der Senator arbeitet nicht!

– Ich habe mit offenen Augen geträumt.

– Muss ich eifersüchtig sein?

– Um Himmels willen! Ich habe von Sachen geträumt wie ... „verändern wir Italien“ ... „bringen wir dieses Land auf Vordermann“ ... „bringen wir die Kloake der Ersten Republik ans Licht“ ... „Schaffen wir eine bessere Zukunft für unsere Kinder“ ... „eine zweite, bessere Version der Eroberung des Winterpalastes“ ...

– Wenn man am Demokraten kratzt, kommt der Stalinist zum Vorschein.

– Ich habe ja gesagt, ich träumte. Gehen wir ins Theater?

– Zweifaches Wunder! Die Kultur besiegt die Politik? Wohin?

– Ins Argentina. Carmelo Bene in *Un amleto di meno.*

– Ich bin gleich fertig.

Scialoja hatte sein Wort nicht gehalten. Umso besser. Die Versuchung war zu stark gewesen. Die Versuchung, eine Abkürzung zu nehmen. Aber so funktionieren die Dinge nun mal nicht. Die Dinge entwickeln sich langsam. Geduld und Ironie waren dafür vonnöten. Versuchen wir gemeinsam das Ziel zu erreichen, wenn möglich. Und wenn nicht, versuchen wir denen, die zurückbleiben, zumindest die Hand zu reichen. Und dann ... fürs Erste werden wir verlieren, auch gut.

In Zukunft werden wir uns etwas einfallen lassen.

Alles war nach Plan verlaufen.

Dem Plan Stalin Rossettis.

Die Asinara hatte sich geleert.

Der Ucciardone hatte sich gefüllt.

Viele verschärfte Haftbedingungen waren aufgehoben worden.

Ein paar Köpfe waren gerollt, aber es hatte ein Zeichen gegeben.

Die Mafiosi hatten ein *cadeau* erhalten und sich zumindest fürs Erste beruhigt.

Angelino war nach einem kühlen Abschied auf die Insel zurückgekehrt.

Man war übereingekommen, dass das Gelingen der Operation auf sein Konto ging.

Stalin war das allerdings egal.

Er hatte die Unterlagen.

Er hatte Scialoja ein für alle Mal aus dem Weg geräumt. Die Mafiosi hatten die Autobombe verschwinden lassen. Die *conve-*

nienza? Den Parmesan zurückholen. Er konnte sich bei einer anderen Gelegenheit als nützlich erweisen.

Das virtuelle Attentat hatte mehr Wirkung gezeigt als Tritol und Semtex.

Tausende Menschenleben waren gerettet worden.

Wer würde ihn nicht als Wohltäter sehen?

Alte Freunde waren aus dem Nichts aufgetaucht, um ihm zu gratulieren und Forderungen zu stellen.

Er hatte die Unterlagen. Er war Vecchios Erbe.

Die Dinge waren wieder in Ordnung.

Stalin Rossetti drehte sich um. Der Wächter stand noch auf der Schwelle, mit seinem doofen Gewehr und dem knurrenden Hund.

– Du bist noch da? Los, hau ab.

Als Erstes würde er sich des Alten und des stinkenden Hundes entledigen. Dann würde er das Archiv an einen sicheren Ort bringen, wo er es immer im Auge hatte.

Und dann ... dann würde er sich wieder an die Arbeit machen. Wie immer. Er hatte einiges aufzuholen.

Aber er würde keine offiziellen Ämter annehmen, oh nein, danke, es gibt keinen schlimmeren Herrn als den Staat ...

Er würde sich selbstständig machen.

Er würde Informationen sammeln und sich dafür bezahlen lassen, sie zu verkaufen. Oder sie nicht zu verkaufen. Das war ganz egal. Das war das Geschäft der Zukunft.

Jetzt konnte er tun, was er wollte. Alles.

Als er zum Lastwagen ging, traf ihn die erste Kugel in die Schulter.

Während er sich ungläubig umdrehte, fragte er sich: Was habe ich falsch gemacht? Es war doch alles so gut organisiert ...

Da. Da lag der Irrtum. Er hatte den Feind unterschätzt.

Es war aus. Das begriff er, während Camporesi zielte. Und Rocco Lepore neben ihm die Flinte anlegte.

Mehr sah er nicht mehr.

Camporesi legte die Waffe weg und zwang sich, keinen Blick auf das zu werfen, was von Stalin Rossettis Gesicht übrig geblieben war. Dann nickte er dem Alten dankend zu. Er hatte noch nie getötet. Er wusste nicht einmal, ob er einen Gnadenschuss abgeben konnte. Der Wächter salutierte.

– Was sind Ihre Befehle?

– Ich denke gerade darüber nach, Rocco.

– Denken ist eine gute Sache. Wenn es nicht zu lange dauert.

Ja, er musste eine Entscheidung treffen, und zwar sofort.

Der aufrechte, in gewissem Maße loyale Camporesi. Als alles begonnen hatte, hatte er den Befehl erhalten, die Unterlagen zu finden. Er war ausgesucht worden, weil er der Beste war, natürlich. Der beste Blauäugige, der zur Verfügung stand.

Er hatte nicht lange gebraucht, das Archiv zu finden. Scialoja war nicht Vecchio. Das wussten alle. Aber auf seine Weise hatte er ihn respektiert. Und am Schluss hatte er beschlossen, bei seinem Spiel mitzuspielen. Wieder ein Spiel, gewiss, aber jetzt ...

Die Toten in Florenz hatten ihn aufgerüttelt. Seine verwundete Stadt.

All das hätte nie passieren dürfen.

Ja, aber jetzt?

Dem Befehl gehorchen?

Die Unterlagen behalten?

Was für eine enorme Machtquelle, wenn sie in die richtigen Hände gelangten.

Aber gab es überhaupt richtige Hände?

Der Hund knurrte. Camporesi seufzte. Rocco zündete sich einen Zigarrenstummel an.

– Kommt er zurück?

– Wer?

– Der Doktor?

– Nein, das glaube ich nicht ... Nein, Rocco, er kommt nicht zurück.

– Dann gehört das Zeug Ihnen!

– Ja, das würde ich so sagen.

– Was sollen wir damit machen, Leutnant?

– Ich weiß noch nicht.

– Wie Sie wünschen. Sie befehlen jetzt.

Abspann

Camporesi kündigte zwei Monate nach dem Tod von Stalin Rossetti. In seinem letzten vertraulichen Bericht informierte er seine Vorgesetzten, dass die Originalunterlagen infolge des Brandes, der die Baracke zerstört hatte, vernichtet worden waren.

Nachdem Pino Marino Valeria gefunden hatte, zogen sie auf eine kleine Insel in der Ägäis. Im Augenblick bewirtschaftet er einen gut gehenden Biobauernhof. Er malt nach wie vor und gestaltet persönlich die Covers der Jazzplatten, die Valeria regelmäßig aufnimmt.

Der Sänger B. G. ist zweimal als Abgeordneter der Rechten ins Parlament gewählt worden. Im Augenblick führt er wütende Kampagnen gegen die Verbreitung von Suchtmitteln.

Giulio Gioioso ist wegen mafiöser Verbindung zu sieben Jahren Haft verurteilt worden. Er hat Berufung eingelegt.

Maya Donatoni war die Hauptzeugin der Anklage gegen Giulio Gioioso. Sie hat eine politische Zeitschrift gegründet und arbeitet aktiv bei verschiedenen Antimafia-Initiativen in ganz Italien mit.

Raffaella Donatoni besucht eine Filmschule in Los Angeles. Sie möchte Regisseurin werden.

Ramino Rampoldi wurde 1994 zum Geschäftsführer eines wichtigen halbstaatlichen Unternehmens ernannt. Nachdem er 1997 gekündigt hatte, kehrte er zwischen 2001 und 2006 in das Unternehmen zurück. Zurzeit ist er Präsident einer Finanzholding. Seiner Frau Sonila ist er treu.

Sonila Landinisi in Rampoldi ist TV-Produzentin. Ihre Mitarbeiter hassen sie. Sie betrügt häufig ihren Mann, den sie privat als „saftlosen Mandrill“ bezeichnet.

Yanez ist in der Europa-Niederlassung einer bedeutenden multinationalen Gesellschaft für Sicherheitsfragen zuständig.

Doktor Emanuele Carú leitet die Presseagentur *Vivacemente-News* und moderiert die erfolgreiche TV-Talkshow *Ohne Maulkorb*. Er macht sich immer wieder einen Spaß daraus, seine Gegner an den Pranger zu stellen. Er gilt als ein äußerst intelligenter, aber auch launenhafter und unberechenbarer Vertreter der Rechten.

Mario Argenti ist nach wie vor Parlamentsabgeordneter und führt seinen politischen Kampf abwechselnd auf den Bänken der Mehrheit und der Opposition.

Beatrice hat einen Bestseller geschrieben und ist Mitarbeiterin der Sonntagsbeilage von *La Repubblica*.

Nach der Festnahme Bernardo Provenzanos wurde Angelino Lo Mastro von mehreren Quellen als die Nummer eins von Cosa Nostra genannt. Die Kronzeugen behaupten, dass Angelino, dem Stil und den Usancen der Organisation zum Trotz, gerne reist, sich aufs Festland und ins Ausland begibt, mehrere großzylindrige Autos besitzt und sich mit hübschen Mädchen umgibt. Obwohl er alle Vorsichtsmaßnahmen in den Wind schlägt – und obwohl er auf der Fahndungsliste der dreißig gefährlichsten Verbrecher steht –, ist er noch immer auf freiem Fuß. Den Kronzeugen zufolge hat er sich einer Gesichtsoperation unterzogen. Sicher ist allerdings, dass er aufgrund seines steifen rechten Beines beträchtlich hinkt.

Niemand weiß, wohin Nicola Scialoja nach seiner Kündigung verschwunden ist.

Nach den in dieser Geschichte dargestellten Ereignissen hat die Cosa Nostra nur noch einmal (im März 1994) ein Sprengstoffattentat verübt, mit dem Ziel, den Kronzeugen Totuccio Contorno zu beseitigen, was allerdings missglückt ist.

Inhalt

SPANNUNG BEI FOLIO

Eva Rossmann
Die Mira-Valensky-Krimis

Wahlkampf
Gebunden mit Schutzumschlag, 252 S., ISBN 978-3-85256-332-9

Ausgejodelt
Gebunden mit Schutzumschlag, 228 S., ISBN 978-3-85256-139-4

Freudsche Verbrechen
Gebunden mit Schutzumschlag, 283 S., ISBN 978-3-85256-163-9

Kaltes Fleisch
Gebunden mit Schutzumschlag, 283 S., ISBN 978-3-85256-220-9

Ausgekocht
Gebunden mit Schutzumschlag, 262 S., ISBN 978-3-85256-251-3

Karibik all inclusive
Gebunden mit Schutzumschlag, 247 S., ISBN 978-3-85256-283-4

Wein & Tod
Gebunden mit Schutzumschlag, 385 S., ISBN 978-3-85256-311-4

Verschieden
Gebunden mit Schutzumschlag, 244 S., ISBN 978-3-85256-345-9

MillionenKochen
Gebunden mit Schutzumschlag, 262 S., ISBN 978-3-85256-378-7

Russen kommen
Gebunden mit Schutzumschlag, 277 S., ISBN 978-3-85256-444-9

Leben lassen
Gebunden mit Schutzumschlag, 269 S., ISBN 978-3-85256-496-8

Evelyns Fall
Gebunden mit Schutzumschlag, 243 S., ISBN 978-3-85256-528-6

„Mira Valensky ermittelt wieder, und ganz Österreich steht auf dem Prüfstand."
Salzburger Nachrichten

„Spannende Unterhaltung und eine strategisch eingesetzte Prise Gesellschaftskritik ergeben eine bekömmliche Mischung." *Die Presse*

„Aufregend bis zur letzten Seite." *Brigitte*

Das Kochbuch zu den Krimis

Mira kocht. Ein Mira-Valensky-Kochbuch
Gebunden mit Schutzumschlag, 189 S., ISBN 978-3-85256-358-9

„Das Kochbuch gehört zu den fundiertesten Rezeptsammlungen der vereinigten Schnüfflerlandschaft." *Profil*

SPANNUNG BEI FOLIO

Giancarlo De Cataldo
Romanzo Criminale

Aus dem Italienischen von Karin Fleischanderl

575 S., ISBN 978-3-85256-508-8

Macht, Sex und Drogen – ein italienischer Politthriller zwischen Realität und Fiktion. Spannung pur.

Rom in den 1970er und 1980er Jahren. Eine Gruppe Jugendlicher aus den Elendsvierteln – die Magliana-Bannde – steigt in großem Stil in das Geschäft mit Rauschgift, Prostitution und Glücksspiel ein.
Binnen kurzem kontrolliert sie den Drogenmarkt der italienischen Hauptstadt. Staat und Mafia werden in gleicher Weise auf sie aufmerksam, protegieren und instrumentalisieren sie.

Romanzo Criminale wurde in Italien bisher 24-mal aufgelegt und in zahlreiche Sprachen übersetzt. Das Buch wurde zweimal verfilmt, für das Kino 2005 von Michele Placido und 2008 als TV-Serie von Sky Channel.
Für *Romanzo Criminale* ist Giancarlo De Cataldo mit zahlreichen Preisen ausgezeichnet worden: Premio Courmayeur 2003; Premio Camaiore in Giallo 2003; Premio Biblioteche di Roma 2004; Premio Sandro Onofri 2004; Prix du Polar europeèn Le Point 2006; Prix des 813 2006; Prix Cannes Polar 2006; Premio Superscerbanenco 2007.

„Das Rom in *Romanzo Criminale* ist eine Stadt der Luxusbordelle, der Spielhöllen, des Wuchers, der Geschäftemacherei, der Turnhallen und der Attentate; die Halbwelt, die in den Palästen ein- und ausgeht, besteht aus Anwälten, Richtern, Dienstboten, Kriminologen, Journalisten, Polizisten, Links- und Rechtsterroristen. “ *Diario*